JANUS
十八世纪研究
主编
韩加明
顾问
迈克尔·麦基恩

现代性的寓言

英国18世纪文学与文化

[美]劳拉·布朗 著
牟玉涵 译

Fables of Modernity

Literature and Culture in the English Eighteenth Century

Laura Brown

华东师范大学出版社

华东师范大学出版社六点分社 **策划**

本译著受北京语言大学梧桐创新平台项目“中央高校基本业务费”（18PT04）资助

主编的话

韩加明

南美洲的蝴蝶偶尔扇动几次翅膀，不久，远方山呼海啸。这已为世人皆知的蝴蝶效应道出了世界万物的密切联系，虽有时诸事看似相隔万里，泾渭分明，但探赜索隐，却是丝丝入扣。作为万物之灵的人类，我们的存在也依据自然的规律不仅在个人与他人，及至群体之间建立交错互动的关系，而且置身于一个由往昔、当下与未来织起的网中。生活在当下的世人往往着想于未来，效力于当前，有时不免忽略如此事实：未来之新是以往昔之旧为基，借助当下的中介促就。因此，了解这个世界的历史与过去，方能知晓时下的来龙去脉，也就能洞悉未来的风云变幻。基于此，我们推出以“雅努斯(Janus)”为命名的译丛。

雅努斯(Janus)是古罗马元初与转折之神，亦称双面神。他有两张脸，一面追思往昔，另一面放眼未来。英语中的一月(January)即源自于此。双面神同时也主宰冲突的萌发与终结，主司战争与和平。在他的神殿中，门若开启就意味着战争，门若闭合则意味着和平。在跨文化语境中，我们又赋予此神新的寓意，希望此套译丛以史为鉴，探究西方文明发轫之渊，而目之所及，关怀所至正是当下中国，乃至中华文明的未来。

当下中国已取得令世人瞩目的成就，走出了一条具有自己特色的发展道路。然而，今日之伟工源自三十多年前的改革开放，源自封闭多年后我们开始了解世界这一事实。中国在历史上曾扮演过重要角色，复兴中华文明，一如当年汉唐之于世界文明，这一使命感激荡在无数国人心中，也促使众多国内学者著书立传，为当下及未来的国运力陈个人洞见。在汗牛充栋的学术贡献中，系统迻译剖析西方现代文明起源动因的学术名著是我们掌握当前世界智识成果的捷径，有着不可忽视的作用，是鲁迅先生所言的，从别国窃得火来，本意煮自己之肉的盗火者心血之作。

西方现代文明的发轫源于18世纪的欧洲，英国则是火车头。这个孤悬亚欧大陆之外的岛国开现代文明之先。君主立宪制的逐渐成型为困扰人类历史的专制王权与国家治理权对立冲突提供了切实可行，效果颇佳的解决方案，奠定了现代政治文明基础；工业革命及重商主义不仅引领整个人类进入全新时代，而且以贸易、商业为主导的国家政策短期内让小小岛国有雄心与实力成为日不落帝国，此间订立的种种工商业行为操守成为现代经济文明指南；国民的富裕与时代的发展催生了文化需求，阅读时政期刊掌握咨询，学习得体举止；阅读小说感受审美愉悦，领悟诸多作家苦心孤诣力求塑就的时代意识，现代文化起源可以追溯至此。由此可见，18世纪英国提供了政治、经济、文化有机互动，彼此构建的样本，而此时的中国正是国人称道的康乾盛世，永延帝祚随后证明只是皇室呓语，探究两国国运的此消彼长内在原因能让我们明白现代文明发展的肌理，为当下与未来作出明智的选择。

自18世纪以降，世界文明几经跌宕，有太多值得关注之处。然而，纵览古今，放眼中外，不难看到文明的活力在于开放，在于兼容并包，由此才会有创新与发展。作为拥有五千年华夏文明的中国，一度习惯于“中央之国”这种封闭的状态，对外国文化与文明吸纳、借鉴方面存在不足，且总有循环复合的趋势。时至今日，新时代不仅要求我们融于世界，而且要求我们保持民族的个性，在此两者之间保持恰当的平衡实属不易。此番努力中最难之处是破除一个个有形与无形思想禁囿,超越当前诱惑与困顿,把握未来发展趋势的思想启蒙。这是我们学人应尽的本份,也是我们应肩负起的开启民智之担当。

有鉴于此,本系列译丛从大量外国研究18世纪学术专著中遴选优秀佳作,以期在为国内学者提供学术参考的同时也为普通读者提供高质量,促使人思辨的读物。这些学术专著虽然涉及面不同,但有共同的特点,即从万花筒中选择一个精妙点着手,通过细致周密的分析将具有变革意义的文化现象发展脉络清晰且令人信服地呈现给读者,构思缜密,论证有力,而且才情具备,读来口有余香,是国内学者学术论述的极佳学习范本。

古人云,开卷有益,我们在此恭请读者通过相关研读获得所需学识,同时寄语此译丛能成为一座跨越时空,跨越族群与文化的思想之桥,让每一位在此憩息、行进的游人得以远眺与俯瞰世间的万般风景,也愿此桥如一道彩虹映落于历史长河,虽波光潋滟,但永存恒在。

谨此为序。

目　　录

导言:文化寓言、现代性经验和差异范例

本书研究的客体——文化层面上的“新世界寓言”——是18世纪文学经典的幽灵。这些幽灵恍若远在天边,又仿佛近在眼前,它们是没有文本的故事,没有作者的虚构事件,却又基于实实在在的现代欧洲经验。它们在18世纪英国印刷文化的各种运动、形式、体裁和模式中随处可见,又凌驾其上。本书力图构建“文化寓言”作为批评范畴,进而运用这一范畴来探讨18世纪英国现代性的构成。

乍看起来,“文化寓言”这一短语似乎有些自相矛盾。将“文化”和“寓言”并列,意味着将物质和历史的世界与审美的世界联结,这使得同时阅读文学和历史成为可能。本书中,文化寓言是一种形式构建,这意味着它以一系列相关修辞为特点,这些修辞或具备显著的结构,或处于动态关系之中。反复出现的修辞附着于自身具体的文本,产生于自身的修辞传统。然而,如果将这些修辞从具体文本取出并搁置一处,它们便彼此互动、相互阐释,进而呈现一系列的意义、情感、甚至反讽,这是一个共同的想象图景。

我的研究视角与意识形态批判及修辞分析方法密切相关:其中修辞分析方法是由形式主义批评在20世纪80年代从深受保罗·德·曼(Paul de Man)影响的后结构主义那里吸收而来;意识形态批判发展于同一时期,来自以弗雷德里克·詹姆逊(Fredric Jameson)为

1 主的马克思主义文学理论。我接下来的解读源自于对意识形态的理解的变迁。这些变迁源于马克思主义传统，从安东尼奥·葛兰西(Antonio Gramsci)到厄尼斯特·拉克劳(Ernesto Laclau)和尚塔尔·墨菲(Chantal Mouffe)。在这一变迁中，某种社会的不确定性和宽泛化、复杂化的文化定义，取代了原本占据决定性地位的经济和原本占据首要地位的阶级。和马克思主义的意识形态概念一样，一个文化寓言超越了特定的作家和文本：它是某个时期、许多文本的集体产物。和意识形态不同之处在于，一个文化寓言具备具体的形式结构，可以被定义，也可以像小说或诗歌一样被细读；文化寓言还具备某种审美特质，这使得它拥有短暂的活力，获得文学传统的相对自治，与其他类似的文化寓言归属联结，甚至获得权威地位。然而，虽然一个文化寓言有清晰的形式，它却不一定与某个单一文本完全契合。一个文化寓言可能只是一个文本的一小部分或某个维度；一个具体的文本可能包含数个文化寓言。对待文本，我关注的是具体的意象、连续的比喻和循环的修辞形式，由这些修辞形式而来的反差、分裂或张力受到格外关注。我选择的文本涵盖多种话语模式——从经典、非经典的文本到期刊文章、医学论文、哲学著作、流行歌谣。我将这些从修辞、互文层面开展的细读与当时史料的其他方面结合起来。当然，在这一方面，我对文化寓言的想法显示了文化主义和历史主义视角的影响。此二者在 20 世纪 90 年代曾主导了人文学科的批评领域，对我影响最直接的视角来自法国的米歇尔·福柯(Michel Foucault)，英国的雷蒙德·威廉姆斯(Raymond Williams)和斯图亚特·霍尔(Stuart Hall)，以及美国的斯蒂芬·格林布拉特(Stephen Greenblatt)。

在使用寓言这个概念时，我尽力强调这一基于想象的现象的集合性，它的文化影响力，以及它的形式动态。通常我们认为，与单一文本相比，寓言的涉及更广泛；与单一故事相比，寓言的文化意义和影响力更深刻。寓言的叙事轨迹还超越了某个比喻或修辞要么囿于局部、要么僵死的效果。因此,虽然人们都将寓言和狭隘的说教意蕴联系在一起,对此我并无心提及。我希望人们将寓言看作意义的精华——此处指的是某个历史时刻的意义。我虽不想在此处的寓言概念中包含诺斯洛普·弗莱(Northrop Frye)纳入其神话概念中的超验审美范畴,但我的确认为寓言包含着巨大的审美力量。

虽然文化寓言是由意象、比喻,甚至有时由具体的意味深远的词语所组成,但在我看来,文化寓言是一套复杂的想象体系,牵涉某种 2 过程,某个展开的问题,某个演变的命运。因此,文化寓言可以说是讲述了一个故事,故事的主人公是当下经验的发散,故事的情节则反映了在想象层面上与当下经验的磋商。从这个意义上说,我对文化寓言的理解,与结构主义者或新亚里士多德芝加哥学派对形式或想象体的建构的理解有着紧密的关系,与罗兰·巴特(Roland Barthes)和克雷恩(R. S. Crane)的一些重要预设相吻合。不过,我的目的不在于给出一系列包含这些想象事件的范例,而在于将文化寓言作为灵活的模式来运用,从而理解18世纪史料方方面面所涉及的各种意象和修辞以及这些意象和修辞之间的联系。文化寓言这一概念意在给出一种分析模式,而不是设立一套分类体系。如此,文化寓言的概念意味着我应给出关于文学文化之本质的观点:即文学文化的本质是一种集合精神,由其集合性与当下经验中最关键、最不确定、最突出的方面密切相关。这种相关性使得文学文化与历史变迁中的主要力量联系起来。换句话说,文化寓言不仅提供了一种阅读文学文本的方式,还提供了一种阅读文学和历史之间关系的方式。

从根本上说,一个文化寓言和物质文化的某个具体方面相关,历史变迁的经验浓缩在物质现象中,而文化寓言则在想象的层面上塑造、记录并反映这一经验。因此,接下来的每一章都以介绍具体的客观世界开篇,因为那是各个文化寓言得以产生的基础,例如:城市卫生环境、航运、股市、印刷、来大都会游览的“土著人”,以及与动物之间的关系。依据这些客观经验而建构的寓言是对欧洲都市文化的集体表达，在这个层面上，它们不属于任一单个团体。它们并不是关于某个阶级、某种性别或某个小圈子的故事，而是关于文化经验的寓言，因而与它们的历史时刻达成明确的契约。通过这一契约，文化寓言得以讲述一个故事，这个故事要么能非常敏锐地把握历史进程，要么能极其清晰地反映这些进程中的冲突矛盾。

如此，文化寓言可以成为去神秘化的工具。然而，正如相对于意识形态作品而言，文化寓言的作品更丰富多样且难以捉摸；相对于马克思主义意识形态所提出的去神秘化功能而言，我们将要看到的文化寓言对历史的把握，实在更难以预料。因为文化寓言产生于客观世界中各种各样的偶然事件，其中还有一些当下的来自社会、经济、文化、政治，甚至是审美的力量相互作用，使得文化寓言的结论有的具备预言性，有的具备实际意义，有的则表达了某种焦虑或推测。如此，文化寓言可能担负起去神秘化的任务，揭示当下历史时刻潜在的矛盾或发现寓言得以形成背后的神秘社会关系。然而，文化寓言也可能提升意见的某一构建，加强当下的某一偏见，揭露人们信仰中尚存疑虑的成分，或是为一种新型的知识或存在开启想象之路。

最后，希望我的文化寓言概念能够介入时下的文化研究课题。在文学批评领域，文化研究在打破传统学科界限、开发丰富的研究分析材料方面发挥了巨大作用。不过，虽然文化研究与雷蒙德·威廉姆斯和米歇尔·福柯这些具有理论自觉性的批评家紧密相关，但人们却一直无法界定驱动这一批评工作的前提或方法。20世纪90年代是文化研究具有普适性的年代，表现在其发散性、多样性，以及实用性。这就使得文化研究的应用效果时好时坏，而文化研究所构建的批判性思维模型也常常毫无成效。至少，在构建对出版文化的批判性思考时，文化寓言可以提供有效的方式；在将文化研究的洞见应用到文学作品的解读时，文化寓言还可能提供系统的方法。前者是整本书的目的，后者则体现在本书第四章，我对一个经典文本——亚历山大·蒲柏（Alexander Pope）的《群愚史诗》（*The Dunciad*）——从几个相关文化寓言的关系入手展开解读。

一

在这一研究中,我给出定义的寓言表述的是现代性的一些核心经验。总体来说,这些寓言说明,不管是在想象层面,还是在话语层面,现代性很大程度上形成于 18 世纪,并且其形成受制于他者性——通过与女性的修辞、或非欧洲人的修辞经过想象的磋商而成。在这个意义上,我对文化寓言的解读探讨了现代性的经验,希冀我的探讨方式既能阐释文化寓言所产生的特定时代,又能阐释历经英国 18 世纪延续至今的现代性本身。

我仅致力于细读现代性的经验,不对现代性概念做进一步探讨。针对现代性,人们在 20 世纪展开了大量复杂并且多学科的讨论,我只取其中聚焦出版文化之集体效应的一方面。我对这些材料的解读,建立在一种我所接受、也广为接受的对现代性的社会层面、文化层面和经济层面的理解。[①] 因此,对于最近出现的那些可能会修正或质疑现代性概念本身的观点,特别是有关现代化的经济现象的观点,在此我不做探讨。全球性或比较经济和社会历史学家们致力于解释从欧洲到亚洲的各处所发生的主要历史事件:工业化、革命,或资本主义兴起、金钱、市场、商品,或现代金融。虽然通过全球化的平行构建,这些国际化的解释常被视为重新构建了有关现代性的新的

4

---

① 对现代性的研究视角与我类似的例子,参见 Marshall Berman, *All That Is Solid Melts into Air: The Experience of Modernity*, New York: Penguin Books, 1982; Rita Felski, *The Gender of Modernity*, Cambridge: Harvard University Press, 1995; David Frisby, *Fragments of Modrnity: Theories of Modernity in the Work of Simmel, Kracauer and Benjamin*, Cambridge: MIT Press, 1986; Jürgen Habermas, *The Philosophical Discourse of Modernity: Twelve Lectures*, trans. Fredrick Lawrence, Cambridge: MIT Press, 1987; Charles Taylor, *Sources of the Self: The Making of the Modern Identity*, Cambridge: Harvard University Press, 1989。

比较性概念,但是这些却可能直接或间接地破坏一个与西欧历史紧密相关的现代性的概念。① 我的研究完全立足于英国的历史和文化,不参与上述国际化的讨论。

更加显而易见的是,我也不准备介入从17世纪以来针对现代性的地位、道德和认识论蕴涵所展开的哲学辩论,以及有关启蒙、人文主义、科学、话语和相对主义的辩论,②除非我对出版文化的解读可能为阐释现代性的一些相关议题提供新的视角,这些议题包括人文主义认识论中非人类的地位,或者形而上学和帝国主义自辩书之间的联系。我还必须忽略审美现代性在现代性形成过程中所起的作用这一问题,因为我的解读材料产生于审美现代性之前。最后,我还有意回避了后现代主义。我对现代性的再现不直接涉及现代和后现代之间的关系。本书认为,由这些18世纪材料而得以定义的文化形式是现代经验的组成部分,而此现代经验也见于今日之社会。在这一点上,本书同意以下观点,即后现代并非有着清晰定义和明确界限的

① 例如：Andre Gunder Frank, *Reorient: Global Economy in the Asian Age*, Berkeley: University of California Press, 1998; Jack A. Goldstone, *Revolution and Rebellion in the Early Modern World*, Berkeley: University of California Press, 1991; Frank Perlin, *The Invisible City: Monetary, Administrative, and Popular Infrastructure in Asia and Europe*, 1500—1900, Aldershot, Hampshire: Variorum, 1993, 以及 *Unbroken Landscape: Commodity, Category, Sign and Identity: Their Production as Myth and Knowledge from* 1500, Aldershot, Hampshire: Variorum, 1994; Immanuel Wallerstein, *The Modern World-System*, New York: Academic Press, 1974。

② 近期出现了大量这类辩论的合集,例如 Theodor Adorno and Max Horkheimer, *Dialectic of Enlightenment*, trans. John Cumming, New York: Seabury, 1972; Michel Foucault, "What is Enlightenment?" in *The Foucault Reader*, ed. Paul Rabinow, New York: Pantheon Books, 1984, 32—50; Habermas, "Modernity——an Incomplete Project", in *The Anti-Aesthetic: Essays on Postmodern Culture*, ed. Hal Foster, Port Townsend, Wash.: Bay Press, 1983, 3—15, 以及 *The Philosophical Discourse of Modernity*, trans. Fredrick Lawrence, Cambridge: MIT Press, 1987; Bruno Latour, *We Have Never Been Modern*, trans. Catherine Porter, Cambridge: Harvard University Press, 1993; Barbara Maria Stafford, "The Eighteenth Century at the End of Modernity: Towards the Re-Enlightenment", in *The Past as Prologue: Essays to Celebrate the Twenty-Fifth Anniversary of ASECS*, ed. Carla H. Hay and Syndy M. Conger, New York: AMS Press, 1995, 403—416。

时段,而只是现代的一种剥离。[1] 在上述的所有方面,我对现代性的应用是有局限性的;但在另一方面,我认为我对这些文化材料的阐释——这些文化材料是现代生活经验本质的具体范例——将会在现代性概念更宽泛的发展空间中占据一席之地。阐释的意义不限于本书,也不限于英国历史的这一时段。不过,从这个特定的历史和材料范围来看,本研究还特别要对时下普遍接受的现代性的定义提出一个重要质疑:我们对西欧现代性的理解应该关照性别与种族所带来的影响。现代性概念的这一复杂性是我的中心议题。

在《现代性的寓言》一书中,我所采用的现代性的概念源自马克思主义和文化唯物主义传统。我不从规范意义上考虑,将现代性看作是以理性和启蒙为主要关注点的自由化元叙事,相反,我把现代性看作是由社会、经济形式的复合体而产生的后果,而这些社会、经济形式是那个重要历史转折时刻的主要特点。因此,我启用了宽泛的现代性的概念,即在大体上采纳马克思主义的经济框架,但又基本忽略经济基础和上层建筑之间的区别,概念中还包括文化唯物主义,因其涉及资产阶级思想本质和私人空间的发展,并关注民族主义的演变现象。以 17 和 18 世纪资本主义在英国的全面胜利为中心,现代性指的是与上述中心相关的历史转变:经济和生产的本质所发生的变化,社会和政治组织的结构变化,文化的定位和意义的变化,以及历史本身概念化的变化。在经济领域,现代性涉及了商业化、商品化、市场扩张和利益优先。在社会和政治层面,现代性除了体现在官僚体制的发展、城市化、民族国家的兴起,还体现在人口结构的变化,以及由此变化带来的城市环境的改善和大量人口的全球迁移。在哲学思想方面,现代性表现在社会契约概念、私有财产概念,以及民主理论。在历史学领域,现代性因历史分化

6

① 在这一点上,Frisby 的结论——“谈论后现代……因此有些为时过早”(272)——与我的观点相似。另外,亦可参考弗雷德里克·詹姆逊对后现代主义的扩展定义:*Postmodernism, or, The Cultural Logic of Late Capitalism*, Durham: Duke University Press, 1991。

而格外显眼,因为历史分化关注充满新鲜感的当下,以及当下与过去之间的鸿沟,从而催生了诸如发展、进步、变化的概念。

米歇尔·福柯(Michel Foucault)将这一显著的“现代性态度”描述为“‘今日’与历史有别之反思”(38)。这些变化的经验当然是极其复杂的。马歇尔·伯曼(Marshall Berman)提供了一个简洁的定义:“现代意味着我们进入一种环境,这种环境一方面允诺将赋予我们奇遇、权力、欢愉、成长,以及我们和世界都将焕然一新——另一方面,这种环境又威胁要毁灭我们所拥有、所了解的一切,以及我们所是的一切……现代性……将我们卷入了一个不断瓦解重生、充满冲突、含糊和痛苦的大漩涡”(15)。上述现代性经验的特点随着 19 世纪工业和技术的发展而变得深化和突出,但是,现代性的很多核心元素在工业革命尚未得到巩固的 18 世纪已经初见端倪。

如今 18 世纪被当之无愧地冠以“革命”的时代:商业资本主义的胜利和资产利益带来的特权;英国获得了第一个海外帝国,奴隶制的推行和普遍盛行的种族主义;形成了一个现代的、后王朝时代的民族国家,拥有了民族身份的话语和政治实践;金融革命和银行业、信用、证券交易和国债的兴起;农业改革,乡村转变;消费激增,零售市场上升;发展起一个自我延续、自我规诫的资产阶级公共空间,文化统一的中产阶级得到巩固壮大;出现了广告、中产阶级的时髦和过时的概念;以及家庭结构方面的根本改变,即在核心家庭中,成员之间以同伴关系相处。当然,上述的一些“革命”,发轫于 16 世纪或更早:圈地历经三百年;中产阶级家庭的兴起历经约两百年;费尔南德·布罗代尔(Fernand Braudel)认为“资本主义的萌芽”产生于 15 世纪,虽然并未形成条理清晰的现代经济体系,但布罗代尔指出,那时的“经济生活形式……已经非常现代”。① 18 世纪晚期的工业革

① Fernand Braudel, *Capitalism and Material Life 1400—1800*, New York: Harper and Row, 1967, xiii.

命带来了更加明显的转变——这些转变体现在经济、乡村,以及劳动的本质和条件。不过,历史学家也注意到,1660 年意味着一个新时代的开启,许多重要的变迁在那个时段同时展开。① 8

① 近期对那个时段的很多相关历史研究都提到了这些变迁。由于篇幅所限,我无法在此一一介绍,以下的书目是经筛选后的资料。有关资本主义,参见 Braudel, *Capitalism and Material Life*; Albert O. Hirschman, *The Passions and the Interests: Political Arguments for Capitalism Before Its Triumph*, Princeton: Princeton University Press, 1977。有关帝国,参见 John Brewer, *Sinews of Power: War, Money and the English State, 1688—1783*, New York: Alfred A. Knopf, 1989; *The Eighteenth Century*, ed. P. J. Marshall, vol. 2 of *The Oxford History of the British Empire*, Oxford: Oxford University Press, 1998。有关奴隶制,参见 Robin Blackburn, *The Making of New World Slavery: From the Baroque to the Modern, 1492—1800*, London: Verso, 1997; David Brion Davis, *The Problem of Slavery in the Age of Revolution*, Ithaca: Cornell University Press, 1975; *Slavery and the Rise of the Atlantic System*, ed. Barbara L. Solow, Cambridge: Cambridge University Press, 1991。有关民族身份,参见 Benedict Anderson, *Imagined Communities: Reflections on the Origin and Spread of Nationalism*, rev. ed., London: Verso, 1991; Linda Colley, *Britons: Forging the Nation 1707—1837*, New Haven: Yale University Press, 1992; Kathleen Wilson, *The Sense of the People: Politics, Culture, and Imperialism in England, 1715—1785*, Cambridge: Cambridge University Press, 1995。有关金融革命,参见 P. G. M. Dickson, *The Financial Revolution in England: A Study in the Development of Public Credit 1688—1756*, New York: St. Martin's Press, 1967; Larry Neal, *The Rise of Financial Capitalism: International Capital Markets in the Age of Reason*, Cambridge: Cambridge University Press, 1990。有关工业革命,参见 Maxine Berg, *The Age of Manufactures: Industry, Innovation, and Work in Britain, 1700—1820*, New York: Oxford University Press, 1985; Pat Hudson, *The Industrial Revolution*, London: E. Arnold, 1992。有关公共领域,参见 Habermas, *The Structural Transformation of the Public Sphere: An Inquiry into a Category of Bourgeois Society*, trans. Thomas Burger, Cambridge: MIT Press, 1989。有关中产阶级,参见 Peter Earle, *The Making of the English Middle Class: Business, Society, and Family Life in London, 1660—1730*, Berkeley: University of California Press, 1989; Paul Langford, *A Polite and Commercial People: England, 1727—1783*, Oxford: Oxford University Press, 1992; E. P. Thompson, *The Making of the English Working Class*, New York: Pantheon Books, 1963。有关消费、广告和时尚,参见 *Consumption and the World of Goods*, ed. John Brewer and Roy Porter, London: Routledge, 1993; Neil McKendrick, John Brewer and J. H. Plumb, *The Birth of a Consumer Society: The Commercialization of Eighteenth-Century England*, Bloomington: Indiana University Press, 1982; Hoh-Cheung Mui and Lorna Mui, *Shops and Shopkeeping in Eighteenth-Century England*, Montreal: McGill-Queens University Press, 1989。有关家庭,参见 Lawrence Stone, *The Family, Sex, and Marriage in England 1500—1800*, New York: Harper and Row, 1977。

在对这个文化历史时段的研究中，我没有采纳近来最为常见的分类系统：即18世纪是始于16世纪的“早期现代”的延伸。这种分类方法的好处在于，人们不再从中世纪的角度来看待文艺复兴，而是从18世纪的角度来重新考量文艺复兴时代。不过，这种分类方法强调的是18世纪与16、17世纪之间的相似与传承，而我的研究恰恰关注的是这之间的差异和革新。此外，“早期现代”这个说法将自身与“现代”划线二分，从而间接地将18世纪与“现代”割裂；而18世纪与现代性建构之间的深刻联系，正是本书要推进的议题。

18世纪出现的那些经济、社会和文化发展，那么显而易见、令人恐惧，有时又出人意料、史无前例，吸引了那个时代人们的集体想象，从而塑造了一种出版文化，这种出版文化以独特的新奇感和临场感直接记录了集体想象。弗雷德里克·詹姆逊将这种“现代感觉”描述为“我们确信自身是崭新的，一个崭新的时代开始了，一切皆有可能，一切都与从前不复相同”(310)。这种新奇感不断含蓄地出现在对18世纪的批评解读中，近年来日趋明显。普鲁姆(J. H. Plumb)在题为《接纳现代性》的文章中指出，在这个阶段，“很多出身低微的男性和女性，他们对哲学理论一窍不通，却开始对自然以及自然的运作着了迷；……他们的业余爱好或是他们的宠物……使得他们去接纳世界的现代性，虽然这种接纳可能只是无意识的；还使得他们去享受变化和新奇，并对未来更加满怀期待。”[①]南希·阿姆斯特朗(Nancy Armstrong)和莱纳德·田纳豪斯(Leonard Tennenhouse)认为这一时段及弥尔顿在这一时段的地位，正是思想上、艺术上发生不可逆转、“惊人而又深刻”的变化的时代，反映了“私人生活的起源和现代性发轫的关系”。[②] 在最近一篇对蒲柏研究进行总结反思的文章中，霍

---

① Plumb, “The Acceptance of Modernity”, in *The Birth of a Consumer Society*, 316—317.

② Nancy Armstrong and Leonard Tennenhouse, *The Imaginary Puritan: Literature, Intellectual Labor, and the Origins of Personal Life*, Berkeley: University of California Press, 1992, 7, 23.

华德·厄斯金希尔(Howard Erskine-Hill)非常有力地用蒲柏在这一时段的地位来描述那个新世界:“他的想象力……产生了……对时间的幻象,有关世界进程的观念、历史模式和文明周期的概念,正因为有了这些,人们对进步的渴望、对衰败和毁灭的恐惧才不断产生、消失,至少纳入到了我们可理解的范围之内”;这样,蒲柏的幻象体现了“现代人依据过去审视当下”的可能性。① 正是这一幻象反映了18世纪英国的现代性经验,但在我看来,现代性经验并非出自蒲柏的几部作品中,而是体现在将蒲柏作品纳入其中的集体文化寓言之中。

9

在本书接下来的讨论中,现代性总是涉及一个棘手的差异形象。女性和非欧洲人成为这些文化寓言想象演练的模板、催化剂、参考点、先例、策略,或者论断。虽然一直以来人们都认为现代性是由男性独占的领域,其与公共领域紧密联系,并且与理性主义、启蒙,以及政治、经济领域相互关联,但是近来的研究视角提供了另一种可能性,即在现代性开始、发展的过程中,来自他者、非男性、非欧洲人的影响起到了怎样的作用。例如,当提到法国文化中对应的历史时刻时,丽塔·费尔斯基(Rita Felski)在《现代性的性别》(*The Gender of Modernity*)中指出,“人们对‘现代时代’的特质充满了焦虑、恐惧和富有希望的想象”,而女性形象“对促成这一现象起了至关重要的作用”,是她“使得人们对资本主义和工业技术原本模棱两可的回应变得清晰明确”,是她体现了与现代世界紧密相关的一些概念——商品化、污染、匿名性、社会阶级的分解,以及对工业技术的厌恶和迷恋。② 在《新世界奴隶制的形成》(*The Making of New World Slavery*)一书中,罗宾·布莱克本(Robin Blackburn)提出了理解奴隶制本质的

① Howard Erskine-Hill, introduction to *Alexander Pope: World and Word*, ed. Erskine-Hill, Oxford: Oxford University Press, 1998, 1.

② Felski,第一章。

新视角，即奴隶制并非一种古老、保守、前现代的制度，相反，奴隶制是现代性的发展：

> ［奴隶制的］发展与几个进程密切联系，而这些进程对现代性的定义也不可或缺：工具理性的发展、国家意识和民族国家的兴起、种族化的身份意识、市场关系和雇佣劳动的传播、行政官僚和现代税收系统的发展、商业和通讯的日趋成熟、消费社会的形成、报纸的出版和媒体广告的出现、“超距作用”和个人主义情感……。大西洋经济因新的社会信托网而注入了新的动力，同时又催生了新的社会身份。奴隶制的发展需要有商业规划和降低风险的策略；它还与具有显著现代性传统的反身自觉密切相关。[①]

10

在《黑色大西洋：现代性和双重意识》（*The Black Atlantic: Modernity and Double Consciousness*）中，保罗·吉尔罗伊从种植园奴隶制的现代性这一概念衍生出一个跨国的、复合的“黑色大西洋”文化的概念。在吉尔罗伊的陈述中，现代性与“种族、真实性和文化完整性”紧密相连，现代性还记录了“‘种族’和性别这些问题在现代自我的形成和复制中所发挥的作用”。吉尔罗伊认为，“现代性主体产生于个体化和具体化在某个历史时刻所发生的极其复杂的结合——黑人和白人，男性和女性，奴隶主和奴隶”。[②]

这些新近出现的种族或性别与现代性之间的联系将在下文展开论证和延伸。虽然我对一些现代性寓言的探讨可能将说明他者性决定了我们的现代性经验或我们对现代性的理解，但其实这并非我本

---

① Robin Blakburn, *The Making of New World Slavery: From the Baroque to the Modern, 1492—1800*, London: Verso, 1997, 4.

② Paul Gilroy, *The Black Atlantic: Modernity and Double Consciousness*, Cambridge: Harvard University Press, 1993, 2, 46.

意。我想强调的是,现代性和遭遇差异(encounter with difference)之间有着多种联系,女性和非欧洲人在这一联系中发挥了显著、持久而强大的作用。

二

本书的三部分——"扩张"、"交易"和"他者性"——不具备同等重要性。虽然每部分都涉及一个现代性经验的相关范畴,而他者性仅是第三部分的核心主题,事实上差异是一条贯穿本书始终的主线。在第一部分扩张的寓言和第二部分交易的寓言中,面对着现代世界带来的物质生活世界的转变,女性形象成为想象的标准,并且形成、解释或主宰了那些有关异质性、癔症以及末日启示的故事。在这前两部分所研究的寓言中,差异作为潜文本无处不在。在第三部分中,差异以欧洲人和非欧洲人之间的文化割裂形式而存在,此时他者性成为寓言着重描述的主人公,直接影响着寓言的情节发展。在这些寓言中,差异并非一种解释的模式或隐晦的缘由,而是当下想象的危机。本书第一、二部分和第三部分之间的这种差别,恰恰反映了女性和非欧洲人在社会、历史、物质世界方面的实质性的不同之处。这些不同之处,仅靠他者性这一松散概念无法清晰展现。当较为宽泛地谈到差异在现代性的形成中所发挥的作用时,我将对女性和非欧洲人的再现同时归类为上述他者性这一松散概念,但是在接下来的章节中,我会细致探究这些文化寓言,并对不同形象展开区别解读。

11

第一部分"扩张"探讨了两个意象:下水道和洪流。这两个意象在当时的经典诗歌中是紧密联系在一起的。第一章"大都市:城市下水道的寓言"以斯威夫特的诗《城市阵雨》为引子,力图说明在迅速扩张的现代大都市中,城市卫生问题困扰着人们的想象,从而促成了重现人们与现代性经验错综交融的集体故事。这一章讨论了大量当时诗歌中的下水道意象，包括罗彻斯特和斯威夫特所作以厌女症为特点的诗歌，以及斯威夫特、蒲柏、盖伊所作的都市诗歌。我认为，这些作品共同组成了一个文化寓言，这一文化寓言将现代都市经验比作异类的漩涡：以流动、分散、变化为特点；并通过将现代都市经验视作女性而获得意义。城市下水道的寓言利用女性身体来解释现代性的活力、杂乱和转化力。

获得女性身份的城市下水道系统的洪流不仅存在于大都市之中，还投射到了有关潮汐和海洋的扩张寓言中：这是第二章："帝国的命运：洪流和海洋的寓言"的内容。本章继续探讨城市下水道的流动力，指出在那些有关民族身份和帝国扩张的诗歌中，海洋、洪流、潮汐的意象代表了同样的活力和威胁力。这部分的史实语境包括迅速崛起的航运业，以及船舶和海上贸易对当时人们思想全面而有力的冲击。我认为，航运业的发展和海上扩张催生了一种文化寓言，文化寓言的传播又形成了帝国自辩文学和形而上思辨文学。这一章以塞缪尔·约翰逊的诗《徒劳的人世愿望》为标准，将其置于德莱顿、德纳姆、蒲柏和其他诗人所做的帝国诗歌的语境之中。这些作品中都包含的洪流和海洋的形象以故事的主人公形象出现，故事讲述了迅猛、狂暴，又充满悖论的现代历史进程。这是一个有关人类最终命运的故事，命运受一种流动而又无情、极具扩张和危险的力量所摆布，这种力量既带来了荣耀和希望，也带来了毁灭和恐惧。

本书的第二部分"交易"探究了有关女性化波动的寓言，此寓言产生自公共信用和股票投机的发展。寓言还与预期的自由资本主义"新世界"联系起来，而此"新世界"也由一位女性形象而来，她就是蒲柏《群愚史诗》里的巨母（Mighty Mother）——愚昧女王。第三章"金融：信用女士的寓言"描述了18世纪早期的金融革命，包括金融工具的革新、交易的本质，以及金融革命与神秘、想象和女性身体之间的关系。这一章指出，在笛福发表于《评论》上的几篇文章和艾狄生发表于《旁观者》上的一篇文章中，都存在"信用女士"形象。通过仔细研读,本章梳理了这一女性形象的文化特点,特别是她的歇斯底里和商品化倾向。信用女士的寓言提供了一种解释历史现象的视角,即通过女性身体来理解建立在信用基础之上的经济;但反过来说,在经历了金融波动之后,这个寓言从金融世界里勾勒出了一位女性形象,即感伤风潮中那多愁善感的女主人公,从而将易变性女性化、性别化。我认为,金融或许是感伤风潮兴起的原因,克拉丽莎或许是信用女士失散多年之女。

这部分的第二章"资本主义:新世界的寓言",揭示了一些文化寓言——金融寓言、城市扩张寓言、帝国主义寓言以及商品化寓言——所出同源。所有上述寓言都整合在亚历山大·蒲柏的《群愚史诗》这一文本之中。印刷业的资本化是《群愚史诗》整合这些寓言的历史语境,而寓言之间的紧密联系使人们得以多方位地想象资本主义和资本主义的强大力量。这种力量不仅能改造世界,还能改造世界的经验——即现实本身。尽管形式各不相同,但因为这些文化寓言都采用了女性形象,那些交织的意象和相互作用使得人们对资本主义的想象总是女性化的。作为蒲柏诗歌的主人公,愚昧女王和信用女士一样不具实体,飘忽不定。除此以外,《群愚史诗》里还有被女性化的城市下水道,她有夷平一切的力量;有被商品化的女性身体,她消灭了一切的差异;还有女性的神秘感,她与资本主义交易的转变联系在一起。在我看来,这部诗作所涉及的范围之广、议题之复杂性,都源于其采用了如此丰富又彼此呼应的现代性的寓言。《群愚史诗》中那经典的女性形象也是因为采用了这些现代性的寓言:女性形象是所有《群愚史诗》里新世界寓言的共通之处。通过在单一文本中探讨这些文化寓言的内在联系,本章继续呈现了如何应用文化寓言的概念来阐释某一文学文本。

13

第四章作为前两部分的总结,通过研究对女性的描写,讨论了差异性和现代性之间的关系。对《群愚史诗》的解读,我关注的是存在于信用女士的寓言、洪流和海洋的寓言、城市下水道的寓言,以及商品化寓言之间的联系，并把它们之间与生俱来的关联性看作是现代性“新世界”的寓言。“他者性”是本书的第三部分，也是最后一部分。这一部分从上述女性身体的潜文本出发，讨论了文化差异性冲突的议题。在这里，差异性指的是18世纪两个非常突出又相互联系的形象：有关“土著王子”和非人类生物的描写。其中“土著王子”包括非洲人、美洲印第安人、波利尼西亚人。第五章题为“文化往来的奇观：土著王子的寓言”。这一章首先描述了当这些非欧洲的“土著”贵族来到伦敦时，不论他们的到访是真实存在，还是文本的虚构，人们为他们设置了哪些典型的修辞构建。这些来自各地的形象常与感伤风尚相契合，他们体现着一个更宽泛的文化寓言。我认为这一文化寓言转变了人们对英雄的想象：随着感伤风尚的发展，英雄气质是具备情感认同的能力；在这一点上，非欧洲人为欧洲的“有情人”(man of feeling)树立了重要的榜样。

第六章“猩猩、哈巴狗、鹦鹉：非人类的寓言”是这一部分的第二章，也是本书的最后一章。这一章梳理了18世纪描写非人类生物的写作特点，从而探讨现代对差异的建构。在18世纪，随着宠物走进人们的生活，类人猿被发现，现代生物物种分类体系日益发展，动物与人类的关系也产生了变化。在这一章，我将研究那时的人们如何描绘非人类的生物——猩猩、鹦鹉或学舌的鸟类、哈巴狗，在这些描绘中，“属类的飞跃”现象一再出现，而人与动物之间的鸿沟仿佛不再存在。这一经历与欧洲所经历的文化往来直接相关：文化差异的代表是非洲，包括非洲人、奴隶，他们隐现在许多非人类的相关寓言中。非人类的动物成为理解非欧洲人的途径——这是一个奇特的安排，是对现代人们如何面对“他者”的最大反讽。

18世纪是欧洲经历全球扩张、文化往来的决定性阶段，上述本书的最后两章共同为这一阶段的形成作出阐释。如何建构有关他者的寓言以及想象中的对应物，这两章都有所表述。而若将他者的寓言、想象中的对应物并置，我们看到的将是现代性遭遇他者性所体现

14

出的独特反讽。我们或许曾希望,对生活在英国大都市的人们来说,"土著"对伦敦的造访,可以使他们有机会思考文化差异的问题,使他们有机会看到世界种族的多样性。我们或许也曾认为,猩猩、鹦鹉、哈巴狗看起来与人类如此不同,它们一定被排除在人们对他者性的现代思考之外。然而,"土著王子"的寓言却通过"土著"与欧洲人的情感认同而将文化差异略去不谈。非人类的寓言则通过想象人类与这些差异巨大的物种之间的亲密关系,开启了一种新的存在方式的可能性;超越一切差异的存在方式。这种对解读期待的逆转——我们当代人对他者性问题的两个想象角度的对立面——代表了本书的主题之一:反讽。反讽是本研究对现代性解读的特征——它联系起了剥削与解放、野蛮与进步、恐惧与希望。下文中的每个寓言都是悖论的某个具体形式。

15

第一部分 扩 张

第一章　大都市:城市下水道的寓言

1710年10月7日,《闲谈者》上发表了乔纳森·斯威夫特的作品《城市阵雨》。几天后,斯威夫特在《写给丝黛拉的书信集》中记下了他的朋友尼古拉斯·罗(Nicholas Rowe)和马修·普莱尔(Matthew Prior)对这首诗的赞美:"他们二人对我的诗赞不绝口,都说在这一题材的作品中,我的《城市阵雨》无出其右:自达娜厄(Danaë)之后,这便是最好的一场阵雨。"[①]斯威夫特的二位友人把《城市阵雨》与古典神话并置,显然是建立在戏仿英雄史诗的基础之上。这一并置再现了此诗及其姊妹篇——斯威夫特的另一首诗歌——《清晨》[②]中隐含的戏仿古典作品模式。理查德·斯梯尔在《闲谈者》中就此主题发文[③],将此主题的作品归为一类,称"本土诗",即描写污秽的城市场景,并建构在新古典主义对典故的影射之上。例如,《清晨》再现的是维吉尔笔

---

① Jonathan Swift, *Journal to Stella*(27 October 1710), ed. Harold Williams, Oxford: Clarendon Press, 1948, 1:74. 译文对《城市阵雨》一诗的翻译参考了韩加明,《浅谈斯威夫特的名诗〈城市阵雨〉》,王德领、杨岸青主编,《中外文学中的城市想象》,北京:首都师范大学出版社2017年;第301—310页。

② 《清晨》的发表时间比《城市阵雨》早一年半,发表于 *The Tatler*, no. 9(30 April 1709)。

③ Richard Steele, *The Tatler*, no. 238(17 October 1710), ed. Donald F. Bond, Oxford: Clarendon Press, 1987, 2:225.

下“红润的黎明”如何降临伦敦：不检点的女仆贝蒂从主人的床榻悄悄溜走，街上充斥着叫嚷声、墩布拖地声，还有城市工人阶级打扫清理的嘈杂声。[①] 在《城市阵雨》中，斯威夫特把倾盆大雨敲击轿子发出的声音比作拉奥孔用剑戳击特洛伊木马的外壳：

19

> 就像特洛伊人把木马抬进，
> 在里面藏着急切的希腊人。
> ……
> 拉奥孔用剑把木马敲打，
> 里面的每个英雄都害怕。（第 47—52 行）

将描写污秽城市的作品与维吉尔的诗歌作比，通常会压缩史诗的宏大。上述斯威夫特的二位友人将达娜厄神话视为《城市阵雨》的先例，效果也是如此。达娜厄被她的父亲——阿尔戈斯的国王阿克里西俄斯——囚禁在地下的铜屋里（在贺拉斯的讲述中，她被囚禁在铜塔里），因为阿克里西俄斯从德尔菲的女祭司处得到神谕，自己将被达娜厄的儿子杀死。铜屋是阿克里西俄斯控制达娜厄性交的必要而又注定失败的举措。可以料想，达娜厄是不会被父亲的铜屋所限制的。宙斯化作金雨，从屋顶的开口落入屋内，使达娜厄受孕，产下帕尔修斯。帕尔修斯是日后杀死美杜莎的英雄，也将出于偶然杀死他的祖父。阿克里西俄斯从开始就注定逃脱不了死在孙子手下的命运。这个神话说明，男性无法实现对女性性交的控制或监管。

---

① *A Description of the Morning*, in *Swift*: *Poetical Works*, ed. Herbert Davis, London: Oxford University Press, 1967，第二行。除了《美貌的进展》，本书对斯威夫特诗作的引文都出自此诗集，括号内标注行数。“红润的黎明”是《埃涅阿斯纪》中经常出现的转喻，有德莱顿的译文为例：“红润的黎明从陆地上冉冉升起”（4. 182），参见 *The Poetical Works of Dryden*, ed. George R. Noyes, rev. ed., Boston: Houghton Mifflin, 1937。下文对德莱顿诗作的引文都出自此诗集，括号内标注行数。

将《城市阵雨》与达娜厄神话作比,既体现了当时《城市阵雨》与女性身体之间的联系,也戏剧化地展现了古典神话与当下生活的距离。神话升华了不可压制的生殖力,现代城市体验则获得了世俗化具象,二者之间的鸿沟虽提请人们注意现代世界的卑劣,但也并非完全鄙视当下和世俗的生活。像很多奥古斯都时期的戏仿英雄史诗作品一样,当下经验在并置中是受到贬抑的一方,然而,并置又同时赋予了它诱人的直接性和神秘的力量。与遥远的神话不同,伦敦街道的气味和景象,触手可及,扣人心弦;这一点使它即使与神话相比,似乎也并不逊色。正是这种当下的生机勃勃使得评论者欧文·艾伦普莱斯(Irvin Ehrenpreis)说到,《城市阵雨》中那些鲜活的景象,"唯有心怀崇敬之人才能捕捉"。[①] 然而,在《城市阵雨》及其他奥古斯都时期的戏仿英雄史诗中,要想确认这种生机勃勃的来源和本质,极难做到。究竟是什么,使得斯威夫特笔下的伦敦,或者说,蒲柏的愚昧女王,获得了所谓的"敬意"?[②] 在对此时 20

① Irvin Ehrenpreis, *Swift: The Man, His Works, and the Age*, vol. 2 of *Dr. Swift*, Cambridge: Harvard University Press, 1967, 2:384. 这种正面解读代表了理解此诗的一个极端。持同样观点的还有:Peter Schakel 认为《城市阵雨》"是对城市生活的赞美,而非贬抑",参见 *The Poetry of Jonathan Swift: Allusion and the Development of a Poetic Style*, Madison: University of Wisconsin Press, 1978, 59。与正面理解相对,另一种解读认为《城市阵雨》旗帜鲜明地抨击了当下,例如 Patricia Meyer Spacks 指出,诗歌的最后几行"对城市的混乱和污秽作出了控诉,其强度即使是篇幅长它十倍的道德或社会学评论也远不能及。斯威夫特对混乱的恐惧和厌恶在此处表现得淋漓尽致",参见 introduction to *Eighteenth Century Poetry*, ed. Spacks, Englewood Cliffs, N. J.: Prentice Hall, 1964, xxxiii—xxxiv。对这两种解读之间的关系,以及对《城市阵雨》中"悖论"的解读,参见 John I. Fischer, "Apparent Contraries: A Reading of Swift's *A Description of a City Shower*", *Tennessee Studies in Literature*, ed. Richard M. Kelley, Knoxville: University of Tennessee Press, 1974, 21—34。

② 《劫发记》中也有经典的并置,在当时也获得了正面的解读。因此,和《城市阵雨》一样,《劫发记》在今天也存在矛盾对立的两极解读。对此具有代表性的分析参见 Murray Krieger, "The 'Frail China Jar' and the Rude Hand of Chaos", in *Essential Articles for the Study of Alexander Pope*, ed. Maynard Mack, rev. ed., Hamden, Conn.: Archon Books, 1968, 301—319。

期的文化想象中，这一独特的扣人心弦之力从何而来？以及，为何其以女性形象出现？

达娜厄的金雨和斯威夫特的阵雨之间的对立，是典型的奥古斯都戏仿英雄史诗的形式建构。然而，如果我们不将这两场阵雨割裂来看，也不将二者之间的关系仅仅看作通过对比来压缩史诗的宏大；如果我们将二者并列一处，那么，达娜厄那鲜活的金雨便赋予城市阵雨意义，同时还为作家们解释了当下城市经验中那谜一般的活力源自何处。斯威夫特的二位友人援引的女性形象引出了一个极具感染力的文化寓言，一个有关不可压制的生殖力的现代寓言，这些生机勃勃的意象充斥在18世纪早期的文学作品中，《城市阵雨》便是鲜明的一例。这个预言致力于再现一种无法控制、影响一切的女性的性能量，此能量存在于女性体内、与女性的欲望相关，并由此生成某种企图转变、重构，或颠覆现存的逻辑系统、宗谱系统或阶级系统的力量。这是有关现代城市公共卫生危机的故事：城市下水道的寓言。这个寓言有自身独特的结构和主题，同时也隶属于一个当时更宽泛的文化寓言体系。次文化寓言体系不仅包含与阵雨紧密相关的故事，也提出了相似的具备流动性和转化性的力量，即民族主义和帝国主义自辩中隐含的洪流和海洋寓言。

21

一

在达娜厄的神话中，金雨弥漫，透入囚禁达娜厄的密闭空间，象征着无从压制的女性性交；无论什么样的限制都无法阻止达娜厄与金雨的结合。虽然金雨来自男性，斯威夫特在转述友人对他诗歌的褒奖时，将其转变为女性的力量：达娜厄的金雨。代表宙斯的液体形式在此成为女性欲望的完美展示。然而，斯威夫特为何以阵雨作为描写对象，不那么容易解释。对斯威夫特和那些赞美此诗的友人来说，是什么使得阵雨成为18世纪城市生活的内在缩影？

不难想象，阵雨这一意象的生命力源自其触手可及、历历在目。阵雨所引发的景象和气味唯伦敦独有："忧心的猫咪"感知到了即将来临的风暴，城市下水道散发着"加倍的恶臭"（第3、6行）。再者，阵雨体现着城市的实质，因为它将寻找避雨途径的伦敦各色人等都汇聚一堂："浑身淋湿的女人"涌进了店铺，"衣冠楚楚的学子"假装雇车，"裤脚挽起的裁缝"匆忙沿街而下，"得胜的托利"和"失势的辉格党"混在一起，不安的"纨绔子""坐在轿里"，听着霹雳大雨哗啦啦地敲响棚顶而心惊胆战（第33—43行）。阵雨还可以看作是对伦敦地理位置的一次总结，雨水覆盖了整座城市，诗人则借机描画了伦敦的主要街区和标志性建筑，从"史密斯场或圣帕尔克……到霍尔本桥"，再从那里顺着弗利特沟的"洪流"而下，注入泰晤士河（第58—63行）。另外，阵雨还隐含着庄严的古典主题：朱诺曾筹划一场著名的暴雨，导致狄多女王与埃涅阿斯在迦太基的山洞中的那次注定无果的结合；[①]斯威夫特的诗歌结构不仅和《农事诗》（*Georgics*）的第一卷中那持续的风暴吻合：从"预测"到开端，再到大暴雨；[②]其诗的最后一句："死猫、萝卜缨，一起翻滚咆哮着流向远方"，简直就是《农事诗》中"沙沙作响的冰块在洪水中翻滚"的翻版。[③] 在此语境下，斯威夫特和他的读者们得以将罗马帝国和大英帝国联系在一起，这正是新古典主义者所喜闻乐见的，而伦敦那迅速发展的大都市景象则占据了上述联系的中心。斯威夫特在诗中正是要厘清城市本土诗歌中阵雨所包含的多种修辞形象。但是，促成这些效果还须提及有关阵雨的隐秘历史。 22

正如维吉尔的读者能理解他笔下"暴雨"的深意一样，对18世

---

① 参见德莱顿的译文：*Aeneid*，4. 161—246。

② Ehrenpreis，384.

③ 在德莱顿的译文中，《农事诗》（一）的结尾，有两百诗行在描写风暴。Ehrenpreis指出斯威夫特的诗歌和德莱顿译文的结尾部分存在相似之处（385 n. 1）。

纪的英国读者来说，斯威夫特的阵雨绝非一种气象现象那么简单。①据《牛津英语字典》记载，17世纪后半期，“阵雨”（shower）、“岸”（shore）、“下水道”（sewer）这三个名词所代表的主要意思依次是：降雨或观察者；水边陆地、威胁、支柱或下水道；排放污物的沟渠或管家。在17世纪，“shower”也写作“shewre”、“shewer”、以及“shore”；“sewer”也写作“sure”、“shewer”；“shore”也写作“showre”、“shower”。词形糅合的背后，还有“shower”和“sewer”趋于相同的发音变化。17世纪末，假如/s/音后有现代的辅音/j/，那么它们的发音为/ʃ/。上述的发音变化有些只存在于17世纪，到了18世纪，“sh”（音/ʃ/）常常又变回“s”（音/s/）。现在的“sure”恰恰是变化得以保留的例证之一。与此相关，原来在“s”后面的元音大致发/juː/的音，随着“s”变为“sh”，元音也丢掉了“y”（音/j/），发音接近于现代“sewer”中“s”后面的元音（音/uː/）。简而言之，在17世纪末和18世纪初，“shower”、“shore”、“sewer”这三个单词似乎曾经发音相似，都接近现在“sure”的发音。②

《牛津英语字典》还告诉我们，从语义上来说，“shore”一词的意思是水边陆地，也常用来做“sewer”的变体，意思是排放污物的沟渠。传统观念认为，将“shore”解作“sewer”，是因为二者来自共同语源；但字典编纂者对此不以为然，他们指出，“shore”的这一用法源于当时的一个短语“公共陆地”（common shore），指的是水边的一块陆地，其用途就是垃圾场。“公共陆地”因此就是天然的“下水道”（sewer）。后来，因为有了城市规划、各种民法规范，这种“公共陆地”才

---

① 对维吉尔来说，暴雨可能暗示着众神的愤怒，预示着自然界的灾难，还预示着人间的混乱。例如，斯威夫特的《阵雨》影射了德莱顿《农事诗》的那场暴雨，后者就预示着“剧烈的骚乱、秘密的谋反、公开的战争”（1.627）。有关斯威夫特和维吉尔之间关系的论述，参见 Brendan o Hehir, “Meaning of Swift's *Descriptioon of a City Shower*”, *ELH* 27, 1960: 194—207。

② 有关语音学，参见 E. J. Dobson, *English Pronunciation 1500—1700*, Oxford: Clarendon Press, 1957, 2: 706—707, 711—712, 789—799, 799—803, 957, 958—967。

演变成20世纪的地下污水系统。这种语义上的联系,也许可以说明今天的词组“公共污水管”演变自“公共陆地”。既然在语音和语义上都相似,那么,在斯威夫特写作他的诗歌的时期,“sewer”和“shore”可以互换使用,而“shore”不仅发音与“shower”相似,有时也可写作“shower”。 23

提起“下水道”,我们想到的是为了处理城市和郊区的污水和垃圾而规划的独立且封闭的水道,但下水道的这一形象由来并不长久,直到19世纪中期,伦敦的下水道仍然大都以“公共陆地”的形式存在。事实上,伦敦于1858年爆发大恶臭危机,当时的议员们不得不在议会大厦挂上石灰浸泡过的窗帘来阻挡恶臭渗入;同年,在伦敦建设封闭下水道的提案得以施行,而在这之前,“公共陆地”恐怕是伦敦排放污水和废物方式的最精准描述。在《伦敦消失的河流》(*The Lost Rivers of London*)一书中,巴顿记录了伦敦城由一片洪水冲积平原而扩张的过程。像大多数英国和欧洲的重要城市一样,伦敦也是沿着一条河道——泰晤士河——而逐步扩大。随着17、18世纪伦敦人口的爆发式增长,泰晤士河的支流——弗利特河、沃尔布鲁克河、泰伯恩河及其他许多支流——逐渐成了联通的露天下水道,所有城市垃圾都倾倒在此。今天的城市地理学家会发现,伦敦的地下污水系统与曾经流淌在这片冲积平原上的古老河道是基本重合的。流淌在未经城市化的土地上的河道,勾勒出了现代都市污水系统的轮廓。① 一位匿名的作者,有可能是笛福,描述了斯威夫特发表《城市阵雨》之后十年伦敦的“公共陆地”的景象:

> 这些肮脏的地方是污水沟的汇集之处……染坊、洗衣

---

① N. J. Barton, *The Lost Rivers of London, A Study of their Effects upon London and Londoners, and the Effects of London and Londoners upon them*, London: Leicester University Press, 1962.

> 房、毛皮贩子、屠宰场及其他令人厌恶的行业都把污水排放到这里。随处可见腐烂的动物尸体和它们散发出来的恶臭。这样的污水沟向西一直延伸到伦伯斯区，沟中积着厚厚的淤泥……从霍斯利当恩桥（Horseleydown）到战桥（Battle Bridge），远到罗瑟希德区，相似的景象触目皆是……当地居民对此极度厌恶……这些地方臭气熏天，令路人头昏作呕。①

城市环境卫生已经成为一个异常复杂又无可回避的问题，对每位城市居民的生活都有重大影响，可谓无处不在：从每家每户的茅坑，到街边的污水沟，再到泰晤士河的大规模污染。那时的公共厕所就直接建在城市河道附近。居民生活产生的废水和垃圾，还有诸如屠宰场、养猪场、肉铺、煤场、砖厂、染坊等各种商户产生的废水和垃圾，要么先排入茅坑，再定期排放到社区中的"排水沟"（ditches），然后注入环绕着建筑物的"污水坑"（sinks）、"排水道"（drains）、或"泄水道"（sluices）；要么就直接排入到流淌在许多城市街道中心的"水道"（kennels）之中。单凭那时城市下水道的名称之多，就足以说明它在人们日常生活中的重要地位。这些无处不在的露天下水道产生的刺鼻气味和骇人景象深深困扰着居民。更有甚者，过马路时，他们还要淌过这些下水道，亲眼目睹公共厕所的污物、夜壶的便溺、垃圾桶的废物，直接倾倒在他们门前屋后的露天沟渠中。彼时的居民和现代城市历史学家都将这种露天下水道网络看作街道的一部分，是连接并且界定这座现代城市的交通系统，其作用甚至超越了人来人往的窄巷和街道。帕特·罗杰斯（Pat Rogers）对此有这样的描述："露天下水道……将伦敦的各个部分直接连接起来，极少有交通系统能做到这一点，城市里有些地方的街道简直就像迷宫一般令人费解。"②

---

① *Due Preservation from the Plague as well for Soul as Body* (1722). 转引自 M. Dorothy George, *London Life in the XVIIIth Century*, London: Kegan Paul, 1925, 349 n. 66。

② Pat Rogers, *Grub Street: Studies in a Subculture*, London: Methuen, 1972, 144.

1671年的《污水和路面法案》是改善城市环境卫生系统迈出的第一步。法案提议将下水道从路面中央迁至路面一侧，并垫高路面使其与下水道分离。[①] 这一法案关切的重点似乎在于城市主要街道的安全性能：抬高并铺平路面，废水流于侧面。后来，确实有些街道的情况有所好转，但流在街道中心的下水道直到18世纪也还屡见不鲜，而将诸如污水坑、排水道或排水沟这些迅速发展的污水处理系统加以遮盖的提议，直到斯威夫特的《城市阵雨》发表二十年后才出现。弗利特沟，原为弗利特河，曾是泰晤士河最大的支流，也最鲜明地代表了城市生活的污秽和污染。这一形象不仅见于斯威夫特的诗，两个世纪以来，凡有关城市环境恶化的著作，对其无不提及。[②] 改善城市卫生环境的努力多以失败告终，那“令人作呕的污水坑”[③] 依旧存在。17世纪末，弗利特河的下游曾一度被清淤疏通，侧翼加盖码头建成运河，但到了斯威夫特发表诗歌的时期，这些设施都已破败不堪，到了1733年，短命的弗利特运河从弗利特桥到霍尔本桥都被污物堵塞（巴顿，第76—78页，第105—106页）。[④] 弗利特沟成了城市生活的实体层面、社会层面和文化层面的象征；用罗杰斯的话来说：“弗利特沟……实质上将城市中的每个可鄙的角落都联系在了一起”（149）。

25

斯威夫特的诗歌告诉我们，暴雨来临之际，伦敦的河道系统也不堪重负；城市里没有疏松的土壤来吸收突如其来的雨水。暴雨过后，露天河道里的洪流卷携着动物尸体和各种物品沿着下水道流入泰晤士河，那场面无法直视。1679年的一场暴雨过后，目击者称，除了

---

① Roy Porter, *London: A Social History*, Cambridge: Harvard University Press, 1994, 89.

② Barton对弗利特河的恶化过程进行了详细的描述：“从河到溪流，从溪流到沟渠，从沟渠到排污道”（29）。有关弗利特沟在当时文化中的形象，参见Rogers在*Grub Street*一书中评论“愚昧女王的动脉”一文。

③ 转引自George, 85。

④ 针对弗利特河的状况曾进行过一系列断断续续、收效甚微的改善活动，参见Rogers, 146—149。

牛,“还有各种各样的东西和物品,比如从沿岸受灾房子里滚落的啤酒桶、烈酒桶,都顺着洪流冲向霍克利洞(Hockley-in-the-Hole),成了贪婪又兴奋的下等人的零碎物什。”[1]时至今日,暴雨还有可能导致伦敦的地下排污系统濒于崩溃。一位20世纪的下水道工人这样描述暴雨带来的后果:“暴雨可迅速导致主要地下排水管道内洪流汹涌:雨水从总计长达2500英里的各个小管道倾盆而入,几分钟内汇入的水流就足以把人冲走。隧道里先是回荡着飓风的呼啸,随后洪流泄入,冲过堤坝,涌入泄洪管道”(巴顿,第116页)。在一定程度上,这个描述与斯威夫特的诗歌十分相似,表明了现代人对城市阵雨体验的延续。

26

二

斯威夫特的这首诗的标题,可谓一个极其形象又隐秘的双关语,提请人们关注现代城市经验的一个重要方面。很多斯威夫特的同代人,特别是艾狄生,不赞同使用开放式的双关语。斯威夫特却十分青睐双关,并将其作用发挥得淋漓尽致,这点在《写给斯黛拉的书信集》中表现得尤为明显。[2] 而不论从语义还是语音上说,下水道和阵雨都如此紧密联系,想必当时的读者不会惊讶于这一双关。诗中的下水道和阵雨体现了完美的互易性。在诗的末尾,弗利特沟洪流的壮观景象,既是诗歌的总结,也很自然地成为阵雨的高潮。那著名的三诗行描述了“汹涌的水道”如何流经城市,从斯密斯场的市场(Smithfield market),到雪山上的圣帕尔克教堂,最后流注霍尔本桥下的弗利特沟:

---

① 转引自 Barton,104。

② Ann Cline Kelley, *Swift and the English Language*, Philadelphia: University of Pennsylvania Press, 1988, 18. 有关斯威夫特的双关以及当时的科学和经济情况,参见 David Nokes, "'Hack at Tom Poleys': Swifts Use of Puns", in *The Art of Jonathan Swift*, ed. Clive Probyn, New York: Barnes and Noble, 1978, 43—56。

从屠宰场冲出的粪便,血污和内脏,

淹死的小动物,发臭的鱼混着泥汤,

死猫,萝卜缨,一起翻滚咆哮着流向远方。(第61—63行)

即使“sewer”和“shower”没有语音上的联系,斯威夫特诗歌中的阵雨也以其特有的横扫一切之势,涌向城市下水道。

阵雨作为一种文化力量,能够鲜明地刻画城市生活,揭示城市生活的意义。下水道也承担着同等功用,甚至加强了阵雨的文化力量。说起来有些自相矛盾,但斯威夫特仿佛竟是下水道的崇拜者。我们甚至可以推测,下水道是一种修辞选择,代表着城市人口的爆发式增长:下水道暗示着城市规划和和改善卫生环境的必要性,因此成为围绕着城市扩张问题的焦点。下水道是城市污秽本质的缩影,散发着最刺鼻的恶臭,展示着最骇人的景象,刺激着18世纪每个城市居民的感官。此外,下水道遍布于城市的每个景致之中。事实上,下水道是建构城市区域分布的景观,把城市中空间距离遥远、社会身份迥异的各个阶层联系在一起,因为人们共同面临着处理垃圾的需要;在这一点上,它和阵雨汇聚城市各个区域、社会各个阶层的零碎杂什如出一辙。如此一来,阵雨就有了其肮脏的对应物——下水道:古典文学中的形象在当下的城市生活中找到了另一自我。

27

辛西娅·华尔(Cynthia Wall)曾详细讨论过城市区域分布对17世纪末和18世纪初英国文化的影响,她的研究视角和我们如何理解那一时期的修辞及文学资料紧密相关。华尔指出,在伦敦成为现代都市的建设史上,1666年大火灾之后的重建是一个关键期。在那几十年里,出现了“大量的深受区域分布影响的文学形式”,例如斯威夫特和其他作家所写的城市本土诗。这些诗歌反映了一种“新的文化意识”,一种“空间移动意识”,一种“混乱和拥挤”,以及一种修辞和社会的兼容,这种兼容“捕捉、探讨,或者试图对现代大都市中的区域和社会混杂进行分类和概括”。[①] 华尔不仅将新兴城市文化与早期话语传统联系起来，还讨论了二者之间的差异：

> 部分新兴城市景观叙事的力量来自于较早的文学传统：伦敦的街道被赋予了社会意义、商业意义，以及传统的地理意义……意义源于具体的城市危机，又制造新的危机……新文学和新的空间再现对过去的修辞模式，要么全盘接收，要么取其部分。大火灾之后，空间稳定被打破，加上随之而来的重建工作……使得城市中广泛的文化思潮，力图在想象的层面上重新规划城市的区域，重新定义空间的意义，重新为城市命名……尤为明显的是，在布道和期刊上有长篇累牍的街道名称，在测绘学中出现了街道名称索引和逐条罗列，从语法层面和想象层面来说，原来相对的空间稳定，变成了相对的空间流动；清晰的城市二维勘测和平面图取代了原本的三维鸟瞰式。这一切在诗歌、戏剧和小说中均有体现。(116)

28

城市下水道寓言概括了华尔所描述的现代独特的城市环境，其社会和地理转义反映了人群拥挤、社会身份混乱、特别是空间流动性等独特体验，这些都是现代大都市的特点。现代性的关键特征一直隐含在大都市的社会空间。在马克思主义传统中，对现代性的批判灵感尤其源于那些欧洲大城市：诸如巴黎、伦敦或柏林的街道、人群和建筑。[②] 18 世纪下水道的文化体验代表着现代与城市空间碰撞的

---

① Cynthia Wall, *The Literary Spaces of Restoration London*, Cambridge: Cambridge University Press, 1998, 第四章；引自第 116—117 页。

② 总结马克思主义传统如何理解城市的作用，参见 David Frisby, *Fragments of Modernity: Theories of Modernity in the Work of Simmel, Kracauer and Benjamin*, Cambridge: MIT Press, 1986。

原初时刻,那一时刻浓缩了其历史意义的多个维度,并在一个连贯的集体性寓言中获得表述。

寓言的一个显著特点是将下水道与阵雨融合起来,这点将其和之前文学作品中的下水道区别开来,从而使其与早期的形象既有联系,也有区别。例如,早在《城市阵雨》发表的一百年前,本·琼生的《旅程》("The Voyage it selfe",1616)就是一篇冗长的有关下水道的诗。这首诗为后来18世纪城市本土诗中出现的对伦敦下水道的描写提供了很多先例。不过,琼生的诗缺少18世纪下水道/阵雨那种奔涌的活力和激情。这首作于詹姆斯一世时期的诗是一首驶向地狱之旅的戏仿英雄诗,其主人公结束了在面包街上"美人鱼"里的一夜欢娱之后,"意欲乘船去往霍尔本",[①]也就是说,从布莱德威尔监狱(Bridewell)乘划桨船顺着弗利特河逆流而上到达霍尔本。旅程一开始,诗人就嘱咐读者"屏住呼吸"(第60行),因为船桨的滑动在淤泥中激起了一股恶臭。船上乘客在弗利特河的"子宫中穿行"(第66行),囿于河流"两边的墙",厕所和下水道的污物沿着墙被倾倒而下。因为躲避经过的垃圾,船不得不靠近墙,这使得他们和头顶上的公共厕所距离更近,其后果可想而知:

> 呜呼,他们将在我们头上拉屎,
> 没关系,混蛋,划啊。什么呱呱声
> 被我们听到?是青蛙?不,那是放屁声,
> 就在我们的头顶:好吧,划啊。(第90—93行)

29

臭气从头顶上传来,或像鬼魂从河流中升腾,粪便有的"黏在墙上",

---

① Ben Jonson, "The Voyage it selfe" in *Epigrammes* (1616), in *Ben Jonson*, vol. 3 of *The Poems*, *The Prose Works*, ed. C. H. Hertford Percy and Evelyn Simpson, Oxford: Clarendon Press, 1947, 第37行。下文对琼生诗作的引文都出自此诗集,括号内标注行数。

有的“沿厕所倾泻直下”，有的“片片点点”在河流中漂浮，还有的在角落里“成堆垒起”（第136—139行）。弗利特巷倾倒的厨余垃圾也加入进来：

> 河道油腻腻，还有病猪毛，
> 狗头、狗皮、内脏和蹄脚：
> ……
> 几只猫，曾经油炸过，又被烘烤，
> 长了霉菌，再被水流扔抛，
> ……
> ……它们被扔在此处，同那融化了的锡盘一起，
> 将来还有五条命，它们不会被淹死。（第144—154行）

最后乘客们遇见了一人，此人刚在河中“沉浮三次”，对他们说：

> 你们那娇嫩的鼻孔
> 真是胆大包天……
> 怎敢开始这样的航程？
> 方便的人蹲在每个茅坑。
> 围墙灰泥合着尿液流淌；
> 噪音种种不断冲耳回荡。（第164—171行）

乘客们虽鄙视此人，却也不得不败下阵来，原路返回，航程结束。

不难发现，这首城市本土诗中所提及的——成堆的粪便、令人窒息的恶臭、堆积的淤泥、水中的动物、茅房厕所、淹死的猫狗、弗利特沟的运能——同样出现在18世纪的城市下水道寓言中。只不过前者讲述的是逆流而上：人们如何划着船稳步、小心而缓慢地在黑暗、粘稠、幽闭的泥浆中穿行。虽然斯威夫特《城市阵雨》的最后两行也

提到了琼生诗中的霍尔本桥，但在《城市阵雨》中，霍尔本桥是地理位置的起点，暴雨裹卷一切从此桥倾泻而下，注入泰晤士河。这汹涌的洪流是18世纪城市下水道寓言的鲜明特征。

《特利维亚：或，行走伦敦街头之艺术》(1716)是约翰·盖伊所作的城市田园诗。此诗第一卷显然借鉴了斯威夫特，也大谈城市阵雨。对阵雨的描写开始于包罗众人的“你”，即每个大都市生活体验者：

30

> 睡意被清早的吵嚷打扰；
> 天空已经显现出了征兆。
> 为防你在夜晚抱怨关节痛和咳嗽；
> 阴沉的雾、或倾盆的雨，来袭在此刻。①

接下来出现的是重要的城市洪流转喻：

> 当狂风在你耳边呼啸
> 嘎吱作响来临急雨风暴；
> 转瞬间，沟渠里水势大涨，
> 汇成向泰晤士河的奔腾泥浪。(第一卷，第157—160行)

上述对下水道“奔腾”势头的描写，在修辞层面对应着风暴的能量，以及伴随而来的狂风和洪流：

> ……你能知悉

① John Gay, *Trivia: Or, The Art of Walking the Streets of London*, London: Daniel O'Connor, 1922, l. 121—124，下文对盖伊诗作的引文都出自此诗集，括号内标注卷数和行数。

狂风大作，沟渠漫溢；
垃圾场散发着阵阵臭气，
天穹中降下肮脏的水滴，
雨打瓦顶激起青烟一片，
人不留心就被雨水浇遍。（第一卷，第169—174行）

流动是盖伊笔下的大都市的主要特征。行人不得不“健步如飞”（第三卷，第51行）行走在拥挤的街道，还得小心“湍急的/洪流”随时可能冲走他的同伴（第三卷，第91—92行）。川流的人群和涌动的雨水以及下水道的洪流混合在一起，行人要尽力沿房屋建筑外墙而行，远离街道边上的泥泞：

当滂沱雨水倾盆而至，
走路要靠墙小心翼翼；
要是你稍微留下地方，
31 拥挤的人群便蜂拥而上；
疯抢占领你失去的领地，
你被推到一边，无靠无依。
将领地夺回只是徒劳，
浑身泥泞被雨水透浇。
还是雨淋泥浇来忍受，
以免与人争吵伤皮肉。（第三卷，第205—214行）

对盖伊来说，上述这些涌动代表着潜在的破坏力量，它猝不及防地将行人的假发浇透（第一卷，第202行），即是在物质和社会身份层面上进行的破坏。同样，女士的鞋子也难逃其害，拯救的方法出现在戏仿英雄史诗的附记中，那就是火神伏尔甘发明的将她们抱起来（第一卷，第271—276行）。在这首描述城市大雨的诗歌中还常会出现损毁的马车。夜晚下水道的“翻涌”卷翻了一架马车：

> 在灯色苍白的路中间
> 光线幽暗而垃圾成山，
> 像吞噬生命的血盆大口，
> 又像通往垃圾场的无底洞幽。
> ……
> 适值夜神尚未走完半程；
> 马车似被吞噬倾覆路中，
> 战马打着响鼻，缰绳折断，
> 轮轴断裂，辐条飞散。（第三卷，第335—345行）

在第二卷中，阵雨导致一场实实在在的模糊社会身份的表演，即纨绔子弟连人带马在暴雨中翻进了臭水沟：

> 我曾目睹一个纨绔子弟，时运不济，
> 阵雨里穿越泥石堆积、水位满涨的水渠，
> 他高傲地在金晃晃的马车里坐稳，
> 蔑视那些溅了一身泥水的行人；
> 堆满污泥的垃圾车从远处驶来，
> 策马的勇士啊，快把它避开！
> 赶垃圾车的马夫猛一抽鞭子，
> 他那粗辐条插进你那涂金车轴，
> 纨绔子弟尖叫落马，颜面全失，
> 金晃晃的碎片散落黏糊糊的地，
> 墨色的水流弄脏了他刺绣的衣裳，
> 黑乎乎的泥淤遮了他脸上的荣光。（第二卷，第401—411行）

32

正如罗(Nicholas Rowe)和普莱尔(Matthew Prior)在斯威夫特的《城市阵雨》中看到了达娜厄，这里的史诗比喻也达到了戏仿英雄史诗的效果：既贬低又突出其活力的矛盾效果。像艾伦普莱斯(Ehrenpreis)对斯威夫特的评价一样，帕特·罗杰斯(Pat Rogers)也注意到了，在盖伊对城市生活的直白描写中出人意料地透露出一种崇敬之情："淤泥像雨点般溅在市民身上，可盖伊却从中发现了几乎可以称之为美的东西；或许可以把泥污看作社会的底层——它已经成为城市主流的一部分，是城市的荷尔蒙，推动一切进入运转"(164)。运转也可能是破坏性、威胁性的。在盖伊的诗中，紧随奔流的暴雨/下水道之后的，是一场城市火灾的描写，这段描写不由让人联想到伦敦大火灾。那场大火摧毁了伦敦，却也为现代伦敦的建设做了准备：

> 起初红光闪烁，吞没天空，
> 风卷着火花四处乱飞；
> 从房梁到房梁，烈焰熊熊烧；
> 火柱窜起来一个更比一个高，
> 窗棱断裂，火势蔓延如洪水，
> 砖瓦崩塌，砸落地上像雨摧。(第三卷，第355—360行)

对当代人来说，上述诗行说明城市洪水——下水道或阵雨——暗示着城市大变动。[①] 不过，下水道也有着自身的当代史，在这一点上并不亚于阵雨的传统谱系。

事实上，将下水道纳入到文学文化层面来谈的，远不止斯威夫特和盖伊的城市本土诗。[②] 从约翰·威尔莫特，即罗彻斯特伯爵(John

---

① 华尔认为盖伊的诗比蒲柏和斯威夫特的作品更自信、更乐观："他的意象比斯威夫特的'干净'，比蒲柏的柔和……虽然同时期的蹩脚作家写了看似和他相仿的讽刺诗，……盖伊的诗内容和形式贴合更严谨"(133)。另一方面，因为关注这些作品中都出现的下水道意象，我认为盖伊的诗令人联想到城市的大变动。

② 有关此时期下水道的地理分布和文化意义，参见Rogers，145—166。

Wilmot, the Earl of Rochester)的诗《论威利斯夫人》(1681)可以看出这一修辞形象的流传。此诗讽刺了伦敦一个臭名昭著的妓女,具备生动的厌女症口吻,结尾处用了下水道的形象,与斯威夫特一样,使全诗达到了高潮,强调了下水道污染毒害的特点,也起到了总结全文的作用:

思想下流,但言语精准,
虽为妓女,却脾气不良,
她的满腹都是大粪,
她的阴户是公共垃圾场。[1]

这里的公共垃圾场/下水道和《城市阵雨》中的阵雨可谓双关语,不过,在此诗中,下水道是女性生殖器的修辞。这个暗喻一方面讽刺了威利斯夫人肉体的污秽,另一方面让人联想起女性肮脏无序的性。公共垃圾场/下水道无所不包,各色垃圾都倾倒在此,各色人等都可在此倾倒。这个形象使得女性身体在下水道寓言中获得了一种独特的修辞功能:消除差异关系,或拉平等级制度。

女性身体的拉平均化功能,以及城市垃圾处理的形象,经常出现在17世纪末的诗歌中。在一首讽刺女性的诗《在圣詹姆斯公园里的漫步》(约1680年)中,罗彻斯特描述了他的情人科琳娜如何拒绝了他,跟着"三个该死的傻冒"坐着出租马车扬长而去(第一卷,第81行)。科琳娜钟情于其他男子,罗彻斯特便用了和威利斯夫人"公共垃圾场"相似的暗喻来讽刺她的乱性,不过这次是夜壶的形象:

① *On Mrs. Willis*, in *The Complete Poems of John Wilmot, Earl of Rochester*, ed. David M. Vieth, New Haven: Yale University Press, 1968, 第17—20行。下文对罗彻斯特诗作的引文都出自此诗集,括号内标注行数。

如何让那该死的荡妇回来
她的去意已决,不听劝解;
谁都知道,妓女就是
傻瓜们的夜壶尿器!(第99—102行)

夜壶与女性身体联系起来,其意图是在心智的层面上将诗中刻画的三个"傻冒"和诗人拉至同一水平,虽然此前诗人自视甚高,不屑与那三人为伍:"天啊!一个被我所爱的人/竟陷落至此种不堪丑闻"(第89—90行)。诗中对场景的描写也突出了拉平或类别混乱的效果。在诗的开头,圣詹姆斯公园就被定义为社会身份混乱的场所:

在这无恶不包的园林里
34 有在店门口和僻静处招揽的娼妓,
高贵的女士、女仆,还有苦工,
捡破烂的,和女继承人在前行。
马夫、牧师、爵爷和裁缝,
学徒、诗人、拉皮条的,还有狱警,
男仆、漂亮的花花公子都在这里聚散,
他们混和在一起真叫人眼花缭乱。(第26—32行)

接下来我们被告知,科琳娜早就是这种混乱的亲身实践者:

当那淫荡的贱妇饱胀着返回
腹中足有半个镇上男人的精水,
我这点精虫也渐渐被吸个光
因为那助兴的淫水实在放荡。
有时我长驱直入无阻拦
因四壁温润湿滑液质粘

全赖你那贪婪的阴户，
把脚夫和男仆的精华吸入，
我情愿甘心为你来助兴
倾尽所有斟满你高贵的酒盅。（第114—123行）

在这里，女性对性的贪婪等同于类别混乱——傻瓜和智者混为一谈，各色社会阶级在来者不拒的女性身体中混杂交织。在这一时期对女性的描写中，一以贯之强调的都是她们对阶级秩序和类别秩序的破坏力。另外，城市下水道寓言的中心主题也建立在女性身体的意象之上。①

罗伯特·古尔德的诗《放弃的爱：或，一个色情狂对抗女人的傲慢、欲望、善变等等》（1682）比斯威夫特的《城市阵雨》早发表十几年，也是对女性的性作出思考，也有女性化的下水道。在这首诗中，“水道”用来指女性的善变。诗的讲述者劝诫男性不要和女性发生性关系，如无法实现禁欲，那最好的性交对象是性欲强烈的女性，因为她们的身体像下水道般吸收了男性欲望的“暴雨”，而且从下水道这一意象来看，它们无“岸”可言： 35

如果自然之潮[男性欲望]暴涨，
不顾一切满溢出河床，
那就找个荡妇，她（下流的欲望积累）

---

① 女性主义评论家已从各个方面讨论过这首诗对女性形象的呈现，这些讨论都是我对下水道意象解读的佐证。例如，Valerie Rumbold将此类诗置于更受人们偏爱的历史女性中去考量，参见 *Women's Place in Pope's World*, Cambridge: Cambridge University Press, 1989。Felicity A. Nussbaum讨论了此类诗歌中的厌女主题和影响，参见 *The Brink of All We Hate: English Satires on Women 1660—1750*, Lexington: University Press of Kentucky, 1984。Ellen Pollak探讨了这首诗和性别文化的神话之间的关系，参见 *The Poetics of Sexual Myth: Gender and Ideology in the Verse of Swift and Pope*, Chicago: University of Chicago Press, 1985。

> 用烈火般的热情，迎接你爱的潮水；
> 而且，只要你想释放爱的暴雨，
> 她都有无尽的水道为你接取；
> 水道漩涡密布，望不见岸，
> 所以也就永远不会灌满，
> 有的是地方，它张着大口在叫喊！①

在古尔德的这首诗以及当时的很多文学作品中，暴雨只在名义上代表男性，比如达娜厄的阵雨；它隐含的意思是女性对性的欲望和饥渴。具体来说，暴雨被用来描述男性的“洪流”和女性的性。古尔德在诗中还用“暴雨”来表示女性力量：

> 原谅我不够端庄，假如我曾
> 在言语中表现出淫荡滥情；
> 只因我有意打探她们的罪愆，
> 那罪恶滔天(如暴雨)在所有时代泛滥。(6)

这是围绕着城市下水道、注入下水道的暴雨而形成的一系列意象的复合体。与之相关，子宫与坟墓产生了韵脚结合。② 在这一时期的诗中，坟墓被女性化，成为女性化的下水道的增补。对古尔德来说，坟墓“张着血盆大口”，就像那“无尽的水道”：

> [她]为他们排空；所有储存全被吸干；

---

① Robert Gould, *Love given o're*: *or*, *A Satyr against the Pride*, *Lust*, *and Inconstancy*, *Etc. of Woman*, in *Satires on Women*, Los Angeles: William Andrews Clark Memorial Library, 1976. 下文对古尔德诗作的引文都出自此诗集，括号内标注页码。

② 有关二者之间的联系，参见 Hugh Kenner, “Pope's Reasonable Rhymes”, *ELH* 41, 1974: 74—88。

可怎么也满足不了这妓女的贪婪，
她的阴——像阴暗的坟，张着血盆大口要吞咽。(4)

36

和罗彻斯特一样，古尔德笔下的女性充满着无法满足的欲望：贪婪的肉欲使她们来者不拒，全盘接收——就像伦敦的暴雨将一切冲刷，流淌注入霍克利洞：

……子宫
和张着大口的贪婪墓塚：
它吸入了人、狗、狮子、熊，各种的东西，
可它永远不会说——足矣。(5)

在古尔德的诗中，论及女性身体的拉平效果有多处，此处最为简短。在这里，子宫不仅汇集了不同职业和阶级的人，还是汇集人和动物、有生命和无生命的“各种东西”的场所。

古尔德笔下“贪婪的妓女”指的是麦瑟琳娜，是罗马皇帝克劳迪斯的妻子，以风流著称。在这个时代，麦瑟琳娜是女性欲望的代表，有时也和消灭阶级差异联系在一起。德莱顿在翻译尤维纳利斯(Juvenal)的第六首讽刺诗(1692)时，也为她添上了浓墨重彩的一笔，描写了她提供服务之后从“妓院”(第73行)返家的画面：

这端庄的妇人摸索着老凯撒的床，
油灯的蒸汽还挂在她的面庞
粘稠的污迹；如此邪恶，又如此招摇，
她为他带回了黑夜之宝。(第186—189行)

德莱顿的译文着重强调了对阶级、甚至种族界限的僭越：女性发生性关系的对象包括舞蹈教师(第89行)、击剑人(第117行)、奴隶(第

449行）、船夫（第450行），以及“埃塞俄比亚人”（第777行）。杂交混乱（Indiscriminacy）成为女性身体的重要构成作用，同时也是下水道在当时最明显的象征意义。

斯威夫特在他具备厌女特征的诗中，也提到了下水道和女性身体之间的紧密联系。在《一位年轻貌美的仙女就寝》（*A Beautiful Young Nymph Going to Bed*，1734）一诗中，妓女褪去的不仅有衣衫，还有身体部位，包括头发、眼睛、牙齿，以及关于她如何出生在弗利特沟岸边的梦：

> ……靠近弗利特沟泥泞的岸边，
> 周遭全是各种臭气熏天，
> 科琳娜姗姗来迟，似在躺着观察，
> 猛地跃起，捕获过路的呆瓜。（第47—50行）

37

科琳娜就像是下水道的居民，又像下水道女神，环绕在她四周的“臭气”与《城市阵雨》中的臭气如出一辙。正因为她的周遭环境杂乱不堪，她与古尔德笔下那贪婪的子宫也具备了同样的拉平功能。到了这首诗的结尾处，科琳娜的身体也已经分解到了无法辨认的程度，因为她的面部器官和肢体都分散在她的“闺房”。在此诗的最后一行，科琳娜成为城市下水道的缩影：“谁[若]见[她]，必呕吐；谁若闻她，必中毒”（第74行）。不过，即使上述将城市景象女性化同属于《城市阵雨》的文化寓言，很难说斯威夫特对此持“十分赞同”的态度。要想知道斯威夫特对此寓言到底有多“赞同”，还需要经过大量深入的考证。

在斯威夫特的另一首诗《美貌的进展》（*Progress of Beauty*，1718）中，西莉亚也经历了和科琳娜相似的身体分解。这首诗的写作时间仅比《城市阵雨》晚了八年。西莉亚作为下水道的女性象征，流走了。一开始，她那“妆扮过的面部”的“颜色”突然流动起来：

三个颜色黑、红、白，
各得其所，美丽优雅，
要是把位置调过来
那就面目很可怕，

好比，百合般的白，溜进了
本来玫瑰般红的位置，
变换了嘴唇的颜色，
而紫色又爬上了鼻翼。①

导致这种颜色混合的原因，其实是梅毒或水银中毒引起的"腐烂"（第103行），这点在诗的后面会作出说明，（在与月亮的类比中）"她的面部每晚剥落一点"（第87行）。西莉亚的五官流动混杂到了一起，她就变成了"一团杂乱"（第20行）。此时，她与《城市阵雨》结尾处那奔流的城市垃圾具备同样的流体特征。在那首诗里，从"暴涨的沟渠"里奔涌而出的水流汇集一处，"在雪山街汇合成一条巨流，/在霍尔本桥附近注入污水沟"（第57—60行）。在描写西莉亚的诗中，本来协调的面部，因为流动变成了污物横流的地方： 38

汗液裂开她的容颜，
汇成条条小河流溪，
河道轨迹随处可见，
在她下巴之处河流汇聚。

---

① *The Progress of Beauty*, in *The Poems of Jonathan Swift*, ed. Harold Williams, Oxford: Clarendon Press, 1958，第30、7、21—28行。下文对此诗的引文都出自此诗集，括号内标注行数。

老道的主妇就这么用她的拇指，
上面还沾有织布时喷上的唾沫，
把那些河流变为褐色
在五官之间涓涓流过。（第37—44行）

下水道和女性身体又因一个复杂而又经久不衰的修辞形象联系在了一起。这个修辞形象在上述许多的论述中都发挥了这样的联结作用：它可能是汇聚各种复杂景观特点的地理意象，也可能是一个汇聚而成的流体，或者是一种能够分解连贯体系或秩序系统的流体，分解的后果令人吃惊，原本的连贯体系或秩序系统变得混乱不堪、肮脏污秽、令人反感。

三

斯威夫特的《城市阵雨》面世不到二十年，亚历山大·蒲柏就发表了《群愚史诗》第一版（三卷本，1728；四卷本，1743）。蒲柏可谓18世纪城市下水道诗人的杰出典范，而《群愚史诗》则可谓那个时代最宏大的城市本土诗。[①] 这部诗作是本书第三章一个议题的研究中心，即下水道寓言、洪水寓言、金融寓言和商品寓言如何融会贯通。在此诗的第二卷中，出现了当时极具代表性的对城市下水道寓言的描写，包括城市垃圾，以及城市卫生与女性身体的融合。在这一卷，愚昧女王发起了“高贵的英雄式比赛”来“娱乐她的子嗣”（第17—18行），同时庆祝愚人国王的登基。首先是书商们为了获得诗人的

① 《群愚史诗》于1728年以三卷本的形式初次出版；1729年出版集注本。1742年蒲柏发表了第四卷；1743年四卷修订本出版，西伯代替西奥博尔德成为群愚之王。《群愚史诗，四卷本》是我在本章研究的文本，引文引自 *The Dunciad*, in *The Poems of Alexander Pope*, vol. 5, ed. James Sutherland, London: Methuen, 1943；括号内标注卷数和行数。

幽灵而进行的赛跑比赛；接下来是撒尿比赛，胜者以一个女作家作为奖品；第三个是搔痒比赛，奖品为恩主的偏爱；第四个是噪音比赛，噪音看来就是最好的奖品；第五个就是著名的潜水比赛，比赛场地设在弗利特沟；最后群愚要挑战昏睡比赛，由此结束本卷。 39

跟随着群愚们参赛的脚步，这一卷勾勒了一幅城市地理图，包括：斯特兰德街（Strand）、圣殿教堂（Temple）、托特纳姆广场（Tottenham）、赞善里街（Chancery Lane）、威斯敏斯特厅（Westminster Hall）、亨格福德市场（Hungerford Market）、布莱德威尔监狱（Bridewell）弗利特沟（Fleet Ditch）、圣保罗大教堂（St. Paul's Cathedral）、奥德门（Aldgate）、露特（Ludgate），还有舰队街（Fleet Street）。[①] 蒲柏在潜水竞赛开篇的一个注解中梳理了群愚们在城市中漫游的路线："比赛在斯特兰德街开始，然后经由舰队街（此乃书商居住之地），他们又经过布莱德威尔监狱去往弗利特沟，最后从露特入城来到女神圣殿"（注及第269行及以下各行）。每个比赛项目都会提及许多地点，给人感觉仿佛整个伦敦都被包含进来：事实上，蒲柏安排科尔（Curll）骄傲地宣布这一地理广度："哪条街道，哪条小巷不知悉，/ 我们的冲刷、浇灌、覆盖和冲击？"（第153—154行）。不过，所有提到的这些地点最后都会回到联结泰晤士河和弗利特沟的水道系统，因为这些水道四处流动，无所不在，联结串起了城市的各处景观。

---

① 斯特兰德街是进行第一场比赛的场所，位于伦敦城和威斯敏斯特城交界处（第28行）。圣殿教堂是下水道女神洛亚西那（Cloacina）的居所，科尔在第一场比赛中拜访了她（第98行）；蒲柏特别提到了这一伦敦地区位于泰晤士河边的"黑色洞穴"，即煤矿码头。托特纳姆广场、赞善里街、威斯敏斯特厅和亨格福德市场是第四场比赛中群愚们的喧闹四处传播的地方。群愚从布莱德威尔监狱出发来到弗利特沟，此处是第五场比赛的地点（第269—271行）。斯梅德利（Smedley）到访冥间时发现的"冥河支流"影响着圣殿教堂、圣保罗大教堂和奥德门的居民生活（第345—346行）。群愚经过露特，沿舰队街来到第六场比赛的地点（第359行）。在以下诗行中，泰晤士河一直作为上述地点的背景出现，包括第98、265、272行。弗利特沟是以下诗行的前景和背景，包括第271、359（以舰队街的形象出现）、427行。

弗利特沟是著名的下水道，它的注入之地泰晤士河可谓另一个巨大的天然下水道，这二者构成了第二卷的地理位置中心。可以说，城市垃圾这一形象是本卷的前提，也是一以贯之的中心。到了比赛最激烈的部分，群愚跃入弗利特沟，比赛将群愚和他们的产物与下水道内在地联系起来：

> 活动结束，沿布莱德威尔监狱而下，
> （晨祷、鞭笞皆已进行完毕啦）
> 来到污水横流的弗利特沟
> 里面翻滚着涌向泰晤士河的死狗，
> 40 堤坝之王！与你相比，再无泥浆的闸门
> 能将银色的洪流染为暗夜之色。
> "除去你们的衣物，我的孩子！从这里跃下，
> "管它泥浆还是清流，看谁游得最佳，
> "看谁最善与泥水同流合污，
> "任它昏天黑地，还能进退自如。"（第269—278行）

在这场下水道的旅程中，有一段进入冥间的描写，这是戏仿英雄史诗的手法。斯梅德利（Smedley）遇见了爱上他的"泥浆仙女"（第332—335行），又发现了一条从下水道流出的"冥河支流"，此支流

> 奔腾入泰晤士，汇聚的波浪，
> 令活泼之人陶醉，庄严之人沉想：
> 这里轻柔的气味在圣殿之上缭绕，
> 那儿，从圣保罗到奥德门都在沉醉睡觉。（第338—346行）

"汇聚的"流体所产生的效应弥漫在城市之中，这与传统的垃圾清除

效果相悖,意味着下水道在城市中无处不在,极大地影响着城市环境。

这样的流体在开篇的比赛中也出现过。书商们为了得到诗人的幽灵而进行跑步比赛,科尔(Curll)在科琳娜倾倒的一滩便溺里摔了一跤,只能把领先之位拱手让给林托特(Lintot):

> 一湖脏水横亘在道路中央,
> 全拜科尔的科琳娜所赐的奖赏:
> (把她夜里造的好东西往邻居店门口倒
> 这是她的老习惯,谁都知晓)。(第70—73行)

在18世纪前半期,把城市街道中心、"路中央"当作垃圾倾倒点的行为十分普遍。这段引文让人想起"粪便"(第103行)占据城市中心,令人不寒而栗。然而,在点明此处的污物与印刷产业的卑鄙下流、唯利是图的联系之前,污物首先被定义为女性的产物。科尔因为和"科琳娜"的关系而受到抨击,也正是从科琳娜那里,他曾经获得过蒲柏的私人信件。科尔跌入的下水道,正是证明了他的"邪恶"是因为沾染了女性的特质:"污秽满身,面目可憎,恶棍露出本来面目,/自食恶果,在自己造的孽里摔跟头"(第75—76行)。跌倒之后,科尔反而吸收了污秽特殊的能量,最终赢得了比赛: 41

> 臭味相投,粪便使他重获新生,
> 浑身抹上比赛的神奇液精,
> 他一跃而起;从那熏天的臭气,
> 吸入新的活力,一路浑身滴答,气味刺鼻;
> 他赶超林托特,摘得比赛桂冠,
> 毫不在意褐色的污物还挂在脸。(第103—108行)

科尔之所以能获此殊荣，还有赖于一个女性人物的介入："美丽的洛亚西那"（第93行）。根据蒲柏的注解，此女是"公共下水道之罗马女神"（第93行注）。她家住在泰晤士煤矿码头边上，之前曾经听到过科尔的祈祷。本来科尔跌入科琳娜的"水坑"之时祈求朱庇特伸出援手，而收到祈求的朱庇特正在"一个地方……介于陆地、天空和海洋之间/刚享用完仙肴，准备放松"，蹲坐在"巨大的出口"之上。那是个隐秘厕所，正好方便他接收"不计其数"的"虚妄祈求"。朱庇特对他的祈求报以"叹息，神明体内的神圣液体滴答而下"（第87、92行）；而洛亚西那正好可以在这隐秘之处施展自己的力量，因为"洛亚西那掌管这里的一切事宜，/用她洁净的双手把朱庇特服侍"（第93—94行）。

这个场景令人想起琼生在《旅程》（*Voyage*）中所描写的沿弗利特沟的公共厕所，也效仿了德莱顿的城市本土诗《弗莱柯诺之子》中的中心段落。《弗莱柯诺之子》可谓蒲柏《群愚史诗》的先驱。德莱顿笔下的主人公沙德威尔要加冕成为桂冠诗人，他"高坐在自己的作品垒成的宝座上"，一些作品侍立两旁，作者都是些"无名之辈"："无足轻重的替死鬼，废物中的极品"。[①] 城市垃圾遍布的场景从公共厕所转移到了街道，这使得加冕典礼几乎无法进行："粪——成堆，几乎堵塞了路"（第102行）。在蒲柏的笔下，洛亚西那女神不仅将科尔"吸入"的活力进一步女性化，还再次将下水道和女性通过二者共同拥有的拉平功能联系起来：洛亚西那对"听差男孩和船夫"（第100行）的祈求全盘接收，正如德莱顿在对尤维纳利斯的翻译中，女性欲望的对象包括"奴隶，/船夫，一群孔武有力的无赖"（第449—450行）；而罗彻斯特也将"马夫、牧师、爵爷、和裁缝，/学徒、诗人、拉皮条的，还有狱卒，/男仆、打扮漂亮的花花公子"，都汇聚到了

42

① John Dryden, *Mac Flecknoe*, in *John Dryden: Selected Works*, ed. William Frost, 1953; reprint, New York: Holt, Rinehart and Winston, 1971，第107、101行。

圣詹姆斯公园(《圣詹姆斯公园》,第29—31行)。

在《群愚史诗》对奥林匹克竞赛的戏仿中,下一个比赛是撒尿比赛。这个比赛证实,科尔因为与科琳娜、洛亚西那、夜壶、公厕、下水道联系在一起,因而获得了性机能。在那场著名的自我展示中,科尔赢得了比赛,奖品是女作家伊莱扎·海伍德。他的"精力和高人一等的个头"是制胜原因(第171行):

>……激流四散
>在他头顶,仿佛散成团团轻烟。
>如此(名扬天下,全靠湍流和绿帽子)
>波江那等小水流根本不值一提,
>看他倾倒而下,浸染半边空天:
>激流溅射,嘶嘶作响,如燃烧一般。(第179—184行)

科尔的"精力"和达娜厄神话中宙斯的经历一样,是由女性的性欲而激发的。他们的精力又与一种流体结合在一起,这种流体是城市寓言的中心,借助寓言来抨击等级体系,同时赋予寓言以神秘的力量。

在这个时期的诗歌中,流体的意象——河流、水道、海洋——带有独特的话语意义。这个转义包含了广阔而丰富的文化意义,其中不仅有下水道和女性身体的寓言,还由此而生出另外一个时代的寓言:洪流和海洋的寓言。这个寓言通过海洋和泰晤士河的意象展现了帝国扩张的宏大故事。接下来我们将会看到,这些寓言虽不尽相同,却彼此重合、相互呼应,它们共同象征着权力、生机以及转变的不确定性。在蒲柏的《温莎森林》(*Windsor Forest*,1713)结尾处对泰晤士河的描写中,上述寓言的一致性表现得最为明显。事实上,如果说《群愚史诗》颂扬了城市下水道横扫一切的力量,那么不妨将《温莎森林》这首本土诗看作《群愚史诗》的乡村版。因为《温莎森林》的中心形象同样是一条河道,其汹涌的河水也同样承载着时代体验。在

《群愚史诗》中，泰晤士河及其支流贯穿在伦敦的景象之中，而在《温莎森林》中，这些河流同样也是乡村景象的衬托背景。此外，《温莎森林》中的泰晤士河，也因其支流洛登而被赋予女性特征。根据蒲柏的解释，洛登河源于神话中的洛敦娜，她是"受到伤害的少女"，为逃离潘神的追逐而被变为河流。这条女性的河流"泛着白沫奔涌向前，倾入那泰晤士河"。奔流入河的势头象征着帝国发展的势头。43 在第二章中，这种势头将催生一条"无涯的泰晤士"，"为着全人类流淌不息"。[①] 在城市诗中，这些支流汇聚为下水道，而在《温莎森林》中，同样的支流成为现代帝国扩张的历史性力量，将共同造就"不列颠和平"(*pax britannica*)。《温莎森林》最终用奔流、翻滚、迅猛的洪水、巨流或潮汐来象征上述历史性力量，这种形式和修辞效果和斯威夫特的《城市阵雨》如出一辙：

> 各种颜色气味的污物，
> 表明它们是来自何处。
> 每一道洪水都在奋力奔涌，
> 从斯密斯场或圣帕尔克流经，
> 在雪山街汇合成为一条巨流，
> 到霍尔本桥附近注入污水沟。
> 从屠宰场冲出的粪便，血污和内脏，
> 淹死的小动物，发臭的鱼混着泥汤，
> 死猫，萝卜缨，一起翻滚咆哮着流向远方。(第55—63行)

在《城市阵雨》和《温莎森林》这两首诗中，"洪流"代表着时代经验

① Alexander Pope, *Windsor Forest*, in *The Poems of Alexander Pope*, vol. 1, ed. E. Audra and Aubrey Williams, London: Methuen, 1961, 第218、298行。下文对此诗的引文都出自此诗集，括号内标注行数。

的核心,那是一种不可抗力。在城市本土诗中,这种不可抗力的表现形式是城市下水道,因阵雨而倾泻不止的势头。在诉说民族身份的帝国扩张文学中,这种不可抗力的表现形式是联通全球贸易的水道。[1] 有关于此的论述是第二章的内容。

《群愚史诗》的第二卷也以下水道作结。最后一个比赛即将结束,读着愚昧女王最喜爱的作品,愚伯们都陷入了沉睡,又在梦中获得灵感,分散到城市的各个场所,包括监狱、妓院和下水道的岸边:

为何我要把暗夜缪斯来吟唱
在沉睡中造访之处,还运送些稠浆;
傲慢地踱着步子,他们和国家的达官贵人一起,
进入那大名鼎鼎的圆屋,那里来者不拒!
亨利躺在下水道的岸边灵感突现,
凡人看来他就像个牧师醉汉:
其他人,赶紧,向着附近的弗利特沟
(那里是缪斯常常光顾之地)安全退走。(第421—428行)

44

蒲柏在最后两行注解到,“退走”的地方是在“弗利特沟岸上关押破产欠债犯人的监狱”。在这首诗的结尾,愚伯朝着下水道进发体现了这个寓言“往复”的结构特点:诗中虽然描写愚伯回到下水道,但事实上他们从未离开过下水道;诗中也从未点明,到底是愚伯从下水道汲取了力量,还是他们赋予了下水道力量;同样,下水道的能量既

---

① 此处,我对斯威夫特和蒲柏的解读与华尔有所不同:她认为这些诗意在“固化凝滞瞬息万变的现代性,使现代性停顿在轨道上……在‘咆哮的洪流中’消解差异”(129)。在这一点上,她的论述关注的仅仅是《群愚史诗》和《城市阵雨》非常明显的对现代性的批判,而忽略了两部作品对现代性经验生气勃勃的再现。不过,华尔在别处也有同样的见解,例如,她指出斯威夫特和蒲柏用“最响亮、最尖锐、最猛烈的声音诉说现代性,二者的话音不绝于耳”(130)。

源于冥河的支流,也经由愚昧女王赋予冥河支流以能量。

另外一个下水道的意象也以转喻的方式与昏睡比赛获得了同样的效果。这个下水道的形象既构成了《群愚史诗》第二卷的高潮,也出现在了本诗第四卷的结尾。愚昧女王经由城市卫生的转喻而实现了对世界的接管。愚伯们读着布莱克莫尔(Blackmore)和亨利(Henley)的作品,睡意便渐渐袭来。那昏睡的浪潮就像人们往荷兰的湖里"扔下"粪便而激起的阵阵涟漪一样扩散开来。在当时,人们都知道荷兰人把湖泊作为公共下水道,这就像伦敦人把公厕建在泰晤士河的支流沿岸一样:

> 谁坐得最近,谁就先被文字击垮,
> 最早昏睡;稍远之人嘟哝着点头倒下。
> ……
> 就像荷兰人把东西扔进湖里一样,
> 先是第一个涟漪,然后第二个跟上;
> 愚昧女王向她的子孙抛射之物
> 也像涟漪一般将影响施展各处;
> 最中心的人最先低头昏睡
> 然后一圈又一圈,海洋般愚伯追随。(第401—410行)

同样在噪音比赛中,喧闹声也像涟漪一样渐渐遍及伦敦。这是诗中公共下水道的另一个转喻:

> 赞善里街(Chancery-lane)回音渺渺,/一圈一圈,从法庭到法庭都传到。(第263—264行)

45　事实上,公共下水道扩散的涟漪这一形象不仅是第二卷愚昧女王即位的核心转喻,也是愚昧王国千禧来临的核心转喻。这一幕出现在第四卷即史诗的结尾,此时愚昧女王打了最后一个哈欠而中断了就职演讲:

她还有许多要讲,却打了个哈欠——世间一切便打盹:
凡人谁能抵抗神灵的哈欠?
哈欠即刻到达大教堂和小教堂;
(圣詹姆斯教堂首当其冲,多亏吉伯步道演讲)
然后是学校;议会也昏昏欲睡;
集会上都不说话,只张着大嘴:
国家意识全失,遍寻不见,
唯有昏睡进行得一致庄严:
范围越来越广,直到遍及整片疆土;
就连掌舵的巴利纽拉斯(Palinurus)也糊涂。(第605—614行)

城市下水道露天的沟渠中,荡起阵阵涟漪——一圈接着一圈,范围越来越大——象征着现代性的不可抗力。

我们在第四章将会看到,下水道的流动和无所不在的力量如何赋予愚昧女王权力,使她能够按照她的形象重塑整个世界。那将是一个"前所未有 闻所未闻的新世界"(第3卷,第241行)。蒲柏描写起愚昧女王的王国时,那么生动、狂野和精彩,他对愚昧王国的态度,可以说类似于欧文·艾伦普莱斯(Irvin Ehrenpreis)所评论的《城市阵雨》中斯威夫特与城市景象的关系。我们不妨说,"唯有心怀崇敬之人",才能将现代大都市描写得如此逼真。另外,针对蒲柏在这些描写中所体现出来的巨大的诗歌感染力,已有不少学者做了重要的研究。[1] 不过,《城市阵雨》和《群愚史诗》绝不仅仅止于逼真效果;两诗涉及与现代经验紧密相关的寓言,都预言了一个新世界,这个新

① Emrys Jones, "Pope and Dulness", in *Pope: Recent Essays by Several Hands*, ed. Maynard Mack and James A. Winn, Hamden, Conn.: Archon Books, 1980, 612—651;以及Howard Erskine-Hill, "The 'New World' of Pope's *Dunciad*", *Renaissance and Modern Studies* 6, 1962: 49—67。

世界源自扩张和帝国的势不可挡之力。在他们的想象中，他们对这些势不可挡之力持有模棱两可、甚至自相矛盾的态度：崇敬、厌恶、兴奋、焦虑、欢欣鼓舞，或者绝望透顶。斯威夫特的新古典主义诗《阵雨》显然充斥着贬抑的态度，艾伦普莱斯却发现了崇敬之情，这正是 46 这些寓言矛盾意义的一个方面。在当时，有关洪水、巨流、泰晤士、海洋、阵雨和城市下水道的转喻不断出现，说明了这些寓言的复杂性。

四

有了上述城市下水道的例证，再将《城市阵雨》与它们联系在一起重读，我们就能通过这一简短而经典的文本追溯在当时影响如此巨大的寓言的本土形式了。事实上，这首诗的中心双关语：下水道与阵雨之间的联系，凸显的就是那些本土形式。首先，从城市“每个角落”流出的污水汇聚一处，《城市阵雨》展现了阵雨/下水道无所不在的力量，这种力量在城市本土诗对地理疆域的描写中可谓屡见不鲜。因此，《城市阵雨》因为其无所不在，似乎代表着城市本身。

与此相关，《城市阵雨》似乎在为每个读者代言。蒲柏作为诗歌的叙述者常常隐藏于诗歌的边缘，但在《群愚史诗》的第四卷开篇处，诗人也特别阐释了这种包容性。此时诗人正盼望着自己也能融入诗歌结尾处将要“埋葬一切”的“普世黑暗”（第656行）：

> 权力啊！我吟唱你那失而复得的神秘，
> 时间之翼携我向你疾驰，
> 请你暂缓你一成不变的巨大力量，
> 而后即刻擒获我和我的诗章。（第5—8行）

从这个意义上说，下水道代表着当时资产阶级意识形态的一个核心特点，即霸权主义。《旁观者》和《闲谈者》可谓资产阶级公共领域中早期极具影响力的权威,和它们一样,下水道寓言似乎也浓缩或暗示着一个其读者都心知肚明且身体力行的真理。在《城市阵雨》中,这种暗示是通过在第一小节中对第二人称代词“你”的重复实现的:

> 晚上归家,漫溢的污水沟
> 会使你的感觉更加难受。
> 若是聪明人,不要外出吃饭,
> 坐车的花费超过省下的酒钱。
> 脚上的鸡眼提示阵雨将至,
> 虫牙可预报,因疼痛加剧。(第4—10行)

47

诗中的“你”在诗歌开始之前,已经体会到种种阵雨的经历了。

诗中的下水道不仅流经城市中的每个地标式建筑,还将整个城市纳入到它的洪流之中。下水道似乎拥有联结一切的力量,正好比什么样的垃圾都可以倾倒在公共垃圾场,或者说什么样的人都可以倾倒垃圾在公共垃圾场。下水道的初始形式是阵雨。阵雨将各行各业、各个阶层的伦敦人聚集到一处避雨;它的终极形式是弗利特沟的洪流,它夹杂着城市各个区域的“战利品”,包括在许多描写下水道场景都会出现的“淹死的小狗”和猫。洪流汹涌处,还翻滚着“萝卜缨”、“粪便、污血和内脏”,这是各色人等、阶级、物种、东西的大杂烩。这让我们想起罗彻斯特笔下汇集在圣詹姆斯公园的形形色色的人们、古尔德笔下那容纳着“人、狗、狮子、熊、所有一切”的女性子宫,以及斯威夫特的西莉亚脸上“汇聚”的流体。然而,虽然包含了众多不同的地理位置、社会身份和纷杂事物,这一意象并不具备将不同种类的事物排序、分类甚至联结的功能。相反,下水道的混合效果其实是突出强调异质性和扩散性。《城市阵雨》的第三小节描写了各种社会阶层的人们——女人、学生、裁缝、纨绔子,还有政见不同的党派人士——都混在一处,而正因为他们的聚合,才更凸显了他们之间的差异，以及聚合的随机性：

> 不同的人因不同命运聚集，
> 在这避雨处结识新相知。
> 得胜的托利与失势的辉格，
> 只关注假发而把党争忘却。（第39—42行）

很明显，聚合只是偶然事件，并被刻意琐碎化——只是为了一顶假发他们才聚集一处，也只有在这屋檐下他们才短暂聚集——但同时这又构成了城市居民生活的本质：彼此素不相识，最终却要亲密地聚合一处，这点和城市垃圾的去向如出一辙。拉平功能（leveling effect）可谓《城市阵雨》所描写的城市生活的核心，因为其中既有下水道中动物内脏的混杂，又有阵雨导致的社会阶层的聚合。

如上所述，拉平功能既是下水道意象的特点，也是描写女性身体时所体现的特点。可以说，在当时的文学文化中，由于这两个意象都以拉平功能作为显著特点，所以二者几乎到了难分难辨的境地：以至于即便二者没有明显的联系，一个意象的也总是暗暗地指向另一个意象；就好像在斯威夫特的诗中，阵雨总是暗示着下水道。在罗彻斯特的《圣詹姆斯公园》中，各色人等的聚集最终与作为“夜壶”的科琳娜身体的意象联系在一起；在斯威夫特的《美貌的进展》（*Progress of Beauty*）中，虽然女性溶解流淌的意象并未明显指向下水道，但她面部的汗液“汇聚”使得她与弗利特沟产生了联系；在《一位年轻貌美的仙女》（*A Beautiful Young Nymph*）中，下水道是科琳娜那肢解了躯体的副文本；在《群愚史诗》中，下水道不仅是芸芸群愚们的活动中心，还因为它与愚昧女王以及众多女性形象的联系而成为一个女性化的场所。不管是下水道，还是女性身体，都能汇聚、混合、联结，从而产生兼容（indiscriminacy），拉平阶级，推翻谱系，颠覆秩序。

48

因为阵雨（Shower）与下水道（sewer）发音相同，而城市阵雨可谓下水道的另一个自我,所以在《城市阵雨》中,斯威夫特通过有关城市阵雨的比喻而赋予下水道女性化特征。事实上,阵雨是由女性力量而产生;在诗中的第一个戏仿英雄史诗的比喻中,斯威夫特就将阵雨初降的雨滴比作女仆甩动拖把而洒下来的水滴:

> 这就像莽撞的女子甩拖布,
> 溅出可没这么干净的水珠。
> 你赶紧躲开,诅咒,要发火,
> 她却晃着拖把在哼歌。(第19—22行)

从上下文来看,诗中的女性应该是个女佣,但原文"quean"一词同时也隐含着她的行为不检点或者她就是个妓女。[①] 这些描写与对女性滥交的描写颇有相似之处,让人想起罗彻斯特笔下"淫荡的贱妇"和古尔德笔下"漩涡密布的水道",同时还间接地影射着"污物",后者在当时总伴随着永不知满足的妓女形象出现。这点在诗的第四小节"粪便、内脏和污物"也有一定的体现。她用污秽的拖把弄脏了你,可是比较起来,她所代表的女性化的阵雨更污秽。当你向她愤怒地咆哮,用的无非就是当时人们耳熟能详的女性滥交的字眼,她却根本不把你当回事,完全不受你的影响。她并不和你对抗,而只是哼歌。当男性仓皇而逃,大声咒骂,对他的描写节奏一再中断、减弱,最终因为另起一句诗行而停住的时候,女性一直都极富韵律地哼着歌,晃着拖把。她动作的持续性体现在"singing"以分词形式出现,"she"和"still"由"s"头韵联系在一起,这些都鲜明地体现了她的流动性。在斯威夫特的诗中,这个女性是阵雨袭来的活生生的体现:她所代表的那种无可抵抗的活力,赋予了这首城市本土诗谜一般的深意。 49

《城市阵雨》中共有两处戏仿英雄史诗的明喻,上文所述便是其

---

① 有关这个女性的分析,参见 Fischer,25。

中之一。这个明喻以“好比”(Such)开头,让我们想起古典文学中类似并置的先例,即将凡人凡事比作神明。例如,在《埃涅阿斯纪》的第一卷,维吉尔将狄多比作狄安娜;在德莱顿的译文中,这一处明喻与斯威夫特的明喻非常相似:

> 好比厄洛塔斯岸边,或辛瑟斯山巅
> 月神狄安娜;她的魅力四射无边,
> 那舞姿翩跹的优雅女神
> 领起仙女的合唱,佼佼不群;
> 她歌声微颤,风采绝伦无双,
> 步履威严,仿佛是她们的女王;
> ……
> 如此便是狄多;如此就是她曼妙的身姿,
> 走在人群之中,她端庄超群无比。(第698—708行)

斯威夫特采用了同样的手法,似乎意在突出当代事物的低俗,主要通过两个缩小实现:一是“荡妇”(quean)取代了女神,二是阵雨——或曰下水道——取代了既有权势又性感的迦太基女王狄多。然而,斯威夫特的明喻还包含了流动、能量、音乐的特质,读起来简直就是对那哼着歌、甩着拖把的女性的颂歌。这种流动的女性能量随着诗歌的展开而逐渐增大,因为雨点越来越密集,“洪水之患”怕要摧毁命运多舛的城市和居民(第32行);纨绔子听着大雨“把顶篷打得急”,不由得被这“可怕的击打声”吓得心惊胆战(第44—45行)。最终,阵雨成为伦敦各个下水道汇成“洪流”,城市各个区域的各种垃圾都汇聚一处:

> 现在满溢的水流各处聚来,
> 把不同的战利品随波裹带:

各种颜色气味的污物，
表明它们是来自何处。
每一道洪水都在奋力奔涌，
从斯密斯场或圣帕尔克流经，
在雪山街汇合成为一条巨流，
到霍尔本桥附近注入污水沟。 50
从屠宰场冲出的粪便，血污和内脏，
淹死的小动物，发臭的鱼混着泥汤，
死猫，萝卜缨，一起翻滚咆哮着流向远方。（第53—63行）

那哼着歌的女人拥有势不可挡的生命力，而这汇聚的洪流则代表着她的生命力达到了高潮。奥古斯都时期的戏仿英雄史诗以其充满悖论的潜文本为特点，而洪流则具象地展现了这一独特共性——既鄙薄又崇敬，既谴责又颂扬。事实上，洪流使我们得以理解艾伦普莱斯在《城市阵雨》中体会到的谜一般的"崇敬之情"，使我们看到它那奔流的势头如何造就了《温莎森林》中对"不列颠和平"（*pax britannica*）的赞美之情，以及《群愚史诗》中愚昧女王的"新世界"那诱人的勃勃生机。尼古拉斯·罗（Nicholas Rowe）和马修·普莱尔（Matthew Prior）的感觉很对，达娜厄的阵雨就是这一女性力量的别名。不过，与古典文学的对比只提高了阵雨的权威性，还远没有深入触及到当时洪流所具备的巨大潜力。下水道的力量在于它能即刻展现现代城市生活体验；即刻性（immediacy）是下水道的首要特点，正是这一特点使得奥古斯都新古典主义诗歌中那些并置难以说明，看似悖论，但鄙薄却可能同时体现崇敬。

《城市阵雨》将现代生活想象成一个下水道。在诗中，现代生活的本质是差异不断扩大的漩涡，但无论是阶级、系统，还是谱系，又被一种无所不能的力量统统颠覆。女性身体可以解释这种活力和毁灭，她的身体成为理解和再现现代文化的转化力量。这首诗给我们呈现了一个重要而广泛的文化寓言。从《城市阵雨》回溯其浓缩的集体故事,我们可以厘清城市下水道寓言的几层历史意义。某种程度上,因为下水道和地理分布、社会等级联系在一起,这个寓言说明,资本主义大都市中人口和地域范围都在爆发式地增长,随之而来的是管理的复杂程度不断加大,人和物更加混杂,而存在于阶级、职业和性别之间的差异也被消灭。可以说,通过《群愚史诗》中那污秽的能量,这个寓言呈现了资本主义以己为参照建立一个新世界的转化力量,因为它能颠覆价值和美的范畴,将人和书、概念、噪音和物混为一谈。另外,在厌女症的诗歌中,女性的身体融化、肢解、散落,还说明这个寓言触及了商品化的后果。因为女性与她面部的虚饰、妆容、饰品,以及可以随时穿戴又脱卸的东西难分难解,因此女性的身份陷入无法区分的境地(indiscriminacy)。盖伊《特利维亚》一诗中的城市爆发大洪水,意味着这个寓言将它所经历的历史体验看作某种末日启示;而女性被性欲化的身体驱动着上述所有意义层面,意味着这个寓言通过赋予历史女性形象从而赋予其意义。

51

将历史力量女性化是当时文化表达的一个显著特点。在18世纪早期,女性形象与现代性的各个维度都紧密相关:消费、时尚、商品化,甚至资本主义,都能在女性化的意象中找到各自的形式。这些女性化的意象包括:茶桌、箍衬裙、梳洗室场景、信用女士歇斯底里般的摇摆震荡,以及蒲柏笔下巨母(Mighty Mother)愚昧女王的转化力量。城市下水道的寓言说明,在相当程度上,人们通过对女性的再现来理解早期现代性历程。这一寓言还指向它的同类——由洪流和海洋推论而来的寓言——此寓言中,洪流所裹挟的不仅有扩张的经济所带来的海上贸易,还有人类命运的意义。

52

第二章　帝国的命运：洪流和海洋的寓言

在18世纪探讨形而上学可在多大范围、多大程度上解释问题的诗歌中，塞缪尔·约翰逊的《徒劳的人世愿望》(*Vanity of Human Wishes*,1749)可谓最经典的一首。诗的开篇便在想象中展开了环球旅行的广阔图景：

> 让那视野广阔的高空观察，
> 展示从中国到秘鲁的人类之家；
> ……
> 再来说说希望和恐惧，欲望和仇恨，
> 如何笼罩着乌云密布的迷宫命运。

到了诗的最后一小节，开头便是让人联想起更危险的旅程的形象，并由此引向诗歌问题重重的结尾：

> 那么，希望和恐惧到何处寻求目标？
> 是否要让阴暗的悬念腐蚀发木的头脑？
> 是否要让因无知而平静，但却无助的人们

历经在黑暗里顺着洪流滚滚而下的命运?①

53 希望和恐惧这一对激烈的情感，不仅在《徒劳的人世愿望》一诗的高潮部分格外突出，而且，在当时那个被购买、交换和商业骤然转型的社会里，人们经常提及这一对激烈的情感，并普遍用它们衍生出的理论体系来阐释人类行为的原动力。② 这首诗中，由“希望和恐惧”形成一股突如其来的“洪流”，裹挟着诗中的主人公和读者顺着看似无法抵抗的命运滚滚而下。接下来的诗行探讨了这一命运，人类的无助仍然是确定无疑的，也没有任何途径可以改变这一命运。唯有通过谦逊的祈祷，人类才能在顺从、爱、忍耐和信仰中得到慰藉：“让我们用神赐的智慧使自己心静，/去创造那原本并不存在的好命”（第367—368行）。“洪流”依旧裹挟着我们，它的力量来自于当代社会

---

① Samuel Johnson, *The Vanity of Human Wishes*, in *The Yale Edition of the Works of Samuel Johnson*, vol. 6, *Poems*, ed. E. L. McAdam Jr., with George Milne, New Haven: Yale University Press, 1964, 第1—2, 5—6, 345—346行。下文对此诗的引文都出自此诗集，括号内标注行数。译文参考了刘意青编，《英国18世纪文学史》，北京：外语教学与研究出版社2006年，第130页，稍作改动。

② 在18世纪的印刷文化中，有关“希望和恐惧”的一个经典例子是来自托马斯·霍布斯的《利维坦》中的著名段落：

> 一个人心中对某一事物的欲望、嫌恶、希望与畏惧如果交替出现，做或不做这桩事情的各种好坏结果在思想中接连出现，以致有时想往这一事物，有时嫌恶这一事物；有时希望能做，有时又感到失望或害怕尝试；那么一直到这一事物完成或被认为不可能时为止，这一过程中的一切欲望、嫌恶、希望和畏惧的总和，便是我们所谓的“斟酌”。

Leviathan, ed. Richard Tuck, Cambridge: Cambridge University Press, 1996, 44；译文参考了霍布斯，《利维坦》，黎思复、黎廷弼译，杨昌裕校，北京：商务印书馆2017年，第43页。J. G. A. Pocock用希望和恐惧这一对概念来论述贸易和信贷，参见*The Machiavellian Moment: Florentine Political Thought and the Atlantic Republican Tradition*, Princeton: Princeton University Press, 1975, 452—461；以及*Virtue, Commerce, and History: Essays on Political Thought and History, Chiefly in the Eighteenth Century*, Cambridge: Cambridge University Press, 1985, 第六章。

理论所定义的激情,但诗却使我们得以重塑信仰,信仰的核心是将“洪流”变为宜人的“心静如水”。《徒劳的人世愿望》全面审视了这一难以预知的世界,这个世界推动着人们沿着一条流动而不可抗拒的航程前行,至于目的地,他们既无法知晓,也无法掌控。此外,这个世界有时由想象的力量设定,有时的设定甚至充满了讽刺意味。

21 年前,爱德华·杨格(Edward Young)的诗《海洋颂》(*Ocean: An Ode*,1728)同样描写过的希望和恐惧,以及偶尔的慰藉和流动的混乱:

> 多混杂,多脆弱,
> 多么注定要败落,
> 便是这世间的一切幸福!
> 一丝潮气就折摧
> 我的欣喜与陶醉,
> 英国的荣耀点燃我的思路。 55
>
> 有谁能够长注视
> 永不停歇的海域
> 又不被生命那比之更甚的波涛而打动?
> 生命一切都动荡,
> 多数拥有将消亡,
> 在奔涌的激情中,在突如其来的命运中?
>
> 世间是片无垠海,
> 多苦恼!多徒劳!
> 野心汹涌,愤怒波浪冲天;
> 愿好人们能寻到,
> 隐藏在那狂风暴,

一片平静的港湾，安宁的家园！①

此诗是杨格的一首政治应景诗，是为回应乔治二世早先的一篇演讲而作。那篇演讲赞美了英国的水手，其主题是对帝国主义的颂词；而约翰逊的诗是一首道德思辨诗，既非应景而作，也没有对政治或国家的直接指涉。尽管如此，这两首诗却共同有着联系紧密的意象："命运"这一概念与流体的航道联系在一起——洪流、波浪翻滚的海洋、泛着白沫的海面；设想世界是演示海上命运的全球范围；由流动、奔涌、永不停歇之命运所造就的对立体系：恐惧和希望，欢乐和缺陷，荣耀和失败；还有只在特定条件下才能在这一往无前的航道中获得的平静状态——那是向往的海上平静。这些诗不约而同、语焉不详地讲述着同样的经验。假如仔细思考这一时期"世界是个海洋"的说法，我们就能看到，在从1660年开始的包括复辟时期的18世纪里，其前半期的诗歌话语中充斥着大量意象——德纳姆、德莱顿、蒂克尔、蒲柏、杨格、约翰逊、哥尔德斯密斯笔下的洪流、暴雨、洪水、河流、海洋、大洋——这些意象组成了意味深远的合成寓言。这个寓言的基础是与流体紧密联系的事物，是那个时代活生生的经济和民族经验。对洪流和海洋的文学再现不仅是这些经验的表达方式，还赋予其意义和框架。这一框架构成了讲述帝国主义本质和人类命运的集体故事。 56

一

在这个时期对民族和国家问题的思考讨论中，海洋是备受关注的议题。不管是国内还是国际贸易，首先都是海上进行的贸易；进行

① Edward Young, *The Poetical Works of Edward Young*, vol. 2, London: Bell and Daldy, 1866, 165. 下文杨格诗作的引文都出自此诗集，括号内标注页码。

国内贸易的地点一般是城市港口，其中最著名的当属伦敦港。随着时间推移，更多的港口城市，如利物浦、布里斯托尔、怀特黑文，开始发挥越来越大的作用。在伦敦，最醒目的海上贸易地当属泰晤士河及其连接的宽广海洋。从17世纪开始，海洋和航运在英国人的生活中占据了重要地位，这种情况在18世纪更加明显。17世纪早期，英国还是一个崇尚田园生活的农业国家；在那个世纪里，特别是1660年以后，航运成为发展最快的产业之一：1560至1689年间，英国人口翻了一倍，船舶吨位则增长了七倍。[1] 17世纪60年代英国经历了史上规模最大的商船队扩充。上一次的船队扩充，发生在16世纪西班牙无敌舰队发动海战的前十年间。1660至1688年间，英国将英荷战争中俘虏的船只编入英国船队，提高了英国商船队的规模和实力，使英国的船队更适合远距离的海外贸易。拉尔夫·戴维斯是研究18世纪航运业的现代史学家，他这样描述这一“壮观”发展：

> 这一时期，海外贸易的商船急剧增多，使得18世纪末的人们相信，英国的航运业在1660至1688年间翻了一倍。这种说法虽有些夸张，但也并非毫无根据。此时，航运业发展最快的方面就是其壮观性：大型船只的数量激增，首先当属伦敦驶往挪威、地中海地区、弗吉尼亚、西东印度群岛的船只。相反，沿海港口间航行的货船、运煤船、沿南海岸穿越英吉利海峡的商船，以及康沃尔和东安格利亚的渔船并未见显著发展。在这二十八年间，经常去泰晤士河畔散步的人很有可能会注意到，大型远洋船舶和巨大的木制商船数量在不断增多，增多的幅度几乎可以用翻倍来形容。目睹的一切使他有感而发，最终成为当时人们对航运业发展

57

---

① Ralph Davis, *The Rise of the English Shipping Industry in the Seventeenth and Eighteenth Centuries*, London: Macmillan, 1962, 388—389.

> 的独特“统计数据”(16)。

因此，英国的海外贸易船队早在进入 18 世纪之前就已夯实了基础，在接下来的几十年里，航运业还要继续扩张，只是扩张的速度不再那么“壮观”，而英国的沿海航运、“沿海”贸易，在 18 世纪得到了长足发展。沿海航运和国内不断完善的道路系统在 18 世纪早期是刺激商业流通的重要基础，在 18 世纪后期又成为工业发展的重要维度。伦敦港是沿海贸易的中心。沿海航运商带着全国各地的商品和原材料——纽卡斯尔的煤可算著名一例——来到首都，又从那里将琳琅满目的国外进口商品运往全国各地，还将皮革、染料、羊毛、明矾、木材、铅、铁、锡、铜等各种各样的原材料，以及城市的各色产品贩卖至有需求的地方——例如北方煤矿所需要的蒸汽抽水泵。①

从 1660 年至 18 世纪末期，英国的国内贸易量和对外贸易量都稳步增长。除了烟草、茶叶和糖这些殖民地产品的贸易量不断增大，英国还从斯堪的纳维亚地区、波罗的海各国进口木材和造船材料、出口羊毛、金属、谷物及其他国内产品，还向欧洲各国再出口从殖民地进口的产品。伦敦港的贸易量在 18 世纪翻了 3 倍，但这明显也造成了危险又棘手的问题：停靠码头和泰晤士河面都拥挤不堪。在那段时间，因为码头的停靠空间不足，导致准备进港装货船舶的等待时间长达一周，进港卸货船舶的等待时间往往更长。到了世纪末，能容纳 500 艘船的上塘港（Upper Pool）竟停泊了 1800 艘船。有鉴于此，18 世纪 90 年代立法决议扩建船泊区并严格控制船只进港量。18 世纪初，伦敦港承担了全国进口贸易的 80%，出口贸易的 69%，以及再出口贸易的 86%。

---

① T. S. Willan, *The English Coasting Trade 1600—1750*, 1938; reprint, Manchester: Manchester University Press, 1967, 189—194; Roy Porter, *London: A Social History*, Cambridge: Harvard University Press, 1994, 136—149.

尽管伦敦一直是海上贸易的最重要港口,其他港口城市也日益增大其运营能力,其中最显著的增长当属布里斯托尔港。这一港口的成长离不开英国外贸"美国化",也极大地展现了早期现代资本主义的改造力量。[①] 布里斯托尔港在18世纪的扩大得益于殖民地产品贸易,特别是它独占鳌头的奴隶贸易。肯尼斯·摩根(Kenneth Morgan)是一位研究布里斯托尔贸易的历史学家,他这样描述当时的港口:

> 在18世纪的布里斯托尔,航运服务市场巨大,这意味着市中心的码头和驳岸聚集了大量各色木制帆船——赛文艇、沿岸贸易船、驳船、拖轮,以及大小、船帆各异的海运船。只需看看皮特·茅纳密(Peter Monamy)描绘当时阔码头(Broad Quay)的那幅画作,便可知船只种类之多……或者也可以看看尼克拉斯·波科克(Nicholas Pocock)所绘的海上景象,他本人还从布里斯托尔出发,作为船长经历了多次横跨大西洋的航程。数量巨多的船只簇拥港口,这一景象还引起了诗人亚历山大·蒲柏的注意。1739年,蒲柏在布里斯托尔感叹,在码头上,"目之所及,船舶成百上千,桅杆鳞次栉比,令人叹为观止"。(33)

海上交通及相关的海运产业在18世纪都获得了空前发展,这点在港口城市,尤其是泰晤士河表现得尤为明显。在《里斯本行记》中,菲尔丁记录了他从雷德利夫(Redriffe)前往格雷夫森德(Gravesend)途中所见到的泰晤士河上的航运胜景。菲尔丁对泰晤士河的描写也顺应了时代的潮流,充满了爱国的激情:

---

① Kenneth Morgan, *Bristol and the Atlantic Trade in the Eighteenth Century*, Cambridge: Cambridge University Press, 1993, 1—6.

> 泰晤士河的有利因素诸多，特别是沿途触目即是的上等船只，足以使世上任何其他河流都甘拜下风。德特福德(Deptford)和伍尔维奇(Woolwich)的船厂令人心生崇敬；船舶就像浮游的城堡，展示着我国造船业的炉火纯青，也昭告着我国立于欧洲各海上强国的霸主地位。有关这点，伍尔维奇船厂给我印象极深：那里正停泊着皇家安妮女王号，据说是有史以来最大的军舰，比之前的一流舰船多装十门炮……
>
> 我敢肯定……这番比较将使我国的每位居民都欣喜若狂，在他眼中，大不列颠的国王才是欧洲诸国海上霸业的君主。

59

菲尔丁的民族自豪感来自于他在泰晤士河上看到的那些船只：

> 船只有些停泊在码头，还有很多在水面上航行：众多游艇驶过，如同接受大检阅，其中国王号游艇做工精巧绝伦，配备齐全，不论舒适度，还是华丽程度，都可谓世间一流。
>
> 我们还看到几艘与印度及东印度群岛进行贸易的大商船刚刚返航。我相信，在世界上用于商业用途的船只中，这些大商船容量最大，设备最精。同样，不计其数的运煤船，体积巨大，集聚起来仿佛一支支舰队；再来看看那些与美洲、非洲、欧洲做贸易的商船，还有那些沿国内海岸以及查特姆和伦敦塔之间的小型船只，这一切不仅赏心悦目，对一个英国人来说，但凡他有点爱国心和为国争光的念头，都会为这一切感到热血沸腾。①

---

① Henry Fielding, *The Journal of a Voyage to Lisbon*, in *A Journey from This World to the Next and The Journal of a Voyage to Lisbon*, ed. Ian A. Bell and Andrew Varney, Oxford: Oxford University Press, 1997, 149—151.

泰晤士河上的船只如此拥挤,以至于桅杆簇拥成为“浮游的森林”。这不仅是对整条河流的比喻,在18世纪前半期,也引申成为对国家的比喻。

在这一时期,海洋还直接出现在英国人生活的其他方面。早在17世纪末,英国航运业中为商船队工作的人数为5万,而当时英国的总人口也不过150万。[①] 戴维斯评论道:“因为航海人员的流动率很高,这说明在沿海和沿口岸居住的人们中,有过出海经历的人口比率相当大”(389)。航运业还带来了其他就业形式。伦敦是英国主要的中转港,承担了大量转运、分发、重新包装、货物存储等业务。伦敦港也衍生了许多相关产业,包括造船业;缆绳、船帆、桅杆制造业;制糖业和进口业。在18世纪初,伦敦从事与港口、航运业相关行业的人口数占总人口数的四分之一。[②] 当时,由于港口的建设和发展,中介和代理商随之出现,一些大型贸易公司也在伦敦成立,例如:南海公司、俄罗斯、黎凡特和哈德逊海湾公司(Russia, Levant and Hudson Bay Companies)、非洲公司,以及东印度公司。为了应对海上贸易的风险,海洋运输保险这一新兴行业也应运而生并迅猛发展。到了18世纪中期,伦敦已经是欧洲保险业的中心(卢德,第32页)。 60

戴维斯在评估18世纪英国航运业的转变给经济带来了怎样的冲击这一论题时,主要研究了航运业与当时的经济、政治和社会发展这些宏观层面的关系。他指出,航运业在经济中扮演的重要角色为英国的工业化做好了准备,一方面它带来了资本的大量积累——既包括私人财富,也包括国家收入——这是工业革命的基础;一方面它和殖民地的贸易关系促进了殖民地的发展;另一方面,铁和棉花出口

---

① 译注:此处原文有误,英国当时人口约500万,参见兰德福(Paul Langford),《18世纪英国:宪制建构与产业革命》,刘意青、康勤译,北京:外语教学与研究出版社2008年,第139页。

② George Rudé, *Hanoverian London 1714—1808*, Berkeley: University of California Press, 1971, 20—33.

贸易所获得的利润又使它能够进一步推动这些相关工业发展——技术变革条件此时已经成熟(393—394)。航运业不仅在经济方面发挥着重要作用,还带来重大的政治变革。1660至1696年间历经修订的航海法案(The Navigation Acts),虽然其订立初衷原为保护和建设英国商船从而保证英国海军的舰船和海员的配给,在18世纪,航海法案对贸易关系的形成起到了重要作用。然而,这个法案最为重要的作用,是通过大规模禁止外国船只涉足英国贸易,从而保护了英属殖民地贸易,确保了英国在殖民地的霸权和利益。[①] 从各个层面上来说,英国的航运业和海上贸易在18世纪所发生的各大历史变迁——经济、政治、帝国——都发挥着至关重要的作用。戴维斯总结道:

> 国家对海军力量的需求促使商人和船主进一步要求通过立法来保护商船队,因此……海军力量和殖民地也受到了保护;殖民地垄断是……工业扩张的基础之一。虽然1776年之后殖民地垄断的局面被打破,彼时工业扩张的大局已定:财富大量积累,美洲经济极大地依附于英国,这种依赖性要等几乎百年之后才能打破。(393—394)

在这样的大环境下,海洋的形象遍布在18世纪的大众印刷文化中就不足为奇了。菲利普·爱德华兹(Philip Edwards)总结了海洋对文化的影响:

> 对所有那些讲述海上活动的读物,像英国在世界各地的探险考察、英国对新旧领土的考察等,读者们怎么也读不够。(也确实没有足够的读物给他们读,所以小说家们就写了更

---

① 对航海法案的相关总结,参见Davis,305—314。

> 多给他们看)……早在1710年,沙夫茨伯里伯爵就不露声色地指出,海上旅行叙事"是完备一个图书馆的主要书目……如今人们对海上旅行叙事的痴迷,就像我们的祖辈对骑士传奇的痴迷"[见《对一个作者的建议》(*Advice to an Author*)]的确,海上旅行叙事对18世纪人们精神生活的冲击力之大,不亚于骑士精神对16世纪人们精神生活的冲击力。正如后者的冲击力可以从阿里奥斯托(Ariosto)和斯宾塞(Spenser)的史诗得出判断,前者的冲击力同样体现在笛福和斯威夫特的小说,还有库柏和柯尔律治的诗歌。即使在有些作品中没有作者受到冲击力直接影响的证据,但他们中的大多数还是多多少少表现出海上旅行对他们想象的操控。①

海洋作为流淌的航道,在旅行叙事中无处不在。据爱德华兹估计,这一时段的旅行叙事作品多达两千多部,从威廉·丹皮尔的《环球新航程》(William Dampier, *A New Voyage Round the World*, 1697),到约翰·丘吉尔的《航行游记集》(John Churchill, *Collection of Voyages and Travels*, 1732)、约翰·阿特金斯的《几内亚、巴西、西印度之旅》(John Atkins, *Voyage to Guinea, Brasil, and the West-Indies*, 1735)、托马斯·阿斯特利的《航行游记新集》(Thomas Astley, *New General Collection of Voyages and Travels*, 1745—1747),另外还有詹姆斯·库克(James Cook)、约瑟·班克斯(Joseph Banks)以及乔治·福斯特(George Forster)所写的太平洋航行日志(1768—1780)。现代性经验对18世纪的影响最为深刻且无可替代,孤立隔离成为时代的象征,而海洋则为这种孤立隔离提供了解释。相关的文学作品包括《鲁滨逊漂流记》(*Robinson Crusoe*, 1719),还有在其之后出版的船难孤岛小说,作者分 62

---

① Philip Edwards, *The Story of the Voyage: Sea-Narratives in Eighteenth-Century England*, Cambridge: Cambridge University Press, 1994, 2—4.

别是安布罗斯·埃文斯(Ambrose Evans)、佩内洛普·奥宾(Penelope Aubin)等等。这一时期还涌现了大量有关海盗的故事,公海上的烧杀劫掠表现出那个群体所共有的残暴而另类的英雄主义。最著名的当属查尔斯·约翰逊编纂的《海盗通史》(*A General History of the Pyrates*,1724)。此书也有传闻为笛福所作,其中的不少故事在他的《辛格尔顿船长》(*Captain Singleton*,1720)和《杰克上校》(*Colonel Jack*,1722)中都有提及。类似的故事在其他一些轻松活泼的海盗叙事文类中也可以找到,这些故事写于英国海盗的黄金时代,即《乌得勒支和约》(*Peace of Utrecht*,1713)遣散海军之后。在18世纪,乘船冒险故事在各类散文体叙事中随处可见,比如托比亚斯·斯摩莱特的流浪汉小说《罗德里克·兰登历险记》(*Roderick Random*,1748),以及奥拉达·艾奎亚诺的《一个非洲黑奴的自传》(*Life*,1789)。当然,还有斯威夫特以出海旅行叙事作为《格列佛游记》(*Gulliver's Travels*,1726)的框架,并将格列佛设置为著名游记作家威廉·丹彼尔(William Dampier)的表弟,是一个"接受了老水手教导的"旅行家。①

海洋激起了普遍的文化关注,因此很多河流、洪流、洪水、大洋和海洋的意象成为这一时期论述的特别焦点,并特别成为诗学话语的主题。在诗歌中,海洋的一再重现似乎浓缩着当时经验的重要维度,创造了一系列相关的修辞和叙事来反映此经验所独有的流体和能量(fluid and energy)特质,并在与英国的商业之河——泰晤士河——以及泰晤士河所注入的世界洋流的交往碰撞中,形成了一个文化寓言,一个为此复杂历史时刻赋予意义的复合故事。

二

在17世纪60年代,海洋成为英国民族修辞的传统主题。因为

① Jonathan Swift, *Gulliver's Travels*, in *Gulliver's Travels and Other Writings*, ed. Louis A. Landa, Boston: Houghton Mifflin, 1960, 5.

受到德纳姆和德莱顿的影响，这一时期海洋意象取代了孤岛意象，成为展现英国民族身份的核心意象。这一转变为早期海洋和洪流的修辞的出现奠定了坚实的基础，并决定了在未来的一个世纪中，对帝国航道的描绘具备重大意义。从比喻意义的层面来说，18 世纪对海洋的描写，已有先例可循。在伊丽莎白统治的时代，英国是一个筑防严密的岛国，奉行孤立主义。因为担心影响英国与其他欧洲主要的殖民国家的关系，当时那些尚未成熟的殖民政策也未受重视。众所周知，莎士比亚在《理查二世》中将英国描绘成伊甸园般的岛国，为了体现英国在政治、宗教方面的独特性，以及军事方面的安全性，海洋成了附属修辞，将英国与欧洲的混乱和威胁隔离开来：

63

> 这一个君王们的御座，这一个统于一尊的岛屿，这一片庄严的大地，这一个战神的别邸，这一个新的伊甸——地上的天堂，这一个造化女神为了防御毒害和战祸的侵入而为她自己建造的堡垒，这一个英雄豪杰的诞生之地，这一个小小的世界，这一个镶嵌在银色的海水之中的宝石，那海水就像是一堵围墙，或是一道沿屋的壕沟，杜绝了宵小的觊觎；这一个幸福的国土，这一个英格兰，……英格兰，它的周遭是为汹涌的怒涛所包围着的，它的岩石的崖岸击退海神的进攻……①

这里的海洋仅属于一个从句，依附于它所保卫的陆地：它是英国岛屿的安全壁垒，这是它唯一的胜利。然而，这里的流体和权力已经汇聚一处，这为未来对海上航道的文化一致聚焦奠定了基础，也为英国从

① William Shakespeare, *Richard II*, in *The Norton Shakespeare*, ed. Stephen Greenblatt et al., New York: W. W. Norton, 1997, 2.1.40—63. 译文参考莎士比亚，《理查二世》，《莎士比亚全集》，第六卷，朱生豪译，北京：人民文学出版社 2009 年，第 112 页。

岛国到帝国政治的想象转折做了准备。

约翰·德纳姆的诗《库珀山》(*Cooper's Hill*,1642,1655,1668)第一次把泰晤士河作为世界繁荣、交易和政治稳定的中心来描绘。此后,蒲柏、蒂克尔(Tickell),汤姆逊(Thomson),杨格(Young)等诗人都写过这一类民族主义和帝国主义本土诗。在德纳姆的诗和其他诗人的诗中,泰晤士河既是英国、也是诗歌到达海洋的必经之路,泰晤士河就是海洋的本土呈现和修辞借代:

> 我的目光,随山势而下,俯瞰
> 泰晤士河在繁茂的山谷中蜿蜒,
> 泰晤士,众多海洋之子的骄傲
> 为父亲所爱,奔向他的怀抱; 64
> 激流要把自己奉献给大海,
> 如同有限的生命奔赴永在。[1]

与约翰逊的《徒劳的人世愿望》一样,德纳姆的诗也把对泰晤士河这一全球航道的描述和一个发散性的"俯瞰"联系起来。这个俯瞰似乎遍及全世界,又激发起命运的概念。广袤的泰晤士河的意象还投射出新型商业帝国的期许:在全球受益的英国商业模式中,交易所及之处,一片繁荣、财富、文明的景象:

> 他的福祉并不局限于两岸,
> 而是普济众生像海洋和风一般;
> 他满载着宜人国土的物品,

① John Denham, *Cooper's Hill*, in *The Poetical Works of Sir John Denham*, ed. Theodore Howard Banks Jr. ,New Haven: Yale University Press,1928,第159—164行。下文对此诗的引文都出自此诗集,括号内标注行数。

去展览并传播给别国人民，
周游世界，又用高耸大船
带回了东西印度丰富的物产；
富庶地得宝，贫穷地把财分，
沙漠变城市，城市出现桅林。
对于我们，什么都不再陌生
在他美丽怀抱，世界交易进行。（第179—188行）

这乐善好施的航道——英国河流和世界大洋的修辞汇聚——催生了极其有名的诗行，这些诗行后来成为当时新古典主义“异中求同”（unity in difference，*concordia discors*）概念的重要例证：

哦，愿我能像你一样流淌，
让你的流动成为我模仿的榜样！
水虽深却净，柔和却富生机；
雄壮但无戾气，充盈而不满溢。（第189—192行）

这里没有激流，有的只是英国民族平静而辉煌的命运。在德纳姆的诗中，这一命运与议会君主制所带来的政治平衡联系在一起，与历史辩证法联系在一起，正是这种历史辩证法在极权压迫和过度革命之间催生了一个日渐繁荣的商业帝国。然而，到了诗的结尾，我们或许会讶异于那本应“如期而至的洪流”（第175行）突然退却，本应随之而来的平衡宁静也没有实现： 65

宁静的河流水面上涨，或由骤雨狂泄，
或由积雪融化所致，漫过毗邻的田野，
高高的河岸能够确保农夫
贪婪的希望与河流和平共处。

但如果人们用障碍或堤坝
强行逼迫河流改道或是变窄，
他就不会甘于流经两岸之间：
起先水流湍急，而后洪水泛滥；
愈有限制，他的咆哮愈凶猛，
肆意横流，威力无边又无穷。（第 349—358 行）

从寓意上说，洪流代表着德纳姆对革命的追忆，以及他发出的应该用议会统治来确保政治稳定的警告。此诗并未指称这条汹涌又无法控制的河流为泰晤士河，但从修辞上说，河流的这一最终形象使得前述的平静祥和变得不再确定。这条河流，正如诗歌开篇所描述的，在通往永生的途中拥有决定世界命运的力量。的确，这条洪流的灵感可谓来自对世界命运的关注：愤怒的河流力量之大，堪比不断延伸的海洋版图和生生不息的洪流，如同回应的音符将命运与天启匹配。德纳姆的河流时而倾泻而下，时而平和宁静，这样的矛盾并列，与其说诗歌是以特定的政治寓言的形式，倒不如说是以更为微妙和先觉的文化形式，表达着一种历史体验。虽然表达方式不同，我们将在德莱顿早期关于斯图亚特统治的诗歌中再次发现同样的历史体验。

《奇异的年代，1666》（*Annus Mirabilis. The Year of Wonders, 1666*, 1667）是德莱顿最主要的有关海事的作品。在这部作品的前言中，德莱顿坦陈了为何海洋——既从修辞层面，又从实质层面——在他的写作和所呈现的世界中突然占据了突出地位："对我来说，即便对海洋所知不多，我却不以学着了解它为耻。"[①]事实上，在航海扩张 66 "壮观的"十年里，德莱顿说出的正是很多同样见证这一新兴国家主

① John Dryden, "An Account of the ensuing Poem, in a Letter to the Honorable, Sir Robert Howard", preface to *Annus Mirabilis. The Year of Wonders, 1666*, in *The Poems and Fables of John Dryden*, ed. James Kinsley, Oxford: Oxford University Press, 1958, 45. 下文德莱顿诗作的引文都出自此诗集，括号内标注行数。

要产业的人们的心声。因此,我们也就不难理解,为何海洋在德莱顿作于17世纪60年代的诗歌中俯拾即是;在他为庆祝查理二世的回归和英国的未来而创作的诗歌中,都以诉求水域为主要特点,即将海上事件与有关历史和民族的思考联系在一起。正是在这样的联系中,我们能够发现海洋寓言的全部文化意蕴。对德纳姆和德莱顿来说,海洋就是商业、经济、政治扩张的媒介,因此海洋在帝国的自辩书中无处不在。在所有德莱顿早期的诗作中,《奇异的年代》可谓最详尽的帝国颂词,在其对海洋的描写中,不仅列举了海军的胜利——此为诗歌的主题——商业、环球探险、经验科学、使经度测量成为可能的计时学的发展,甚至还有天文学:

所有开发那些远海的人等,
要论美名都不如英国人勇敢:
没日没夜,远在天际边航行,
他们在阳光未及之处做出发现。

愚昧的人类所长期求而不得
一无所获,又一无所察
如今不列颠率先觅得,
而后传授那些倾慕的国家。

潮起潮落和海洋神秘的波涌,
我们,如艺术原理一般,探讨:
既然海洋按自己的路线运动,
不久就像陆上的道路般为我们知晓。

经验丰富的船只将促进贸易,
由此边缘地带也结为同盟:

世界成了一个城市；
在那里有人获益，所有人都衣食丰盈。

然后，我们将去往海角天涯，
去看看那海天相接的地方：
在那儿，我们将了解那些滚动的邻家，
67　还要安然无虞地探索高空的月亮。（第160—164诗节）

正如德纳姆的诗一样，此处的“不列颠海”（第302小节）是泰晤士河的延伸，那是“她本土的洪流”（第298小节），它催生了同一个世界“商业中心”（第302小节）、同一个良性商业体系，同样，也会有某些时候的平静：

如此，我们穿越风暴去往东方的财富，
但此刻，快速经过好望角，恐惧不复存在；
贸易之风持续而平稳地吹拂，
温柔地将我们推上富产香料的地带。（第304诗节）

此处的意象包含寓言深意：绕过好望角的旅程暗示着英国将在欧洲成为最强大的帝国。对现代读者来说，“希望”虽隐晦但又直接地与诗行中的“恐惧”形成对比。事实上，在当时许多文化寓言中，都能发现希望和恐惧的对立，二者似乎如影随形。即便诗中写到希望和平静的海洋，并且旅程预期着贸易“凯旋”，“恐惧”仍是旅程的重要部分（第302诗节）。温柔平和的贸易之风还只存在于对未来的期待。的确，诗中渲染的未来繁荣景象也许有希望实现，但在诗歌写作的时候却还远远无法确定。诗歌前半部分长篇描写的英荷海战彼时还未分胜负，而且，正如诗歌的后半部分所描述的那样，瘟疫过后的伦敦荒废不堪，大火灾又几乎将之夷为平地。[1] 希望和恐惧交集一处有力地抗击命运——"星辰莫大的恶意"(第291诗节)——并预言将有一个新的命运延展至"全世界"(第301诗节)。诗中由海洋形象而改变的命运具有哲学深意,同时投射出帝国的世界使命。[2]

在德莱顿早期为庆贺查理二世回归所作的诗歌中,他建构的"不列颠海"(第302诗节)形象的复杂性尤为明显。《致陛下,加冕颂歌》(*To His Maiesty, A Panegyrick on His Coronation*, 1661)一以贯之地将查理二世和君主制与海洋密切联系在一起:

68

天生便要统领海洋女神,
在这蓝色的帝国,你很欢欣。
夏天的傍晚,你在此处歇息
呼入那清凉的新鲜空气:
寒冬凌冽,你也面无惧色,
乘风破浪,仿佛大帝凯撒。
……
在你宫廷远处,潮水获准流入,
徘徊的鱼儿畅游在活水处:
海水安睡于这王室之床,
海洋的疲惫让它们苛求湾港。
在这里无需杞人忧天,
有君王的庇佑一切都安然。(第99—116行)

---

① Michael McKeon 详细论述了此诗如何在当时紧张的政治局势和经济政策争议的背景下发挥意识形态功能,呈现一派国家统一、商业繁盛的景象,参见 *Politics and Poetry in Restoration England: The Case of Dryden's* Annus Mirabilis, Cambridge: Harvard University Press, 1975, 第一、三章。

② McKeon 认为德莱顿的诗吸收了当时流传的各种末世预言,强调这种形而上学与民族辩护在文化层面起到了相辅相成的作用;这也是我由本诗出发至《徒劳的人世愿望》所要证明的观点(第五章)。

然而，同样值得注意的是，与上述节制而平静的海洋意象相对，诗歌中还有萦绕不去的淹没意象。在诗的开头两句，革命所引起的历史性灾难被比作圣经里的洪水，“淹没世界的洪水”（第1行）。然而，君主的回归也被形容为淹没，因为革命的洪水再次被自身的泛滥所淹没，留下的是含糊动荡的局面：“洪水深不可测，连自己也被淹/只露出含混湿滑的地面”（第5—6行）。在德莱顿描写斯图亚特君王的作品中，似乎一提及海洋，伴随而来的就是由流体带来的淹没命运。

德莱顿的《回来的星辰》（*Astrea Redux*，1660）写于加冕诗前不久，同样是为恭贺查理二世而作。最值得一提的是，这首诗中，在国王跨越英吉利海峡从法国返回多佛的旅程中，海洋同样承担着自相矛盾的含义。旅程当然顺应天意，有“殷勤的海风”，“快乐的”船只，“愉快的水手”，海洋则被比作一位善良的英国女神：

> 英国的安菲特律特宁静清澈
> 蔚蓝的美景可谓史无前例；
> 为自己款待归来的王而欢欣
> 大海大洋也都赶来俯首称臣。（第246—249行）

然而，一如既往，对被驯服的海洋、平静的旅程的描写总是复杂多变。

69　海洋总是激起危险、逆转，以及人力不可控的湍急狂暴之力：

> 命运发善心，一切如反掌
> 满张风帆，快速驶向前方，
> 那些胆敢逆风而行之人
> 必得有娴熟手艺和断然决心。（第63—66行）

同样的一片海还可能意味着变化和失去，就像瑞典人的命运：“野心勃勃的瑞典人像永不停歇的巨浪,/此手得之,彼手失之,多么荒唐”(第9—10行)。海洋甚至还可能代表毁灭之力——即与革命这一历史事件结合在一起:“暴民享有如此之大的自由,/仿佛海上狂风把一切毁弃不留”(第43—44行)。查理二世的幸运航程则不断地被置于一个“焦躁不安”、风云变幻的航线中,而这正是查理二世及其父亲所经历的历史:他曾“任由命运摆布,忽前忽后,/戴上王冠,也将父亲的痛苦承受”(第51—52行)。不可否认,在这些风暴和灾难的形象里,查理二世的归国之旅也笼罩着船毁人亡的阴影:“查理们欠着海神一个祭品:/……猛烈的暴风骤雨在对他咆哮/将他的船击碎,往岸上抛”(第120—124行)。我们甚至会质疑,迎接君主回归的英国能否给查理二世一个安稳的未来:

> 我想我看到了多佛港上的人群
> 他们急匆匆赶来欢迎你登临,
> 人群越来越拥挤,简直无法呼吸,
> 海滨的浪潮比大海更令人窒息。(第276—279行)

狂暴的浪潮象征着君主或诗人都无法预计和掌控的力量。因此,虽然表面上这次归国继位的旅程是平静的,但诗歌中令人惊心动魄的溺亡意象却在提醒着查理二世其父亲的悲剧命运:“像翠鸟安稳地繁育子孙,/注定溺亡的人能跨海幸存”(第235—236行)。[1] 70

在《回来的星辰》的最后诗节,海洋的突出形象成为最初的帝国

---

① Steven N. Zwicker 对德莱顿的这些诗歌进行了细致分析,认为德莱顿的诗歌形式和对斯图亚特王朝的描写都体现了诗人“否定和歪曲呈现的技巧”。正是这种“否定”颠覆了诗歌表面上的胜利和乐观,这一点在那些以海洋作为指涉修辞的部分尤其明显,参见 *Politics and Language in Dryden's Poetry: The Arts of Disguise*, Princeton: Princeton University Press, 1984, 39—43。对德莱顿诗歌这种矛盾结构的具体分析,参见 Laura Brown, “The Ideology of Restoration Poetic Form: John Dryden”, *PMLA* 97, 1982: 395—407。

颂歌的主体：

> 无处不在的帝国势力，
> 如海洋的疆域无边无际。
> 你钟爱的舰队威力无比
> 将陆上的王国包围攻击：
> 正如古老的祖先曾吞并他的后代
> 我们的大洋必将淹没所有外海。（第298—303行）

就像查理二世一样，无论所谓的前景多么乐观，这首诗似乎也无法逃脱淹没的形象。

这些诗歌所表现出来的民族主义腔调将很快成为英帝国扩张早期的诗学修辞定式。它们将大同小异地出现在德莱顿后期所作的政治诗中，也将在接下来的60年里出现在蒲柏、蒂克尔、汤姆逊和杨格的作品中。这些早期的作品鲜明地昭示着有关洪流与海洋的文化寓言的复杂性，而此时正处于形成早期的文化寓言阶段，其目的无非是构建帝国主义的自辩书。如同德纳姆的《库珀山》、约翰逊的《徒劳的人世愿望》和杨格的《海洋颂》，《回来的星辰》中的海洋形象所包罗之广、蕴含潜力之大，堪比命运本身。它给乐观、允诺、无限加上了对立面：含糊、危险、失去、灾难——它将希望与恐惧对立。也许连德莱顿也没有完全意识到，他的海洋体现着当时英国历史的狂暴动荡。一方面，海洋代表了一种张力，这种张力产生于由复辟而来的希望和革命之后的恐惧，这反映的恰恰是查理二世当政时期英国动荡的政治和经济形势；但另一方面，《回来的星辰》中的海洋也代表着诗歌所投射的帝国未来的无限可能性，虽然命运无常，帝国的势力也可能遍及全球。

总而言之，这些有关河流和海洋的描写具备了一个故事的框架，其基本特点为：这是一个文化寓言，其中既有主人公，又有朝着高潮和出人意料结尾发展的叙事行为。这个故事力图去命名和理解一种强大的力量,因而将这强大的力量看作一种流动的实体,既不可阻挡、四处扩张,又令人振奋、充满危险。故事里的这种力量时刻都在改变,要开拓一番事业,这番事业既有激进的反讽或深刻的不确定性,又充满变化或矛盾。故事还投射出,这番事业的结局像命运般无可逆转,又充满启示意义:胜利伴随着灾难,成功伴随着毁灭,乐观伴随着绝望。故事的高潮虽然源于寓言流动而复杂的主人公,最终却包纳了全世界,因为这个主人公似乎就既代表又塑造着全世界。

71

细究这个寓言,我们看到了一个文化虚构的形式,这是想象的创造物,乍看起来很难把握。毕竟这个故事并非由某个特定人物讲述,也没有呈现在复辟时期或18世纪印刷文化的任何一个文本中。虽然寓言有叙事形式,却从未有人将其看作正式的叙事作品;虽然它有主人公,这个主人公却既没有姓名,也没有地域和具体的身份。另一方面,寓言的组成部分——用来描写河流和海洋的词语和表达、暗喻和意象——在复辟时期的诗歌中屡见不鲜,并且如前所述,还将在后来的几十年里成为文学作品中的重要修辞。这些重复出现的修辞,既和所在的某个特定的作品息息相关,又互相重合交叉,从而透射出一系列共同的指涉点、情绪反应、反讽和矛盾。通过交叉重合,它们构建了一个共同的故事。故事的讲述揭示着商业帝国文化体验的一个重要维度,因为它是人们对复杂而又宏大的历史事件的集体想象。在接下来的半个世纪里,随着英国稳居全球殖民势力之首,有关洪流与海洋的寓言也将更加丰富、更加宏大。

三

《乌得勒支和约》(Peace of Utrecht,1713)正式奠定了英国在欧洲的商业优势。在和约签订后的20年间,洪流和海洋明确地成为想象经验的基石：先是对泰晤士河的描写，"不列颠洪流之父"，[①]然后是海洋被称作不列颠帝国之"水域王国"。[②] 这些意象所勾画的文化寓言具备自相矛盾的原型：在安详宁静与生机盎然、俯首称臣与排山倒海之间任意转换。此外，虽然海洋本来只代表商业帝国的形象，但在这个时段里，它开始代表一个完美结合物质与精神的复杂系统，使得这一日益发展成熟的叙事更加壮观、势头更足、范围更广，不再仅仅局限在政治话语，而是有了科学推论、玄学猜想、道德冥思、甚至社会批评的作用。寓言的范围延伸至当代思想的多个维度，因此，18世纪对海洋的反复描写与前述德纳姆和德莱顿的作品有所不同。到了《徒劳的人世愿望》这部作品，洪流和海洋的寓言讲述的故事更为丰富多样、意蕴丰厚，其构建反映着人们在想象层面对现代历史的全情参与。那是现代历史的决定性时刻，是商业资本主义扩张的转型时刻。

72

《乌得勒支和约》催生了一系列延续故事中心思想的作品。如同德莱顿的民族主义诗歌一样，这些作品鼓舞人心。[③] 例如托马斯·蒂克尔的《论和平之前景》(*On the Prospect of Peace*,1712)就延续了故事的基本脉络：诗歌虽然承袭了伊丽莎白时代的修辞，简短地把海洋描写成坚不可摧的护城河，但自始至终都把海洋投射为大英帝

---

① Alexander Pope, *Windsor Forest*, in *The Poems of Alexander Pope*, vol. 1, ed. E. Audra and Aubrey Williams, London: Methuen, 1961, 第219行。下文对《温莎森林》的引文都出自此诗集，括号内标注行数。

② Thomas Tickell, *On the Prospect of Peace*, in *The Works of the English Poets*, London: C. Whittingham, 1810, 105. 下文蒂克尔诗作的引文都出自此诗集，括号内标注页码。

③ 18世纪前半期歌颂民族主义的诗歌非常普遍，一般统称为"辉格颂词"(Whig panegyric)，参见 C. A. Moore, "Whig Panegyric Verse, 1700—1760", *PMLA* 41, 1926: 362—401。与《乌得勒支和约》相关的诗歌详见 David Foxon, *English Verse, 1701—1750*, Cambridge: Cambridge University Press, 1975, 2: 296。David S. Shields 归纳了专门以英国"海上帝国"为主题的诗歌，参见 *Oracles of Empire: Poetry, Politics, and Commerce in British America, 1690—1750*, Chicago: University of Chicago Press, 1990, 25。

国的命运。一方面,海洋是防卫的壁垒:

在波浪翻滚的世界里静静矗立
海洋庄严的女王不列颠岛屿;
他国的不良密谋终不能得逞,
海是她的战壕,舰队是她漂浮的堡城。(104)

另一方面,蒂克尔的海洋是“臣服的海洋”,代表着“水域王国”,这直接体现着民族主义者对全球帝国的投射:

伟大的女王!……
你无所不在的掌控始自阿尔比恩的悬崖
跨越大洋直把那遥远的秘鲁到达;
如此宽广的疆域、大片的领地,
绵长环绕日不落的天际。
……
新的领地遍布环球世界
水域王国,还有无边大海;
……
两岸的陆地由君主掌控,
俯首称臣的海洋流淌其中。(105)

这里的海洋促成了全球视野,正因为有了“水域王国”,才能够跨越海洋直至“遥远的秘鲁”,才能称霸世界。虽然这种修辞特征明显,但也有些模棱两可:过程与目的、流体与固体、海洋和陆地互相转换、“水域”帝国变成实体帝国,这些将成为后期洪流和海洋寓言的主要成分,并由此激发了强烈的领土扩张幻想,因为帝国主义在此阶段并无实质的领土扩大。在杨格有关海洋的诗作中,这一修辞更加明显。

对蒂克尔来说，陆地和海洋的交织代表了英国贸易所带来的文明和仁爱的效果。英国贸易建立在全球视野之上，以洪流和海洋的形象为中心，这一点在蒲柏有关《乌得勒支和约》的诗作《温莎森林》中表达得最为酣畅淋漓。

《温莎森林》通篇都对德纳姆的《库珀山》有所指涉，也正如《库珀山》一样，其主人公是泰晤士河。将河流作为诗歌的中心来描写，蒲柏的诗由此可归于17世纪的河流诗歌体裁。河流诗歌也成为早期民族主义颂词的文学流派，后来又成为18世纪早期辉格党颂词的重要来源。正如帕特·罗杰斯(Pat Rogers)所说，早期河流诗歌为泰晤士河所扮演的角色打下了基础：它那“满涨的洪流……注入海洋，正是国家强盛的象征”。不过，本来河流诗歌多以婚姻作为美满的结局，但在蒲柏的诗中，婚姻却被代表着帝国意象的《乌得勒支和约》所取代。[①] 河流以泰晤士老父(Father Thames)的形象出现，在帝国自辩书的结尾阐明了这独特“洪流”的特点和力量。他召集海军，首先向温莎发话：

> 你的树，美丽的温莎！将离开树林，
> 你一半的森林都将在我的洪流中前进，
> 承担不列颠的风暴，把她的十字旗
> 展现给旭日照耀的世界各地。

74

随后思考了帝国贸易如何普惠众生：

> 那个时代即将来临，像海洋或风一样自由
> 无拘无束的泰晤士往全世界涌流，

---

① Pat Rogers, “*Windsor Forest*, *Britannia* and River Poetry”, in *Essays on Pope*, Cambridge: Cambridge University Press, 1993, 54—69.

随河流潮涨不同的国家融入，
海洋把它们分割的区域联合；
天涯海角都将目睹我们的荣耀，
新世界迈开步伐把旧世界寻找。
粗笨的船只挤进我们的河道，
富足的河岸满是野人装饰羽毛，
赤身裸体的青年和浓彩的酋长一起膜拜
我们的语言，我们的肤色，我们的服装异彩！
哦，扩大你的疆域吧，美丽的和平！从岸到岸，
直至征战停休，再没有奴役磨难：
那时自由的印第安人在他们当地的树林
收获自己的果实，追求肤色黝黑的爱人。
秘鲁再次成为国王的族人，
墨西哥人的屋顶嵌满黄金。（第285—412行）

蒲柏对海洋的感知，明显与伊丽莎白时期将海洋作为隔离堡垒的概念大相径庭。[1] 泰晤士河扮演着积极的角色，将英国的海军力量输送至世界各地；而海洋作为泰晤士河的直接延伸，不仅不再是分隔"地区"与地区、"海岸"与海岸的中间区域或真空地带，反而成为一种"联合"的力量，并且联合将带来和平互利的美好前景。如此一来，泰晤士河贯穿了一个良性的世界体系，受益于英国的商业繁荣，延展至"天涯海角"，把不列颠和平（*pax britannica*）带给"全人类"。为了证明《温莎森林》和《奇异的年代》有诸多相似之处，罗杰斯指出，把这两首诗联系在一起，虽然二

① 另有学者更关注蒲柏诗中的孤立主义，并同我的解读一样，特别强调生机勃勃的森林，参见 Jeffrey Knapp，*An Empire Nowhere*：*England*，*America*，*and Literature from* Utopia *to* The Tempest，Berkeley：University of California Press，1992。

者“不属于同种诗歌类型”，却能让我们“发现帝国主题与天意的
75
融合”。[①] 融合不仅仅存在诗歌之中，还延伸到当时人们所想象的扩张文化，并且深受洪流与海洋寓言的形式建构的影响，因为不列颠和平被投射到人类的未来命运。

蒲柏的诗歌提及全球视野时，仅仅明确了两个国家的名字：秘鲁和墨西哥，用它们来证明不列颠和平带来的美好效果：在此诗中，泰晤士河拥有的力量如此之大，甚至可以重写墨西哥阿芝台克和印加文明的殖民历史，用英帝国与之相互间的“爱慕”取代残酷的西班牙殖民统治。[②] 与蒂克尔的《论和平之前景》一样，甚至可以说，与这一时代的文学作品一样，这首诗中的“秘鲁”一再被作为这种转化力量的象征，世界历史如何看待英国的商业资本主义就浓缩在这唯一一个地理指涉中：从英国的唯一视角看世界，按英国的形象重塑历史。[③]

这个转化力量在《温莎森林》中还有一个匹配修辞，能够唤起运动、能量，甚至暴力，如同《库珀山》中的洪流“力量之大，无可阻挡”。蒲柏笔下的泰晤士河，其力量也遍及世界的“此岸到彼岸”，虽然被称作“和平”，却拥有德纳姆诗歌中同样的迅猛和颠覆之力。在最后一段中，这种力量作为扩张之力的高潮出现，是温莎森林的战斗进攻，变形为英国海军战舰，“冲入”泰晤士河的洪流，再穿越世界大

---

① Rogers，“Trade and Dominion：*Annus Mirabilis* and *Windsor-Forest*”，*Durham University Journal* 69，1976：14—20；引自第16、20页。

② 在对《温莎森林》进行分析解读时，Joseph Roach 认为这个转喻反复出现在“环大西洋文学和帝国代理口头文学；在这些文学中，过去和现在被重新塑造，以便服务于一个虚幻的未来”，参见 *Cities of the Dead*：*Circum-Atlantic Performance*，New York：Columbia University Press，1996，139—144，引自第142页。

③ 在为约翰逊的诗行做注释时，David Nichol Smith 和 Edward L. McAdam 引用了当时诗歌中提及“秘鲁”的诗行来建构“秘鲁”的喻意，包括威廉·坦普尔爵士的“在所有国家从中国到秘鲁”；索姆·杰宁斯的“从冰冻的拉普兰到秘鲁”；老托马斯·沃顿的“所有人类，从中国到秘鲁”，参见 *The Poems of Samuel Johnson*，ed. Smith and McAdam，2nd ed.，Oxford：Clarendon Press，1974，115n.。

洋,承担着“不列颠的风暴……和十字旗”。“美丽和平”的“统治”并不一定是平静的。[①] 在诗作的中心,宁静平和与势不可挡之力的并置,虽自相矛盾,却意味深长。在这之前还写到了洛敦娜(Lodona)的神话故事,故事中的牧羊人凝望着洛敦河(Loddon)映着的宁静祥和的“山水景色”,而洛敦河是泰晤士河的支流,其性别为女性,源于蒲柏笔下仙女的眼泪: 76

> 在她如镜的水面,沉思的牧羊人常看清
> 高耸的山脉和低沉的天空,
> 点缀着树林的山水美艳,
> 洪流中颤动着木制舰船;
> 蔚蓝清澈的水面闪耀着鸟群的身影,
> 森林的倒影给水波添上一抹绿意。(第211—216行)

这派田园景色描绘了一副几乎无可争议的意象:英国舰队就是“森林的倒影”,“给水波添上一抹绿意”。森林就是蒲柏在诗歌开篇所介绍的橡树林,它们形成了温莎森林,并以英国海军舰队的形式向全世界“发号施令”(第32行)。在这里,它们又身处平稳的水流之上,象征着海上的平和。然而,即便在这样的情况下,它们也并未完全被束缚:“在洪流中颤动”,正准备起航环游世界。在接下来的对句中发生了戏剧化的一幕,它们身不由己地投入到了海洋寓言的洪流之中:“蜿蜒的河流缓缓流淌在美景之中,/而后泛着波浪向泰晤士河

① 在过去的二十年间,评论界对18世纪帝国的关注引发了有关《温莎森林》是否算作帝国主义作品的争论。我之前有文章讨论过不列颠和平的暴力,参见 *Alexander Pope*, London: Basil Blackwell, 198,第一章。有文章将蒲柏的诗歌置于大的语境中讨论,指出其中的“反奴隶制”,参见 Howard Erskine-Hill, “Pope and Slavery”, in *Alexander Pope: Word and World*, ed. Erskine-Hill, Oxford: Oxford University Press, 1998, 27—54。

奔涌”(第217—218行)。这些描写表明,在洪流和海洋的寓言中存在着宁静与活力、和平与强力的对立统一。同时,因为土地和海洋在修辞与意识形态上的叠加,上述的对立统一又与海洋和土地的叠加产生了联系。在杨格、约翰逊、蒲柏和哥尔德斯密的诗歌中,这一联系将成为洪流和海洋寓言中的一股暗流。

四

在这个意味深长的故事中,理解海洋的物态性就是海洋在故事中所扮演的角色的作用。在笛福为1713年2月3日《评论》(*Review*)所作的文章中,他用英国的贸易来看待自然界的现象:

> 贸易之产生具备某种神性……在强而有力的风的推动下,水是多么自然地流向了低洼之处,填满了海洋的每个缝隙;数不清的分子不懈地接踵而至,伺机将别的分子取而代之,也许风向突变,不经意间被取而代之的分子则立刻又填充了其他空缺。水元素竞争激烈,怒不可遏,水面上的船被高高抛到翻滚的浪尖,看起来立刻就要被抛入毁灭的深渊。此时此刻,同样的海浪立刻添平了沟壑,温柔地把船拥入怀中,使它不致跌落海底摔得粉碎。然后,海水又合力将它托举出水面,为它准备好下一轮海浪的冲击。
>
> 如此,温驯的自然遵守着自己的律法,使世界各地的人们来往交流,从而奠定商业的基础。若无自然,这一切都无从想象、不可实现。①

77

① Daniel Defoe, *Review of the State of the British Nation* (1706—1713), ed. Arthur Wellesley Secord, Facsimile Text Society, New York: Columbia University Press, 1938, [9]:54, p. 107.

笛福从经验主义和帝国主义的视角出发，扩展了早期现代自然神学，用科学来解释海洋中无数的“分子”“填满”横亘在世界各地的沟壑，并用玄学系统把自然界的特点解释为仁慈神意的一部分。① 这些成对出现的二元系统显然是帝国主义自辩书的投射，在当时的诗歌中频繁出现。《海洋帝国》(*Imperium Pelagi*,1729)和《海洋颂》(*Ocean*,1728)由诗人杨格所作。这两首相匹配的海洋诗大致写于乔治二世即位以及《塞维尔条约》(Treaty of Seville)签订之时，二诗都着力体现海洋具体和抽象的意义。

《海洋帝国》效仿品达(Pindar)，要将贸易的“尊贵话题”(335)提升至崇高的地位，正如品达为人们奉上了“最具精气神的颂诗”(336)。② 事实上，这里的“精气神”是将商业、英国和海洋的地域广阔、商业价值以及物质即时性相互关联的修辞延展，其显著特点是一再重复的结构——从呼语“不列颠!”到海洋，并从这种联系中展现二者在物质和精神层面的有序性： 78

> 不列颠！看世界那宽广的表面；
> 陆地所占空间不到一半
> 流动的三部分，海洋帝国！
> 为何？为了商业，海洋的涌动
> 即是为此，虽然名目各有不同：
> 如果为商业，海洋为你而扬波。(353)

不论是对笛福，还是对杨格来说，海洋首先是物质存在，其流动性使

① 有关18世纪自然神学——认为一切创造物皆以服务人类为目的——参见 Arthur O. Lovejoy, *The Great Chain of Being: A Study of the History of an Idea*, Cambridge: Harvard University Press, 1953, 186—189。

② Shields 对《海洋的帝国》的解读既分析了杨格的古典主义，又指出了其基督教渊源(23—26)。

得商业和全球性帝国成为可能。在这首诗中，以陆地为基础的、固态的大英帝国却仅仅以"海洋帝国"的形象出现。如果说"整个自然都屈身"来促进商业的发展，那么海洋无疑是最大、最具备说服力的证据；而且，按照扩张主义者进一步的逻辑，海洋还旨在促进英国的商业霸权：

> 葱茏的岛屿！不管如何潮涨潮落。
> 或洋流涌动，或风起浪波，
> 或暖阳照耀，或阵雨瓢泼，
> 那涨落、涌动、吹拂、照耀、瓢泼，都是为你！(342)

就像在《温莎森林》一样，神意不仅塑造了自然的律法以促进贸易，还通过贸易来造福全人类，因为贸易使商品和货物在"不同地域"流通，而神则赐予不同地域"不同产出"和需求(344)：

> 不列颠！在那些不同地域，还有更多地方，
> 宽阔的河流和奔涌的海洋，
> 割裂陆地，其上居住无名大众，
> 全无航海技能和威力，
> 联合那世间割裂之地：
> 贸易沟通各地，让活力获得重生。(368)

在这里，杨格和同时代的大多数人一样，认为贸易分销商品，联合人们的利益，从而造福世界。约瑟夫·艾狄生就常在《旁观者》的文章中发表类似的观点："似乎自然特别留心在世界各地降下她的福祉，并留心人类间的交流和往来，确保世界各地的人们彼此依赖，并为共同的利益而团结起来……[商人]你来我往，互相扶持，将全人类团结在一起，因为他们，自然的恩赐得以重新分配，穷人有所劳，富人得

79

财富,伟人得盛名。”[1]与此相同的观点大概在 18 世纪最受欢迎的戏剧作品,即乔治·利洛(George Lillo)的悲剧《伦敦商人》(*The London Merchant*,1731)中表达得最为淋漓尽致。在剧中,贸易

> 使国与国之间来往交流,尽管国与国之间距离遥远,风俗习惯与宗教信仰迥异;贸易促进艺术、工业、和平以及繁盛;贸易使双方共赢,从而使爱得以传播……[教化那些国家]诚实交易的益处,他们拿出无用的多余之物,换来他们需要之物,无论是他们所不熟悉的手工艺,还是由于其他条件所限而需之物。……世上每个地方,不论气候如何,是何国家,神意总会恩赐其独有之物。勤劳商人之职责便是收集各国特产之物,用全世界之产出,丰盈自己的国家。[2]

在这样的背景之下,“海洋帝国”既是神意分配系统的代言人,又是英国全球势力的代言人。的确,正如我们在《温莎森林》中所看到的,两首诗都宣称一个善意的神意系统,其依据是海洋与陆地、流体与固体的叠加运动,从而使得原本属于世界“固体空间”的权力被流动、滑行、翻滚的海洋所代表的非固态无空间(unsolid nonspace)所掌控。固态帝国的呈现从未如此平静。如此一来,帝国的暴力被取而代之,洪流和海洋的寓言极好地服务了不列颠和平之意识形态,使帝国在全球范围的和平扩张合法化。

这种修辞叠加所反映的意识形态对 18 世纪前半期有着极大的

---

① Joseph Addison, *Spectator*, no. 69 (19 May 1711), ed. Donald F. Bond, Oxford: Clarendon Press, 1965, 1:294—295. 下文对此期刊的引文都出自此版本,括号内标注刊号、卷数和页码。

② George Lillo, *The London Merchant*, ed. William H. McBurney, Lincoln: University of Nebraska Press, 1965, 3. 1. 1—28.

80 影响。马歇尔(P. J. Marshall)曾描述过“海洋的帝国”如何左右了当时人们对海外战争和民族身份的看法。英国对海域的控制被描述为“和平事业”，其目的在于维护英国独有的自由，其基石在于“自由贸易，而非高压政治”，但同时，这一控制权

> 与战争密不可分。帝国的基石不仅有赖于商业，还有赖于不列颠强于欧洲对手的海军力量。法国、西班牙、荷兰的海外贸易将由武力击败。他们的殖民地也将被洗劫。在18世纪的英国，海上劫掠战争总能得到热烈支持。……人们认为这些战争无需人民承担额外费用。水手便是战士，他们是英国自由之花，为了扩大贸易这一民族伟业而战。与之相反，人们认为在欧洲大陆上进行的战争不过是为了英国君主狭隘的个人利益，消耗大量纳税人的钱财，作战对象是各国常备军，都是君主专政的工具。……[因此]海上战争赢得了伦敦以及各市镇多数人的欢迎。……[与此同时]“深海帝国”战争最坚实的拥趸对陆上帝国的战事也存有疑义。①

然而，即便在这样一首热情洋溢的诗中，海洋仍然是复杂多面的形象。一方面，海洋为英国贸易服务并且保卫英国领土——“海洋是你的仆人/不论潮涨潮落：他用手臂环绕你胸膛”(342)；在这个层面看，海洋是从属、顺从甚至被动的形象。另一方面，“海洋帝国”充满了威严和力量。与伊丽莎白时期的海洋形象不同，杨格诗中的海洋不再稳定，不是提供保护的“城墙”或“护城河”，也不是“固态空间”即大陆之间的空旷领域，而是鲜活意义的载体。海洋流动变化，

---

① P. J. Marshall, introduction to *The Eighteenth Century*, ed. Marshall, vol. 2 of *The Oxford History of the British Empire*, Oxford: Oxford University Press, 4—7.

洋溢着自由和活力，这与笛福所描写的海水奔涌充满世界上每个空虚的角落可谓如出一辙；海洋还是个神奇的居民众多之地，是"居民遍布的海洋"，"涌动着"生命（341）；事实上，海洋充满活力，自成帝国。从这个层面上说，海洋即是广阔的全球帝国，诗中的不列颠也是广阔的全球帝国。海洋涌动的活力代表着"固态"商业帝国的活力，而固态商业帝国的特点便是"奔涌的贸易"（346），其标志物包括大都市贸易中心、伦敦港和皇家交易所：

81

巨大的军舰旗[国旗]飘扬
游历的人们心情振荡！
……
在每个港口，每个码头，
缆绳、船锚、桅杆如群山般屹立！
……
世界被缩小！所有国家汇聚
一个窄点——我们繁忙的交易所里；
从这个源头送走各个繁盛支流。

上述这些"群山"般的缆绳和桅杆，以及紧接着出现的繁荣的港口贸易所表达的欣欣向荣，令我们想起《温莎森林》中漂流和奔腾的森林，二者都建构了生机勃勃和自由发展的景象。事实上，洪流和海洋的寓言蕴含一个显著的生机修辞：树林涌入泰晤士河的意象——森林即是船只，船只即是森林。当詹姆斯·汤姆逊（James Thomson）审视《四季》（*The Seasons*）中的河流时，他也看到了"在两边，/就像长长的冬日森林，桅杆的丛林。"[1]而《海洋帝国》则特别宣称贸易能"召

---

[1] James Thomson, "Autumn", in *The Seasons*, in *The Seasons and The Castle of Indolence*, ed. James Sambrook, Oxford: Clarendon Press, 1972，第123—124行。

唤……森林，将它们施符咒变为舰队”（361）。[1] 这一修辞意象反映了当时人们对舰队、航运以及海洋的感知，但同时又意识到河流、海洋这些流体介质的特殊活力。作为固态帝国的另一面，海洋包含了帝国所有的能量和无止境的活力。

借助海洋的意象，拥挤、繁华的大都市意象被投射到了全世界：

你可曾极目眺望这广阔世间？
因商业，卑微完成宏大转变：
从诺亚到乔治，帝国兴起又凋亡，
它们的荣耀、耻辱、兴盛、衰败，——
透过时光清晰的年鉴史材
不过是对贸易辉煌颂歌的吟唱。（368）

82

全球审视的修辞在洪流与海洋的寓言中多次出现，其含义有二。一方面，它浓缩了叠加的动作从而取代了建构这一修辞所需要的权力，正是权力组成了这一修辞在形式方面和意识形态方面的复杂性。这样不列颠和平就被塑造为仁爱之举。另一方面，这一修辞又成为玄学和道德思考的修辞。在此时期，“极目眺望世界”便意味着展现一个神性的系统，其本质是海洋，其核心则是不列颠的商业核心地位。这个系统不仅解释了大英帝国的合理化，还解释了理性、美德和人类命运。

因此，在《海洋帝国》的最后一部分，仁爱的商业以理性人的形象出现。当这个理性人面对着命运中的“希望和恐惧”时，他将自己

---

① 布瓦塔尔（L. P. Boitard）的版画《合法码头》（Legal Quays，1757）生动再现了伦敦港舰旗飘扬、桅杆缆绳形成“森林”和“群山”的景象。一段写于我们所讨论的时代末期的文字也展现了同样的场景：“从桥开始绵延不止，整条河的两侧都覆盖着森林般的桅杆，仅留中间一条窄窄的水道”，参见 Thomas Pennant，*Some Account of London*，London，1805，269—279；转引自 Rudé，30。

的信仰寄托在"海洋帝国",并希望日后能到达"永恒极乐的洪流"(345)。这种玄学的自信来自于杨格诗中威力无边的海洋,在诗中,"贸易的激流"就是人类的命运:

> 哦,永恒! 一个场景
> 在勇敢的探险者看来如此平静!
> 哦! 在海上纯粹以名声经管,——
> 与神往来! 是什么运输工具在翻滚!
> 无尽的输入给了灵魂!
> 这是穷人的帝国,臣民的王冠! (371)

在这里,运输工具的修辞重现了诗中随处可见的洪流和海洋的"翻滚",而人类的命运就像平静的海洋,贸易得到净化,成为"与神往来"。一个"纯净的"玄学领域因此产生,在那里,物质追求被精神追求所取代,富人和穷人也为这一更高的民族追求产生共鸣。

相比于《海洋帝国》,杨格的《海洋颂》一诗用了更长的篇幅来描绘上述的玄学维度,尽管二者使用了同样的修辞和意识形态建构。在《海洋颂》中,海洋的形象也同时具备了诗性的灵感、对帝国的颂扬,以及玄学层面的命运。希腊诗歌是"咆哮"并"奔涌向前"的"洪流"(142),由此造就了恢宏、欢欣的海洋主题,即海洋既是商业的必要条件,又是帝国的代言人。海洋"宽广的景象"和"无尽的浪潮"(155)赋予诗人灵感,使得诗人自如地将海洋的博大与不列颠的繁荣和强盛联系起来:

83

> 谁在吟唱财富
> 与权力的出处?
> 商业的宽广领域,战火燃烧,
> 奇迹就在这里!

恐怖就在这里！
海神尼普顿(Neptune)在战车上咆哮？

哪里？他们在哪里？
谁被颂歌之神(Paean)所照及
遵从神意，吟诵赞扬？——
怎么！无人尝试？
我把竖琴抓起，
投入那咆哮的波浪。
……

海洋！海洋！
是不列颠的地方
她的力量、她的光荣，就是她的舰队：
海洋！海洋！
要像不列颠一样；
既有特里顿(Triton)的强悍，又有塞壬(Syren)的甜美。
(155—156)

在这首诗中，海洋的形象同样是威力无边，并且自我调节。不同的是，杨格不仅细致刻画了海洋的生命力，更着重描写了这种生命力所蕴含的危险性。在《海洋帝国》中，他曾经简要地警示"海浪，既能兴国，也能亡国"(352)，就像推罗(Tyre)被海洋的威力摧毁(350)；而《海洋颂》则一再直接展现海洋的毁灭性力量，瞬间发生的反转比比皆是，海洋从平静变为摧毁性力量，和平转瞬变为恐怖：

自然太博大
万物见不暇

充满无尽变数与欢欣； 84
当一切平静
甜美的平静！
忽而巨浪滔天，场面真骇人。

《海洋颂》中多处描写了“暴风”、“风暴”与“和平”、“宁静”交替出现。海洋先是“诱惑”水手，继而抛弃他们，让他们面对“滚滚黑浪”：

满怀恐惧，看
远处飘摇的船！
忽而仿佛勇士俯冲直下；
忽而，被抛至浪峰，
似乎直达天穹，
仿佛一片羽毛任浪击打！(157)

海洋具备毁灭一切的巨大力量：就像“混沌”“混淆……海天”(157)，一切秩序和建构都遭毁灭。这种毁灭性的力量与蒲柏的愚昧女王所拥有的力量相同，在接下来第四章的阐释中，我们会发现二者所起的作用也相同。

在上述的引文中，杨格影射了朗吉努斯的崇高概念(Longinian sublime)。当时，艾狄生曾在《旁观者》发表的文章《想象之愉悦》(“Pleasures of Imagination”)中详细阐释了朗吉努斯的崇高概念。在《旁观者》第489期(1712)，艾狄生发表文章来回应自己对崇高所做的阐释，并直接把崇高的概念与海洋相类比：

在所有我所见识过的事物中，没有什么比海洋更能触动我的想象力。即使风平浪静之时，看那无垠的海面起起伏伏，也会产生一种讶异之美感；而当风暴骤起，巨浪滔天，

> 那排山倒海之势引起的愉悦的恐惧感非笔墨所能描述。我认为，对航海之人来说，再没有什么移动的物体比巨浪滔天的海洋更宏伟，因此他的想象就得到了因伟大而生的最高级的愉悦。(4:233—234)

在这里，风平浪静与波涛汹涌、希望与恐怖的对立从玄学的层面转移到了审美层面。在杨格诗中，海洋具备毁灭性力量的意象，既包含了洪流与海洋的寓言，充满了政治、玄学和历史意义，又包含了审美层面的意义，甚至担负起了审美愉悦原型的作用。

85

在诗中，杨格还特别使不列颠在海洋摧毁一切而造就的“混沌”中幸免于难。充分展示恐怖、船难意象之后：

> 让别人去恐惧；
> 对不列颠亲爱的
> 无论什么开启她无畏的征程；
> 恐怖令人着迷，
> 她因此获得暖意
> 要公平获益，或荣耀名声。(158)

此时，海洋的意象又进入道德思考的层面。一方面，英国推进帝国主义的“无畏”事业与海洋的毁灭力量相匹配，削弱了海洋的“恐怖”层面，因为海洋还是陆地帝国的匹配原型。另一方面，诗中说“美德”使不列颠在海上立于不败之地，“慷慨的激情”、“公共的福利”以及为水手们营造避难所的“宏伟计划”，使不列颠帝国成为天意，因此不列颠能够在海难中安然无虞。这样，海洋的形象实现了由彼此联系的实体到玄学建构的自我循环。这种自我循环不仅将英国贸易扩张定义为美德之举，因为商品得以广布世间，而且进一步证明了美德的回报——安然无虞和宁静的海洋。美德，以及因美德而来的宁静海洋，保证了只要日月星辰运转、世界存在，那么“不列颠的旗帜将遍布海洋”(163)。

宁静海洋的意象包含了美德、商业和帝国几个方面，因此杨格用玄学思考开始了《海洋颂》一诗的结尾部分：

多复杂，多微细，
多么注定要逝去，
这正是人类的愉悦！(164)

在本章的开篇，我们已将上述“世界即海洋”的诗节与约翰逊的《徒劳的人世愿望》做过对比。它们都展现了人在希望和恐惧间的生存状态，海上的景象则是“一切都在摇摆/大部分都将失去”。然而，“美德之人”将会获得“平静的海岸”、“安宁的家”作为回报(165)。这是由商业美德而来的宁静，“海洋帝国”的实体和商业形象所带来的道德和哲学思考。在《海洋颂》中，宁静是靠强力所得，有附加条件，并非确定，只是一种希望。这里的海洋恰恰就像它所代表的不列颠帝国的“伟业”(164)，二者都与“混沌”如此相像，不会甘于臣服。因此，当问及“美德之人”的命运，诗的结尾小节抛却“大众之境遇”，转而对“谦卑的生活”进行田园诗般的思考，最终以常见的对永恒的诉求而结尾：

86

我的瓮还没有破！
直到那攸关的转折
那时浩瀚的自然也将死亡！
时间将凝滞，
与人类的骄傲，
葬身于永恒之海洋。

德纳姆笔下的泰晤士河“如同有限的生命奔赴永在”，这里杨格的海洋可谓就是命运自身。这一玄学形象汇聚了所有海洋的复杂特点：作为实体海洋的广博无垠，对民族身份的确立，对道德系统的投射，作为全球扩张的范例，还是淹没诗人、毁灭世界的终极力量。诗中的“永恒”来自与历史中物质力量在想象层面展开的较量，它是洪流和海洋寓言的顶点，故事中不知名主人公复杂难辨的性格特点在此处展露无遗。

我们收集整理了散布在这一时期诗歌中的集体故事（collective story）。这个集体故事讲的是资本主义经济扩张的转化力量，故事试图呈现其本质并投射其影响。故事的主人公是洪流和海洋的特殊修辞。寓言在此主人公身上得以审视这一历史力量，它所体现的巨大能量、动力、危险、希望，以及毁灭世界的威胁。在其行为框架中，寓言揭示了这一力量如何按照自己的形象改造了世界，按其秉性构建了一个系统，而这个系统的逻辑又反映、解释，并证明了其秉性的合理性。在其展开陈述的过程中，寓言演绎了这一历史时刻蕴含的各种矛盾冲突，主人公的行为千变万化、无法判定，其行为后果难以预料，徘徊于希望和恐惧、威胁和恭顺、统一和混乱，夹杂着荣誉、和平、危险和绝望，但无论情节如何变化，寓言的最终目的都在于试图坦然接受现代命运。

87

五

约翰逊的诗不同于上述对现代命运的呈现。我们已经分析过了早期对于洪流的描写，因此本章开篇引自《徒劳的人世愿望》的诗行可以看作是对洪流和海洋寓言的玄学思考。虽然此诗不像德纳姆、德莱顿、蒲柏或杨格的诗歌那样把帝国、海洋或不列颠作为显著主题，《徒劳的人世愿望》却展示了这一故事在文化上的相关性和普遍性，而这恰恰是那些较为公开的政治诗所做不到的。与我们的寓言核心组成相同，诗歌开篇的对句——“让那视野广阔的高空观察，/展示从中国到秘鲁的人类之家”同样采用了全球审视的修辞。“视野广阔”投射的正是水流动以填充世界空间的物理倾向,因此地理扩张成为必要;这为海上霸权取代陆上霸权提供了基础,从而产生了不列颠和平的意识形态以否认此时期扩张主义的政治和历史意识;它还为玄学思考提供了系统基础,使全球视野的假设延伸至道德探索的层面。如同蒂克尔和蒲柏的全球审视,诗中也提及了具体的国名“秘鲁”,代表了这一玄学思考的历史支撑:我们正在审视的世界,是由商业资本主义扩张的历史力量规划,世界的命运由此历史力量所产生的道德系统构建,而世界的参考点则是此历史力量转化力的地标。

在这一语境中,接下来的对句与寓言中的隐晦含义也极其相似:“再来说说希望和恐惧,欲望和仇恨,/如何笼罩着乌云密布的迷宫命运。”这样的隐晦含义在当时从德莱顿到杨格的文学作品中都反复出现。希望和恐惧——以及由这些意象抽象而来的溺水、船难、风暴、洪水,以及与之相反的幸存、勇敢、光荣、航海科学的进步,甚至好望角——都象征着这一文化寓言的隐晦含义,表明了故事主题的含混性,以及故事本身的矛盾和张力。[①] 在诗歌开头所提及的“命运”也预示着洪流和海洋寓言的矛盾结局。

88

诗歌在“希望和恐惧”的引导下来到了寓言的核心意象,即从德纳姆到杨格的诗歌中所展现不列颠帝国命运的“洪流”,以及在城市下水道的寓言中,从罗彻斯特到斯威夫特诗中所描写的那顺流而下、奔流不息的城市生活意象:

---

① 目前对《徒劳的人世愿望》的多种解读就充满了张力:有论者将其解读为斯多葛式的讽刺作品,还有论者将其视作基督教悲剧。对此诗评论史的扼要梳理,参见 Leopold Damrosch Jr. , *Samuel Johnson and the Tragic Sense*, Princeton: Princeton University Press, 1972, 第五章。达姆罗施梳理了学者对约翰逊的希望和恐惧的解读,指出在当时希望和恐惧“并不像今天这样含义模糊,语义不清”(156);认为它们指涉经验主义心理学以及由此系统所界定并推动人类前进的力量。达姆罗施认为这两个词在诗歌的开头和结尾的重要时刻同时出现,似乎在指涉当时至关重要的准则。我的解读为这种准则的语境提供了修辞和社会经济学解释。

那么，希望和恐惧到何处寻求目标？
是否要让阴暗的悬念腐蚀发木的头脑？
是否要让因无知而平静，但却无助的人们
在黑暗里顺着洪流滚滚而下的命运？

在这里洪流和海洋的寓言完成了自身的循环：它本属于船只和航运、商业和海洋的物质世界，又从物质世界衍生出相关的科学、玄学意义、道德思考，还衍生出一个故事，故事的高潮就是《徒劳的人世愿望》结尾处那充满矛盾的命运。"命运"显然以"洪流"的形象出现，这个隐喻又唤醒了寓言的现实体验，并为之提供了说明性的类比。事实上，这种自身的循环象征了这一文化寓言的本质：在代表了集体想象的文学文化中，语言和现实经验彼此反映又彼此印证。

18世纪中叶以后，不列颠和平的第一波浪潮褪去，随着人们反抗奴隶贸易、要求进行社会和政治改革的呼声越来越高，由此带来一系列社会、政治和文化层面的调整，过去在怀旧声中代表了完美的民族身份，英国帝国扩张第一阶段的形势日益复杂，洪流和海洋的寓言也不再频繁地上演。这一时期的海洋意象有了新的意义。海洋不再代表不列颠的奴仆。在莎士比亚的笔下，海洋保卫着海岸。现在，海洋则代表着颠覆海岸的力量：

89

以贸易为荣的帝国迅速腐蚀，
就好像海洋吞没苦心构筑的海堤；
只有自立之邦才能日渐昌隆，
就好像岩石能抵御巨浪狂风。①

① Oliver Goldsmith, *The Deserted Village*, in *The Poems of Gray, Collins, and Goldsmith*, ed. Roger Lonsdale, London: Longman, 1969, 第427—430行。

以上是奥利弗·哥尔德斯密斯的诗歌《荒村》(*Deserted Village*,1770)的结尾诗行,由约翰逊代替哥尔德斯密斯而作。在这两个对句之前,哥尔德斯密斯抨击了圈地运动、海外移民,抒发了他对从前朴素的乡村生活的怀旧之情。这两个对句表达了对孤立主义的渴望,希望放弃商业和扩张,实现民族的自给自足。在诗歌的最后一个对句,新航海时代屹立的“岩石”形象取代了以“巨浪”形象出现的海洋。海洋成了稳定的民族身份和力量的对立面。而前一个对句已经确立了一个具备摧毁和颠覆力量的海洋形象。从这个意义上说,约翰逊的诗行也反映了反复出现在18世纪前半期诗歌中的海洋形象的一个方面:危险和颠覆性力量,以及没有希望的恐惧。事实上,约翰逊笔下“苦心构筑的海堤”或防波堤,沿袭的正是《库珀山》中的“堤坝”。“堤坝”导致《库珀山》结尾处那摧毁一切的洪流:

> 如果人们用障碍或堤坝
> 强行逼迫河流改道或是变窄,
> ……
> 愈有限制,他的咆哮愈凶猛,
> 肆意横流,威力无边又无穷。(第353—358行)

然而,令人惊奇的是,约翰逊的第一个对句的内在结构并不对称,这种不对称还延伸到了与第二个对句中抵御“巨浪”而屹立的“岩石”的意象。在两个对句中,海洋威胁着作为岛国的英国,但第一个对句中提出“以贸易为荣的帝国”——当时的大英帝国正是以贸易为基础——正在经历快速的“腐蚀”,而“腐蚀”意味着内在和自发的衰败,这可能影射的是当时人们将贸易和自我毁灭式的奢侈和腐败联系在一起的趋势,这一联系在18世纪后半期将愈演愈烈。然而,这种预期的“腐蚀”与下文中用来说明“腐蚀”的明喻自相矛盾; 90 因为“苦心构筑的海堤”——可能是“贸易帝国”的对等物——并非因内在腐化而导致衰亡，而是被浩瀚又威力强大的“海洋”所摧毁——而依照诗的上下文来看，这个明喻里的海洋对应的正是“贸易”。换句话说，一方面，因为“苦心构筑的海堤”面临着毁灭的前景，它可能代表“贸易帝国”；另一方面，因为海洋和贸易在比喻结构中占据了同样的位置，所以摧毁堤岸的海洋也可能代表贸易。在第一种情况下，贸易——也可以说以贸易为生的国家——并非因内部腐化而衰亡，而是被巨大的外力所摧毁；在第二种情况下，贸易被赋予了第一种情况所没有的力量和自主性。这就使得贸易和海洋的关系发生了转变，这种转变意味着贸易的形象不再一成不变，它既是活跃的破坏性力量，又是自我消亡的腐化标志；英国则既是强大外力的受害者，又因自身内部腐朽而衰亡。

这种混乱来自于 18 世纪前期洪流和海洋寓言的影响。约翰逊对贸易具备的危险力量的描写就源于寓言的影响。洪流和海洋的寓言如此深入地渗透到 18 世纪前半期的文学文化之中，使海洋和贸易如此自然地联系在一起，又使海洋的特殊形象不断出现，以至于海洋仍然保留着约翰逊的诗行中意欲否定的意义。在《荒村》的结尾高潮部分，虽然约翰逊和哥尔德斯密斯都明确否定英国的扩张主义，试图割裂英国和贸易的等同关系，并且驳斥贸易带来国富民强的诱人说法，但是海洋的寓言故事仍然回旋耳畔：贸易和充满生机、力量以及自主性的海洋仍然紧密联系。《荒村》的末尾诗行说明，洪流和海洋的寓言具备一种文化动力，一种文学后劲，使得它能超越意识形态的局限——也因此成为文化典范的例子，展示了文学表达如何获得特殊的力量和永恒。

这种修辞上的年代错乱表明，作为个体的作者如何与一个角色相抗衡，这个角色根植于现实经历，由集体想象力所创造。就好像约翰逊要用海洋的比喻来表达反扩张主义的思想，就必须与海洋具备的崇高文化身份相对抗。不过，海洋还讲述自己的故事。虽然《荒村》批判商业力量，但结尾的对句却肯定了海洋的自主性，这意味着

洪流和海洋的语言虽然渐趋被人遗忘，却依然具备潜在的力量。像 91
很多引人入胜的故事一样，这个寓言也获得了生命力，能够超越时间而存在。洪流和海洋的寓言为我们讲述的，也是它曾经为那时的人们讲述的。它讲述了在那个爆发式增长的年代，人们如何理解全球经济扩张这一独有的现代体验。它展现了这一现代体验如何与那时人们的现实生活紧密相连。它也告诉我们，文化如何在想象层面理解社会转型期的复杂局势，如何探索其中的矛盾对立，尽管理解和探索的方式有时简单至极，有时沾沾自喜，有时自我开脱。 92

第二部分　交　易

第三章　金融：信用女士的寓言

“贸易是一片海洋”，丹尼尔·笛福如是说：

> 最好、最有经验的水手在航行时也少不了水路图志、航海仪器、直角仪、象限仪、指南针等等……最有经验的商人面对着贸易牵涉的万千变化和等待时日，也需要新的指南和提示，这样才能每天增长些从前他并不知晓的新知识……商人们……在生意中尝试新的事物，冒新的风险，也被新事物所毁灭，而这些新事物是他们从前要么从未尝试，要么毫无能力去尝试的。
>
> 在过去贸易的黄金时代，……没有泡沫，没有证券交易，没有对南海的着迷，没有彩票，没有基金，没有年金，人们不购买海军军票和公共证券，也没有流通国库券……那时贸易是一个宽广博大的海洋，王国里的所有钱财都顺沿洪流而下；国家的所有财富都在轨道之中……然而，现在……我要说，国家一半的财富储备都偏离了贸易的轨道，好比一条没有堤岸的河流，淹没平坦的乡间，摧毁了农耕业。①

① Daniel Defoe, *The Complete English Tradesman*, vol. 2, pt. 2, London, 1726—1727, introduction, 2—8. 下文对此作品的引文都出自此版本，括号内标注页码。

在笛福的另一篇有关经济的文章中，他写到，“贸易是个谜”，其运行方式

> 永远不可能完全被人们掌握或理解；它有自身的结合点和活动期，没有可见的缘由，它就经历痉挛、歇斯底里般的混乱，以及根本无法解释的波动——有时，它跟风大众潮流，仿佛恶灵附体，完全摒弃理性；今天，它还遵循运行的规律，事事皆有因果可循；明天它就被人们狂暴的幻想所驱使，行事古怪，然后一切都颠倒了个个儿，所有的行为都偏离常规，无法解释。①

当时还有一位评论经济的作者，名叫罗杰·柯克（Roger Coke），他写道：“贸易是……一位女士”，她“此时受到的来自世界各地王公贵胄的追求和歌颂比以往任何时候都多，……她不靠恐怖又可悲的战争进行征服，……她提供美好的前景：丰厚的财富，人们的生活和社会也从中获益，衣食无忧，同时，这位女士还有力量保护自己不受他人侵犯和凌辱”。②

在上述这些对现代贸易的描写中，海洋和河流、狂风暴雨和歇斯底里、幻想和女性形象交织在一起，令人联想起一系列复杂的概念：冒险、损失、迷茫、动荡、价值、繁荣、现代金融，以及历史变迁，但神秘这一意象贯穿于上述一切概念：在18世纪早期的集体想象中，贸易的神秘性似乎既等同于海洋意象的神秘性，又等同于女士意象的神秘性。在上一章的分析中，虽然帝国自辩书并未直接将海洋女性化，

---

① Daniel Defoe, *Review of the State of the British Nation* (1706—1713), ed. Arthur Wellesley Secord, Facsimile Text Society, New York: Columbia University Press, 1938, 3:126, pp. 502—503. 下文对此作品的引文都出自此版本，括号内标注卷数、刊号和页码。

② Roger Coke, *A Discourse of Trade*, London, 1671, vol. 2, sig. B2v.

但我们仍然可以发现，海洋和城市下水道一样具备女性的能量，并且在与现代化进程中的资本主义经济力量的对话中，海洋和女性也扮演了同样的角色，都令人联想到权力和波动、统治和矛盾、力量和含糊。

96

从这个层面说，我们可以把扩张的寓言——洪流、海洋、城市下水道——看作是另一组文化寓言的对等物，而这组文化寓言的中心就是将交易女性化。这两个寓言构成了彼时对现代性的两种描述，二者又形成了一种文化体裁，即一组结构不同、主人公也各异的寓言，但这些寓言都基于类似的对贸易、扩张、商业、信用、债务，以及商品化的想象。正如笛福所说，上述体验的"神秘性"只有亲身处于那些集体故事中才能领会："如果有人想要获得答案［来解释神秘性］，他们将在下面的感叹句中获得——赞美伟大的想象力！"（*Review* 3：126，p. 503）

在 18 世纪早期对现代金融的女性化描述中，强大又善变的女士是最主要的意象。在想象的层面上，这位女士与洪流和海洋寓言中的主人公呈对应关系。女士的形象多种多样——姐妹、情人、新娘、妻子、母亲、妓女、女神、造物者；她有时被渴望，有时被深恶痛绝，有时令人狂喜，有时令人绝望；她的性格和命运隐含着当时人们对美德、社会、文化、审美和历史的看法；她的叙事诉说着因巨变而生的威胁和因创造而生的潜能。所有的意义都折射于女性的身体。在人们的眼中，这位女士有多种伪装：受害者、代理人，或肉体的象征，从而具备了前述历史意义，成为巨变和创造的原型。从这个意义上说，在接下来的两章中，对交易修辞的讨论基于与城市下水道寓言的讨论同样的前提：即现代性可以通过女性身体进行解读。信用女士的寓言可以有力地证明这一点，并将说明寓言在当时的影响范围。要讨论帝国主义的神秘性以及对帝国主义的运作、权力和影响的女性化修辞，不妨从《群愚史诗》中有关新世界的寓言开始。

一

18世纪早期，人们第一次接触到信贷、借款、折扣、股份、期货、国债、超支，也第一次体验了与我们这个时代颇为相似的股市涨跌。国际货币市场和期货商品市场在王政复辟之后的十年间便建立起来。后来，查理二世执政期出现了金融危机，但在私人金匠银行家失败之后，英国国家财政又重新恢复。随着1694年以英格兰银行为基础的国家银行系统的建立，通过确立政府债券的国家市场和随后愈演愈烈的政府基金投机，政府赤字财政政策改变了整个金融世界。在国家层面上来说，这些变化是出于为欧洲大陆上的战争提供财政支持的需要，具体的做法是出售长期债券，这随后导致了国家债务的增长。不过，来自国外的压力仅是这个转变的一方面。这是一段高速资本化的时代，随着商业、制造业和投资的不断发展，反过来也促进了金融手段、交易模式、生产方式的重新生成。迪克森（P. G. M. Dickson）把这些变化称为"金融革命"，因为它们在很大范围内彻底改变了交易的本质。[1] 拉里·尼尔（Larry Neal）追溯了欧洲在17世纪末经历的资本市场的崛起，并着重强调了"其运行方式的现代性"："虽然那一时期的资本流动和价格运动与今天的事件并无关联（不过，我们可以利用它们来检验和改进现代经济和金融理论），但促成18世纪国际资本市场的建立和发展的背后条件却与现代的情况颇有相似之处"。[2]

在国内，信贷和投机也十分普遍，因为债务越来越多地出现在经

97

---

① P. G. M. Dickson, *The Financial Revolution in England: A Study in the Development of Public Credit 1688—1756*, New York: St. Martin's Press, 1967, 3—14；另见 Charles Wilson, *England's Apprenticeship, 1603—1763*, London: Longman, 1974，第十章。

② Larry Neal, *The Rise of Financial Capitalism: International Capital Markets in the Age of Reason*, Cambridge: Cambridge University Press, 1990, 2.

济的各个层面。约翰・布鲁尔（John Brewer）指出，“正如那个时代每位政客和政治评论员所抱怨的那样，18世纪公共债务增长速度惊人”。布鲁尔还指出，如此巨大的增长离不开有效税收系统的发展，正是税收系统“发动了18世纪的公共金融革命”。[1] 个人金融也紧随其后。作为18世纪早期最为重要的经济评论员，笛福也感受到了这场金融革命的脉搏：“有的人不身陷债务就不肯罢休，然后再一气把借来钱也挥霍一空；有人不借钱给任何人，有人谁的钱都借；有人借钱直到什么也买不起，还有人什么都买得起却已经破了产。世界上的国家就数我们在贸易上做的事最疯狂。”（*Review* 3:92, p. 365）

98

随着经济和投资的增长，尤其是1696年重铸货币造成硬币短缺，国际市场看低英国银币，这些使得负债相当普遍，用布鲁尔的话说，“最卑微的人也陷入信贷。信贷和负债……无处不在”。[2] 硬币短缺导致的直接后果是，工人领取薪酬的时间间隔变长，薪酬是以当地商人的信贷形式间接支付。除了伦敦，地区性信贷市场采用国内债券的形式，即承诺未来的某天偿还债务。这些债券可以转让，这使得商人、店主、生产商不需要兑换钱币就能进行支付。债券很快成为通用的交易方式，一个包罗万象的地区性网络也应运而生：“生产商、批发商、消费者……由一个高度精密（且高度复杂）的信贷网络联系在一起”（Brewer, “Commercialization”, 205）。国内债券本身也成为投机和贴现的对象，国内债券的交易同政府债券的交易一起发展起来。另一方面，信贷向更多的人开放，出售方式也灵活多样，商人和小生产商可以快捷地获取业务扩张的贷款。随着抵押贷款越来越普遍，财产保险开始增长，“几乎所有的商人都笼罩在商业债务的

---

① John Brewer, *Sinews of Power: War, Money and the English State, 1688—1783*, New York: Alfred A. Knopf, 1989, 114, 89.

② Brewer, “Commercialization and Politics”, in *The Birth of a Consumer Society: The Commercialization of Eighteenth-Century England*, ed. Neil McKendrick, Brewer and J. H. Plumb, Bloomington: Indiana University Press, 1982, 206—207.

巨网之下"（Brewer，"Commercialization"，204）。

作为财富和稳定最神圣的保证——地产，此时也受到了现代金融的影响。土地可以出售、抵押贷款、圈用，以及农业生产方式的创新等等都使得地产越来越多地与商业、创新和投机联系在一起。约翰·巴雷尔（John Barrell）认为，"只有引入城市的钱，才能保住更多的田产……田产的所有权无疑日益与信贷经济紧密联系。在信贷经济中，价值和美德并非一成不变，对人的评判也不是依赖一个'客观'标准，而是基于对他信贷价值的估量，但无论他的收入来源是什么，信贷价值都是起伏不定的"。[①]在这时期，要获得经济状况的改善，首选不再是拥有田产，而是参与交易。[②] 信贷就这样促成了一个拥有崭新的政治、社会和文化理念的世界。波科克（J. G. A. Pocock）这样评价变化的原因："大大小小的资本所有者，都把钱投入了公共信贷系统，从而改变了政府和公民之间的关系，进而又改变了公民和所有主体之间的关系，使他们成为债务人和债权人的关系。并非市场，而是股票市场使得英国人在1700年前后意识到，政治关系马上要变成资本关系"（"Mobility of Property"，110）。

99

信贷和债务的激增刺激了商业，促进了扩张："整个信贷系统催生了高度投机、极其活跃的经济，人们充满了事业心和进取心，难以预测的风尚席卷而来，短期回报轻易可得，人们越来越重视灵活多变、富有想象的商业策略"（Brewer，"Commercialization"，213）。

然而，新系统也因为缺乏有效管理而极其危险，最安全的模式也危机重重。人们最恐惧的流动资金短缺危机一再发生。政府信用时

---

① John Barrell, *English Literature in History 1730—1780: An Equal, Wide Survey*, New York: St. Martin's Press, 1983, 39—40.

② Brewer, "Commercialization"; 以及 J. G. A. Pocock, "The Mobility of Property and the Rise of Eighteenth-Century Sociology", in *Virtue, Commerce, and History: Essays on Political Thought and History, Chiefly in the Eighteenth Century*, Cambridge: Cambridge University Press, 1985, 103—124。

有波动、警示和危机,难以预料,产生的原因可能有政党斗争、国外战争、国际市场、国内冲突,有时也由投机者自身引起,因为他们借以获利的交易模式促成经济“泡沫”。对小贸易商和生产商来说,贷款轻而易举,债务仅需债权人的口头应承,而破产或许仅仅就只是源于流言或竞争对手策划的阴谋。布鲁尔总结说:

> 形势好的时候,贷款很容易,人们更愿意持有货物和债券,债券的数量会增长,交易量也更大。人们会用所谓的空头票据来提高个人可调控资金,投机风行之下,商品和证券频繁换手,最后导致整体负债激增。然而,泡沫一旦破碎——破碎必然发生,因为利率封顶之时就是以满意价格兑换债券之时——巨大的资金流危机随之而来。不管是投机商、银行家,还是商人和贸易商,都忙着把资产变现:商品换成现金,债券换成货币,贸易信贷换成硬通货。此时最紧缺的就是信用,最难实现的也是信用。因为突如其来的巨大需求,现金、银币和金币最受青睐。几乎每个人都在一边要求别人给自己兑换债券,一边又被催促还清自己的债务。(Brewer,“Commercialization”,209—210)

100

此时英国人的生活中充满了信贷和债务的体验,人们亲身体验着涨落、动荡和变化,同时把这一切体验投入到了思想领域。正如笛福所总结的那样,贸易是一种神秘的力量,其基础不在逻辑原则,也不讲统一连贯,而是靠着“伟大的想象力”建立起一个规则之外的世界。波科克认为这种力量还具体体现为信贷的主要特点:“信贷……不仅代表着、也实施着人类事务中的舆论、激情和臆想的力量。”①

---

① Pocock, *The Machiavellian Moment: Florentine Political Thought and the Atlantic Republican Tradition*, Princeton: Princeton University Press, 1975, 452.

贸易和信贷的“神秘性”被记载在 18 世纪前半期激增的有关金钱、金银、信贷和股票买卖的专著和辩论中，包括笛福的《探索股票经纪人之邪恶》(*Villainy of Stock-Jobbers Detected*, 1701)，《论公信》(*Essay upon Publick Credit*, 1710)，斯威夫特在《女王最后四年之历史》(*History of the Four Last Years of the Queen*, 1758)中论及的国家债务，以及休谟的《论公信》(“Of Public Credit”, 1741)。除了这些史书和专论，信贷还引起了 18 世纪早期文学作品的极大关注，近来便有批评家论述了这一点，如：凯瑟琳·英格拉西亚(Catherine Ingrassia)把理查逊的小说看作“票据信用的驯化”；科林·尼科尔森(Colin Nicholson)探讨了蒲柏的诗歌、《格列佛游记》和《乞丐歌剧》中的金融主题；帕特里克·布兰特林杰(Patrick Brantlinger)把“认识论的信用问题”(或曰“轻信”)与公共信用的波动和虚无缥缈联系在一起，其中前者是 18 世纪文学话语的重要构成部分，后者则是“同时代金融革命的中心”；同样，桑德拉·谢尔曼(Sandra Sherman)认为信用是一种“新型叙事”的组成部分，可以利用它来理解笛福的小说。①

101

这些批评家都采取了近来文化研究的一个视角，试图将文化与经济联系在一起，契机便是围绕着“信任”(belief)的一系列问题——而信任被看作“信用”形式的一种。因此，马克·谢尔(Marc

① Catherine Ingrassia, *Authorship, Commerce, and Gender in Early Eighteenth-Century England*, Cambridge: Cambridge University Press, 1998, 138; Colin Nicholson, *Writing and the Rise of Finance: Capital Satires of the Early Eighteenth Century*, Cambridge: Cambridge University Press, 1994; Patrick Brantlinger, *Fictions of State: Culture and Credit in Britain, 1694—1994*, Ithaca: Cornell University Press, 1996, 第二章；引自第 78、75 页；Sandra Sherman, *Finance and Fictionality in Early Modern England: Accounting for Defoe*, Cambridge: Cambridge University Press, 1996, 5; 另见 Simon Schaffer, “Defoe's Natural Philosophy and the Worlds of Credit”, in *Nature Transfigured: Science and Literature, 1700—1900*, ed. John Christie and Sally Shuttleworth, Manchester: Manchester University Press, 1989, 13—44; Julian Hoppit, “Attitudes to Credit in Britain, 1680—1790”, *Historical Journal* 33, 1990: 305—322。

Shell)提出:“信用,或曰信任,已经进入审美体验,使人们对信用货币怀有信任的介质,同样能够使人们对文学怀有信任。”[①]从另一个角度看谢尔的论断,我们可以发现信用概念的另一种延伸,即本属于认识论范畴的“信任”,现在成了解读经济的一种方式。近来有评论家探讨价值问题——经济和文化——他们利用信用自身显著的虚拟和主观特点,认为修正主义和反理性是这场金融革命的本质,并由此推论自由经济理论也是如此。在这些评论家眼中,这一时期留给现代人的并非资本交易的理性系统,而是充斥于自由市场和股票投机的臆想和轻信。[②] 从上述的各个方面来看,信用是现代性的基石。诞生于金融革命初期的信用女士,是这一经济现象的虚拟浓缩;她的身体不仅成就了对经济的文化理解,也成就了对女性的文化理解。

102

二

信用女士诞生于18世纪头十年的期刊媒体。那个时段对信用的讨论可谓多姿多彩、五花八门、热火朝天。笛福是谈论她最多的人,他在《英国国情评论》(*Review of the State of the English Na-*

---

① Marc Shell, *Money, Language, and Thought: Literary and Philosophical Economies from the Medieval to the Modern Era*, Berkeley: University of California Press, 1982, 7. 谢尔在此处引用了 Fernand Braudel, *Capitalism and Material Life, 1400—1800* (trans. Miriam Kochan, New York: Harper and Row, 1973),此书中金钱和写作紧密交织——信用货币和活期存款——成为研究信用概念的先例(357—358)。

② Mary Poovey, *A History of the Modern Fact: Problems of Knowledge in the Sciences of Wealth and Society*, Chicago: University of Chicago Press, 1998; Terry Mulcaire, “Public Credit: or, The Feminization of Virtue in the Marketplace”, *PMLA* 114, 1999: 1029—1042; Sherman, *Finance and Fictionality*. 上述这些对金融革命展开的情感和想象层面的讨论,包括我自己在这方面的研究,都参考了波科克就信用千变万化的身份而作出的说明——非理性、物化、投机、想象,参见 *Machiavellian Moment*, 第八章; 以及 “Mobility of Property”。

tion,1706—1713)杂志至少用了十四期来追溯她的谱系、特征和日常行为。[1] 那时信用女士的故事还出现在其他各种期刊文章中，比如刊登在 1710 年《仲裁者》(*The Moderator*)上的一篇题为《发现辉格党信用的虚假面目；或曰，论名为辉格狂热信用的精致伪善女士的来来去去、反反复复和出尔反尔》("The False Fits of Whiggish Credit Discovered; or, An Account of the Turns and Returns, Comings and Goings, Visits and Departings of that Subtle Pharisaical Lady Call'd Whiggish Phanatical Credit",1710)的文章中，[2]还醒目地出现在约瑟夫·艾狄生《旁观者》(*Spectator*, no. 3,3 March 1711)一篇有关英格兰银行的文章中。[3] 在这一时期，由于支持欧洲大陆战争的经济需要和安女王执政后期的政治动荡，党派之间有关经济的争论异常激烈，复杂的信贷问题和国家财政赤字问题正是争论的焦点。托利党批判国家售卖政府债券，认为这是辉格党的金融政策。辉格党则着重强调，公共信用之所以被摧毁，是因为托利党对王位继承的威胁，以及托利党拒绝接受支撑财政赤字的国债和金融体系。因此，信用女士就成了当时激烈的经济和政治辩论的产物。[4] 虽然信用女士经常出现在党派争论中，但她却绝不仅仅只是一个政治象征。她的故事使两党的辩论

103

---

① 近来有学者认为信用女士是笛福小说主人公的原型。Sherman 指出她是"笛福创造的第一个女性叙述主体……也是让他着迷时间最长的一个"(*Finance and Fictionality*,40)。John F. O'Brien 将她看作"一个非常复杂的角色……和我们在小说中读到的人物形象很接近"——他认为《罗克珊娜》就是很好的例证，参见"The Character of Credit: Defoe's 'Lady Credit', *The Fortunate Mistress*, and the Resources of Inconsistency in Early Eighteenth-Century Britain", *ELH* 63,1996:603—631；引文引自第 619 页。

② *The Moderator*, no. 28(25 August 1710). 下文对此期刊的引文都出自此版本，括号内标注专栏号。

③ Sherman, *Finance and Fictionalit*,53—54；更多将信用和贸易女性化的例子，参见 Ingrassia,17—39。

④ 相关政治历史以及笛福如何参与这些辩论，参见 Paula R. Backscheider, "Defoe's Lady Credit", *Huntington Library Quarterly* 45,1981:89—100；O'Brien 也将信用女士置于笛福在那些年间所处的复杂政治局势中进行考量(613)。

更为复杂，同时又超脱于两党的纷争之上，一方面是因为基于现代金融的辩论极其复杂，很难用来批评政党政策；①另一方面是因为，信用女士和信用现象一样，身处于她自己的虚拟世界之中。

在笛福的故事中，②信用女士无处不在、力量强大，她是人们崇拜、渴望的对象，也是令人焦虑的原因。金融市场的涨落波动，时时出现的资金流危机，以及由此衍生的政治辩论，这些都是笛福非常关心的政治问题，在他对信用女士性格的描写中都有所体现。笛福对国家金融问题的思考至少占了五期（6：32，7：58，7：59，7：102，7：134），在文中，他利用信用女士善变的行为方式来抨击托利党的经济政策，斥责股票投机者不择手段谋取暴利，主张国家维持和平稳定，呼吁公众切勿制造分裂和动乱。上述这些直接的政治教训并不能解释《评论》中信用女士性格所体现出来的复杂性和神秘性。笛福的经济建议试图从系谱和本质来理解信用女士，进而评估其力量和创造性。然而，信用女士的故事超越了笛福的经济建议。③

在英国，信用女士无所不在、无所不是。她遍布各处，也不受时间局限。笛福描述说，在其流行的鼎盛时期，她无处不在，她就是伦敦金融布局的地图：

> 到处都是信用，她坐在银行门前，她恭候在财政大臣的说明会，她住在财政部，她在每个基金会的管理处都有豪华

---

① Mulcaire 也详细说明了不能将信用女士等同于当时的党派立场（1031）。

② 《评论》中有关信用女士故事的文章包括：3:5（10 January 1706），6:31（14 June 1709），6:32（16 June 1709），7:55（1 August 1710），7:56（3 August 1710），7:57（5 August 1710），7:58（8 August 1710），7:59（10 August 1710），7:102（18 November 1710），7:115（19 December 1710），7:134（1 February 1711），7:135（3 February 1711），7:136（6 February 1711），8:38（21 June 1711）。

③ Sherman 认为，信用女士之所以复杂多变，源于她是作者笛福复杂多变的话语载体，参见"Lady Credit No Lady: or, The Case of Defoe's 'Coy Mistress', Truly Stated", *Texas Studies in Literature and Language* 37, 1995: 185—214。

> 寓所,每次会议都有她的身影,每个基金会的印章都是她的形象,哈——老爷(这是她的心头所爱之一)把她美丽的面庞印在国库券上——银行的主管是她唯命是从的仆人;不管是金币汇票,还是现钞,都得她签字盖章才有效;总之一句话,国家一切和钱有关的业务,都以她的名义完成。(7:58,p.226)

即使后来信用女士大势已去,并有传言说她已经死去,叙述者仍然沿着同样的金融旅程——从银行到咖啡馆,再到财政部——来搜集她的消息,并为她的早日回归提供建议(7:59)。这个城市对信用女士在场或不在场十分敏感;事实上,正像上个寓言中下水道定义了城市一样,在这个寓言中,她也是城市的定义——不过少了几分辛辣。

信用女士似乎不仅可以概括现代大都市的布局,还可以解释所有英国历史,虽然这种解读难免时代错置。笛福曾在几篇文章中利用信用女士来梳理从亨利五世到当时的君主所面临的政治局势(3:5,6:31,6:32,7:55,7:57)。对这些现象的描述使得笛福构建起一部完整的英国历史。在这部英国史中,金融决定政治,信用女士的行为则引导历史,而信用女士的行为多变,时而像害羞的处女、金屋藏娇的情人,时而又像囚犯、逃跑的新娘,或是遭受强暴的受害者。"亨利五世把她从法国带回来,面对亨利六世的炽热,她躲躲藏藏。她回避邪恶的暴君理查三世,唯恐他玷污了她"(7:57,p.222)。亨利七世"开始对她发出邀请",可因为"过分贪婪"而最终失去了她(6:31,p.123)。亨利八世"总让她失望,又因为他脾气暴躁、刚愎自用、性情残暴,她有很长一段时间远离王宫"(6:31,p.123)。伊丽莎白女王

> 很快发现自己需要她;可是找遍了整个欧洲,到处也不见她的踪迹;女王的宠臣罗伯特·达德利(Robert Dudley,1st

> Earl of Leicester)去荷兰找她,带回来的消息还不如带去的多——女王派人去法国国王亨利四世那里去寻找,结果无功而返;埃塞克斯伯爵搜查了爱尔兰,入侵了西班牙,洗劫了卡迪斯(Cadiz),凌辱了里斯本,但仍然没有找到信用;弗朗西斯·德雷克爵士(Sir Francis Drake)环游世界去找她,回来时还是一无所获——最后她被一艘银质巨船带回了家,从西班牙人那里夺回,女王便把她铸成沉甸甸的先令。(7:57,p. 222)

詹姆斯一世“既不擅长和平统治,也不擅长战场杀敌,一心只会压迫自己的臣民,……她便没有了施展拳脚的机会”(6:31,p. 123)。查理一世“愿意和这位扭扭捏捏的情人寻欢作乐”,可听说他要“不通过议会来筹集资金”,她便逃离了这个国家(6:31,p. 123)。接下来,“内战爆发——她去找了议会——他们拥抱接纳了她,带她去城市,把她安顿在市政厅,场面十分壮阔;随后顶针发夹、金银餐具、还有金钱就滚滚而来,以至于议会成了国王的心头之患”(7:57,p. 223)。等到克伦威尔上台,他“擒获她,控制她,用武力囚禁她——不知是出于对高等法庭的忌惮,还是害怕他的蛮力强暴——直到他去世的那一天,她都不曾离开”(7:57,p. 223)。在复辟时代,查理二世 105

> 一度待她为自己的情人,她也在很长的时间对他温柔体贴;通过那些议会法案,她为他带来了多么宽广的前景;她在财政部取得了多高的威望!要是他能维持这样的局面,单凭这个女人的援助,他最终就能把国家所有人的钱归入财政部:可是他……以为她已经被牢牢控制在财政部,于是给她戴上镣铐,把屋门锁闭;可她太过机灵,不可能被他轻易困住:他只得到了钱,却丢了信用;她逃走了;在他有生之年,

再也不曾靠近。(3 5,p. 18)

在这些历史故事中，笛福借用信用女士一再思考英国的政治历史。几年之后，他又讲了一个查理二世的故事，这次的情节稍有改编：

> 人们期待着这次复辟可以使她和年轻的查理二世一起从荷兰回来，事实上，她就乔装打扮隐藏在国王的随从之中——这一点无需多说，她肯定希望能住在这个贸易繁荣的国家；可国王却做了几件让她厌恶透顶的事，先是为了钱把敦刻尔克卖给了法国人，接着是与荷兰斯米尔纳舰队(Dutch Smirna Fleet)的对战，最后是关闭财政部，这些事使她厌恶至极，于是她公开宣布与他为敌，从此之后，势不两立。(6:31,p. 124)

事实上，笛福对信用女士的刻画使得英国现代金融史晦涩难懂，他对查理的金融策略的讲述就是个很好的例子。1672年，查理二世颁布《关闭财政部》法案，停止偿还贷款，这一举动使他摆脱了资助君主的私人金匠银行家的控制，开辟了国家金融改革之路，为英格兰银行在17世纪90年代的建立做好了准备。① 笛福讲述公共信用史时批判了这一法案，其目的在于刻画信用女士善变的性情。这些性情左右着笛福对英国历史的解读。查理二世的继承者詹姆斯二世对信用女士发起追求，却从未真正得到她的友谊："有几次她来到他的身边，但从未对他宣誓效忠"(3:5,p. 18)。接下来的国王威廉把她介绍给议会，议会为她提供了各种基金、证券、税金和各种计划方案，但是，"政府用心良苦，给了她一大捆账目[木棍便是收据]，就像一捆

106

---

① 有关此事件的完整记录，参见Wilson,206—225。

柴火[点燃]这些基金；然而，资金不足开始出现，供给迟迟不到，为了满足国外需求，她不得不向那些贪婪的银行家和经纪人打折出售；这让她大为恼火，厌恶至极，于是她再一次离家出走，远离我们”（3:5，p. 18）。

笛福认为，英格兰银行的建立源于“她和朋友间的团结”，目的是“建立一个现金流的普通基金会，以便随时按需为她提供现金支持”（3:5，p. 18）。虽然提议里给了信用女士很多好处，可她却扭扭捏捏，不愿接受。在后面的文章里写到了当时的历史情况，即安女王在位期间，“财务主管大人送她新的衣服，将她装扮得像一位公主——此时的她最生机勃勃、明艳动人，是整个国家的情人”（7:58，p. 225）。事实上，她还不止是情人，“目前她已在此居住了七年，姿态优雅华丽；你虽从未见过她，但她总是微笑满面，心情愉悦——每天她都在银行和财政厅之间，以及交易所和国库之间散步；她的面庞未罩面纱，着装像位新娘；她的随从众多，人们见到她便面露喜悦”（7:58，p. 226）。

从这个层面看，寓言里的信用女士就是英国，英国的历史就建立在她和君主复杂多变又让人伤脑筋的关系之上。宝拉·柏克辛德（Paula Backscheider）认为，信用女士可能是“笛福创造的代表英国日益增多的商人和贸易者的新的象征”，这是在罗马不列颠基础之上越来越为人们所熟知的“经济的、日常的不列颠”（97—99）。当时发表在《仲裁者》上名为《发现辉格党信用的虚假面目》的文章，虽为托利党攻击信用之作，其中对信用女士的刻画绝不像笛福那般褒奖，认为信用女士代表了野蛮和虚伪，但是，文章仍然承认，信用女士的影响决定着英国历史的进程。对当时很多读者来说，信用女士代表了现代英国——不论从地域层面、历史层面，还是象征层面。不过，她和英国的亲密关系还不止于此。在这个文化寓言的虚构世界，她是英国历史的原动力。因此，她代表着一种历史力量，这种历史力量与动荡的变化紧密联系。对信用女士的性格刻画就是对这种力量在想

107

象界展开的探讨。

三

笛福为信用女士建构了很多系谱，以此来探究信用女士的性格特点。在对信用女士最早的描述中，笛福给她设定了家族渊源：“金钱有个妹妹，是做贸易殷勤的帮手；如果姐姐不在，只要给了妹妹许可，承诺跟她同盟，那么妹妹就能做个可靠的助手；她经常能长时间地替代姐姐的位置，将贸易的方方面面都照顾周全，人人都各得其所，金钱也满意；不过，有一个附加条件，就是姐姐永远都要按时将她替换，要信守与她的时间约定，让她保持心情愉悦……在我们的语言中，她的名字叫信用”(3:5,p. 17)。后来，她的身份又有了转换：“谨慎和美德是一对姐妹，二人分别许配了夫婿。谨慎嫁给了诚实，美德嫁给了智慧。在他们的子女中，两对夫妇各有一个女儿，这两个女儿的五官、身材、声音和性格都极其相似，简直到了难分难辨的地步——美德的女儿叫名声，谨慎的女儿叫信用”(7:55,p. 215)。在另一篇有关贸易的谱系的文章中，信用是贸易先生和守时夫人的女儿，这一家来自于“尊贵古老的生计(Necessity)家族的男性分支”(8:38,p. 156)。因此，信用女士要么是金钱的妹妹，要么是名声的表妹，二者还像双胞胎般相似；她要么是谨慎和诚实的女儿(7:55)，要么是贸易和守时夫人的女儿。在这个寓言体系中，信用女士的形象是抽象的，各形象之间也多有矛盾，其目的是要给这难以捉摸的虚无——信用——一个家族渊源，一种过去，使她能合理地与当下对接。这些形象很快就要被更具体的形象所代替。在《评论》中，对信用女士性格特点的刻画中心是其行为中可怕的反复无常。信用女士寓言的核心问题，是探讨她反复无常的原因和意义。

108

信用女士的身体是反复无常的原因之一。她是歇斯底里症患者，这是长久困扰女士的病症。她一阵阵觉得郁郁寡欢、“怒气冲冲”,或是“头晕目眩”:“如果她没觉得失望透顶,那她就闷闷不乐、恶心难受、脾气暴躁,会有很长时间昏迷不醒”(3:5,p.17)。有关她的疾病和治疗是《评论》文章共同的话题。笛福描述过信用在一年中的起起落落:

> 信用遭遇冲击,有人说,她因此厌恶了我们:哈老爷——说她患了失调紊乱之疾,现在还没有完全康复,而且,凭他丰富的行医经验,他甚至觉得她很难再康复:——不过政府的政策使她再次振作;她从前的医生,也就是财务主管,给了她很大一杯纯度很高的甜酒,即名为“新认购”(New Subscription)的药酒。(6:32,p.127)

围绕在信用女士周围的男性,其中也包括叙述者本人,都忙着照顾她的健康,保护她免受冲击和干扰,还要调节她的饮食,为她配制药酒来恢复她的活力。然而,人们的粗鲁无礼,公众的动荡骚乱,还有股票投机者、托利党、法国人和有钱的商人一再试图暴力掠夺,这些使她的病情再次发作。叙述者哀悼她虚弱的身体状况:“可怜的信用!我们能为可怜不幸的信用女士做些什么;她从前身体就虚弱,根本无法应对这样的冲击……我不知道,她还能不能从病中康复”(7:59,p.230)任何挫折都能使她的状况急转直下。笛福描述了一次公众动乱带来的后果:“自从上次的公众动乱以来,她就旧病复发,再次陷入危险——有段时间,她出不了门,病情日益恶化”(7:58,p.227)。这次变故使她濒临死亡的边缘。

109

在笛福的笔下,就是这些不断出现的“抽搐、歇斯底里紊乱症和难以名状的情感”决定了信用女士的性格特征,她的历史角色以及在当时所起到的政治作用。事实上,从笛福的女主人公推广至她所代表的大语境,我们可以看出,在信用女士的寓言中,英国就是女性歇斯底里症的受害者。歇斯底里症有着复杂的含义,可以代表女性、价值，或是变化，这些使得歇斯底里症与信用女士的故事紧密联系起来。信用女士波动的病理学特点和她的先驱——文艺复兴新古典主义女神，即变化和动荡女神——福尔图娜（Fortuna）、奥克西欧妮（Occasione）、范塔莎（Fantasia）有所不同。[①] 18世纪女神的善变是由其内在原因所导致的。

当时，伯纳德·曼德维尔（Bernard Mandeville）的《论忧郁症和歇斯底里症》（*Treatise of the Hypochondriack and Hysterick Passions*，1711）是论述歇斯底里症生理理论的著述之一，笛福对他的女主人公行为细节的描述与曼德维尔的著作高度相似。"歇斯底里"自古被认为是女性紊乱的病症，传统理论认为根源在于子宫；在18世纪，歇斯底里的概念又吸收了新的具备广泛影响的感官生理学，成为当时了解女性神经系统的重要医学维度。[②] 对这一病症的描述在18世纪陡然增多，陈述了大量的细节和病例，并逐渐蔓延至文学作品。曼德维尔的理论主宰了18世纪人们对女性生理和心理的理解，并且把女性的身体和波动、无规律、过度、激情以及想象联系在一起。从根本上来说，歇斯底里的原因在于极其敏感的体质和极其丰富的感情，而人们一直认为这些和女性生殖相关，并会导致虚弱、哭泣、晕厥、痉挛，甚至死亡。曼德维尔认为，

> 女性没有男性健壮的体魄，她们对炎热、寒冷和其他危害的耐受力较差；她们不具备忠诚、果断、意志坚定的品质，……她们的心智和身体更容易受到悲伤、欢乐、恐惧及其他激情的影响。……她们的体质……更娇弱，更容易感受到快乐和悲伤，又无法坚定地承受过多的快乐和悲伤……这种精

110

① Pocock描述过这些女神形象，参见*Machiavellian Moment*，453。

② 这种新兴感官生理学的发展以及歇斯底里症在其中的位置，参见G. J. Barker-Benfield，*The Culture of Sensibility：Sex and Society in Eighteenth-Century Britain*，Chicago：University of Chicago Press，1992，第一章。

神构造的羸弱性……使所有女性多多少少都有歇斯底里的倾向。[①]

这一时期的医学文献也一再指出女性体质中特有的敏感性。在《脾脏、空想和忧郁新系统》(*New System of the Spleen, Vapours, and Hypochondriack Melancholy*, 1729)一书中,尼古拉斯·鲁宾孙(Nicholas Robinson)指出,"一般来说,[女性]更容易患上俗称'歇斯底里症'的病症,一方面因为她们情感更加丰富,另一方面也因为她们的神经构造更精密。"[②]在医学文献中,高度敏感性意味着对一切疾病,女性都有更高罹患的可能性。在《轻热病的症状、本质、原因和治疗》(*The Symptoms, Nature, Causes, and Cure of the Febricula, or Little Fever*, 1746)一书中,理查德·曼宁厄姆(Richard Manningham)指出:"在我的治疗对象中,大部分都是女性,她们的体质更为娇弱,因此最容易感染这种轻热病。"[③]然而,在所有女性易感染的疾病中,歇斯底里症的可能性远超其他疾病,成为女性身体更易感染疾病的生理基准线。

人们认为女性的生殖系统是造成女性高度敏感的根本原因,从而也决定着女性的健康、行为和本性。罗伯特·詹姆斯(Robert James)在《医学词典》(*Medicinal Dictionary*, 1743—1745)中将歇斯底里定义为"间歇性发作的神经疾病,由子宫的淋巴或血液的不通畅

---

① Bernard Mandeville, *A Treatise of the Hypochondriack and Hysterick Diseases* (1711), 3d ed. (1730), in *Collected Works of Bernard Mandeville*, facsimile editions prepared by Bernhard Fabian and Irwin Primer, Hildeschein: Georg Olms Verlag, 1981, 2: 246—250. 下文对此文的引用都出自此版本,括号内标注页码。

② Nicholas Robinson, *New Systems of the Spleen, Vapours, and Hypochondriack Melancholy*, London, 1729, 212. 下文对此文的引用都出自此版本,括号内标注页码。这段引文也见于 John Mullan, *Sentiment and Sociability: The Language of Feeling in the Eighteenth Century*, Oxford: Oxford University Press, 1988, 222。我对围绕歇斯底里症展开的医学话语的讨论都参考了 Mullan 的分析。

③ Richard Manningham, *The Symptoms, Nature, Causes, and Cure of the Febricula, or Little Fever*, London, 1746, iv—v. 转引自 Mullan, 222。

或变质所致，……最终影响全身的神经”。[①] 约翰·珀塞尔（John Purcell）在《论胡思乱想，或歇斯底里症》（*Treatise of Vapours, or, Hysterick Fits*, 1707）一书中指出：“相较男性，女性更容易胡思乱想，原因在于月经作为一种排泄物，比男性身体中的任何一种排泄物都更容易引起堵塞；一旦堵塞，会引起各种不幸的后果。”[②]虽然曼德维尔认为女性的歇斯底里症和男性的忧郁症起因是胃部无法产生足够的“气”来提供给血液，他也认为女性更容易患病的原因无疑是她们的生殖系统：“人们常把歇斯底里的女性供气不足的原因归咎于她们的日常饮食，大多数女性的饮食存在许多问题：除此以外，她们易患病的原因还有无所事事、缺乏锻炼；但她们最易患各种紊乱之症，起因是月经和子宫系统”（244）。

111

约翰·马伦（John Mullan）总结了这一时期有关歇斯底里的医学表述，并且指出“歇斯底里的核心病因是月经”。到了18世纪，人们不再认为子宫对于歇斯底里症有很大的影响作用，而月经仍然被公认为是歇斯底里症的表象和原因。月经失调意味着并且造成了女性的“神经失调”。用马伦的话说：“月经与歇斯底里症的关系如下：二者并非明确的互为因果，只能说是易感和对等的关系。月经表面上是规则的，但总被描述成无规则的；它特别适合用来代表那些未婚、未生育，并且不喜欢被家庭所束缚的女性身体的不稳定状况”（225—226）。结果就导致了女性普遍而独有的善变性。尼古拉斯·鲁宾孙（Nicholas Robinson）认为，患有“歇斯底里症”的女性“意志不够坚定……她们忽而无法自拔地爱上一个人，忽而又恨这个人到无以复加的程度”（214）。约翰·珀塞尔则发现，“稍有违背她们的意愿，她们就怒不可遏；她们善变、爱动摇、不坚定，刚下定决心做

① Robert James, *A Medicinal Dictionary*, London, 1743—1745, s. v. “HYSTERICA”；下文对此文的引用都出自此版本，括号内标注词条。

② John Purcell, *A Treatise of Vapours, or, Hysterick Fits*, London, 1707；下文对此文的引用都出自此版本，括号内标注页码。

一件事，转瞬就变了心意”(13)。罗伯特·詹姆斯在《医学词典》中则指出，患上歇斯底里症的女性“沉浸在恐惧、愤怒、嫉妒、怀疑和其他令人哀伤的情感之中。……她们无法克制自己，只有对待善变，她们才一成不变。前一分钟她们还热烈地爱慕着一个人，下一分钟她们就憎恶他透顶”(HYSTERICA)。 112

在18世纪，歇斯底里不仅在医学中被正式宣布为女性特有的紊乱之症，在文化领域也被视为个体、审美以及道德特征。从生理上来说，歇斯底里既与敏感相对应，又是敏感的基础。因此，信用女士的善变就预示着一个新的文化标准，这一文化标准来自于女性身体，包含了女性特点，最后延伸到了行为标准、价值体系和社会性理论。在文学领域，高度的敏感性不仅成为道德高尚的外在标志，还是判断男性和女性是否具有美德的决定性标准。

美德的构建依赖于女性身体的娇弱，在这一点上，理查逊的克拉丽莎可谓这一时期的标准原型。但是那些高度敏感、极富同情，以及“精神的升华”(Mullan,229)更多地体现在18世纪后半期的小说、戏剧和期刊小说中。感伤的主人公往往心思特别细密、想象极其丰富、有着极高的同情心，尤其愿意倾听充满不幸和苦难的故事。这些说明这一时期文学和医学话语的融合。主人公的性格特点从生理学上来说都建立在歇斯底里理论之上。这一理论认为，女性的神经系统“比男性更易波动”，因此整个机体更具敏感性。[①] 这样，有关歇斯底里的医学理论延伸到了价值和意义系统，而这套系统的基础便是将多愁善感视为特权，女性身体则是这套系统的组成部分。既然多愁善感的作用之一是通过对他人不幸的敏感回应来形成社会性，这种美德构建便与一种社会理论紧密联系，即大卫·休谟(David Hume)

---

① Robert Whytt, *Observations on the Nature, Causes, and Cure of those Disorders which have been commonly call'd Nervous, Hypochondriac, or Hysteric*, Edinburgh, 1765；转引自 Mullan, 217。

在《人性论》(*Treatise of Human Nature*,1739)中所推崇的社会理论。

信用女士的故事就成了蓬勃发展、遍布各处的感伤文化风潮的维度之一。通过二者之间的联系,信用和情感都获得了新的意义。信用女士出现在早期歇斯底里的话语中,这意味着笛福的主人公和后来感伤文学的女主人公之间有密切联系。二者都和四处蔓延的感伤风潮有所联系,而感伤风潮的发展,离不开与女性歇斯底里相关的生理学概念,以及展现复杂性格的审美构建。与其说信用女士代表了克拉丽莎所宣扬的美德标准,还不如说面对着现代性经验中最主要的特点——波动和过度,女性形象——信用和感伤女主人公——成为深入人心、影响广泛的文化表达。而且,通过信用和感伤女主人公,现代性经验变得通俗易懂,因为女性的身体就是现代性经验的具体体现。这样的例子在18世纪后半期的感伤小说中俯拾即是。[①]

113

不管是体现在克拉丽莎与拉夫雷斯爱欲纠缠中紧张的心理变化,还是帕梅拉与B先生的言辞之战,二者都描述了一场激烈的交往。交往的中心是变化的可能性。变化的可能性当然有关性爱对象,但其本身却是女性化的形象。克拉丽莎发现自己被拉夫雷斯吸引,所以要逃离他;帕梅拉极力反抗B先生,以此来引诱他。和信用女士的故事一样,这些都是标准化的感伤叙述,其根源在于女性在热爱和厌恶之间的转换。夏洛特·雷诺科斯(Charlotte Lennox)的《女吉诃德》(*Female Quixote*,1752)中,女性情感所蕴含的危险又善变的力量是小说的中心:阿拉贝拉的想象力使她按照自己的意愿重塑了一个新世界。在奥利弗·哥尔德斯密斯(Oliver Goldsmith)的《威克菲尔德牧师传》(*Vicar of Wakefield*,1766)中,牧师的女儿不正当的风

---

① Ingrassia从另一个角度分析了金融市场和文学市场所同时呈现的女性化。她的研究视角基于金融革命的票据信用与文学产出商业化所投射的债权债务修辞之间的类比,认为这两个领域中的主导者都是女性或被赋予女性性别的形象。

流韵事,体现着女性过度的激情,这种激情差点毁了家庭的田园生活。在《牧师传》中,女性的性欲和资本紧密联系在一起,而小说的目的就是要把这二者安全地纳入到"好人"的控制之下。劳伦斯·斯特恩(Laurence Sterne)的《感伤之旅》(*The Sentimental Journey*, 1768)在示范何为情感的时候,也将女性和资本联系在了一起。小说中各种伤感的原因——方济会的修士、死驴、笼中的八哥——关注的其实都是受苦女性的形象——玛利亚或C夫人,约里克同她们眼泪合流;而对那些可能放荡的女性形象——格里塞尔(Grisset)、旅店女仆——约里克同她们合为一体。同时,金钱和交易成了体现情感的方式,而慈善这一金融行为则一再激起情感。约里克的情感多寡,他如何感受到女性激情,都体现在他的资助数额。

简而言之,在开创18世纪小说主导叙述模式方面,信用女士也贡献了自己的力量。动荡被赋予女性特征,信用女士就是动荡的一部分。从这个意义上来说,为了更好地理解信用女士的寓言,可以借助厘清感伤文学的发展。在这个集体叙事中,现代金融经由女性的本性得到体现。反过来说,信用女士故事背后所体现的现代金融的起伏波动催生了对情感的推崇。换句话说,有了金融,才有了情感;克拉丽莎可能是信用女士失踪已久的女儿。 114

四

借助女性的歇斯底里,笛福创作出了最具想象力的信用女士形象。这一形象连续出现在1711年三期《评论》上(7:134,7:135,7:136)。在第一期中,信用女士心情"沮丧",从文章的回溯性叙述来看,她刚刚丧失了"荣誉和风光"。叙述者讲述了二人在僻静之处进行的一场亲密争论:"可怜的信用!情绪低落、心情沮丧,一边孤单地走着,一边唉声叹气;那天我们相遇,她那么瘦,那么苍白,我差点认不出她来;她看起来病病怏怏,穿得破破烂烂"(534)。叙述者得知信用女士计划离开英国，便恳求她留下，一边极力解释她所受到的不公待遇，一边反驳她对现行政治和经济政策的观点。这个场景不仅描写了信用女士岌岌可危的精神状态，还从性的维度提及了她和男性叙述者之间的关系。叙述者说自己是她"谦卑的追随者"，"惊讶于"她的拒绝，跪倒在她脚下，恳求"有机会和她说话"。当她"简短回复"后，他又询问她要去往何处，他要追随她而去："我还想做贸易，我决定找个地方重新开始，最好的地方就是她在的地方。要是没有信用，还有什么贸易？还有什么创新？还有什么股票，什么工业？——"他"恳求她允许自己提一条建议"，说不定她就能"延缓她致命的决定"。而她说了一大串"令人绝望的话"，都是有关她所受的不公待遇。他们的谈论不断中断——主要通过长长的破折号来体现。在后来的感伤风潮中，这种破折号成了强烈情感的标志："她告诉我，要是她再回英国，她就——我被这话吓了一跳，跪倒在她脚下，求她给我个机会说话——"（534—535）。

在故事的这一部分，信用女士身体抱病，因此成为叙述者的欲望客体；扩而大之，也是读者和国家的欲望客体。正是为了这个原因，叙述者才对她展开追求。[①] 我们都疯狂地爱着这位女士，牵挂着她的一举一动，由她的言行来形成我们的判断。简言之，她就是这个时代女主人公的原型，一个无辜又受苦的女性受害者。她善变是因为她极其敏感。敏感证实了她的道德和美学价值，同时也使她成为美德和品味的标准。此刻，现代金融的想象体验通过女性身体与感伤风潮的道德设想融为一体。笛福在《英国商人全书》（*The Complete*

115

---

① O'Brien 认为信用女士的形象意在激起男性欲望，从而呼吁人们消弭因财政部变动而引起的政治危机所导致的国家金融问题上的党派纷争（617）。Sherman 的解读强调了信用女士的性欲、她在处女和妓女之间的不确定转换以及笛福与这些认识论上不确定性的密切关联。Sherman 因此"把笛福内到信用女士的……认识论上的模糊费解"，将信用女士看作笛福与虚构性之间关系的原型和象征（*Finance and Fictionality*，40—54）。

English Tradesman）中写到，“一个商人的信用……在本质上相当于一位女士的贞洁”（1:229）。[1] 信用女士的寓言采纳了这一论断，并且表明信用和难得可贵的名声之间复杂的类似关系。表面上，信用和美德一样，难以得到，容易失去，须保持“高度警惕，才能得以保全”（1:132）。信用依赖自信又使人获得自信，信用和贞洁决定了商人和女性的性格，但在信用女士的寓言中，这些片面的相似被一个大的指涉框架所取代：信用变成了女性形象，成了一个文化仲裁人，能够衡量价值、裁定判断、赋予意义。信用不仅和美德相像，信用就是美德本身。

在18世纪的早期的文化想象中，女性的美德也和信用一样，属于极不稳定的范畴。纵观整个文学史，女性形象一直都问题重重。而在这一时期，商业资本主义经济的扩张促使消费迅速增长，积累、装饰、商品化等新形象应运而生，此时，女性形象就特别频繁地被用来刻画这些新形象的本质和特点。[2] 这个叙述者如何在僻静之所遇见“可怜的”信用女士的动人故事，表明了由当时女性矛盾性格所反映的金融寓言的含义。

116

在信用女士最心酸的抱怨中提到了“海绵”的意象。这一意象与女性身份问题紧密相关，主要体现在当时作品中出现的女士盥洗室形象。首先，女士向叙述者详细陈述了她近来为国家所做的贡献：

> 她开始回顾这16年来的历史，从1696年开始——她提到了她是如何制造文件、钱款，如何仅靠动动嘴皮就给国库信贷带来了500万的收入；如何在极端时刻改变了英国

---

① Shawn Lisa Maurer描述了贸易和女性贞洁之间的这种联系，参见 *Proposing Man: Dialectics of Gender and Class in the Eighteenth-Century Periodical*, Stanford: Stanford University Press, 1998, 82。

② Laura Brown, *Ends of Empire: Women and Ideology in Early Eighteenth-Century English Literature*, Ithaca: Cornell University Press, 1993.

> 的造币业，要不是她，英国恐怕早已塌陷沦落；她还告诉我她如何重建银行，承担了所有坏账，以票面价格收购了他们的票据，而当时的出售价格仅为票面价格的20%到40%；还有她如何整合了东印度公司，当时的贸易斗争不仅可能毁了公司，甚至可能拖垮国家——她请我回想抵押给她做年金保险的资金，并问我，要是没有她，战争会是什么结果？(535)

接着她讲述了使她陷入这般不堪境地的危机："人们现在威胁要用海绵来洗我的脸"(535)。

从史实来看，海绵的意象可能指向一个传言。传言未经证实，主要是说议会可能会延迟或停止支付政府债券的利息("议会海绵")。1710至1711年间，由于新执政托利党带来的政治紧张，以及英国在欧洲大陆战事不利，为了支持战争又导致国债增加，公众对国家经济表现出极大的担忧，笛福就在这时发表了这些《评论》的文章。执政托利党的金融领袖是罗伯特·哈利(Robert Harley)。在他的领导下，执政党改革国家金融策略，目的是支持战争，南海公司的成立便是计划的一部分。这期间产生了很多怀疑、迷惑和谣言(Dickson, 62—75)。在下一期中，信用女士详述了她的担忧——她被"海绵清洗"——列出了她在议会基金岌岌可危之时继续留在英国的一系列条件，并着重强调了其中的前两条：

> 1. 有关议会海绵这一邪恶野蛮的提议，其本质荒谬可笑，其用意阴险恶毒，极大地打击了公众的信心和满意度，重挫了议会证券的诚信、稳定和名声，这一政策应该受到公众的唾骂、议会的谴责，永远不会、也不应再在议会中提起……
>
> 2. 议会还应通过提议，宣布所有议会证券神圣而稳

117

> 定，（在任何情况下，议院都不会取消或延迟支付预支款的利息）议会证券和议院同样神圣稳定。（7:136，p.543）

笛福利用了“海绵”在当时的两个通用意思——多孔的洗浴工具和取消债务。在修辞层面上，这个词将金融世界和女性身份联系在一起。取消支付利息的金融行为，等同于女性洗脸的行为。在当时的语境下，洗脸的意象与化妆、商品化，以及其他女性身份的复杂观念紧密联系。在笛福的小说《罗克珊娜》（*Roxana*，1724）中，女主人公的身份和上述意象可谓如出一辙。罗克珊娜的本性和事业与当时的商业和金融如此相像，以至于帕特里克·布兰特林杰（Patrick Brantlinger）将她比作“诸如信用女士这些寓言形象的现实化身”（76）。

为了探讨由女性用海绵洗脸这一意象而引起的女性身份问题，小说中的人物可以提供一个更广阔的空间。信用女士和罗克珊娜都把洗脸看作界定身份的重要活动。然而，信用女士认为人们威胁要用海绵洗她的脸是对她人格的侮辱，作为“法国亲王”情人的罗克珊娜，却利用洗脸来证明她的真实：

> 他看到泪水从我脸上淌下来，就抽出一块漂亮的麻纱手绢来帮我擦眼泪，但他一下又把手缩回去了……我立即明白了他的意思，我又喜又恼地说：“怎么啦，我的主人，你不是老是吻我的吗？难道还不知道我是不是搽脂粉了？那就请殿下看个明白，你是不是上当受骗了？恕我说句不客气的话，我可没有涂脂抹粉欺骗你。”说着，我把手绢塞到他的手里，拉着他的手，让他使劲擦我的脸。他可不愿意擦了，唯恐伤着我。
>
> 他显得比任何时候都吃惊，……赌咒发誓，他简直不敢相信世上有这样不涂脂抹粉的皮肤。“好啦，我的主人”，

118

> 我说，“殿下还可进一步得到证实，你会看到你喜欢的这种美纯粹是造物主的创作”。说完，我走到门口，拉铃唤来艾米，叫她给我端一杯热水。艾米照我说的去做了。待水端来后，我请殿下试试水是不是热的，殿下试了一下，然后我就当着他的面立即把脸洗了一遍。他大为满意，确切地说，是完全相信了，因为这是不容否认的证据。他带着一种难以想象的惊讶表情，在我的脸上和胸口吻了一千遍。①

罗克珊娜证明了她没有化妆，但是她的证明并未赋予她真实；结果正好相反。作为对她表现的赞赏，法国亲王送了她一条钻石项链：“孩子，我喜欢看到一切都尽善尽美：一件漂亮的外衣，一条漂亮的裙子，就要配上一块漂亮的花边头巾。一张漂亮的脸，一个漂亮的脖子，若是没有项链，那就是美中不足的东西了”（73）。就在罗克珊娜证明自己真实的时刻，她仍然被定义为“东西”，需金钱才能买到，需有形资产才能装扮并且定义。卸妆的场景不仅没有揭示真实的女性，也没有确定女性的身份，而是凸显罗克珊娜核心人格的缺失。不管她有没有化妆，她都只是他人欲求和装扮的客体。随着小说情节的发展，罗克珊娜扭转了女性身份的局面：她主动为自己的利益采取行动。然而，这一举动非但没有解决、反而加剧了她与商品化之间的联系。

借助罗克珊娜的洗脸场景来看信用女士，我们可以深入探讨当时这个文化寓言中女性身份的问题。借助信用女士用海绵洗脸的意象，笛福将她置于当时另一个流行的寓言语境中，即商品化寓言。在18世纪早期的文化想象中，商品化常常经由女性的化妆盥洗来体

---

① Daniel Defoe, *Roxana*, ed. Jane Jack, Oxford: Oxford University Press, 1969, 72—73，下文对小说的引用都出自此版本，括号内标注页码。有关此小说的译文参考了笛福，《罗克珊娜》，天一、定九译，广州：花城出版社1984年，第77—78页。稍作改动。

现——除了女性的化妆间,还有装饰女性身体的一系列物品。这些物品带来了有关女性人格问题的探讨,认为女性人格也许不可获知或并不存在——女性人格就是众多物品的一部分。[①] 蒲柏对这个问 119 题的回应是,“大多数女性根本没有人格”,斯威夫特把女性的身体看作“令人作呕、支离破碎的活死尸”,正忙着追逐自己的灵魂。[②] 信用女士认为“海绵”是对女性的极大冒犯,是对她价值的否认,对她身份的攻击。通过这些问题,笛福把他的女主人公置于当时对女性人格讨论的风口浪尖。虽然信用女士是我们的情人、新娘、具备历史意义的试金石,还是小说的女主人公、道德的标准,但在所有笛福对她的描述中,我们对她仍然无法了解。事实上,笛福一再告诉我们,信用女士是一个幽灵,一种“非实体”,“虚无”,一丝微风,一阵狂风,“既非灵魂,也非肉体”,“既非可见,也非不可见”,“非实体之存在,无形式之存在”,“完全自由之存在”(6:31,p. 122)。虽然笛福为信用女士构建了谱系使她与可知的世界联系在一起,她的家族却常常变化百出,甚至自相矛盾;这些关系也无法厘清她的本质。在这个意义上,信用女士代表着那时经由商品化所体现的女性身份问题。

正如人们将歇斯底里理论与现代金融波动的描写联系在一起,把信用女士归为感伤文学主人公的一员,信用和商品化的结合意味着信用女士的寓言在对女性身体的文化呈现中起着重要作用。在这一文化呈现中,女性形象成为当时历史或意识形态问题的典型。在这个寓言中,即使是专门针对女性身体状况所作出的歇斯底里症的诊断,也获得了广泛的意义,女性的健康代表着国家的健康,二者有

---

① 我在其他的讨论中也分析过商品化在当时的典型转喻,但那些讨论并不涉及文化寓言的形式和意识形态概念,参见 Laura Brown, *Alexander Pope*, Oxford: Basil Blackwell, 1985, 第一、二章;以及 *Ends of Empire*, 第四、六章。

② Alexander Pope, “Epistle to a Lady”, in *The Poems of Alexander Pope*, vol. 3. 2, ed. F. W. Bateson, London: Methuen, 1951, 第 2 行。下文对蒲柏诗歌的引用都出自此版本,括号内标注行数。Jonathan Swift, “Answer to Several Letters from Unknown Persons”, in *Prose Works*, ed. Herbert Davis, Oxford: Oxford University Press, 1951, 12:80。

时可以混为一谈。信用女士常被描述为歇斯底里症患者，但她的健康情况和国家的精神状态互为因果；在动荡的经济环境中，她的"痉挛和歇斯底里的失控"与控制商人和股票投机者的"人类虚无缥缈的幻想"如出一辙。

120

描述信贷女士"虚无缥缈"的言辞同样也用来描述现实生活中令人饱受折磨的神经紊乱症。不管是男性，还是女性，他们都深陷当时的商业兴衰之中。这一点鲜明地体现在约翰·米德里夫（John Midriff）为他的专著所起的题目：《论忧郁和空想：包括大量各性别、各阶层案例，从雄心勃勃的董事到低下卑微的投机者，都是南海公司垮台和上市股票下跌所引起的担忧紊乱的受害者》（*Observations on the Spleen and Vapours：Containing Remarkable Cases of Persons of Both Sexes，and all ranks，from the aspiring Directors to the humble Bubbler，who have been miserably afflicted with those melancholy Disorders since the Fall of South-Sea and other piblick Stocks*，1721）。[①] 正如凯瑟琳·英格拉西亚（Catherine Ingrassia）所说，许多有关南海泡沫的意象都是以诸如信用女士这样的女性形象作为肖像依据的——比如南海女士、银行女士。[②] 信用女士的生理特征不仅是个人的特征，也是国家的特征，二者都拥有"许多的支流；就像人体的静脉和动脉，国家有微小的泉水和溪流，蜿蜒起伏，把动力输送给国家这一政治引擎的各个部分；然后又从心脏获得营养和补给"（6：32，p. 125）。

当然，将国家比作生命有机体并不新鲜；在这个阶段，人们用身体和家庭的形象来展现政治结构的动力逻辑。然而，在信用女士的寓言中，女性身体一再出现，这提请人们注意信用女士寓言所展现的

---

① Midriff，*Observations...*，London，1721.

② Ingrassia，第二章。Ingrassia讨论了出现在当时评论文章中的南海女士和银行女士。那篇文章评论了经济危机，作者是James Milner，题目为《三封信，有关南海公司和银行》（*Three Letters，Relating to the South-Sea Company and the Bank*），1720，25—26。

女性化过程。女性身体被用来解释当时的经济力量。当这一解释延伸至国家机体的意象时，集体政治也被女性化。在这个意义上，信用女士的文化寓言拥有以自我形象重建世界的力量。

五

在信用女士的寓言中，虽然女性常抱恙不适，但抱病绝不是寓言女主人公的唯一特点。笛福的女主人公不仅仅是虚弱、忧郁、“情绪低落、心情沮丧”(7:135, p. 534)，也不仅仅是个受害者、病人，或“卑贱的仆人”(6:32, p. 127)。往往就在同一篇文章中，她同时也表现出善变、嫉妒、专制、刚愎的一面：

121

> 只要有一次违背了她的意愿，就很难再让她与我们为友；然而，她又会主动追求那些可能根本用不上她的人；任凭人家怎么忽视她、虐待她、瞧不起她、拒绝她，她却会像乞丐一样站在门口，怎么也不肯离去：请这些人仔细照顾好自己，以确保永远不会落到求助她的地步；因为一旦有那么一天，毫无疑问，她就会彻底报复，除非整个世界都为他们苦苦求情，还得有好几年表达深深悔意，否则她是无论如何也不肯原谅他们的。
>
> 这位女士这么专制，很是奇怪；她独裁武断地决定自己的一切行为：你若追求她，要么失去她，要么得用高得离谱的费率来买断她。(3:5, 17—18)
>
> 她总是愿意在人们不需要她的时候服侍在人们左右……英国的财政部，已经……重获了这位羞羞答答的夫人的青睐，用的办法就是——完全不需要她；把她留在身边的办法，就是继续保持不需要她；只要你不需要她的帮助，她就随时为你恭候效劳。(3:5, p. 19)

只在不被需要时才会出现，这是信用女士独裁专制的完美体现。在信用女士与历任君主和历届政府的关系中，她都是我行我素，"轻快地"逃离了查理二世（3:5，p. 18），"怒气冲冲地"离开了她的朋友和英格兰银行，拒绝接受一切他们为了挽留她而作出的自我牺牲的恳求（3:5，p. 19）。对这位又执拗、又专横的信用女士，人们必须要追求她、奉承她、安抚她、说服她。财政大臣把她当作难侍奉的女主人，不断说好话恭维她（6:32）。叙述者追求她，拜倒在她脚下，恳求得到应允追随她（7:134）。在这些描写中，信用女士的行为"专制"并且充满报复心，拒绝接受一切恳求、贿赂或是蛮力。当时发表在《仲裁者》（*Moderator*）上的托利党文章《辉格党信用》（"Whiggish Credit"），最充分地描述了信用女士的专制。她要建立英格兰银行，以使"自己强大、高高在上；然后，她变得如此强大和高高在上，每天都在想着自立门户，还厚颜无耻地告诉女王，是她让她坐上了王位……这就是辉格党狂热的信用起起落落的真正目的"（col. 4）。 122

如此看来，信用女士的性格中既有软弱和无能，也有坚定和力量。一方面，她看起来不过是一个被动的客体，其主体可以是托利党的诡计，辉格党的执政，社会混乱的焦虑，法国的入侵，或是她身体的病症；但在另一方面，她又为了自己的利益专横地统治。她既是自己历史的受害者，又是执行人。这种安排在她的寓言中起了核心作用，并进而影响了那个时代的文学领域。

在当时对女性身份的描述中，专制与疾病常常联系在一起。信用女士符合厌女症对女性定义的类型。笛福在史料中记载，信用女士专横又善变的行为"在很多事情上都有所体现，很多女士都和她大同小异"（3:5，p. 18），只不过她是个最极端的例子。笛福采取了当时厌女症讽刺文学的传统，这一传统在罗彻斯特、古尔德和斯威夫特有关女性化的下水道诗歌中都有所体现。在这个传统中，女性的不坚贞总是被描写成施加于男性的暴政，而子宫则是堕落和疾病的场所。《仲裁者》的文章《辉格党信用》同样给信用女士贴上了厌女症标签,说她是摧毁男性的母“兽”(col. 3)。我们还会发现,将女性身体描写成随意生产的场所,也是对女性攻击的一种方式。在笛福的故事中,女性主人公拥有创造性力量:“此力量的价值和威力巨大,我都无法下笔描述。主宰一切的伟大母亲,那丰饶的子宫无所不包。还有什么事情是信用无法做到的?”(3:5,p. 20)笛福笔下的女主人公,令人肃然起敬。信用女士不是俗世的一员:她“有古怪的特质”,如同“世上最好的炼金石”;她“有让金子增多的最好方法”,还有“转化的力量”,能把“纸变成钱,钱变成废纸”(6:31,p. 122)。蒲柏在《致巴瑟斯特书》(*Epistle to Bathurst*,1733)中讽刺了信用,也同样把金融、魔法转化和女性的性联系在一起:

> 神佑票据信用!最后、最好的补给!
> 把更轻快的翅膀给了腐蚀!
> 金子有了你的力量,能规束最坚硬之物,
> 能把国家装进口袋,能把国王来调度;
> 一页纸便能轻松把军队调遣,
> 或把议会送往遥远的海岸;
> 一页,像西比尔的寓言,四处飘散,
> 有关我们的命运,随风流传:
> 孕育着成千上万我们看不见的碎片,
> 悄无声息,出卖国王,或把王后收编。①

123

以上对女性生育力的修辞——繁衍、孕育、“主宰一切的伟大母亲,那丰饶的子宫”——让我们想起此前将金融和女性身体联系在一起的意象:即16和17世纪对高利贷的批判。安·露易丝·柯比(Ann Louise Kibbie)认为,笛福对资本的描述可以放在早期反高利贷

① Alexander Pope, *Epistle to Bathurst*, 第69—78行。

修辞的语境下理解。在早期反高利贷修辞中，人们认为资本的自我繁殖——钱生钱的力量——是对自然秩序和道德规范的威胁。① 在这些话语中，女性身体是道德楷模，代表着顺应自然、自我限制的生育力；对金钱起警示规劝的作用，因为金钱充满威胁、贪得无厌，拥有无限自我繁殖以获得利息的能力。一篇写于16世纪的文章阐释了这两个方面："在人与人的契约中，居然规定了钱能生钱，还有什么比这更违背自然规律……女性单靠自身，并不能生育孩子……钱生的钱就像日益膨胀的怪兽，每月每月日益增大。"②虽然这里的女性表面上看是道德楷模，但能生钱的高利贷，即"日益膨胀的怪兽"这一隐喻显然具备女性特征：故事的两个方面都离不开女性身体。不过，柯比也指出，在16和17世纪对高利贷的论述中，这两个方面还是独立存在的：女性的生育是自主行为，而钱生钱必须有放高利贷者的剥削行为介入。

通过谴责放高利贷者并且物化其金钱，反高利贷话语表明对前资本主义时期经济秩序的青睐："这些作品将资本和放高利贷者分开，认为金钱本身是静止不变的，这样，金钱就从放高利贷者那里获得了解放，回归到前资本主义时期较为纯洁的交易关系中"（1032）。虽然信用女士"丰饶的子宫"，以及接下来要提及的愚昧女神的蛆、卵、怪兽都和女性身体有关，但和早期金融话语却有很大的不同。在这些资本主义和金融的现代寓言中，资本——其繁殖能力既令人害怕，又令人期待——完全建立在女性形象之上：比如信用女士，钱不可能回归到早先或较为纯洁的状态之中，其增长也并非源于某个代理人阴险的诡计，而是源于女性内在的生育和转化力。用柯比的话来说："与其说反高利贷理论在18世纪销声匿迹，还不如说是换了一

124

① Ann Louise Kibbie，"Monstrous Generation：The Birth of Capital in Defoe's *Moll Flanders* and *Roxana*"，*PMLA* 110，1995：1023—1034.

② Thomas Wilson，*Discourse upon Usury*，1572，ed. R. H. Tawney，New York：Kelley，1963，286—287；转引自 Kibbie，1025。

种方式存在。女人处于转换的中心，她的身体就是资本的身体”（1024）。

对笛福来说，转换引起的后果尚不明确。[1] 他的提问：“还有什么事情是信用无法做到的?”再一次证明信用女士作为历史力量——横亘过去、现在和未来——在这个寓言中的重大作用。她解释过去的同时投射着未来；她可以利用自己身体的生育力创造一个新世界。[2] 她的子宫既是转变的原因，也是转变的场所和根本。子宫定义了她的存在，催生了歇斯底里的症状，解释了她的变幻莫测。作为蕴藏生命力的场所，子宫内化了转化动力，使女性不仅成为承担变化的客体，又是发起变化的主体。作为“丰饶的”生育意象，子宫的转化成为一种创造力，这种创造力混乱随机，没有逻辑，难以控制，因而超越人们的理解。

六

就在笛福发表《评论》文章描写“可怜的”信用女士和议会海绵的几个星期前，即1711年4月喧嚣的选举——选举中托利党试图撤销英格兰银行的辉格党主管，从而推翻当时以发行国债为基础的金融政策——的一个月前，约瑟夫·艾狄生发表了他的有关波动和变化的寓言（*Spectator* 3，3 March 1711）。艾狄生塑造了当时最标准、最具文学性的信用女士的意象，并且阐释了她性格中的一些核心特点和含义。文章采取了梦境寓言的形式：“我读到、也听到很多关于公

---

① Sherman 详细分析了笛福在信用话语中表现出来的复杂性和“张力”。笛福一方面推进信用和想象，另一方面又为二者的非理性感到焦虑：“笛福安排信用……在哥特式恐怖和商业诚信之间互相转换”（*Finance and Fictionality*，40）。

② 此处，我和 Mulcaire 的看法一致，认为从信用女士的身上可以发现新的“欲望”来源，“欲望”隐藏的深意有助于理解18世纪的价值与交换，即“想象的丰饶创造力”（1033）。

125 共信用恶化的说辞,还有重获信用的各种方法”,当我在某个白天拜访英格兰银行并想到这一切时,我竟做了一个“有板有眼的梦”,梦是关于那“美丽的处女”,即“公共信用”,她主管银行,似乎也控制银行基金。①

接下来的梦中景象包含了此类故事的基本要素。先是指出新近立法通过启用信用和借贷这些现代金融工具:“大厅里铺天盖地都是议会的法案,都有关建立公共基金”(15)。主人公与全球经济密切联系:“她的脚下坐了几位秘书,每隔一小时他们就会收到来自世界各地的信件,有人一直在念这些信给她听”(16)。最重要的是,信用女士最引人注目的特点便是她起伏不定的情绪。一群“幽灵”进入大厅,这群幽灵分别代表着当时的政治危机,包括“专政”、“无政府”、“偏执”、“无神论”、“共和国天才[觊觎王位者](Pretender)……左手拿着一块海绵”。当他们仿佛“舞动着”进入大厅时,信用女士“当场晕倒,昏死过去”(16—17)。② 此刻,

> 钱袋堆成的山丘和钱堆发生了巨大的变化,前者缩小了许多,袋子变得空空如也,我觉得装有钱的袋子还不到十分之一。剩下的袋子本来和装钱的袋子看起来差不多,也同样占地方,现在突然爆炸,什么也不剩,就像是荷马笔下风神埃俄罗斯(Aeolus)送给奥德修斯的礼物一样。王座两边高高隆起的金条,此时变成了两堆废纸,还像一小堆刻度尺[收据],系成柴把似的一捆捆[引火柴]。(17)

然后,这些“丑恶的幽灵”被“可爱的幽灵”所取代,这些可爱的幽灵

---

① Joseph Addison, *Spectator*, no. 3(3 March 1711), ed. Donald F. Bond, Oxford: Clarendon Press, 1965, 1:14—15. 下文对此期刊的引用都出自此版本,括号内标注页码。

② Mucaire 认为用“海绵”攻击信用是“那时最可怕的武器”,因为威胁到了“金融和法律规范,二者是信用不可或缺的支撑”(1038)。

代表着"自由"、"君主"、"稳定"、"宗教"、"乔治王储",以及"英国的天赋"。随着"第二支舞蹈"的开始,"信用女士苏醒过来,装钱的袋子慢慢鼓起来,恢复了原状,柴把堆和废纸堆变成了堆成小山似的基尼",就在此刻,"喜不自胜"的叙述者从梦中醒来(17)。 126

在艾狄生的故事里,信用女士的病因和笛福的描述一样:她是歇斯底里症患者,体质极度敏感,对外界些微的刺激都会作出即时猛烈的回应。这种激烈反应在一开始对她的描写中尤为明显:

> 她脸色一变,入耳的些微声响都让她惊吓不已。她可能是(后来我证明了这一点)我所见过体质最虚弱的人,女性也没有比她更虚弱的了。她的病情常在瞬间发作,仅仅一眨眼的功夫,本来面若春花,体态健康,倏忽之间已萎缩成干枯的躯壳。她的康复往往和病情爆发一样让人措手不及。前一秒还奄奄一息,后一秒她又容光焕发、精力充沛。(15—16)

信用女士情绪的极度不稳定来源于人尽皆知的女性"坏脾气",这成了当时人们解释经济波动的一种方式。现代金融既无法解释,也无法预期;那就只好用它和女人极其类似的说法来作出解释。不过,在艾狄生和其他人的寓言故事中,这种解释太过直白,以至于显得有些苍白无力。在艾狄生的笔下,信用女士和金子紧密联系在一起。人们只注意到他们一荣俱荣、一损俱损,却无法借助信用女士的比喻来解释当时的经济体验。二者的相比只能再次说明二者共同具备的无法解释的神秘性。笛福为信用女士设立的复杂谱系也多有自相矛盾之处,这也同样意味着信用女士的修辞地位和寓言的想象性意义:信用女士的寓言不向迷茫的读者解释现代世界,她也不使现代世界更稳定、有秩序,或合理化。相反,她就是现代世界的制造者。

当艾狄生将信用女士比作能够点石成金的国王弥达斯时,我们能直接感受到她的创造力："王座后面是一大堆装满了钱的袋子。袋子堆得很高，几乎就要碰到天花板。她左右两手边的地上，各有一堆小山般的金子。比起这些，最让我惊讶的是，我听说她和从前吕底亚国王[弥达斯]一样，拥有点石成金的本领"(16)。这里的信用女士被赋予了一种魔法，这种魔法不仅超越了金融手段，还超越了她身边的整个世界，她可以随心所欲对一切进行转化。① 事实上，正是这魔法，使得叙述者"喜不自胜"，用"奇迹"、"眩晕"，以及狂喜等字眼来形容自己眼中信用女士的一切变化。激起叙述者如此反应的绝不是信用女士羸弱不堪之际。即使在她垂死之际，她也仍然是一个转化的奇迹。艾狄生用她来代表想象的力量。②

127

正如上文所述，笛福将"想象的力量"看作理解"神秘"现代金融体验的唯一途径。塑造信用女士的目的就在于利用这种力量。她的故事超越了自身，相应地指向那神秘的体验。"想象的力量"将文学与认知结合起来：一方面，它展现了虚构的信用女士与其所辖领域的关系；另一方面，也展现了与当时金融体验相关的宏伟的思想构建。波科克描述了这种宏伟思想建构的运作：

> 政府债券是一种对日后赎回的承诺；从国债的发起和发展来看，日后其实永远不会到来，但人们现在可以以市场价格来交易债券。债券价格由目前的公共信用状态决定，具体体现在政府的稳定性，以及政府在理论上的未来的偿还

① Erin Mackie 描述了信用经艾狄生女性化之后所拥有的威力，将这种威力与裙箍的意象结合在一起，参见 *Market à la Mode: Fashion, Commodity, and Gender in* The Tatler *and* The Spectator, Baltimore: Johns Hopkins University Press, 1997, 第三章, Mulcaire 引用了这一部分来证明信用女士象征"美德的概念建立在极其非理性又魔幻的条款之上"(1033)。

② 有关艾狄生如何看待信用女士的转化力量，Mulcaire 和我的观点不同。Mulcaire 认为艾狄生关注的并非想象，他的文章仅仅为了争取"解放"由信用女士所代表的新兴市场的"巨大潜力"(1039)。

> 能力。因此,政府就和一个永不会到来的时刻一起,存在于投资者的想象。商人和土地所有者获得他们所需要的贷款和抵押贷款同样也依赖于投资者的想象。财产——个体和政府的物质基础——已不再是实际存在,而是可移动的,甚至是仅仅存在于想象之中的。(*Machiavellian Moment*,112)

128

就在金融进入当时人们的想象世界的时刻,想象也进入了经济流通的领域。

从这个意义上说,艾狄生的信用女士并非一个寓言或象征角色,而是一个想象的角色;她不为读者或我们解释现代金融的问题,也不使现代金融问题变得更合理或更易懂。通过艾狄生对信用女士这一角色的塑造,我们发现信用女士不仅不能解释现代金融问题,反而使这一问题更加复杂化。信用女士本是用来比喻现代金融,现在却使现代金融更具神秘性。笛福将信用女士的这一方面描写得淋漓尽致,说"最伟大的炼金术士"也永远无法了解信用(6:31)。他还描写了信用女士那无处不在、奇妙无比的影响:

> 这看不见的幽灵对这个国家都做了什么,她来之前,这里又有什么不幸之事?——她在你的账本上刻下痕迹,毕恭毕敬的国家用这些就能换来钱;你的国库券上盖了她的印章,我的哈老爷就以她的名义接过了它们;你用她的名义招兵买马……简而言之,你能找到联盟支持战争、打败法国人,都是多亏了她:她无影无形、妙不可言、超越自然,能象征一切、自己倒什么也不是,我们的战争和贸易都靠她支持……向她的形象表达敬意。(6:31,p. 122)

信用女士的本质如此难以捉摸,甚至并无本质,这些都证明了笛福的断言:"贸易即神秘。"同时,她的故事又和上述神秘——即当时不合逻辑、无法预测、令人迷惑的金融体验——彼此呼应。信用女士的寓言为那时的人们理解交易——震荡多变的转化新力量——开启了想象的大门。

七

一方面，信用女士的寓言只是一次小规模的文化事件，其历史短暂，指涉也不宽泛；另一方面，这个故事广泛深入到了各种话语模式，包含了当时思想的各个关键层面，从而出人意料地拥有着十分广泛的文化视野。从最宽泛的层面说，寓言指出现代金融的“神秘性”，提到了“想象的力量”、增值的转化、创新力量，这些反映出18世纪人们和经济、价值之间的新关系。玛丽·朴维(Mary Poovey)将这一切看作是“现代事实”的组成部分：

129

> 信用、可信度、凭证、轻信……这些词都带有人们愿意(或需要)去相信某件事情的意思，但它们的排列——从信用到轻信——又将我们从本限于经济的活动带到了纯粹心理看法的层面……即便看起来“仅仅”是经济的行为，也总是依赖于寻求信仰的机制……因此，所有环绕在“信用”周边的词语都让我们感觉到人们对未经证实之事的信仰，这种态度既保证了现代经济基础的确立，又使我们认识到经济基础是我们生活的支撑。(27)

“想象的力量”甚至渗透到了知识的本质。

信用女士的显著特点和18世纪的文学文化也有着密切联系。桑德拉·谢尔曼(Sandra Sherman)和凯瑟琳·英格拉西亚(Catherine Ingrassia)采用类比的方法分别探讨过上述二者之间的联系：一是当代金融和当代小说的类比；二是金融信用和散文叙事新体裁修辞

“信用”的类比。这些类比表明,“信用”作为共同的文化用语在这一时期极其普遍。同样值得注意的是,我们对信用女士寓言的分析表明,信用女士还是18世纪文学中感伤女性主人公的原型。她极度敏感、惹人怜爱,她随理查逊的作品进入小说经典,她勾画了接下来一百年间小说的基本构造:她代表着身份认同的主要文化投资。从女性感伤的角度看,信用女士——以她起伏的激情和想象力——被定格为欲望的客体、价值的标准、思想的模式。经由现代金融的再现——即公共信用的独特现代体验,其特点包括上下波动、虚无缥缈、没有节制、具备转化力——信用女士进入了文化虚构世界。反过来说,对金融的描写也反映了感伤的女性主人公,她将主导本世纪和下个世纪的文学。信用女士的寓言表明,造就这位长盛不衰的女主人公的部分原因是人们与现代体验的早期碰撞。

信用女士还为另一类女性文学形象的出现做好了准备——厌恶女性、滑稽可笑、疑点重重,这样的女性形象代表着当时的消费、商品 130 化和资本主义的文化体验。正如上文所论述的,信用女士就女性特点(或曰特点缺失)提出了一些极其重要的问题,这些问题与当时商品拜物主义相关。如此看来,信用女士的寓言又将现代金融的神秘性与商品的神秘性联系起来,而这二者本来是现代经验的两个不同维度。在18世纪文化的集体想象中,对现代经验的结构分析,是通过唤起与之类似的女性形象完成的。《群愚史诗》正是通过解放女性形象中最难以控制的能量,从而延展了上述分析。 131

第四章　资本主义:新世界的寓言

在亚历山大·蒲柏的《群愚史诗》中,强大的愚昧女王作为“混沌和永恒暗夜之女”[①]有着自己的谱系。然而,参照早期18世纪文化想象中对女性身体的转义和比喻,我们还可以发现愚昧女王的另一个家族来源。可以说,愚昧女王是信用女士的女儿。顺着笛福为信用女士所撰写的家谱,愚昧女王就成了金钱的侄女,贸易的孙女,是生计(Necessity)和发明(Invention)家族最新出现的、最伟大的后人,这个家族的后人还包括规划者(Projector)、勤奋(Industry)、谋略(Ingenuity)、商人,以及店主。[②] 上文已经分析过,笛福所撰写的族谱并无法解释信用女士的本质,但在《群愚史诗》中,这一谱系却将愚昧女王置于意蕴丰富的文化寓言之中。和信用女士一样,愚昧女王也是一个拟人化的抽象物,拥有具备生殖力的女性躯体;她是幽灵、阴影、虚无,是一阵风;她管理着象征伦敦的一片城区;她主宰了一段

① Alexander Pope, *The Dunciad*, 1. 12.《群愚史诗》引自 *The Poems of Alexander Pope*, vol. 5, ed. James Sutherland, London: Methuen, 1943。如果出现引自1729年集注版的引文,则在括号内标注出版年份、卷数和行数。引自1743年四卷本的引文仅在括号内标注卷数和行数。

② Daniel Defoe, *Review of the State of the British Nation* (1706—1713), ed. Arthur Wellesley Secord, Facsimile Text Society, New York: Columbia University Press, 1938, 3:5, 7:55, 8:38. 下文对此作品的引文都出自此版本,括号内标注卷数、刊号和页码。

详细的历史叙事，而她就是其中的核心动力；她身边环绕着一群坚定拥趸；小丑在她身边舞蹈；她将金子看得比真理重要；她的后代不计其数；她有改变世界的魔法。[1]

愚昧女王和信用女士都是17世纪道德、政治寓言的文学和绘画传统中的象征性形象。在这一传统中，象征性形象都以古典神灵的形象出现。[2] 这样的拟人手法是18世纪新古典主义修辞的重要方面，在散文和诗歌中都很普遍。厄尔·沃瑟曼（Earl Wasserman）认为，以拟人化的抽象概念来写作寓言故事，这在当时的期刊文章中非常盛行；[3]在这样的语境中，信用女士只不过是众多角色中的一员。在新古典主义修辞的万神庙中，罗马人赋予的称谓"布丽坦妮娅"（Britannia）日益突出，并在18世纪成为最具有代表性的英国形象。1672年，她出现在英国的硬币上，呈坐姿，手里拿着具备象征意义的矛、盾，还有橄榄枝。到了18世纪40年代，正值帝国主义自辩时期，她频繁出现于文学和绘画作品中，常与海洋、海上强权联系在一起，并与一系列形象，如自由、公正、宗教、富饶等一同出现。当然，她也免不了被拿来做讽刺之用。赫伯特·阿瑟顿指出："布丽坦妮娅的奖章史（medallic history）始于1655年荷兰的一幅讽刺画……画上是克伦威尔跪倒在布丽坦妮娅面前，头放在她的大腿上，一个法国人和一个西班牙人正在亲吻他裸露的臀部。"[4]

---

① Colin Nicholson 也认为愚昧女王代表着"信用女王"，是"公共信用成为文化载体"的象征，参见 *Writing and the Rise of Finance*：*Capital Satires of the Early Eighteenth Century*，Cambridge：Cambridge University Press，1994，183，10。

② Jean H. Hagstrum，*The Sister Arts*：*The Tradition of Literary Pictorialism and English Poetry from Dryden to Gray*，Chicago：University of Chicago Press，1974，90—91.

③ Earl R. Wasserman，"The Inherent Values of Eighteenth-Century Personification，" *PMLA* 65（1950）：435—463.

④ Herbert M. Atherton，*Political Prints in the Age of Hogarth*：*A Study of the Ideographic Representation of Politics*，Oxford：Clarendon Press，1974，90—91.

上文已经论述过，笛福的信用女士也会被当时的读者看作是“平凡的布丽坦妮娅”，代表着英国经济和商业扩张的新时代。[①] 愚昧女王也有同样象征意义的祖辈和同样的政治、道德谱系。在第三卷开篇，她和她选中的儿子——科利·西伯(Colley Cibber)——一起坐在殿堂里，西伯就枕在她的大腿上做着梦；在第四卷里，她高坐王座之上，发布命令和指示；当她为了颁布命令而往王座上爬时，“裙下”一览无余。愚昧女王代表着当时非常普遍的布丽坦妮娅的生动形象。和信用女士一样，愚昧女士也采用了女性形象来象征当时人们对国家的认识——包括国家的特点、历史，以及命运。

134

很明显，《群愚史诗》吸收了信用女士这一文化寓言。除了这个寓言，这位“平凡的布丽坦妮娅”还和斯威夫特笔下的科琳娜一样，从弗利特沟的公共陆地(common shore)出发，囊括了城市下水道寓言中出现的大量意象。她还建立了横跨水陆的帝国(3. 68)，她所代表的水上霸权和意识形态转化同样也是洪流与海洋的寓言的主要特点。她所主宰的疆域混乱无序，这和商品化寓言的无所不包、物化，以及神奇转化力不谋而合，其中女性身体还因其佩戴的饰物而被神秘化。《群愚史诗》整合了这些寓言，使我们得以追溯人们与资本主义体验的修辞和形式关系。从这个意义上说，《群愚史诗》是文化事件的合成体，证明了新世界的这些寓言彼此间的亲缘关系。

和艾狄生的信用女士一样，愚昧女王毫不掩饰她的物质至上主义，衡量“真理靠金子……/实在的好处强过空口赞美”(1. 53—54)，后半句说的是诗性正义的层面。这和信用女士点石成金的本领如出

---

① Paula R. Backscheider, “Defoe's Lady Credit”, *Huntington Library Quarterly* 45, 1981: 99. 追溯道德和政治寓言中拟人化抽象概念的应用历史，参见 Backscheider, Dorothy George, *English Political Caricature to 1792: A Study of Opinion and Propaganda*, Oxford: Clarendon Press, 1959, 1: 44—61; Hagstrum, 147—148; Atherton, 89—96; 以及 Wasserman。

一辙。与信用女士不同的是,愚昧女王完全局限在印刷业的物质至上主义之中,只具备将文学转化为商业和盈利模式的力量。[1]《群愚史诗》的直接指涉就是当时的图书贸易。当时,图书贸易的象征就是其地理位置,即位于科利坡门(Cripplegate parish)的格拉布街(Grub Street),那里的作家、印刷商和书商构成了这首诗中的主要人物。[2]《群愚史诗》的出版史就反映了如何与现代出版业的实体与运营打交道。1728年,此诗首先以三卷出版,这种形式明显是为了整合众多作家和印刷商的恶意回应,毕竟诗作中充满了对他们的攻击。1729年,此诗以"集注本"再印,对诗作攻击的人物加上了极长篇幅的模仿和引用。十几年后,蒲柏又在1742年以《新群愚史诗》为题出版了新的一卷。这一卷末世警诫的意味更深,原来三卷中的文学人物也被具备更宽泛的文化关联——教育、科学、宗教——的寓言形象所取代。在蒲柏去世的前一年(即1743年),《群愚史诗》经过最后修订,以四卷本的形式出版。这一版本更新了诗作与格拉布街的联系,因为刘易斯·西奥博尔德(Lewis Theobald)取代了科利·西伯(Colley Cibber),成为愚昧女王最宠爱的儿子。

135

《群愚史诗》可谓当时图书贸易的文摘名录。不管是漫不经心,还是一再重复,此诗提及了数十位当时的印刷商和作家,包括:埃德蒙·科尔(Edmund Curll)、伯纳德·林托特(Bernard Lintot)、雅各布·汤森(Jacob Tonson)、约翰·丹尼斯(John Dennis)、安布罗斯·菲利普斯(Ambrose Philips)、内厄姆·泰特(Nahum Tate)、丹尼尔·笛福(Daniel Defoe)、埃尔卡纳·塞特尔(Elkanah Settle)、刘易斯·西奥博尔德(Lewis Theobald)、詹姆斯·拉尔夫(James Ralph)、乔治·

---

① 物质至上主义是 Helen Deutsche 解读蒲柏诗作的重要维度,她将蒲柏的"畸形诗学"解读为"象征的蔓延",参见 *Resemblance and Disgrace: Alexander Pope and the Deformation of Culture*, Cambridge: Harvard University Press, 1996, 178。

② 有关当时人们对格拉布街和图书销售行业作出的文化反思,详见 Pat Rogers, *Grub Street: Studies in a Subculture*, London: Methuen, 1972。

里德帕斯（George Ridpath）、亚伯·罗帕（Abel Roper）、纳撒尼尔·米斯特（Nathaniel Mist）、托马斯·沙德威尔（Thomas Shadwell）、伊丽莎白·托马斯（Elizabeth Thomas）、托马斯·库克（Thomas Cook）、马修·考克南（Matthew Concanen）、约翰·图钦（John Tutchin）、爱德华·沃德（Edward Ward）、约翰·奥泽尔（John Ozell）、詹姆斯·摩尔·斯迈思（James Moore Smythe）、伊莱扎·海伍德（Eliza Haywood）、托马斯·奥斯本（Thomas Osborne）、莱昂纳德·韦尔斯特德（Leonard Welsted）、约翰·布雷瓦尔（John Breval）、贝萨利尔·莫里斯（Besaleel Morris）、威廉·邦德（William Bond）、威廉·韦伯斯特（William Webster）、托马斯·布莱克莫尔（Thomas Blackmore）、约翰·奥尔德米克森（John Oldmixon）、爱德华·鲁姆（Edward Roome）、威廉·阿诺尔（William Arnall）、本雅明·诺顿·笛福（Benjamin Norton Defoe）、乔纳森·斯梅德利（Jonathan Smedley）、詹姆士·皮特（James Pitt）、苏珊娜·森特利弗（Susanna Centlivre）、伯纳德·曼德维尔（Bernard Mandeville）、威廉·米尔斯（William Mears）、托马斯·华纳（Thomas Warner）、威廉·威尔金斯（William Wilkins）、托马斯·德菲（Thomas Durfey）、贾尔斯·雅各布（Giles Jacob）、威廉·波普尔（William Popple）、菲利普·霍内克（Philip Horneck）、爱德华·鲁姆（Edward Roome）、巴纳姆·古德（Barnham Goode）、查尔斯·吉尔顿（Charles Gildon）、托马斯·伯内特（Thomas Burnet）、乔治·达科特（George Duckett）、托马斯·汉默（Thomas Hanmer）、威廉·本森（William Benson）、理查德·本特利（Richard Bentley），以及约瑟·瓦瑟（Joseph Wasse）。这些名字不仅是对时事的影射，还是《群愚史诗》前三卷的修辞来源，以及第四卷寓言形象的话语基础。

《群愚史诗》篇幅很长，主要就是围绕上述人物和作品而展开的戏仿、引用以及私人之间的争论和攻击。对他们的攻击主要集中在他们只为一己私利，作品量多，但粗制滥造。例如，诗歌的第一个注解，篇幅很长，署名为“西奥博尔德”，讨论了“dunciad”一词的拼写应不应该保留“e”,并举了本特利(Bentley)编纂的莎士比亚集为例,证明在本特利的版本中,“e”被保留。另一个署名为“本特利”的注释回应了这个注释,并开始了对“Shakespeare”一词拼写的新的讨论。在其他的注释中,蒲柏直接抨击了“我们这个时代的那些专横的评论家们”(1.134n),有时还直接引用他们的作品来证明他们的观点荒谬可笑。西伯的《自传》(*Life*)就几次被蒲柏用来讽刺愚蠢,特别是品位低下、自命不凡:我的缪斯和我的妻子一样多产;妻子刚刚为人母,同年,缪斯又使我荣升新剧之父”(1.228n)。在有些注释中,蒲柏也会引用别人对他个人和作品的抨击,表现自己受到的伤害和不公正对待。在一个有名的注释中,蒲柏详细地引用了约翰·丹尼斯(John Dennis)对他的描写:“这位绅士年纪不大、又矮又胖,从外表上看几乎和猴子没什么两样。但是,与其说他的外表不像人形,还不如说他没头没脑,根本不具备人类的理解力。——他愚蠢恶毒,就像那凸背腆肚的癞蛤蟆”(1729:1.107n)。相信每位读者都能感受到,《群愚史诗》记录的是当时的文学市场体验,分析了资本主义推进现代化进程的力量。同时,这种记录还采取了一个更大的视角,将格拉布街作为修辞跳板,把许多当时对它分析产生的回应纳入其中。 136

一

在18世纪,出版业飞速发展,行业产生了诸多变化。出版业的新产品、新市场以及价值结构对印刷文化的形式和目标群都产生了直接冲击。这些革新还间接地展现了更宽泛的文化意义上的现代性。约翰·菲泽(John Feather)在《英国出版史》(*History of British Publishing*)中写道:“到了18世纪中期,英国的图书贸易已经具备了许多延续至今的特点。……[它已经成为]高度发达的自由企业贸易,满足日益扩大和多样化的市场需求,为很多人创造了大量的收益，这些人处于从作者到读者的这一供应链条之中。"[①]变化主要表现在：出版社数量激增，书商越来越多，版本尺寸越来越大，印刷品的形式越来越多样。另外，从16、17世纪到18世纪，印刷厂的就业人员规模也发生了巨大改变。在早期，印刷厂一般都是小作坊，仅有一位印刷商和他的学徒。到了18世纪，印刷厂是大规模企业，雇佣很多领薪水的员工：1730年，汤森和瓦兹（Tonson and Watts）印刷厂雇佣了大约50名工人；18世纪50年代，理查逊的三个印刷厂雇佣了40多名工人（Feather，94）。之所以产生上述这些变化，是因为在17世纪的最后十年，《印刷法案》（Printing Act）失效，政府对出版业失去控制，图书贸易随之产生了一系列重组和重建。在这十年间，一套全新的图书批发机制建立起来，按照这套机制，拥有版权的出版商建立"交易书商"网络，由"交易书商"将书直接推向市场。这种新的机制保护了出版商的风险投资，因为它不仅抵制盗版，还有来自零售商的预支以保证收入来源。这和图书贸易的发展壮大互为因果。此机制下，出版商可以通过购买版权和资助长期印数来更好地满足人们对印刷品越来越多的需求。

137

在这一时期，随着消费需求的增长，生产随之大幅增长，这二者构成了图书贸易结构改革的两大要素。18世纪前半期的一系列社会和经济的明显特征——识字率、休闲时间、改革、帝国主义、经济扩张、政治辩论——催生了对各种书籍和报刊的需求，因为这些读物能够为人们提供娱乐、实用信息、贸易和政治新闻、旅行札记、历史和观点。正如詹姆斯·拉文（James Raven）所说，"书商们对商业机会非常敏感，在经济上也取得了成功"，他们"重新发起图书贸易"，为人

---

① John Feather, *A History of British Publishing*, New York: Methuen, 1998, 105；此书是我描述出版行业的主要资料来源，特别是第67—125页。另见 Marjorie Plant, *The English Book Trade: An Economic History of the Making and Sale of Books*, 3d ed., London: George Allen and Unwin, 1973；以及 P. M. Hanover, *Printing in London: From 1476 to Modern Times*, Cambridge: Harvard University Press, 1960。

们塑造需求并着力解决需求。①

小说无疑是这一特定历史转折时期最重要的产物。人们阅读小说的速度很快，因此对小说有极大的需求，这为图书贸易的发展提供了动力。此时涌现的期刊文学形式也起到了类似的作用，不仅增加了利润，也促进了市场的扩大。菲泽认为，“到了18世纪中期，期刊在印刷业中的地位和现代几乎一样，对出版商和书商的经济收入都起着极为重要的作用”（113）。杂志或杂集包罗万象——从文学、音乐，到新闻、评论、历史——可谓印刷文化的创新，其目的就是为了满足日益增多的读者的各种阅读兴趣。笛福的《评论》、艾狄生和斯梯尔的《旁观者》是以发表政治、文化类散文为主的期刊，二者都吸引了大量的读者，获得了可观的经济效益。其中《旁观者》可谓创造了巨大的经济效益。到了18世纪30年代，以连载形式出版的书籍数量激增，其主题各种各样，利润也非常丰厚。连载出版物使得更多的读者有能力购买，对书商来说也更加有利可图：因为哪怕一本书价格昂贵、部头又大，其销售量在整个连载过程中也可以得到保证。② 138

报纸的兴起是18世纪前期印刷文化的头等大事，图书贸易也因此发生了转变。报纸兴起有多种原因：出版前审查制度的废止、越来越多的人对公共事务和政治产生兴趣、人们渴望了解欧洲大陆战事，以及人们想要获得有关贸易各个方面的信息。菲泽指出，

> 读书和读报纸的自由，在书和报纸上读到对王室大臣和政策的恶意攻击的自由，这很快被看作[英国人]不可或缺的与生俱来的权利。再加上此时行业协会章程实施，保护主义法规过时，自由贸易的观念盛行，这些促进了出版自由的

---

① James Raven, *Judging New Wealth: Popular Publishing and Responses to Commerce in England, 1750—1800*, Oxford: Clarendon Press, 1992，第二章；引自第32页。

② R. M. Wiles, *Serial Publication in England before 1750*, Cambridge: Cambridge University Press, 1957.

> 观念。出版自由观念为图书贸易的蓬勃发展创造了前所未有的条件。(91)

在这一时期，政党和政府还出资雇佣报纸做自己的喉舌以达到政治目的(Handover，138—140)。1712年印花税法案(Stamp Act)规定向期刊出版征税，导致出版业对政治补贴更加依赖，也使得公众对出版业抱有政治偏见。因此，此时如果“说某人是一个新闻记者，那可不是什么恭维的话”。①

期刊出版物在图书贸易的发展中扮演着重要的角色。整合并分销每日发行、每周发行、或每两周发行的报刊需要组织和筹备技巧，这些组织和筹备技巧必定提升行业内部的管理能力(Feather，110)。更为重要的是，期刊出版物提供了全国发行的范例，这对此时期图书贸易的重组具有重要意义。不管是期刊市场，还是整个图书市场，其增长都离不开外地市场的扩大。外地市场有新的需求、新的读者群，他们是报纸、杂志和各类书籍的新的消费群。18世纪初，来自外地的需求催生了他们遍布乡村的报纸印刷商和投递员网络；他们能够在相当广泛的范围内投递印刷品。外地的印刷商不仅与为他们提供新闻的伦敦报业联系紧密，更与伦敦印花纸的提供者联系紧密，因为这是报纸印刷不可或缺的条件。菲泽解释说，

139

> 外地的报纸印刷商与伦敦的报纸商人建立了联系，更为重要的是，二者之间建立了信用贷款额度(lines of credit)，这样外地的报纸印刷商就和伦敦图书贸易联系起来……外地报纸印刷商呈现了如何深入地方市场的模式，他们和很多代理人最终成为书商；到了18世纪中期，稍有声望的城镇都至少会有一个“书商”……[他]从伦敦出版商那里预定

① 对期刊出版的概述，参见Handover，第五章。

书籍,通过同样的机制,伦敦的出版商为他们提供书籍。(98)

外地网络还起到了分发图书目录的作用,而图书目录为进一步扩大市场做了广告宣传。期刊出版业也为书籍出版做了大量广告宣传。应运而生的流动图书馆也具备广泛的影响力,特别是在外地,流动图书馆对扩大小说市场起到了重要作用。伦敦图书贸易就这样深入到了各地,大的国家市场得以形成,图书贸易的生产和利润都得到了提高。

随着出版业的发展和重组,写作实践和写作文化也发生了深刻的转变。其中最深刻的变化可能是作者要求现金支付这一风潮的兴起。世纪之初已有作者受雇为期刊撰写政治评论,现在有一大批作者应出版商的邀约就新近涌现的主题写作散文或书籍。蓬勃发展的市场虽然为作者带来更多的机会和收入,也给他们带来新的压力。菲泽总结了机遇和挑战:

杂志越来越流行,发行量也越来越大,这就要求有源源不断的稿件可供发表,还需要有作者能在要求的期限内完成稿件。在安女王统治时期,已经有第一批记者专为报纸写作,但是对那些不能仅靠为书商写作而谋生的大大小小的作家来说,杂志才是他们真正的出路。这些作家定期为杂志写作随笔、评论、摘要、新闻报道等等,如此得以维持生计。到了18世纪中期,作家之所以能在出版商那里获得较高的地位,杂志可谓功不可没。(111)

140

以写作为生、为市场写作、新出现的经济独立的作家,这些都是出版业增长和重组的结果。蒲柏就是第一批职业作家之一,他捍卫自己作品的版权,积极争取利益,他自己也是出版业的一员,参与创建了三个出版社——罗伯特·多兹利(Robert Dodsley)、劳顿·格利佛(Lawton Gilliver)、约翰·赖特(John Wright)——个个利润丰厚(Feather,103)。事实上,蒲柏是典型的现代职业作家:以自我为中心、以利益为导向。用布里恩·哈蒙德(Brean Hammond)的话说:"蒲柏代表着发展的方向。"①不过,蒲柏对这种发展的态度却是复杂的,甚至是自相矛盾的。近来一些评论家指出,蒲柏对很多现代制度和形式都表现出模棱两可的态度,包括印刷业、图书馆和档案馆将文学和学术制度化,以及自己成为中介式恩主而从中获利。甚至可以说,蒲柏一方面愿意持续从中获利,并且推进这些发展,一方面又抨击它们对文化、政治和道德的影响。② 例如,玛格丽特·J. M. 埃泽尔(Margaret J. M. Ezell)就认为,在蒲柏的写作生涯中,正因为他坚持手稿流通,他的文学作品才受"滋养"。③ 达斯汀·格里芬(Dustin Griffin)则指出,蒲柏与恩主制的关系"是永远想要二者兼得",即既得到

141

① Brean S. Hammond, *Professional Imaginative Writing in England 1670—1740: "Hackney for Bread"* (Oxford: Clarendon Press, 1997), 2.

② 蒲柏对现代性模棱两可的态度——包括对印刷业、恩主制的衰落、图书馆和档案馆的态度——是近来研究的重要方面,参见 David Foxon, *Pope and the Early Eighteenth-Century Book Trade*, Oxford: Clarendon Press, 1991; Joseph M. Levine, *The Battle of the Books: History and Literature in the Augustan Age*, Ithaca: Cornell University Press, 1991; Hammond; Catherine Ingrassia, *Authorship, Commerce, and Gender in Early Eighteenth-Century England: A Culture of Paper Credit*, Cambridge: Cambridge University Press, 1998, 第二章; Colin Nicholson, *Writing and the Rise of Finance: Capital Satires of the Early Eighteenth Century*, Cambridge: Cambridge University Press, 1994; James A. Winn, "On Pope, Printers, and Publishers", *Eighteenth-Century Life* 6, 1980—1981: 93—102。我的讨论参考了 J. Paul Hunter, "From Typology to Type: Agents of Change in Eighteenth-Century English Texts", in *Cultural Artifacts and the Production of Meaning: The Page, the Image, and the Body*, ed. Margaret J. M. Ezell and Katherine O'Brien O'Keeffe, Ann Arbor: University of Michigan Press, 1994, 41—70; 以及 Harold Weber, "The 'Garbage Heap' of Memory: Art Play in Pope's Archives of Dulness", *Eighteenth-Century Studies* 33, 1999: 1—20。

③ Margaret J. M. Ezell, *Social Authorship and the Advent of Print*, Baltimore: Johns Hopkins University Press, 1999, 第三章; 引自第83页。

大众的喜爱,又获得精英的认可。[1]《群愚史诗》因采用现代语言而产生某种自相矛盾的效果,正是蒲柏二者兼得想法的体现。

18 世纪的图书销售业经历了上述种种扩张、重组,人们对其认识也发生了改变。在高度发展的公共领域,此时图书销售业展现出资本主义工业发展的力量和影响:自由企业的发展、贸易扩张的起落、生产力的增长、国家市场的扩张、消费者需求的集中性、广告的激增、利润优先、印刷文本的商品化,以及作家职业化。在图书贸易业,这些经济变化与文化生产相互作用,使得资本这一强大的力量与文学文化的建构以前所未有的方式紧密联系在一起。18 世纪印刷业的现代化使我们见识到资本主义在文学领域施加的影响。《群愚史诗》就以此为模板,合并展现了彼时新世界的寓言。

二

我们先讨论《群愚史诗》与信用女士寓言之间最为明显的联系,这样就能厘清此诗如何表达新世界寓言和金融的关系,还能探讨此诗如何通过修辞手法,整合信用女士的故事和其他文化寓言。[2] 与信用女士的寓言相似,《群愚史诗》探讨了其女性主人公难以捉摸的性格和躯体——她塑造了人民、地点、时间、想象和未来。诗作共分四卷:第一卷介绍了愚昧女王,讲述了她选择西伯作为儿子和桂冠诗人;第二卷写的是英雄游戏(heroic games),这是愚昧女王为群愚们设置的比赛;第三卷,愚昧女王让西伯看到了她的帝国的过去、现在和未来;到了第四卷,愚昧女王为一批学者、科学家、艺术家和贵族封了爵,派遣他们四散到世界中,用“寰宇黑暗”埋葬一切学问、文明和

---

① Dustin Griffin, *Literary Patronage in England, 1650—1800*, Cambridge: Cambridge University Press, 1996, 144.

② 《群愚史诗》与当时金融政策紧密联系的相关背景,详见 Nicholson,第六章。我的解读未涉及这一背景。

文化。

在诗中,愚昧女王是实质性的存在——庞大、笨拙,是具备女性特征的躯体。在开篇对她的谱系介绍中,她是“美丽的傻瓜”,“勤劳、笨重、繁忙、莽撞又盲目”(1.15)。在第一卷,当她第一次现身在西伯面前时——“她庞大的身躯占满了整个空间;/一层烟雾面纱让那可怕的面庞更加庞大:/她的魅力如此巨大!”(1.261—263)与信用女士一样,上述“魅力”极具女性化特征,甚至有些轻佻卖弄的特点。当她注视着自己挑选的桂冠诗人时,再一次展示了上述特点:“愚昧女王欣喜若狂地凝视着可爱的愚人,/不禁回想起自己从前的俏丽迷人”(1.111—112)。第一卷自始至终,不管是这位巨母(Mighty Mother),还是代表她的养子,一直都被蛆、卵、怪物、“类似烟灰的东西”(Sooterkins),以及未成形的胚胎所包围(第59,61,83,102,121,126行),这些都投射着女性非同寻常的生殖力,与信用女士“丰饶的子宫”如出一辙。第四卷再次展现了愚昧女王的躯体,就在封爵仪式开始时,“她登上王座;乌云遮盖了她的头,/其他部分展现在光辉中”(4.17—18)。上述愚昧女王的躯体令人作呕,这与当时文学作品中的妓女形象不谋而合。我们之前举过一首罗彻斯特的《威利斯夫人》为例:“满腹……都是大粪,/……阴户公共垃圾场。”帕特·罗杰斯(Pat Rogers)曾大篇幅论述过格拉布街和卖淫之间的联系,即格拉布街雇佣文人和妓女之间的联系(*Grub Street*,219)。女性身体及其生殖能力是塑造愚昧女王人物形象的核心维度。①

142

---

① 女性主义评论者讨论过蒲柏或《群愚史诗》对女性的态度。例如,Susan Gubar,“The Female Monster in Augustan Satire”,*Signs* 3,1977:380—394;Valerie Rumbold,*Women's Place in Pope's World*,Cambridge:Cambridge University Press,1987,161—167;Catherine Ingrassia,“Women Writing/Writing Women:Pope,Dulness,and ‘Feminization’ in the *Dunciad*”,*Eighteenth-Century Life* 14,1990:40—58,以及 *Authorship,Commerce,and Gender*,第二章;Marilyn Francus,“The Monstrous Mother:Reproductive Anxiety in Swift and Pope”,*ELH* 61,1994:829—851。Ingrassia 的 *Authorship,Commerce,and Gender* 详细总结了《群愚史诗》如何对女性展开想象和历史指涉。

与信用女士一样,愚昧女王也声称熟悉伦敦的地理概况——愚人们自称:“哪条街道,哪条小巷不知悉,/我们的冲刷、浇灌、覆盖和冲击?”(2.153—154)相比信用女士,愚昧女王对城市的描述更全面。我们在第一章已经讨论过,《群愚史诗》也是通过一个文化寓言来细化城市环境的,这个文化寓言与信用女士的寓言不同,但和城市下水道寓言联系紧密。愚昧女王和格拉布街卖淫之间存在联系,在《群愚史诗》对伦敦的描写中,随处可见愚昧女王和“公共垃圾场”联系在一起,这些都起到了拉平(Leveling)、异质(heterogeneity)、丰富(exuberance)的作用,这正是城市扩张带来的体验。我们还会发现,这些作用将城市下水道寓言和信用女士寓言联系到一起,又通过复杂的语义间转换,将上述两个寓言和商品化寓言联系到一起。 143

还是和信用女士类似,愚昧女王被描写成英国历史的驱动力。按照扩张主义的逻辑,地理和历史密不可分,这样又在修辞上将信用女士的寓言与洪流和海洋的寓言融合在一起。诗作的第三卷讲的都是愚昧女王对历史认知。首先,愚昧女王使西伯沉沉睡去,让他在梦中看到了历史进程的幻像。愚人埃尔卡纳·塞特尔(Elkanah Settle)是西伯阴间的向导,也是历史的讲述者:

> 为[你],我们的王后展开了真实的幻像
> 你的心目,将会把一切欣赏:
> 辉煌的过去,被时光久久遗落
> 将最早出现,奔涌到你的脑波:
> 而后延展你的目光看她统治增强,
> 让过去和未来点燃你的想象。(3.61—66)

与信用女士的寓言不同的是,这里的历史是由“海上帝国”的修辞所构成,这一点恰恰也是洪流和海洋寓言的核心:

登上这座山峰，在云雾缭绕的山顶观赏
海洋和大陆组成的帝国延绵无疆。
看，世界的两极星光闪耀，
炽热的纬线之下香料在灼烧，
（世界广大的疆域）都有她乌黑的旗帜，
所有国家皆笼罩着她的阴影！（3.67—72）

在这个“极目远眺”意象的转喻中，《群愚史诗》不仅展望了英帝国在全球范围的发展前景，还将历史的视线从英国的过去延伸到了古老的世界。西伯被告知，愚昧女王决定了全世界每个角落的历史进程。在东方古老的中国，“秦始皇”下令“焚书坑儒”，以致“时代崩毁”（3.75n.，77）。在南方，“敌人的火焰愈烧愈旺”（3.80），西伯看到了托勒密王朝图书馆的焚毁。往北看，游牧民族开始颠覆意大利、西班牙和法国的艺术形式。穆斯林福音则将包罗中东文化的“西方世界”催眠。南方中世纪的教廷逐渐摧毁古罗马艺术和雕塑。

叙述接下来转到了英国，这是愚昧女王的“本土”。宗教冲突在这里曾一度盛行，但愚昧女王避免战争，通过自己的影响力控制了局面：

144

受人爱戴的女神，总能化干戈为玉帛，
不管战争多激烈，愚昧女王必能平和！
你无需亲临战场！在这受神赐福的时光
哦，遏制你的怒火，传播你的影响。（3.119—122）

当笛福描述信用女士的历史力量时，他借助她和英国君主之间复杂多变的关系，以此来说明君主大臣议定财政政策；在《群愚史诗》中，历史的维度得以扩展，包含了整个世界，愚昧女王的力量也得以扩大，决定着整个帝国的命运。在这个意义上，愚昧女王的意象——

“海洋和大陆组成的帝国延绵无疆”,就将洪流和海洋寓言所体现的扩张主义修辞同信用女士寓言所体现的历史转喻整合到了一起。因为二者都以前所未有的方式渴望权力。对愚昧女王帝国的指涉在整首诗中比比皆是。在第三卷结尾,有一处特别显眼的指涉。此时出现了现代新世界的幻像,极具启示意义,也反映了洪流和海洋寓言的特点。

当愚昧女王的帝国视野回到英国,洪流和海洋寓言中的“极目远眺”就又加进了许多本土指涉:

> 看,我的儿子！时间流转,
> 我们的女神登上帝王宝殿;
> 这是她最心爱的岛屿,曾与她失散多时,
> 如今鸽子一般,她再次将它收进羽翼。
> 现在,透过命运！看她绘的画卷！
> 什么样的帮手、什么样的军队助她伟业实现！
> 看她的后人,多么震撼人心的景致！
> 看吧,数吧,他们的身影渐渐清晰。(3.123—130)

英国的现在——被比作愚昧女王丰功伟业的帝国军队——其实是一长串格拉布街的作家,其中包括西奥菲勒斯·西伯(Theophilus Cibber)、爱德华·沃德(Edward Ward)、贾尔斯·雅各布(Giles Jacob)、巴纳姆·古德(Barnham Goode),以及许许多多“无名的名字”(第157行),他们聚合在一起要把“对布丽坦妮娅的赞美推向顶点”(第211行)。此处的并置毫不留情——并置的二者是帝国的命运和格拉布街的平庸之辈——可谓戏仿史诗的手法。这种手法将现代性带来的宏大经济、社会影响,与印刷业带来的随处可见的资本化体验联系在一起。从修辞方面说,这种联系表明了诗歌如何将其最宏大的指涉与最具体的文化材料结合起来,又如何将新世界的各个寓言与

145

格拉布街这一范例结合起来。

三

愚昧女王还有一点与信用女士不同：她不会歇斯底里，陷入突发的起伏变动而无法自拔。不过，愚昧女王的本性也和信用女士一样变化莫测。她也被描述为“空虚”，总是与幽灵、鬼魅、阴影、空洞的风和虚无的空气联系在一起。诗歌开头追溯了她的系谱，将她等同于“虚无”：

> 在最古老的年代，在人们会写作阅读以前，
> 在雅典娜从雷神的头颅跳出之前，
> 愚昧女王便享有她古老的权利，
> 她是混沌和永恒暗夜之女：
> 这美丽傻瓜乃命运在父母年老所赐，
> 像父亲一样粗壮，像母亲一样严厉，
> 勤劳、笨重、忙碌、莽撞又盲目，
> 她统治混乱之地，那是心灵深处。(1.9—16)

对愚昧女王位于伯利恒医院的王位的描述，从一开始就奠定了愚昧女王和她王国的形象基础。她首先出现在“贫穷和诗歌的山洞”，那里“刺耳、空洞的风嚎叫着穿透这荒凉的避身之所，/那正是虚无之乐的象征”(1.34—36)。

这种“虚无”以各种形式贯穿了整首诗歌，比如虚无的空气、虚无的声音、虚无的鬼魅。在第一卷，西伯曾经以“虚无”(185)之名呼唤愚昧女王，求她赐予灵感。在第二卷的噪音比赛中，虚无的噪音在城市中回荡。到了第四卷，那些有教养的绅士们从欧洲大陆游历归来，成为愚昧女王的封爵仪式上的候选人，而教育带给他们的只有虚

无的空气:

> ……他在欧洲闲逛,
> 学会了基督教领地所有罪恶勾当;
> ……
> 抛弃了枯燥无聊的拉丁学问,
> 糟蹋了自己的母语,新语言也没长进;
> 古典学问在古典之地丧失;
> 最后变成声音的回音空气!(4.311—322)

146

虚无的鬼魅和阴影在诗中也比比皆是。在第四卷的末尾,所有现代年轻人——因腐化的教育而变得"琐碎"、"狭隘"、"局促"——都畏缩在愚昧女王"温柔的阴影里"(第504—509行)。

正如"鬼魅"的舞蹈不断造访艾狄生笔下的信用女士,象征性的幽灵和手舞足蹈的抽象物也常常簇拥在愚昧女王左右。第一卷,愚昧女王坐在王位之上,欣赏"隐喻"(Metaphors)所跳的舞蹈(第67行)。第二卷的比赛里,愚昧女王创造了一个诗人的"鬼魅",一个"高大的虚无"、"空气形成的壮硕身体",她赋予他"羽毛的头脑、铅做的心;/空虚的话语……鸣响的关节"(第44—45、50、110行)。比赛结束时,这个鬼魅诗人化为空气,"如同化为白云,或融入黑夜"(第112行)。愚昧女王还把一些愚人变为空虚的幻影,供竞赛者追逐:

> 三个小恶魔,来自她格拉布街唱诗班,
> 被她照康格里夫、艾狄生和普赖尔打扮;
> 米尔斯、华纳、威尔金斯跑起来:迷惑人的思想!
> 布雷瓦尔、邦德、贝萨利尔,抓住了那些魔障。
> 科尔伸手去抓盖伊,可盖伊已消失,

> 他想抓住约翰，却抓到了虚无的约瑟夫。（2. 123—128）

上述例子里的鬼魅实在太多，只能以名单的形式呈现，但在最后的一个对句里，蒲柏提到了一个出版业创造的幽灵；他在注释里解释，约瑟夫其实是"约瑟夫·盖伊（Joseph Gay），是科尔为了发表几个宣传册子编造的名字，很多人都误认为是盖伊（John Gay）写的"（2. 128n）。第四卷，正在愚昧女王封爵的时刻，一大批幽灵都来拜访她，每个幽灵都代表现代文化堕落的一个方面。"软绵绵滑溜溜的"歌剧、严苛的理查德·巴斯比（Richard Busby）校长（第45、139行）都以幽灵的形式出现在这里。所有这一切反映的都是愚昧女王帝国及其一切都是抽象、空虚，愚昧女王性格的核心特点也是"虚无"。①

愚昧女王的"虚无"性质直接来自于笛福对信用女士的描写。在笛福多处对信用女士的描述和《论公共信用》（*Essay upon Publick Credit*，1710）一文中，信用代表着现代经济的"神秘"；是"不可见的幽灵"，"虽本身是虚无，却是一些事物的象征"（*Review*，6：31，p. 122）。在《论公共信用》中，他生动地解释了这一说法。信用

147

> 像随心所欲的风，我们听得到它，却不清楚它从哪儿来，到哪儿去。
>
> 像寄居在身体里的灵魂，虽非物质，能驱使物质；虽非实质，能唤起行动；虽本身无形，能创造形式；它无质无量；无地点、时间、场所、习惯……它是虚无的阴影……要想直接明了地理解它，不靠定义它的本质，而靠描述它的运作，不靠表现它如何存在，而靠表现它如何作为，不靠说明它是

① Nicholson也讨论了这些鬼魅幽灵，认为它们表达的主题是"欺骗性的对等"，是当时证券交易的一种"期票"形式。

什么,而靠说明它做什么……

信用是……生机,赋予贸易生命,……它是……存在于世界上所有谈判、贸易、现金、商业核心的幽灵。[①]

现代金融运作的非实质性特点在笛福对信用的描述中反复出现:

有一种意义非凡的虚无,名叫"信用"。它(如果虚无也算一种存在)和世上所有的现象都有本质区别;在这世间,再也找不到比它轻快、多变的物体,它比闪电还要快;最高明的炼金术士也无法确定它的温度,或是确定它的质量;它既非灵魂,也非肉体;既非可见,也非不可见;它是一切的果,却又并非哪个因的果;它是没有物质的存在,没有形式的实质——它自由自在,其背后的动因我们一概不知。(*Review*,6:31,p. 122)

约翰·F·奥布赖恩(John F. O'Brien)将笛福的《论公共信用》一文看作是一场"比喻语言的暴动",其中的比喻数不胜数,体现了人们从想象层面对现代金融的理解。[②] 对笛福来说,上述提到的风、阴影、幽灵以及非实质性的存在,都展现了公共信用的本质。[③] 如果将笛福的描述用来理解《群愚史诗》中的风和幽灵,我们就能发现这些 148

① Daniel Defoe, *An Essay upon Publick Credit*, London, 1710, 6, 9.

② John F. O'Brien, "The Character of Credit: Defoe's 'Lady Credit', *The Fortunate Mistress*, and the Resources of Inconsistency in Early Eighteenth-Century Britain", *ELH* 63, 1996:603—632;引自第612—613页。

③ Patrick Brantlinger认为这些意象象征着各种非实质性的存在——"烟、幽灵、风、月光"——表现了奥古斯都时期讽刺作家对"现代社会构成"的特有理解,参见*Fictions of State: Culture and Credit in Britain, 1694—1994*, Ithaca: Cornell University Press, 1996, 60。

意象的意义在不断增加，不仅让我们理解愚昧女王的性格特点，还帮助我们理解这首诗和现代性之间的关系。《群愚史诗》的"虚无"特点建立在信用女士的寓言之上，反映的是当时人们对现代金融的认知，而这一认知将不断以女性身体的形式出现。

在此时期的文学文化中，虚无常被定义为女性品质。当时存在一种假设，认为女性是不可知的，假如要了解女性，只能通过她所佩戴的装饰物；或者说，她是个空空的容器，外表华丽，内在空洞，这些成为另一个文化寓言——商品化寓言——的核心。我们能通过笛福对信用女士盥洗室的描写感受到商品化寓言，因为信用女士洗脸时必须用到海绵。笛福还在《评论》中提到了议会的海绵，这个商品化寓言与信用女士的寓言并列。在《群愚史诗》中，这两个寓言紧密联系在一起。因为有了与商品化修辞的交集，愚昧女王的虚无性超越了金融领域和信用女士的寓言，将商品化寓言也囊括进来，进而涵盖了资本主义所带来的其他影响。

四

愚昧女王在诗歌中首次出现，其形象就超越了虚无。她统治"混乱之地，那是心灵深处"（1.16），并将自身所代表的虚无通过"混乱"赋予世界（4.655）。混乱是整部诗作的前提。按照诗作开篇的注解，它指的"并非迟钝呆滞的统治思想，而是颠倒黑白的统治思想"（1.15n）。如此看来，这种统治思想因其具备的主动性而不同于当时人们对"混乱"一词的普遍理解，即"权威、秩序的缺失或不被认可"（《牛津英语词典》）。[1] 这"并非迟钝呆滞的统治思想"通过列举

① 蒲柏赋予愚昧女王的力量也不同于当时人们对"愚昧"一词的普遍理解。Rogers详细阐释了"蒲柏有意背离"愚昧与"缓慢、僵硬、静止"之间的联系，参见"The name and nature of Dulness: proper nouns in *The Dunciad*", in *Essays on Pope*, Cambridge: Cambridge University Press, 1993, 98—128；引自第124页。

(list)这一修辞手法表现得淋漓尽致。列举是这首诗歌的主导修辞手法,催生了环绕在愚昧女王和愚伯周围的那些意象,包括庞杂、混杂、随意、混乱和狂野舞蹈。事实上,这些意象的效果与当代图书业的多产性联系在一起,同时也指向商品化寓言的中心修辞转喻:通过将女性的身体神秘化来展现商品时代的到来。 149

在蒲柏的文集中,或者说,在那个时代里,《夺发记》(*The Rape of the Lock*,1717)中对贝琳达的描写都可谓商品化寓言的最佳典范。此处,列举修辞手法(rhetoric of listing)主要体现在一一列举摆在贝琳达闺房梳妆台上英帝国从世界各地虏获的战利品:

> 无数财宝立刻展现眼前,
> 有来自世界各地的贡献;
> ……
> 这个首饰匣里盛着闪闪发光的印度珍宝,
> 那个盒子里装满了香喷喷的阿拉伯香料。
> 玳瑁和大象在这里相遇,
> 斑纹和牙白合成了梳子。
> 成堆的胸针亮晶晶地列成队伍,
> 粉扑、香粉、饰片、圣经和情书。①

引文的第一个对句令人联想起庞杂(numerousness),接着发生了从动物到物品的神秘转化,在最后一行中,则出现了令人印象深刻的列举。物品和价值看起来被随意混杂在一起,代表着资本主义商业市场对一切不加区分地积累,并通过对女性身体装饰品的积累来体现上述积累。在这个寓言中,女性——她的品格,甚至她的身体本

① Alexander Pope, *The Rape of the Lock*, in *The Poems of Alexander Pope*, vol. 2, ed. Geoffrey Tillotson, London: Methuen, 1940, l. 129—138.

身——都被纳入到她用来装饰自己的物品之中，同时，转化和神秘是她装饰过程的主题。在这一时期，对女性和对帝国的描写是多数商品化寓言的核心，商品清单会特别罗列帝国战利品成为女性的消费品，以及以帝国主义回指转喻的方式置换扩张经济的贪得无厌。我在别处也找到了这样的例子："为你[女性]，海洋放弃了珍珠，/大地打开了宝石矿储。"①"为你"成了诗歌中的惯用语，这样一来，装饰着贸易战利品的女性就要为英国的帝国扩张主义承担责任。罗列和神秘是这个寓言的核心，二者在《群愚史诗》中也得到了细致的体现。

150

《群愚史诗》的开始部分就以断裂的列举，细数了愚昧女王那"贫穷和诗歌洞"产生的数量巨大的期刊，代表着商业现代化进程中的第一阶段，也是影响最大的阶段：

> 因此，各种合集涌现，雄心勃勃，每周一报
> 来自科尔纯真的出版社，还有林托特的标题通告：
> 因此，有了泰伯恩行刑场上吟唱的挽歌，
> 因此，有了期刊、杂集、合辑、杂志组合：
> 丧葬谎言为我们教堂圣城增光，
> 新年的颂歌，以及格拉布街各色模样。(1.39—44)

在第二卷，愚昧女王召集"所有她的同类"集会参加比赛，此处的一个列举描写了人潮涌动，突出当时众多的印刷业从业人员：

---

① Soam Jenyns, *The Art of Dancing*, in *Poems*, London, 1752; Laura Brown, *Alexander Pope*, Oxford: Basil Blackwell, 1985，第一、二章；以及 *Ends of Empire: Women and Ideology in Early Eighteenth-Century English Literature*, Ithaca: Cornell University Press, 1993，第四、六章。Ellen Pollak 也详尽分析了蒲柏作品中女性形象的物化，参见 *The Poetics of Sexual Myth: Gender and Ideology in the Verse of Swift and Pope*, Chicago: University of Chicago Press, 1985。

……数不清的人群
涌来,国家的一半成了无人之郡。
杂乱的混合!戴长假发的,带包的,
穿丝绸的、穿黑纱的,系吊袜带的,衣衫褴褛的,
有从客厅来的,从学院来的,从阁楼来的,
骑马的、步行的、坐出租马车的、坐镀金敞篷马车的。
(第19—24行)

诗中还有大量这样的列举,使得毫无意义的增长不仅体现在印刷业,还体现在其他各个层面:神职人员是“一群出身低下、龌龊、自私、奴颜婢膝之辈”(2.356);中世纪的朝圣者则是“一伙长胡子的、秃头的、戴头巾的、不戴头巾的、穿鞋的、不穿鞋的。/晒脱皮的、打补丁的、长着斑点的男人”(3. 114—115)。第二、三、四卷的总结部分都以范围更广大的列举结束。例如,第二卷的结尾就罗列了那些在最后的睡觉比赛中一边听着愚伯的话,一边昏昏睡去的人们:首先,

森特利弗发现她的声音越来越微弱,
莫特发现自己的故事无法继续讲述,
博耶不再谈国事,劳也不再论舞台,
摩根和曼德维尔也不再啰嗦胡来;
诺顿……
安静地把他恬不知耻的头垂下;
一切都归于安静,仿佛愚蠢本尊已回老家。(2.410—418)

151

第三卷结尾处的舞台闹剧则出现了多处列举,“神明、妖精、怪物”,以及“一堆火、一段吉格舞、一场战争、一个舞会”(第238、239行)。在第四卷的结尾处,随着愚昧女王的领地不断扩大,文化和文明的光

亮熄灭，这时也出现了一个启示录般的列举："直到理性、耻辱、正义、谬误通通被湮没"。在这处描写中，"一个接一个地，……微弱的星光隐去"，"艺术一个接一个灭绝，只剩黑夜"。首先"真理"逃回了山洞，"哲学"萎缩直至消失，接着"医学"、"玄学"、"理性"和"神秘"感到"头晕、狂躁，然后死去"(第625—649行)。最后

> 宗教羞红脸遮上了神圣的火焰，
> 道德也在不知不觉中把气咽。
> 公众或个人之光都不敢闪耀；
> 人性和神性，都无处寻找！(第635—652行)

繁多的列举产生的效果之一，便是那些数量庞大的事物纯属偶然。这在描写繁多拥挤的人群和虫卵时表现得尤为明显。愚昧女王有"一大群隐喻"伴其左右(1.67)；"一群又一群人"向她涌来(4.135)；她由"大量心不甘、情不愿的人群"侍奉(4.82)，这些人就像簇拥在一起的昆虫："远处，一团又一团，合成更大的团/嗡嗡的蜜蜂绕着昏暗的女王盘旋"(4.79—80)。她引领着愚伯们的"卵"，保卫着他们的诗歌创作"蛆"，在她的势力影响下，语言也无意义地增长繁殖："一个可怜的词产生一百个联系"(1.59—63)。在第三卷里，西伯游历阴间，为了展现历史的画卷，诗歌描述了愚伯们排列在忘川河两岸的情形。这也是一望无际的人群，并以滑稽的手法模仿了但丁的诗句：

> 他看到了两岸成百万、上千万的人群，
> 多如夜空的繁星，又如露珠现清晨，
> 多如春天围绕繁花飞舞的蜜蜂，
> 多如枷刑牢房里的卵虫。(第31—34行)

“多”且混杂了各色人等的人群意象在整部诗作中一再出现。这个意象又产生了一种“繁多”的转喻,或者说,未成形的无形,从而进一步传达了混杂的效果。在第四卷的封爵典礼上,拜倒在愚昧女王宝座之下的艺术家们“多如蝗虫,黑黢黢地覆盖着大地”(第397行)。还是在第四卷,亚里士多德的追随者们在愚昧女王的王座旁“越聚越多”,在学术战斗中“同甘共苦”(thro' thin and thick)(第191、197行)。在第二卷里,愚昧女王也用了同样的字眼敦促愚伯们加入投潜比赛:“剥光衣服,我的孩子们! 马上一跃而去,/证明谁能潜入得最完美,管它是稠是稀”(thro' thin and thick)(第275—276行)。 152

对繁多和无意义的描写,将商品化寓言的中心转喻带入修辞极端,再加上诗中对混杂、反转、荒唐,以及舞蹈意象的描写,其效果得到了进一步的加强。事实上,舞蹈描写的是关节脱落,更加凝练地表现了愚昧女王对秩序、阶级和规则的抛弃。在第四卷启示录般的结尾,愚昧女王打发她的孩子们“把世界变成一个强大的群愚之国”,她还吩咐他们去“教国王拉小提琴,让议员们跳舞”(第604,598行)。在第一卷的开始部分,愚昧女王目睹着隐喻的舞蹈颠覆了文学的秩序——体裁、统一性、对自然的真实再现:

> 她看到向前行进的一大群隐喻,
> 跳着复杂的舞蹈,那癫狂使她欣喜:
> 悲剧和喜剧紧紧拥抱;
> 闹剧和史诗掺杂一道;
> 时间静止下来任她差遣,
> 王国改了边界,海洋变成桑田。
> 这里生动地描写埃及下起了阵雨,
> 开了巴萨的花,结了赞布拉果实;
> 这边有冰天雪地的群峰,
> 那边有山谷四季常青,

> 芬芳的花冠闪耀在寒冷十二月，
> 喜人的丰收隐藏玉皑皑的白雪。(第 67—78 行)

到了第三卷，舞蹈作为舞台闹剧为历史的展望画上了句号："地狱上升，天堂沉降，地上乱舞"，一切秩序都被颠覆(第 237 行)。

在第四卷，歌剧作为文化堕落的原型象征，介绍了封爵仪式，其中还有献给愚昧女王的颂词。在她的介绍里，舞蹈、混杂、无序的意象直接结合在一起：

> 伟大的混乱令人欣喜！让分裂统治一切：
> ……
> 一个颤音就把欢乐、悲伤、愤怒都变得和谐，
> 唤醒昏昏欲睡的教堂，平息夸夸其谈的舞台；
> 你的儿子们听了，要么嘤嘤嗡嗡，要么呼呼大睡，
> 你那些哈欠连天的女儿们呼喊着，再来一个最美。
> 另一个日神，你的日神，当政统治，
> 我的吉格舞多欢快，戴着镣铐展现舞姿。(第 54—62 行)

153

这种不加区分的混杂在诗中随处可见。第四卷里的封爵仪式上，"人群"是"各个阶级的混合"(第 89 行)。西伯讲到自己在阶级混合的遭遇，"人潮，在霍克利洞[逗熊场所]和怀特俱乐部[赌博俱乐部]涌动；/在那里公爵和屠夫一起为我戴上王冠"(1. 222—223)。愚伯们的写作更是以前后矛盾的混杂和结合为特点。比如，在第三卷末尾的历史展望中，塞特尔(Elkanah Settle)预言了愚昧女王王国的来临，并将戏剧的荒诞结合作为这一来临的标志："为此，你将联合布鲁托[舞台闹剧]和卡托[艾狄生的古典悲剧]；/连结哀悼的新娘[康格里夫的悲剧]和普罗赛尔皮娜[另一闹剧]"(第 309—310 行)。这些不和谐的混杂产生了诗歌反复出现的主题"荒唐"，以及对意义、

秩序和阶级的抛弃:“所有的荒唐,从古至今,/都集中在你[西伯],从你而传播”(3.59—60)。

《群愚史诗》中的这些罗列、数字、人潮、混杂,以及错综复杂的舞蹈都建立在当时商品化寓言的转喻之上,我们接下来将会看到,它们体现了寓言所代表的杂乱、物化和神秘化的效果。同时,这些列举给人留下随意荒唐的印象,另一方面又和信用女士所体现的空虚相重合;信用女士的非实质性一样具备荒唐虚无的修辞效果。列举的另一个特点是异质混杂、群魔乱舞,这又与城市下水道寓言中的拉平和繁茂的修辞效果类似。相似的修辞效果将这三个寓言结合起来,虽然它们的形式结构各不相同,但其修辞效果却极其类似,难分难解。

五

在《群愚史诗》中,每个寓言因其和其他寓言的联系而加深了自身的含义。此外,寓言之间的联系,以及彼此都以格拉布街为基础,又产生了一个新的转喻,并因此延伸了诗歌对资本主义的分析:这就是物化转喻,也就是说,不仅人,甚至概念、制度都变成了物。这个转喻建立的基础是作家被塑造为现代图书业数目众多、毫无特征的产品。在诗中,那些格拉布街作家的名字有特殊的用途。蒲柏在附录的第一个注释中明确谈到了对当时作家的“人和名”的处理,称他之所以在《群愚史诗》中毫不隐讳地出现实名,是为了对抗出版业隐去作者姓名而导致的“谎言泛滥以及造谣中伤”。正因为“诽谤泛滥”,蒲柏声称《群愚史诗》“因其写作目的而获得了使用他们姓名的特殊权利”——这种权利意味着可以全名引用,仿佛名字是想象材料,具备实体的形式。事实上,在第二卷里,蒲柏为书商埃德蒙·科尔(Edmund Curll)加了注释,申明作者的名字本身是无意义的,因为科尔“让他们按他的意愿来署名;他

154

们根本无法用真实姓名”(2.58n)。[1]

此诗对资本主义的分析主要体现在无处不在的列举中,这是商品化寓言的核心,将概念转化为物。在《群愚史诗》中,一方面,列举不加区分、逐一地罗列了类似的物或特点,如“歌曲、十四行诗、讽刺诗”(2.115),“讲道、人物、散文的阵雨”(2.361);或“一个鸟巢、一只蟾蜍、一个真菌,或一朵花”(4.400)。另一方面,《群愚史诗》中的列举还将不相容的类别混杂在一起,使得所有诗中出现的格拉布街的人物名字都包含进来。这种混杂超越了《劫发记》为求压头韵将不相容物并列一处而获得的道德断裂感:“粉扑、香粉、饰片、圣经和情书”。在第二卷的噪音比赛里,列举修辞又将格拉布街的人物联合在一起:

> 千万个声音汇聚成巨大的喧闹:
> 又涌入猴子般刺耳的尖叫;
> 喋喋不休、咧嘴大笑、嘟嘟囔囔、叽里咕噜,
> 噪音和诺顿,争论和布雷瓦尔,
> 丹尼斯与不和谐,吹毛求疵的手段,
> 有机智的对答,有漂亮的打断,
> 命题虽厚重,论证却单薄,
> 主次刚列出,结论已形成。(第235—242行)[2]

155

正如《劫发记》用头韵将女士盥洗室里的东西一律商品化,并且不加

---

① Rogers 细致解读了这部诗作中专有名词的作用,认为它们“结合起永恒和短暂、本地和世界、英雄潜力和污秽现实”;“Proper nouns”,107。

② 很多论者对这段引文的解读与我相似,例如 Maynard Mack,“Wit and Poetry and Pope: Some Observations on his Imagery”, in *Pope and His Contemporaries*, ed. J. L. Clifford and Louis A. Landa, Oxford: Clarendon Press, 1949, 20—40;以及 Rogers,“Proper nouns”,111。

区分地混杂在一起，在上述引文中，本雅明·诺顿·笛福(Benjamin Norton Defoe)、约翰·布雷瓦尔(John Breval)、约翰·丹尼斯(John Dennis)和各种噪音交织在一起，以至于模糊了他们的本质。他们是名字，还是噪音？不管是什么，他们都不再是人。当他们的名字被纳入这个列举中时，他们就发生了本质的变化。[①]

不仅可以通过名字的转喻修辞而使人不再成为人，用作者的名字取代其作品的名字也可以达到同样的效果。这样的替换在诗中随处可见：西伯浏览着书架，上面放着他和其他雇佣文人的作品，此时书名就只通过作者的名字来体现：

> 这儿是已经被吃掉了一半的弗莱彻，这儿
> 被钉死的莫里哀还留下些无用的玩意儿；
> 那儿是不幸的莎士比亚，不过恼火的蒂博尔德，
> 倒希望一早就将他玷污纠错。
> ……
> 伟大的奥格尔比放了整整一书架；
> 那儿，以武器为邮戳，纽卡斯尔闪光华：
> ……
> 哥特式的图书馆！希腊和罗马古书
> 都被净化，还有可敬的塞特尔、班克斯、布鲁姆。
> 但是，在更高处，闪耀着更坚实的学问，
> 那些经典出自的时代无人耳闻；
> 那儿，卡克斯顿正在沉睡，温金就在他的身边，
> 一个披着厚重的牛皮，一个包着纸面；

---

① Rogers 提到第一卷一个对句的拉平效果："直到和蔼的雅各，或是一个温暖的第三日，/唤醒每一团，一首诗，或是一出戏"(第 57—58 行)。Rogers 认为"人和英国天气的反复无常形成并列"；"Proper nouns"，108。

> 就像香料保存了木乃伊多年，
> 神学的干枯躯体在那儿呈现：
> 德·莉拉在那儿展出了可怖的模样，
> 这儿，腓力门将书架压得吱嘎作响。(1.131—154)

用人名取代书名，这使得有生命与无生命、人与物自由互换。蒲柏在第三卷西伯游历冥间之前的一个注释中强调过这种互换性。在那处描写里，我们目睹着作者们穿上了皮质封面，“要求有新的身体”，“穿着小牛皮”“涌入世界”(第29—30行)。在对其中一个诗行的注释中，读者得知“这里可以清楚地看到一个寓言，讲述的是沉闷的灵魂以书的形式出现，又经书商得以大量涌入市场”(第28行注)。

156

在第二卷，愚昧女王赋予书商埃德蒙·科尔一种神奇的魔力，使他能够用雇佣文人的作品来蛊惑世人，她说：

> 赐予你，我的书商！这魔法奇绝；
> 库克代替普赖尔，考克南代替斯威夫特：
> 每个敌对者都被我们所用，
> 也能夸赞我们的加斯和艾狄生。(第137—140行)

这段引文中有两个互相依赖的转化。为了使人互相转化——雇佣文人替代真正的作家——个体的人必须首先归入到其作品之中。在这个转化的意象中，普赖尔和斯威夫特并非具体的人，而是抽象的书，然后才能被同样非人的库克和考克南代替。他们之所以能互换，原因就是他们不再是个体的人。在另一处，科尔用同样的方法使雇佣文人篡夺或抄袭重要作家，从而使他们的名字不再具备人的实质：

> 每个唱歌的、出谜题的，各个无名之名，
> 整个人群，最前面的将获得名声。

……

他们激烈地旋转，向下，向下发声尖厉，

科尔的品达和弥尔顿们纠缠在一起。(3.157—164)

当愚昧女王想象着愚人们的谱系，追溯“不朽的家族”直到她的选子西伯时，她同样看到了一连串抽象的名字，人被转化成了书，书的一页页一行行组成了具体的意象：

她看到年迈的布林在焦躁的丹尼尔身上闪耀，

尤斯登勉强维持布莱克莫尔连续的血脉；

她看到迟缓的菲利普像泰特的可怜书页爬行，

最激烈的疯狂体现在丹尼斯的愤怒。(1.103—105)　157

在第一卷愚昧女王为西伯细数她的作品时，我们可以看到上述那些效果的叠合——列举、命名、名字脱离人而抽象化：

这时，她为选子[西伯]呈现了她所有的作品；

散文膨胀成了诗歌，诗歌松散成了散文：

随意的想法如何偶然找到了意义，

现在，感官的记忆又被抛诸脑后：

……

读的书比不过邪恶的罪犯，

智商比上帝赋予猴子的更浅，

对法国有零星了解，罗马和希腊全不知，

过去拼凑的未来，古老复活的新作面世，

在普鲁托斯、弗莱彻、莎士比亚和高乃依之间，

会有西伯、蒂博尔德或奥泽尔出现。(1.273—286)

上述引文开始于不知所云的随意描写，然后列举了一系列毫不相干的事物——国家、剧院特点、作者。这些列举为了引出最后的一长串名字，先将人变成文学"作品"，由一个不定冠词引领。然后再堂而皇之地把这些"作品"不仅描述为非人，而且是创造出来的物。同样，"一个西伯"就通过这样的神奇转化被创造出来。在诗歌对人物的提及中，很多地方都出现了这样的转化。这使得当时的人与物有了互换性，虽然在诗中随处可见的他们的名字和特点。生动的修辞手法体现了商品化过程：价值依附于物，人与人之间的关系变成了物与物之间的关系。可以说，《群愚史诗》中名字的修辞，借助当时印刷业的语言重述了商品化寓言。其中转化的想法，特别是转化带来的神奇效果，则借鉴了信用女士的寓言。最明显的借鉴在于，信用女士可以神奇地将身边的东西转化为金子，还能将她的自身状态自由转换，不论是从健康到疾病，繁荣到贫穷，还是暴富到破产。

《群愚史诗》中的转化过程还在继续。前面的讨论已经指出，在将愚昧女神概念化的过程中，诗歌利用了当时绘画和文学领域常用的拟人、象征手法来体现某种品质、想法或概念，使得文学作品涵盖世间万象。① 愚昧女王的帝国中不仅居住着代表格拉布街众人物的名字们，同时还居住着一群拟人化了的文学体裁、修辞手法、哲学流派、各种学科，还有当时的很多概念。坚韧、节制，还有诗性正义环绕着愚昧女王的王座(1.47—52)；荒唐学会了哭喊(1.60)；隐喻领舞，同跳的还有悲剧、喜剧、闹剧、史诗和时间(1.67—71)；历史、神性和哲学在不从国教者的讲坛上布道(3.196—197)；学问逃离了这个国家(3.333)；而科学、巧智、逻辑、雄辩、道德、悲剧、历史，还有森林之神萨梯，他们要么被五花大绑，要么被出卖，要么被杀戮；加害他们的则是诡辩、市井粗话、诈骗、数学(4.19—43)。在诗歌的末日部分，拟人化了的真理、哲学、医学、玄学、神秘、宗教，以及道德"开始头晕

158

① 有关拟人化抽象手法，参见 Wasserman。

眼花、胡言乱语,然后死去”(4.641—650)。《群愚史诗》是一个拟人手法的工厂,即便相对于今天这个遍布象征意义的时代来说,它将抽象概念拟人化的频率也是惊人的。在对现代资本主义的描写中,其寓言形象就如同格拉布街出来的名字一样繁多。

抽象的象征形象和雇佣文人的名字混合在一起,这就再一次将最抽象与最具体的话语联系在一起,从而产生了上述的转化过程。抽象的概念与彼时人物的名字混为一谈,二者都失去了自身的本质特点。在伯利恒医院,蠢笨遇见了詹姆斯·门罗(James Monroe)医生:“蠢笨……想到门罗要把她记下就大笑起来”(1.29—30)。还有我们前面所分析的,噪音、争论、不和谐在噪音比赛中叽叽喳喳,和它们一起的则是诺顿、布雷瓦尔,和丹尼斯(2.238—239)。令人感到可耻的是,哲学和不从国教的牧师约翰·亨利(John Henley)在同一个讲坛上布道:

> ……骄傲的哲学不愿意显得,
> 不诚实的样子!他的裤子撕破了;
> 镶嵌着本地的青铜色,看啊!亨利站了起来,
> 调整他的音量,把他的双手安放。(3.197—200)

在第三卷的末尾,经典人物、当代名字和拟人化了的抽象概念全部混杂在一起。塞特尔(Elkanah Settle)宣读愚昧女王对帝国未来的展望时:

> 现在,贝维乌斯(Bavius)[一位古典诗人]从你额前拿过罂粟花,
> 把它放在这[西伯身上]!所有英雄鞠躬祝贺他!
> ……
> 看啊,看啊,我们自己真正的太阳神披挂着月桂树枝!

159 我们的弥达斯(Midas)大法官主审戏剧!
诗人的墓上写着多头衔的本森(William Benson)!
看啊! 安布罗斯·菲利普斯(Ambrose Philips)是最有巧智的人!
雷普利(Ripley)的下面又建起新的白厅,
琼斯和波伊尔合作的建筑已经塌崩:
……
流逝吧,伟大的日子! 直到学问飞离海岸,
直到桦树不再因高贵的血统而羞红了脸,
直到泰晤士河目睹着伊顿的孩子整日玩耍,
直到威斯敏斯特的学生整年放假,
直到伊西斯的长者们[牛津的教授们]滔滔不绝地给学生讲游戏,
母校在波尔图红酒中解散消失! (3.317—338)

本森、菲利普斯、雷普利和贝维乌斯、福波斯、弥达斯混杂在一起,产生修辞的不和谐。在接下来的段落中,不和谐还将进一步加强,所有传统的联系都将被颠覆。这里的第一个效果非常符合帕特·罗杰斯的描述,即典型的"神话与现实和当下的融合",这是诗歌对专有名词进行转化的另一个维度("Proper nouns",110)。

当然,抽象概念和具体名字结合在一起,这种不和谐的结合成为整部诗的前提。① 愚昧女王从一开始就和她的选子科利·西伯联系在一起,这正是概念和彼时一个著名人物的结合。这二人的结合不仅体现在叙述和主题上,更体现在一系列亲密、甚至有性含义的戏剧

① Rogers认为愚昧女王是诗歌围绕名字、物和概念进行游戏的核心:愚昧女王"存在于诗歌之中,而莫尔和诺顿……不在诗歌之中……[愚昧女王]忽而是真正的女王,忽而化为纯粹的抽象概念";"Proper nouns",128。

性场面中。在第一卷,愚昧女王挑逗地注视着西伯,目光“欣喜若狂”(第111行);在第三卷,她出现在圣殿最幽闭的密室,西伯的头就“靠在她的大腿上”(第1—2行);第四卷的开始部分可谓异曲同工:愚昧女王端坐王位,“她的桂冠儿子就软绵绵靠在她的大腿上休息”(第20行)。

两人在这样的情境下,愚昧女王对西伯做了什么,西伯又对愚昧女王做了什么?同样的事情,安布罗斯·菲利普斯(Ambrose Philips)对学问做过,本杰明·诺顿·笛福(Benjamin Norton Defoe)对噪音做过,约翰·亨利对哲学做过。因为这些名字不过是些像施了魔法般可以移动的东西罢了——一个西伯,一个诺顿,一个亨利——使得诗歌中出现的抽象概念和它们一样被物化。当亨利和拟人化了的哲学一起出现在讲坛上时,亨利使得哲学的概念成为一具空壳,只是一个词语,可以和愚伯中的任何一个“无名之名”站上同一个舞台(3.157)。在噪音比赛中,诺顿和噪音在一个对句中相遇,继而产生了一连串等效词语,其中的意义都被头韵置换。正和西伯厮混在一起的愚昧女王爱抚的是“精致的坚硬”(polished hardness)(1.220),一个“大块”(block),一根“圆木”(log),这些增添了“下流”一词新的含义。第一卷的结尾出现了“圆木”的概念,愚昧女王任命西伯做新的国王之时,这个比喻将气氛推向高潮: 160

她停下来,而后声音来自皇家教堂:
“天佑西伯国王!”声音越来越响。
亲切的白屋喊着,“天佑国王科利!”;
“天佑国王科利!”特鲁里街回声响起:
……
“科尔!”霍克利洞的每个屠夫都在咆哮。
就这样,当朱庇特的大殿从天而降
(古老的祖先奥格尔比曾将此事吟唱)

大殿底座巨雷般将泥塘震荡，
全国都嘶哑着低吼，“天佑圆木国王！”（第319—330行）

在当时对伊索寓言的编辑版本中，青蛙们请求朱庇特赐它们一个国王，朱庇特给了它们一根“圆木”。① 既是“圆木国王”，西伯就向愚昧女王展示了他死气沉沉的“坚硬”。事实上，这首诗中所有拟人化的概念都是圆木，是千篇一律的世界里空虚的无名小卒，是毫无意义的舞蹈中的幽灵，是一串随机名单上的“无名之名”。愚昧女王则是他们中最空虚的存在。她是一个死气沉沉的概念，是物化的终极局面；在她身上，所有个体特征、人际交往，甚至所有的思想都转化成了物。从这个意义上说，她既是一种修辞，又是一种物化的力量。在诗歌的修辞层面，愚昧女王既代表物化的力量，又是施行物化的力量。概念的物化——历史、哲学、科学、巧智、逻辑、修辞、道德、宗教、悲剧、诗性正义、真理——和人的商品化通过一样的方式得以实现：列举，命名，通过反意混杂而消融意义上的差别、个性和身份，留下的只剩一根“圆木”。 161

因此，愚昧女王是从商品化到物化的修辞进程的最后层面，这一进程来自诗歌中包含的几个新世界寓言。从这个意义上说，《群愚史诗》对物化的再现是一种分析幻想，是将神秘的物化置于资本主义发展的大语境之中而进行的想象式批判。与《群愚史诗》类似，J. G. A. 波科克在日益现代化的经济和同一时期的物化之间也看到了系统的联系：“在信用经济和政体中，不仅有动产，还有投机财产：一个人拥有的财产可以仅仅是承诺，社会的运作甚至是可理解性都依

---

① 有关蒲柏此引文中指涉约翰·奥格尔比的《寓言》的政治（以及詹姆斯二世党人）含义，参见 Douglas Brooks-Davies, *Pope's* Dunciad *and the Queen of the Night*: *A Study of Emotional Jacobitism*, Manchester: Manchester University Press, 1985, 96—98；以及 Howard Erskine-Hill, *Poetry of Opposition and Revolution*: *Dryden to Wordsworth*, Oxford: Clarendon Press, 1996, 101—103。

托于物化的成功实现”。[1]《群愚史诗》加强了从信用到商品化、从商品化到帝国、从扩张到信用的可理解性,分析了物化的实现,并且展现了上述资本主义各个层面的复杂整合。

六

因为金融、城市扩张、商品化都是物化的修辞来源,因此,物化本身植根于在想象层面与女性形象的碰撞——女性形象以愚昧女王为集中体现,还因为担负着用新世界寓言重现资本主义而贯穿《群愚史诗》的整个形式结构。从这个意义上说,《群愚史诗》对资本主义的批判是彻头彻尾女性化的,而愚昧女王不过是有名无实的头领。批判的高潮和愚昧女王的毁灭力量一同出现在诗歌中探讨物化神秘性的部分,以及通过魔幻和生育意象而对转化进行描写的部分。《劫发记》的盥洗室一幕为我们提供了商品化的一个转喻,可谓物化神秘性的一个例子:“玳瑁和大象在这里相遇,/斑纹和牙白合成了梳子。”玳瑁和大象转化为梳子,最后难分难解成为女性身体的装饰物,这就是一种物化形式:某种特点鲜明、活生生的生物成为女性盥洗室的商品。在这里,生产商品的过程被省略了。修辞并不在意商业资本主义采取何种方式将原材料加工成为供大都市消费的产品,而只在意如何将资本主义神秘化。如此一来,有生命的变成无生命的,人变成物,一切都再无分别。 162

对愚昧女王来说,无分别具备独特的神秘性。如前文所论述,它能使人和概念都转化成物。在修辞上,这个过程的特点除了超自然或意想不到的转化意象,还会涉及到“魔法”(2.137)。值得注意的

---

① J. G. A. Pocock, “The Mobility of Property and the Rise of Eighteenth-Century Sociology”, in *Virtue, Commerce, and History: Essays on Political Thought and History, Chiefly in the Eighteenth Century*, Cambridge: Cambridge University Press, 1985, 113.

是，“魔法”、“巫术”、“妖术”普遍被用来描述当时股票投机如何轻易获得投机者的信任，尤其是1721年爆发的南海泡沫。[1] 前文已经论述过，《群愚史诗》通过列举，包括不加区分地罗列、混杂、混淆、舞蹈，产生一种初始的活力，是毫不相干的能量的随意流露。这种能量“魔法般地”催生了“不谙自然律法的”新世界(3.241)。纵观第一卷，随着愚昧女王和西伯轮流注视着他们的杰作，一些我们熟悉的转喻，包括拥挤的人群、汹涌的人流、无分别的数目惊人之物、难以辨别的无名氏、随意的并置，这些造就了一系列有关生育的生动意象：

> 这里，[愚昧女王]看见了混沌，黑暗无底，
> 一些无名的东西在他们的理想中沉睡不起，
> 直到和蔼的雅各，或是一个温暖的第三日，
> 唤醒每一团，一首诗，或是一出戏：
> 线索，如何像卵一样，还只是胚胎反应迟缓，
> 刚出生，废话如何被教会发出叫喊，
> 蛆虫刚长成一半，韵脚正合适，
> 还要学习爬行在诗歌格律。

---

① Terry Mulcaire 描述了当时人们如何用“魔法”概念来表述新的经济结构，引用斯威夫特笔下的“魔法”来分析股票投机的想象性本质：“Public Credit; or The Feminization of Virtue in the Marketplace”，*PMLA* 114，1990：1029—1042；引自第1032页。斯威夫特的作品仅举一例。例如，《泡沫》(*The Bubble*，1735)一诗这样描写公共信用危机：

> 汝等英明的哲学家来解释
> 什么魔法使我们钱款高涨
> 明明钱款已投入南海，
> 难道杂耍家把我们的眼睛欺骗？

参见 Jonathan Swift，*Poetical Works*，ed. Herbert Davies，London：Oxford University Press，1967，198。

这边一个可怜的词打了一百个结,
柔软的愚昧向新的方向蜿蜒不歇。(第55—64行)

这个生育意象既多产,形态也千变万化。同样的特点也见于对西伯的作品描写中。他写道:“晚饭没吃,骂骂咧咧”(第115行),

163

他身边许多胚胎、堕胎围绕,
很多未完成的颂诗、戏剧环抱;
废话凝结沉淀,好像融化的铅,
滑过裂缝并在头上走过之字线;
所有都是狂热的愚昧所产生,
巧智的烟灰人,结了果的呆滞热情。
[烟灰人是荷兰女性用厨灶的烟灰制造出来的生物]
(第121—126行)

事实上,这首诗歌的主题之一就是人们对神秘繁衍的思考。和烟灰人的故事类似,还有人认为,幼熊本来只是不成形的一团物质,经由母熊舔舐就具备了熊的样子:

[愚昧女王]欣喜地看见,永生的[愚伯]鱼贯向前,
父亲的印记清晰地在儿子身上显现:
布伦熊小心翼翼,精心塑造,
每个成长的团块最后成为熊宝。(第99—102行)

在这一段引用中,无数难以名状的愚伯,都是些大同小异的庸人,展现了一场魔法般的自我繁衍。从“团块”而来的熊,从“圆木”而来的国王,二者把转化的力量延伸到了生育繁衍的领域。

上述自我繁衍是女性化的修辞,既是信用女士“丰饶”子宫的

延展，又延展了寓言对多产的呈现。用笛福的话说："[信用]是丰饶、多产的物种，从自身产生，又通过各种混合的方式生育繁衍"(*Review*,6:33,p. 130)。引自《群愚史诗》的描写突出强调了生育与不育的悖论，一面是自我繁衍，一面是堕胎或畸胎，与之前反高利贷话语大不相同。在这个时期，这种自我繁衍表现了人们如何想象飞速发展的资本主义经济的繁荣景象，特别是人们对信用女士所代表的金融机构的想象；同时也体现了交换的特权，以及由此而来的对价值和关系的物化。所有的意义都沿着商品化的神奇轨道行进，因为正是商品化放任愚昧女王和她的后人去创造和再造他们自身。

164

繁衍的修辞所表达的生育力在第一和第三卷对"狂野创世"的长篇描写中得到了充分的体现。① 在第一卷，相关的描述开始于各种的形式、体裁混杂在一起的"错综复杂的舞蹈"，这点我们前文已经论述过，即"一大群隐喻"集合了"悲剧"、"喜剧"、"闹剧"和史诗。这些描写的特点首先是有悖常情的繁衍意象，比如烟灰人、"卵"、"蛆"，以及之前出现的"悲剧和喜剧拥抱一起"、"闹剧和史诗掺杂在一处"。然后是对脱离自然世界的"新世界"的细致描写，这可谓是对彼时合理模仿自然的审美概念的嘲弄。在帝国主义的展望中，"王国改了边界，海洋变成桑田"(第 69—72 行)，这与洪流和海洋的寓言主旨恰恰相反。在洪流和海洋的寓言中，海洋代替了陆地，"海洋帝国"展现了不列颠和平，大英帝国呈现出一派和平、友善的形象。同时，这些描写也采用了洪流与海洋寓言的修辞手段来展望世界。在"展望"的修辞中，人们熟悉的异域"中国"和"秘鲁"被埃及

---

① 《群愚史诗》所体现出的繁荣和活力特点一直受到论者的关注。例如，Emrys Jones,"Pope and Dulness", in *Pope*:*Recent Essays by Several Hands*, ed. Maynard Mack and James A. Winn, Hamden, Conn.: Archon Books, 1980, 612—651；以及 Howard Erskine-Hill,"The 'New World' of Pope's *Dunciad*", *Renaissance and Modern Studies* 6, 1962:49—67。

和赞布拉所取代,而对后面两个地点的描写充满了不切实际的想象:

这里生动地描写埃及下起了阵雨,
开了巴萨的花,结了赞布拉果实;
这边有冰天雪地的群峰,
那边有山谷四季常青,
芬芳的花冠闪耀在寒冷十二月,
喜人的丰收隐藏玉皑皑的白雪。(第73—78行)

上述一幕令人印象深刻,其描写采用了田园风景诗歌的话语模式。图像化再现(ekphrasis)的模式来自于当时的绘画,"这里"、"那里"在绘画中指的是构图重点和观看到的景色。因此,这幅景色就成了一幅浓缩、充满想象力的另一番帝国景象,从"错综复杂的舞蹈"开始,直到各种生殖繁衍的意象。在这段描写的末尾,是对赋予生命的神秘力量的影射: 165

这一切,还有更多,翻云覆雨的女王
穿越迷雾看在眼中,雾把一切扩放。
她,身着彩色的华丽长衣,
满足地注视着她的狂野创世;
看着怪物瞬间产生,瞬间灭亡,
将她愚昧的色彩为他们涂上。(第79—84行)

这具备"扩放"效果的雾象征着一种魔力,其产生的后果是狂乱生动、多种多样又不可抗拒,它从愚昧女王那里得到转化力量,这种转化力量使人们想起商品化和金融寓言中女性的共同特质。

反复出现的"狂野创世"形象在舞台闹剧的最后展望中达到了高潮。这一舞台闹剧的最后,展望由塞特尔呈现给西伯,是第三卷帝国历史的结尾。在三卷本中,这也是整部诗的结尾。此处的描写集合了所有转化力量的修辞元素,而转化的力量则来自现代性的多个寓言:魔法或“巫术”的修辞,书的意象,不加区分、仅以头韵罗列的事物、概念、品质,舞蹈,自然秩序的颠倒,生育的修辞,“新世界”的展望:

> 现在看啊,愚昧女王与她的子孙所崇拜的!
> 看看是什么样的魅力,打动了蠢笨的心房
> 不为自然所动,艺术也难以赶上。
> ……
> [他]看着,看见一个黑色巫师出现,
> 他的手中飞入生了双翼的书卷:
> 刹那间,蛇发女妖吐着信子,恶龙目露凶光,
> 十角魔鬼和巨人涌向战场。
> 地狱上升,天堂沉降,地上乱舞:
> 神、妖精、和怪兽,音乐、愤怒、和欢呼,
> 一堆火、一段吉格舞、一场战争、一个舞会,
> 直到一场大火把一切摧毁。
> 然后,不谙自然律法的新世界诞生,
> 辉煌地破土而出,上有自己的天空,
> 另一个月亮女神走着新轨道,
> 另一些行星把另一些太阳环绕。
> 森林在乱舞,河水逆流上,
> 鲸鱼林中耍,海豚空中荡;
> 最后,为了给整个创世增光彩,
> 看啊! 一个巨蛋把人类孵出来。(第228—248行)

166

蒲柏在注释中确认,这里的“新世界”指的是当时的剧院:巫师指的是“浮士德,他是一系列闹剧的主角。在过去的两三季里,闹剧一直

引领风尚,各剧院几年间都争先恐后,想要独领风骚。接下来十六行诗句中描写的都是戏剧舞台上常见的荒唐无度。看剧的观众包含了英国最上流的人物,看剧的次数多达二三十次"(1979;l. 233n);而巨蛋的想法来自于"另一部闹剧,剧中的丑角从舞台上的一个巨大的蛋中孵化出来"(l. 248n)。接下来的诗行对当时戏剧界的影射更为直接:我们看到舞台导演操纵着戏剧效果,控制雷和闪电、太阳和星辰、"纸片雪花"和"豌豆冰雹"(第262行)。然而,随着这一长篇描写的展开,舞台闹剧的形象"突然"具备了能量,获得了自己的修辞生命和形象;对戏剧界的影射成了一直贯穿其中的"狂野创世"的基础,也是探究转化动力的中介。

在《劫发记》中,商品化寓言仅用了一行——对贝琳达梳妆台上梳子的描写——来体现转化;《群愚史诗》的这一幕对转化的比喻进行了发展和延伸,通过转化比喻将诗中所有的修辞整合起来。这些修辞来自新世界寓言的整合——信用女士、城市下水道、洪流与海洋,以及商品化寓言。随着诗行从"舞蹈"开始,再到"新世界",这些修辞依次出现,其形式和前文论述过的隐喻的舞蹈如出一辙。到了这一幕结尾的高潮处,物化的狂热力量成了舞蹈的最主要特点,将一系列诸如"怪兽"和"音乐"、"妖精"和"欢笑"混杂在一起,这与噪音遇见诺顿、哲学遇见亨利,或莎士比亚遇见奥泽尔的模式完全相同。从这些不加区分的混杂中"破土而出"的"新世界"是"不为人所知的":逼真、生动、多产、出人意料,还是"他者"。它有"另一个"月亮、"另一些行星"、"另一些太阳",这是由商品化寓言发展而来的转化修辞的天文学延伸。在这一修辞延伸中,无数无名的愚伯被具体、真实的古典人物所取代:西伯变成了"另一个日神福波斯"(4. 61),安尼乌斯(Annius)创造了"另一些恺撒"和"另一些荷马"(4. 360),在第三卷以扩张主义者口吻对愚昧女王帝国的描述中,"出现了另一位埃斯库罗斯"(第313行)。"另一些"行星和"另一些"太阳的意象不仅概括了修辞效果,还呼应了洪流与海洋寓言中的扩张主义修

167

辞:对全球的审视包含了他者的世界。

在这些诗行中,愚昧女王帝国所代表的"新世界"有一种魔法般的转化力量。这种魔法转化也见于商品化寓言和信用女士寓言,能将愚伯转化成他们自己写的书,人转化为物,概念转化成空洞的字眼。这是资本主义的新世界。它呈现的是帝国主义的幻像,代表着愚昧女王帝国的扩张过程,这是第三卷的核心。它还采用并操控了洪流和海洋寓言中的一些中心比喻。在某个时刻,它的河水"逆流",这是对全球扩张寓言中湍急水流的夸张表现;它的森林"跳舞",这是对《温莎森林》中会移动的森林的戏仿。《温莎森林》中的森林被赋予"颤抖的"活力,矗立在女性化的洛登(Loddon)河岸。洛登河水奔腾汇入洪流,而洪流则是诗歌对不列颠和平的展望。洪流和海洋的寓言多被用于文学作品令人振奋的结尾,《群愚史诗》也不例外。不仅如此,《群愚史诗》还吸收了扩张幻想的某些幸福情感。虽然这些生动的创世景象并不宏大,却与《温莎森林》一样,反映出强大的女性化能量。《群愚史诗》所反映的这种女性化能量来自于城市下水道寓言,而其生育繁衍力量则来自于信用女士的寓言。这些诗行通过一系列文化寓言展现了现代性的各个方面,力图包含帝国、金融、扩张、商品化、物化之间的关系,并使人们从这些关系的整合意识到资本对世界的转化作用。

这些"狂野创世"的故事还并非诗作的全部意义。第一卷和第三卷出现了资本主义"新世界"。自相矛盾的是,与这个资本主义"新世界"相对应的却是一个沉闷的景象:绵软、枯燥、沉重、呆滞、阴暗、缺乏创造力。这一景象出现在第二卷和第四卷,是全诗充满扩张启示录意义的结尾部分。事实上,第二卷的结构本身就是自相矛盾的:比赛和弗利特沟联系在一起,表现出了与城市下水道类似的活力,以狂乱的能量为特点,这与愚昧女王"狂野创世"的能量相似:科尔在比赛中"摇摇摆摆",就像一只鸟"爪子和翅膀并用,飞起来,涉过水,又跳一下;/……肩膀、手和头全用上,/舒展开有风车那么宽敞"(第64—66行)。科尔"迅疾的"流体,"在他头顶散开"(第

179—180 行),为他赢了撒尿比赛;噪音比赛融合了愚昧女王“奇妙的力量”和“疯狂”(第 222,227 行),产生了包罗万象的名单,包括“噪音和诺顿、争论和布雷瓦尔”;投潜比赛被描写成一次疯狂的“在稠稀之间的猛冲”,阿诺尔激起了“漩涡和骚乱……/肮脏的舞蹈里最活跃的螃蟹”(第 317—319 行)。然而,这些有趣而猛烈的奔跑、罗列、投潜和舞蹈,最后却以睡觉比赛而终结。这是一种“较温柔的运动”(第 366 行),朗读当代作家作品的读书声产生了“压倒一切的魅力”(第 373 行),“吵嚷的人群”(第 385 行)听了就沉沉睡去。这些魅力四散开去,就好比荷兰粪坑那“公共污水池”上产生的层层涟漪。此时又出现了一长串的名字,用以总结商品化修辞的空虚性和无区别性。商品化修辞体现在城市下水道寓言所描写的都市景象: 168

书记员登台,一个慵懒的音调
慢吞吞地读着冗长、沉重、痛苦的书稿;
词和词无力地叠加在一起,感官变得迟钝,
每看一行,他们就哈欠连天,打盹昏昏。
……
谁坐得最近,谁就先被文字征服,
最先睡去;随着嗡嗡声打盹坐在远处。
然后书也滚落下来;摊开躺在书上面
温柔书记员,念念有词地合上了双眼。
就好像一个荷兰人[从厕所]坠入湖里,
先出现第一个,再出现第二个涟漪;
愚昧女王对她子孙的影响,
就像一个涟漪传到另一个那样;
从最中间开始,头最先垂下
传播了一圈又一圈,直到数不清的头都垂下。
最后森特利弗……

莫特(Motteux)……

博耶……和劳(Law)……

摩根(Morgan)和曼德维尔……

诺顿……

都静悄悄……

一切都无声无息,仿佛愚昧已死。(第387—418行)①

“涟漪”这一中心意象将上述一连串的名字联系在一起,代表了本书第一章所提到的“公共污水池”,即现代城市扩张的主要体验。在这些诗行中,涟漪和一连串的名字将城市下水道的寓言和商品化寓言融合在一起。

169

此处的平静和前文的能量形成了鲜明的对比,并直接预示着第四卷末尾将要出现的“寰宇黑暗”:到时,和不断扩大的涟漪的比喻一样,沉睡将席卷一切,这和前文对公共陆地(common shore)的影射也如出一辙。其中还会出现一份新的列举名单,不同于第二卷结尾处人名的列举名单,这份名单包含诗歌中物化了的抽象概念:

她说了更多,但打了个哈欠——世间一切把头点:

什么凡夫俗子能抵御神的哈欠?

……

广阔,更广阔,它的影响遍布各处;

连掌舵的巴利纽拉斯(Palinurus)也神情恍惚:

……

啊,缪斯!请讲(因为你有讲述能力,

智人记忆短暂,愚伯压根没有记忆)

请讲一讲,谁是第一个,谁是最后一个安歇;

---

① Rogers分析了这份名单,认为诗歌意图借此消弭性别和年代的区别:“Proper nouns”,114。

谁的头颅获得些许赐福,谁又被全面祝捷;
什么魅力才能倾轧,什么雄心才能哄骗,
让唯利是图的平静,让迟钝呆滞的迷恋;
直到淹没了理智、羞愧、正确和谬误——
啊,吟唱吧,用你的歌声将整个世界安抚!

无用,无用——创造一切的时间
不可避免地逝去:缪斯听从了召唤。
她来了!她来了!那黑暗的王座看到
太初的黑夜、古老的混沌来报!
……幻想……
巧智……
……
真理……
哲学……
医学……
以及玄学……理智
……神秘……数学……
……
宗教……
还有……道德都咽了气。
……
看!混沌,你已恢复可怕的帝国;
你那破世之言熄灭了圣灵之火: 170
你那巨手让大幕落下来;
寰宇黑暗将一切全葬埋。(第605—666行)

上文的大幕落下直接呼应了第三卷中的舞台喜剧,愚昧女王的帝国并非出现在闹剧舞台上，而是在大幕落下、表演结束的时刻。第三卷里“辉煌的”光和“另一些太阳”与第四卷里“创造一切的”黑暗形成了鲜明的对比。在第四卷，天空中“黯淡的星辰隐去”，“艺术一个接一个灭亡，一切皆是黑夜”（第636、640行）。活力与呆滞、光明与黑暗的意象并置，彰显了诗中的矛盾修饰法（oxymorons）：在第一卷的开始，愚昧女王闪耀着“被荫蔽的雄伟”（第45行），而在第四卷的开始，愚昧女王的头顶被乌云遮蔽，“她的下半身在光辉灿烂中一览无余，/（正上升的愚昧女王从来都是这样闪耀）”（第18—19行）；愚伯们可谓“呆滞得迅猛”（2.316）；愚昧女王的力量则“强大得迟钝”（4.7）。

不仅上述矛盾修饰法紧密联系在一起，对未来世界的两个展望也紧密联系在一起，都对资本主义展开分析和比喻。二者都采取了不加区分的列举手法——一个列举名字，另一个则列举概念——这些表明诗歌和商品化寓言的联系；二者都引用了“魔法”、“魅惑”、“迷幻”，这些词都与商品化寓言和信用女士寓言中的转化力量相关；二者都让人想起城市下水道寓言的复杂含义——活力、异质性、拉平效果；二者都采用并操纵了与洪流和海洋寓言相关的帝国主义修辞。二者还从上述寓言中相应地建构了对现代性的想象。在洪流和海洋的寓言中，与现代历史的遭遇既产生希望，又产生恐惧，寓言也投射出了这自相矛盾式的高潮；同样，《群愚史诗》也混合了崇敬与厌恶、欣喜与焦虑、无休的能量与无尽的威胁、希望与绝望。一方面，《群愚史诗》展现了一切秩序和意义系统的消亡，一切关系和价值建构的崩塌；另一方面，横扫一切的资本主义力量将会建立一个前所未有、无法预期、生机勃勃又迅猛异常的新世界。①

171

① 与我的解读相似，Nicholson也强调了《群愚史诗》“物化人类的追求”，指出此诗与马克思对现代政治经济的表述颇为相似，表现出蒲柏的先见之明。Nicholson总结说：“《群愚史诗》……预示着不可知的未来”（194—195，200）。在总结信用女士的作用时，Mulcaire提到了同样的矛盾动态：信用女士不仅反映了“新市场全新的未来”，还反映了其“骇人的倾向”、“剧烈波动的审美想象力量”，以及“令人惧怕的反复无常”（1030，1035）。

七

《群愚史诗》是彼时现代性寓言的复杂合成体，构成各个寓言的比喻相互交叉，经由《群愚史诗》整合在一起。这其中的比喻包括：都市体验、繁华、异质、舞蹈、活力、帝国主义扩张、全球审视、流体潜力、希望和恐惧、金融波动、虚无、幽灵、随机、混乱、荒谬、生育、无区别、混杂、商品化、积累、经济生产率、利润率、转化、魔法、拟物、神秘化，以及物化。《群愚史诗》整合了如此众多的寓言，这部诗作的创作可以被看作一次包罗万象的文化事件，多个话语维度都被这一文学创作所涵盖。同时，对寓言的整合也揭示了这一作品的本质乃是分析探讨，因为它将不同的现代性体验以不同的方式结合在一起。《群愚史诗》还为这些寓言的关系提供了一个参考文本，还提供了一个完整审视所有文化产出类型的视角，能使人在更大的框架内看清文学与历史之间的重要关系，这一点是任何一个单个文化寓言都无法做到的。

上述这些文化寓言所构成的类型有非常明显的主题，愚昧女王将继续深化这一主题。在这些比喻中，女性的形象支撑起了一系列转变、叠加、交叉，以及从属。女性的子宫既是表达现代金融波动起伏的基础，又是表现都市扩张的基础；子宫还产生了丰饶的繁衍力的意象，无限异质性的概念，还有反复无常的修辞形象。女性身份的神秘性通过幽灵、虚无，以及混乱得到了栩栩如生的展现；这种神秘性是神秘化的后果，其背后是无区别、积累、商品化的比喻；它构建了物化修辞；它与转化的力量合而为一。女性是催化剂、是工具、是想象现代文化的媒介；当《群愚史诗》讲述与资本主义的碰撞时，女性使得这些故事占据了同等重要的篇幅。只不过，作为催化剂，这一角色重新构建了她的本质：在 18 世纪的集体想象中，资本主义是女性形象的剥落，而女性则和现代性最深刻的自相矛盾（即希望和威胁）联系在一起。

认为女性在 18 世纪文学中占据突出地位的想法并不新颖。事实上，在过去的半个世纪里，很多评论家都讨论过女性在这一时期所扮演的角色。伊恩 · 瓦特（Ian Watt）提出“表现的写实主义”（realism of presentation），将理查逊对女性主人公的描写作为现实主义小 172 说的重要先驱，视之为促成体裁转化的原因。这种情况和接下来很多女性后继者将主导 18 世纪小说的叙事。有关家庭生活意识和推崇情感的作品大量涌现，其关注的重点都是女性的一言一行，以及女性“私密空间”的意识形态意义。女性主义评论家还指出了女性在 18 世纪讽刺文学中的重要作用。另一些评论家则指出了女性在帝国主义意识和消费文化中的核心地位。从政治的视角出发，J. G. A. 波科克考察了这一时期“经济人”概念被女性化的情况：

> 总体上，[他]被看作一个女性化、甚至有些优柔寡断的形象，纠结于他自己的激情和歇斯底里，要和自己的幻想和欲望催生的内在、外在力量作斗争，其代表形象都是原型化的无序女神，如命运女神、奢侈女神，以及新近的信用女神……因此，在 18 世纪对政治与经济新关系的讨论中，生产和交换通常等同于激情至上和女性原则。（114）

由于形式上的异质性和文化上的整合性，《群愚史诗》也从不同层面诉说着这一时期女性的角色问题。综合她在政治、医学、经济、金融、社会和文化等维度所起到的重要作用，人们似乎不能再将她看作漫不经心、时有时无、互不关联的协调人，因为她在这个时期的文化活动中扮演了更为重要的角色。她代表着当时强大的集体历史体验。在接下来的章节中，我们将会看到另外一个与众不同的形象，即非欧洲的“土著人”，如何在 18 世纪的印刷文化中扮演着类似的活跃角色。他们对现代性体验不同维度的不同态度，反映着人们对待变更 173 所采取的要么疏远、要么拥抱的态度。

第三部分　他者性

第五章　文化往来的奇观:土著王子的寓言

1749年2月1日,一位非洲"王子"和他的同伴在伦敦考文特花园剧场观看了一场托马斯·萨瑟恩(Thomas Southerne)的悲剧《奥鲁诺克》(*Oroonoko*)。这位非洲"王子"和他的同伴曾在巴巴多斯沦为奴隶,刚获解救。他们二人对悲剧的反应在公众间引起了轰动,其轰动程度不亚于观看悲剧本身。2月2日的《绅士杂志》(*Gentleman's Magazine*)这样记录:

> 人们用热烈的掌声欢迎他们,他们则报以彬彬有礼的鞠躬,而后在包厢内入座。他们看到舞台上出现了和他们相同肤色的人,这些人的遭遇又和他们先前的境遇同样悲惨;看到伊莫恩达和奥鲁诺克含情脉脉的相见,然后奥鲁诺克又被背信弃义的英国船长出卖;奥鲁诺克讲述着他的不幸,他的平静生活如何一次次被打破,希望如何一次次变成绝望。这些显然深深打动了二人,他们本性纯真,自然能感受到这些痛楚,并且对自己的感受不加掩饰;年轻的王子情感充沛,不能自已,第四幕时只能退场休息。他的同伴留在观众席,眼泪一刻也没有止住;他的哭泣比悲剧更让观众感动,人们那天为伊莫恩达和奥鲁诺克流下的眼泪是从前的

两倍之多。①

四年以后，在蓬勃发展的推崇男性情感的文化戏剧中，另一位哭泣的贵族占据了舞台的中心。经历了一系列情感充沛又跌宕起伏的变故，塞缪尔·理查逊笔下的查尔斯·葛兰底森与他可怜的意大利天主教爱人克莱蔓蒂娜重逢，听着精神错乱的女孩讲述她的不幸遭遇，查尔斯爵士同样为"这些痛楚"所感动，也同样流下了"两倍的"泪水，这成了这种标志性时刻的不可或缺的一幕。在最后的一个类似的场景中，两个相爱的人在花园里会面，彼此已经决定因宗教信仰不同而分手。查尔斯爵士说他计划离开意大利，也永远地离开克莱蔓蒂娜。他犹豫着说出了启程离开的日期：

177

> ——星期天的晚上，我将——下面的话我说不出口。
>
> 她的眼泪决堤般地流下来；把脸靠在我的肩膀——她的胸部起伏——她哭诉着——噢，谢瓦利埃(Chevalier)！[她对查尔斯爵士的称呼]——非要，非要——就这样吧——就这样吧！——让全能的上帝赐给我们坚强的力量！
>
> 侯爵夫人正向我们走来，她看见自己心爱的女儿情绪失控，怕她昏倒，连忙快步走到我们身边，把女儿紧紧拥在怀里——我的孩子，我的克莱蔓蒂娜，她说——为何泪如泉涌？……
>
> 我站起身来，走到了另一条小路。我深受感动！……为什么我的内心如此柔弱；在我最需要坚强的时刻？②

---

① *The Gentleman's Magazine*, 19, 1749: 90.

② Samuel Richardson, *Sir Charles Grandison*, ed. Jocelyn Harris, Oxford: Oxford University Press, 1972, 2: 632.

在《查尔斯·葛兰底森爵士传》中,诸如上述这样中心场景的目击者代表着文化差异:他们是一群虔诚又雄辩的罗马天主教徒,是高贵的克莱蔓蒂娜的家族成员。在他们眼中,克莱蔓蒂娜和新教徒葛兰底森的婚姻意味着克莱蔓蒂娜的万劫不复。在18世纪,这种宗教差异成为塑造英国民族身份的最关键、最普遍的因素:一方面,英国被确立为统一的新教国家,从而与内部对立的天主教划清了界限;另一方面,英国人和全世界的"异教徒"区分开来。琳达·科利(Linda Colley)称之为"英国身份的新教建构":

> 新教……赋予大多数男性和女性一种历史感和价值感。新教使他们感到自豪,帮助他们度过困境和险境。新教赋予他们身份……针对下列问题:英国人是谁?他们切实存在过吗?新教能提供强大而有效的回答,而且可能是最令人满意的回答……只要国家蓬勃发展、与欧洲天主教国家的战争不断、对帝国的狂热追求不变、甚至还在相当长的时间内取得成功,英国人就会保持鲜活的使命感和天命感,联合王国就会持续繁荣。繁荣的根基不仅有对便利和利润的渴望,还有信仰的支撑。新教是大不列颠存在的基础。①

178

了解二人爱情纠葛的天主教徒,看着查尔斯爵士为克莱蔓蒂娜的苦难流下泪水,与查尔斯爵士产生了强烈的认同感,仿佛查尔斯爵士的情感就是他们的榜样,他们从他的行为中建构起小说以及时代的道德楷模。当克莱蔓蒂娜的兄长诺塞拉主教拥抱查尔斯爵士时,他说:

---

① Linda Colley, *Britons*: *Forging the Nation 1701—1837*, New Haven: Yale University Press, 1992,第一章,Roxann Wheeler引用了Colley的著作,认为宗教是一种"原始种族主义意识形态";*The Complexion of Race*: *Categories of Difference in Eighteenth-Century British Culture*, Philadelphia: University of Pennsylvania Press, 2000, 17。

“噢，葛兰底森！你是全能所创之王子”(236)，年幼一些的弟弟杰罗尼莫则一再称他为“最好之人”(best of men)(231)，这个称呼可谓感伤风尚中的标志用语。

上文所提及的英国人和非洲人，虽然各自都是尊贵的典范，二者又有些格格不入。查尔斯·葛兰底森爵士代表着欧洲最成功的扩张大国的文化价值；安纳马布(Annamaboe)王子则代表着经受欧洲扩张主义奴役的群体的文化价值。查尔斯爵士是感伤风潮中典型的文学人物；安纳马布王子则是对某种历史人物的文学重塑，代表着当时人们对文化差异的重要磋商。二者之间还有明确的形式关联。安纳马布王子和查尔斯·葛兰底森爵士是同一想象议题的参与者。安纳马布王子的故事支离破碎，是土著王子寓言的一部分，这一影响力广泛的文化寓言反映了文化差异的问题，并将差异问题转化为认同问题。土著王子寓言从复辟时代的英雄悲剧开始，到18世纪末英国废奴辩论达到高潮。与理查逊的小说一样，土著王子寓言经由一位男性角色投射，其中凝聚着一个世纪以来人们对认同和情感问题的探索。这种情感交换——读者或旁观者成为受苦的客体，再经由同情使他/她获得客体的行为举止——成为主要的文化风尚。这种文化风尚和当时资产阶级意识形态的普遍建构多有联系，与智力发展中洛克提出的情感理论、文学现实主义的审美内涵、生理学新发现，甚至剧场女性观众或女性读者的影响都有各种关联。上述既是我们已知解释感伤风尚兴起的原因，同时也为以情感认同为主要特征的文化运动提供了部分说明。事实上，我们还可以通过当时人们对文化差异的反应来理解这一文化运动的既丰富又复杂的内涵。以土著王子寓言为例，我们可以考察人们如何看待大都市和非欧洲人的相遇和交往。

179

“土著王子”指的是一个来自传统的、未开化的、非欧洲文化的个人，他因对英国都市的造访而进入欧洲经验的视野，进而切实创造出暴露在公众场合之下的文化往来。在这个时期，非欧洲的、未开化的民族——特别是来自非洲、新世界、波利尼西亚的人们——获得了“土著”这一称号。在英国帝国主义扩张时期,由于传统文化越来越多地与城市文化形成对比,“土著”一词和具体在哪一个地理位置出生没有关系,而是指“非欧洲的、未开化的或野蛮的种族”(《牛津英语词典》)。在当时的英语辞令中,造访伦敦的土著无一例外都是“王子”:18世纪的伦敦人总是以欧洲的精英范畴来理解获得他们关注的土著们。[①] 事实上,土著王子是一个复杂的形象,包括非洲人、印第安人,有时还有波利尼西亚人。然而,这些独立的传统文化在这个时期一再被混淆,或是彼此相互转换,这已经成了屡见不鲜的现象,甚至在一个文本中就会发生上述不同传统文化之间的混淆和转化。[②] 对于土著王子的寓言来说,具体文化的细节无关紧要,重要的是如何从想象层面定义他者性。最后要指出的是,土著王子总是被设定为男性。不管女性角色怎么充当催生怜悯的缘由——比如17世纪末的女性悲剧(she-tragedy),也不管女性土著(以伊莫恩达和亚丽珂为例)怎样在此时期的文化往来文学中频频出现,人们投入到一个男性社会精英身上的情感,以及由这些情感所引发的问题和回应,和这些羸弱、居家女性角色所引发的问题及其激起的回应是完全不同的。哭泣的女性可能会环绕在土著王子的周围,但土著王子寓言的核心一定是男性的文化理想。 180

本章致力于解释土著王子寓言如何讲述故事,并以独有的方式建

① 早期论述这一现象的作品当属 Wylie Sypher,“The African Prince in London”, *Journal of the History of Ideas* 2, 1941:237—247;以及 *Guinea's Captive Kings: British Anti-Slavery Literature of the Eighteenth Century*, New York: Octagon Books, 1969。后来的论述都参考了上述作品。Srinivas Aravamudan 简要描述了他所谓的有关“高贵黑人俘虏的陈词滥调”,参见 *Tropicopolitans: Colonialism and Agency, 1688—1804*, Durham: Duke University Press, 1999, 250—252。

② 不断演变的亚丽珂和尹珂儿的故事可以作为这种混淆的例证:一般认为,亚丽珂是一位印第安女性,但在有的故事中,她也被描写成非洲女性,参见 *The London Magazine*, 1734:257—258。

构上述文化理想。在洪流与海洋的寓言中，海洋不再是地域修辞；与此类似，在土著王子的寓言中，土著王子的主题令人想起当时一再出现的复杂形式过程。海洋是洪流与海洋寓言的主人公，但在18世纪，并非每次对海洋的提及都涉及洪流和海洋的寓言；而且，当时提及海洋的文献并不多见，单凭那些文献并不能解释我们在寓言中所体味到的希望与恐惧的交织、命运的演变，以及超然命运的巅峰。与之类似，虽然土著王子的寓言常围绕土著王子的主题展开，土著王子的比喻却并不能等同于土著王子的寓言。并非每次对土著王子的提及都牵涉文化寓言中的土著王子，而土著王子的文化寓言才是接下来的论述重点。土著王子的频繁出现表明当时这一文化主题的普遍性，但土著王子的寓言却超越了地域修辞；动态形式结构使文化事件具备意义框架。

有赖于形式结构，土著王子的寓言得以和18世纪常见的对土著、奴隶，以及各种异域风情的描写有所不同。例如，凡在英国印刷文化中出现的土著王子寓言，多多少少都隐含在对奴隶制度问题的再现中；然而，虽然这一寓言可以被用作废奴论题的工具，它的出现却并非出于政治立场的需要。同样，虽然土著王子的形象有助于国内改革派展开规范种植园劳动力和规训的辩论，而土著王子也确实常在这样的语境中出现，但土著王子的寓言并不只局限于这些说教的作用。特别是在18世纪后半期，土著王子的修辞同样具备田园诗意象，也符合从哲学和政治层面都是高贵野蛮人的社会主题；但土著王子的寓言依然建立在对差异和认同的操控之上，因此极大延展了土著王子内在高贵品质的主题。此外，虽然来到大都市的土著王子有时也会以外国游客的身份说出改革或讽刺的话语——就像孟德斯鸠的《波斯人信札》（*Persian Letters*，1721）、奥利弗·哥尔德斯密斯的《世界公民》（*Citizen of the World*，1762）——但是，土著王子的寓言并不把文化差异视为理解欧洲的方式，而是当作自我认同的范例。也就是说，土著王子的寓言使当时各种对差异的呈现成为可能，但又并不局限于对差异的呈现。

181

在17世纪末和18世纪初,土著王子的寓言令人想起英雄戏剧的主题和话语,但即便在其出现早期,它也不能被简单看作英雄悲剧的次文类。到了18世纪后半期,这一寓言又具备了感伤风潮的模式和主题,同时,它对理想男性行为模式的构建和当时情感充沛的男性主人公形象也极为类似。从这个层面上说,安纳马布王子的奇闻轶事与查尔斯·葛兰底森爵士对男性美德的标准化叙事可谓异曲同工。然而,相对于较为宽泛的感伤文化运动而言,土著王子寓言的形式结构更为系统;相较于完美男性的角色塑造来看,土著王子寓言的意义更为具体。不管是感伤,还是查尔斯爵士,都无法对土著王子的寓言作出全面的解释;而在另一方面,不管是查尔斯爵士,还是感伤风尚——单从它们都致力于刻画理想男性举止这点来说——二者情感结构层面上的复杂性和剧烈性,部分地来自于土著寓言中频繁出现的对认同和差异过程的复杂操控。

一

在18世纪的伦敦,出现土著王子的场面——不管他在剧院里,在游览公共纪念物,从街上经过,还是出现在报纸、海报、历史纪事的详细记录中——都是普通人和精英阶层都市体验的鲜活部分。随着对外贸易增长和帝国对外扩张,仿佛一夜之间土著的造访屡见不鲜——他们来自非洲、北美或波利尼西亚。早期曾有土著被带到英国——比如,16世纪马丁·弗罗比舍(Martin Frobisher)带来了爱斯基摩人,17世纪沃尔特·罗利(Walter Raleigh)和乔治·韦矛斯(George Weymouth)带来了美洲印第安人。[1] 与之相比,18世纪造访 182

① Michael Alexander, *Omai*:"*Noble Savage*", London: Collins and Harvill Press, 1977, 68. Benjamin Bissell, *The American Indian in English Literature of the Eighteenth Century*, New Haven: Yale University Press, 1925, 55—57.

英国的土著人数更多，曝光率更高，影响也更大。从伊丽莎白时期开始，欧洲高官的国事造访已经高度制度化，这一点和土著造访英国完全不同。另外，当时已经有15000或20000非洲人在英国从事家仆的工作，到了18世纪末，他们将成为城市贫民，[①]这些人和造访英国的土著也完全不同。"高贵的"土著引起了一场复杂的文化论争，激发人们对文化差异进行新的思考。[②]

前文提到的安纳马布王子和他的同伴，在观看萨瑟恩的《奥鲁诺克》时，向18世纪中期的观众呈现了如何对悲剧作出纯洁又情感充沛的回应。据现代史学家考证，这位安纳马布王子名为威廉·安萨·塞萨拉库（William Ansah Sessarakoo），是原始部落酋长约翰·科伦蒂（John Corrente）的继承人。这个原始部落位于黄金海岸，酋长派遣他的儿子和一名同伴来到英国接受教育。[③] 然而，王子和他的同伴在巴巴多斯被卖为奴隶，幸有一组受英国政府资助的商人慷慨解囊，才被赎出。正当此时，王子的父亲，一度为当地颇具影响的奴隶贩子，与英国断绝贸易往来。于是，王子和同伴于1749年被带到伦敦，获得哈利法克斯伯爵（Earl of Halifax）的庇佑，"身着华服，完全是欧洲派头"，学习基督教教义，接受施洗，得到王室召见，出入精英社交圈子，直到1750年12月被安全送返非洲。[④] 王子成为一部小说的

① 有关人数的统计问题，参见 Anthony J. Baker, *The African Link: British Attitudes to the Negro in the Era of the Atlantic Slave Trade, 1550—1807*, London: Frank Cass, 1978, 35；有关当时的社会背景，参见 Gretchen Holbrook Gerzina, *Black London: Life before Emancipation*, New Brunswick: Rutgers University Press, 1995。Barker 提醒道："这些自由的黑人、有时甚至是享有特权的黑人的来访，在打破肤色和阶级壁垒的方面所作贡献微乎其微……17、18世纪，在英国遭受奴役的黑人要远远多于享受贵族庇护或非洲事务庇护的黑人"（29）。

② Peter Hulme 以来访土著的语境为背景，讨论尹珂儿和亚丽珂的故事，参见 *Colonial Encounters: Europe and the Native Caribbean, 1492—1797*, London: Methuen, 1986, 228—233。

③ 有关安纳马布王子，参见 Sypher, "African Prince", 239—243；以及 Barker, 27—28, 下文对18世纪来访的高贵非洲人的描述参考了 Sypher 的研究。

④ *The Gentleman's Magazine* 19, 1749: 89—90.

素材,题为《非洲王室:或,年轻的安纳马布王子回忆录》(*The Royal African:Or,Memoirs of the Young Prince of Annamaboe*,1749)。[①] 威廉·多德(William Dodd)创作了书信体诗歌集,信件往来的双方是王子和他传说中的爱人“扎拉”。《伦敦杂志》和《绅士杂志》都曾刊发文章讲述过王子的故事,其中就包括两位非洲人观看《奥鲁诺克》时的感人场面。[②]

183

当时,人们对土著王子造访的回应激起了几个主题,这些主题将贯穿于其他在18世纪造访伦敦的土著的奇闻异事之中。正像王子和他的同伴一样,土著将一再被带往剧院。在那里,他们的现身和戏剧本身一样值得观看,这点《绅士杂志》对安纳马布王子观看《奥鲁诺克》的描写已经有所说明。他们在剧院中的表现激起交互情感的行为,即思考他们对戏剧的回应成为这一文化事件中的重要部分。他们催生了情感的文学话语,其最直接的表现形式是书信体传奇故事:由于新近对埃洛伊萨(Eloisa)和阿伯拉尔(Abelard)书信的修订改编很流行,人们对天各一方的爱人间的书信体传奇故事喜闻乐见。[③] 造访的土著也与专门为体现文化差异而设的表演者一样,需要穿上为伦敦亮相准备的服装:他们被剥除了自己的衣服,换上经过精心设计,既能体现高贵身份、又能体现高贵本性的服装。罗克姗·惠勒(Roxann Wheeler)提出,在评估“种族类别”时,这一时期的服饰应被看作重要的“差异类别”,“是组成宗教、阶级、民族和个体身份的关键……将一组人和另一组人区分开”(17)。为土著穿上欧洲人

---

① 作者不详。参见 Sypher,“African Prince”,239—240 n. 5,有关此文本的简要描述(书名和日期都明确提及)、王子在伦敦的生活以及叙述片段的节选,参见 Aphra Behn, *Oroonoko: or, the Royal Slave*, ed. Catherine Gallagher, Boston: Bedford/St. Martin's Press,2000,278—302。

② 期刊文章分别发表在 *The Gentleman's Magazine* 19,1749: 89—90;21,1751: 331;25,1755: 184;以及 *The London Magazine* 18,1749: 94。

③ Dodd 的情诗仿照蒲柏的 *Eloisa to Abelard* (1717),以及译于17世纪影响广泛的 *Lettres portugaises*(1668)和 *Five Love Letters from a Nun to a Cavalier*(1678)。

的服饰，体现了这个寓言如何介入当时人们与文化差异的相遇。

18世纪早期有一次经史料证实无误的土著造访。来自五国联邦(Confederacy of the Five Nations)的四位易洛魁族酋长于1710年春天来到伦敦，并逗留两个星期。那时正值与法国进行的西班牙王位继承战争，四位酋长代表美洲殖民地领袖，其外交使命是巩固易洛魁族与英国的邦交，促成英国和易洛魁族对加拿大的联合入侵。[①] 这些出使人员经过美洲和英国提案人的精心安排和公开宣传，被赋予了凭空编造的皇家头衔：埃托·奥·科姆，本是一个来自阿尔冈昆的马西坎人，被称作河流之国国王；萨·噶·耶斯·夸·派斯·托(Sa Ga Yeath Qua Pieth Tow)，本是莫霍克人，被称作马夸斯国王；霍·尼·耶斯·陶·诺·罗(Ho Nee Yeath Taw No Row)，也是一个莫霍克人，被称作捷涅里斯盖里奇国王；第四个人也是莫霍克人，名叫提·耶·尼恩·霍·噶·罗(Tee Yee Neen Ho Ga Row)，他是来访者中地位最高的人，得到的皇家头衔是六国皇帝。[②] 他们的服饰也注重公众效果。首先他们身着本民族盛装，出席伦敦各街道的欢迎游行，而后返回休息。据当时的目击者称：

184

> 这些国王们一到英国，大臣们就建议女王尽可能多地向公众们展示他们。剧院的服装师也被找来，向他们询问该如何装扮这些国王。最后的结论是，皇家斗篷是他们服饰中不可或缺的部分。因为英国王室当时正在服丧，来访的国王们便被穿上黑色的马裤、马甲、长筒袜、鞋，一切都是

---

① 易洛魁人的来访详见 Richmond P. Bond, *Queen Anne's American Kings*, Oxford: Clarendon Press, 1952。本文对此简短的描述参考此书。此外，本文还参考了 Joseph Roach 对此次拜访的叙述，参见 *Cities of the Dead: Circum-Atlantic Performance*, New York: Columbia University Press, 1996, 第四章。相关文献资料的汇编，参见 John G. Garratt, *The Four Indian Kings / Les Quatre Rois Indiens*, Cananda: Public Archives, 1985。

② Roach, 119; Bond, 39—40. 有关名字的拼写，参见 Garratt, 7 n. 10。

英国人的样式,最后套上一件有暗红色纹理的斗篷,四周镶着金边。他们觐见女王的场面非常隆重。①

“国王”所到之处,总有好奇的人群跟随。有人一见这些来访者们,便自发聚集成群观看;有的伦敦人则愿意花上一整天的功夫跟着他们从一处走到另一处。约瑟夫·艾狄生在《旁观者》的一篇文章的开篇曾描写过这些印第安人的来访:“十二个月以前,四位印第安国王正造访我们的国家,我常常随着人群,一整天都跟在他们后面。”②国王们还参观了很多伦敦的景点,参与了很多伦敦特色的活动,包括很多重大节日才会有的社会活动:阅兵大典、会见贸易与种植园委员、与英国圣公会差会的访谈、参观伯利恒医院、看望济贫院的穷人、参与逗熊,以及至少一次、极有可能多次观赏戏剧。来访期间,国王们多次出现在戏院的宣传海报上。戏院显然认为,单凭戏剧专为国王而演这个噱头便可吸引大批伦敦人前来观看。对这些伦敦人来说,值得观赏的并非上演的剧目,而是在大都市中一睹那些代表文化差异的土著王子们。

有证据显示,国王们观看了威廉·戴夫南特(William Davenant)的歌剧《麦克白》——按照广告词的说法,此剧“专为新近莅临王国的四位印第安国王而演”。③ 当然,与非洲王子出现在《奥鲁诺克》的演出现场一样,国王们显然比戏剧更抢眼。他们先是在人群的簇拥下来到剧院,座位在前排包厢。剧院顶层楼座里挤满了观众,都为“一睹肤色黝黑的国王们”而来,他们要求能有更清晰的视角来观察

185

① John Oldmixon, *The British Empire in America*, London, 1741, 1:247;转引自 Roach, 164。

② Joseph Addison, *Spectator*, no. 50 (27 April 1711), ed. Donald F. Bond, Oxford: Clarendon Press, 1965, 1:211.

③ *The London Stage 1660—1800*, part. 2: *1700—1729*, ed. Emmett L. Avery, Carbondale: University of Southern Illinois Press, 1965, 220 (April 24, 1710).

国王。约翰·杰内斯特(John Genest)在回顾 18 世纪戏剧史时,这样描写当时的情况:

> 幕布拉开,不管演员们如何投入演戏,都是白费——坐在顶层楼座的人群声明,他们来的目的就是看国王:"既然我们付了钱,我们就要看到国王"。于是,[演员兼剧院经理的罗伯特·]威尔克斯(Robert Wilks)走了出来,向人群保证国王就坐在前排的包厢里。对此,人群回应说,他们看不见国王,最好把国王安排在更显眼的位置上——"不然戏剧就别想演下去"——威尔克斯向人群保证,没什么比他们的快乐更让他上心的了。于是,他搬来四把椅子,安排国王们在舞台上坐下,人群对这个安排相当满意。①

约瑟·罗奇(Joseph Roach)指出,当时王室或其他贵族经常被安排在舞台上供观众欣赏,其情况和上文的易洛魁人相似(164)。在舞台上,他们除了是观众欣赏的对象,还是如何对表演作出真实、高贵反应的指标。正如前文所说,非洲王子观看《奥鲁诺克》的反应为观众树立了榜样,告诉他们如何才是观看戏剧应有的纯洁、纯粹、宽厚的反应。

印第安国王们的来访也是当时印刷文化的重要议题。现代史学家里士满·P. 邦德(Richmond P. Bond)记载了国王们对当时"艺术与文学"的冲击:"他们出现在报纸的新闻和期刊的评论中,出现在外交公文、官方记载、信件和日记中;还出现在其他各种出版物中,例如后记、歌谣、应景诗、散文小册子、年鉴、随笔,其中有些是为钱写

---

① John Genest, *Some Account of the English Stage, from the Restoration in 1660 to 1830*, Bath, 1832, 2:451;转引自 Bond, 4, 以及 Garratt, 8。Joseph Roach 也描述过国王们看剧时的遭遇, 163—164。

作,有些是自发写作,作者既有斯梯尔和艾狄生,也有格拉布街的无名氏和舰队街的雇佣文人”(90)。此外,国王们还出现在埃尔卡纳·塞特尔(Elkanah Settle)、亚历山大·蒲柏(Alexander Pope),以及丹尼尔·笛福(Daniel Defoe)的作品中。如此看来,国王们对伦敦的影响无处不在、历时长久。这个影响也预示着同情与感动将成为安纳马布王子来访的主题。 186

在印第安国王即将离开之际,一位随笔作者总结了民众对他们的认可:“有风度的人以及与他们谈过话的人,都说他们心思细密、思维敏捷。”[①]他们给人留下的“心思细密”的印象,后来显然演变为描写土著感伤之情的虚构故事。据说,国王们当场献出莫霍克山谷的一大片土地(斯科哈里[Schoharie]),请莱茵兰地区的难民到那里重建家园。就在易洛魁的国王们来访的一个月前,这些难民因无法忍受德国的战争和宗教迫害逃到英国避难。难民营设置在坎伯威尔(Camberwell)和布莱克西斯(Blackheath),之后,他们将被重新安置到爱尔兰、卡罗莱纳、纽约。就像安纳马布王子和同伴在观看《奥鲁诺克》时曾经流下眼泪,看了难民营物资匮乏、民不聊生的境况,印第安国王们深受触动[②],对德国难民的同情使来访的土著成为当时王室的情感模范。

在18世纪,吸引伦敦人注意的来访美洲土著还有很多。易洛魁国王中的一位,名叫提·耶·尼恩·霍·噶·罗(Tee Yee Neen Ho Ga Row),于1740年返回英国并且觐见了国王乔治二世(Bond,40)。1730年,另一个来访伦敦的美洲土著代表团是来自卡罗莱纳的切诺基人。和二十年前的四位易洛魁人一样,他们也下榻在考文特花园地区的国王街(Bond,96)。1734年,一组克里克印第安人来访,为首的是国王托莫·恰奇(Tomo Chachi),随行中有“王后和王子”,即他

① *The Present State of Europe*(April 1710)21:160;转引自 Bond,16。

② Bond,11. Bond 指出,事实上,早在国王来访之前,难民已经被遣散。

的妻子和侄子。他们"受到了最友好的欢迎"，人们为能一睹他们的风采而激动不已。在威廉·韦雷斯特(William Verelst)所作的画像中，托莫·恰奇(Tomo Chachi)的神情居高临下、庄严肃穆。《绅士杂志》的一篇评论还专门探讨了印第安人觐见国王时的着装：

> 托莫·恰奇的战事指挥官和其他随从，本来坚持身着本国传统服装入宫觐见，他们的传统服饰就是腰间围着一块遮羞布，身体其他部分则裸露在外。奥格尔索普先生(Mr. Ogelthorpe)劝他们放弃了这个想法。不过，他们的面部还是用各种油彩装饰。有的一半涂黑，有的图形为三角形，还有的画着箭形胡须。托莫·恰奇和他的妻子瑟努亚奇身穿猩红色镶金边的服饰。①

187

奥斯坦内科(Ostenaco)和其他两位切诺基酋长于1762年访问英国(Bond, 89)。在《伦敦的表演》(*The Shows of London*)一书中，理查德·D. 奥尔蒂克(Richard D. Altick)描述了经由这一来访而产生的一些文化事件：

> 他们对伦敦的访问从六月中旬持续到八月中旬。在此期间，雷诺兹(Reynolds)为他们中的一位作了画像，奥利弗·哥尔德斯密斯为单独与他们会面等了三小时，杂志上印着他们的铜版肖像，一首粗俗的歌曲，名为"切诺基酋长，献给大不列颠的女士们"，售价6便士。此外，据说木偶戏的表演者还把潘趣先生(Punch)装扮成切诺基人的模样。②

---

① *The Gentleman's Magazine* 4 (1734): 571, 449. 有关托莫·恰奇的来访，参见 Helen Todd, *Tomochichi: Indian Friend of the Georgia Colony*, Atlanta: Cherokee Publishing Company, 1977, 第五章。

② Richard D. Altick, *The Shows of London*, Cambridge: Harvard University Press, 1978, 47.

切诺基人对伦敦的造访被大肆宣传，目的在于获利，因为凡是切诺基人访问的地方或是参与的事件，到处都人满为患。当他们游览沃克斯霍尔花园(Vauxhall Gardens)时，有一万人慕名而来。《伦敦纪事》(*London Chronicle*)有文章评论这一现象："怎样……解释人们不顾健康、不怕失望，甚至冒着生命危险大量涌入公共场所，只为看一眼来访的野蛮酋长？这些可怜的人儿并不比舞台上的人物装扮得好，人群这么拥挤也无法把他们看清楚，那人们为何还如此疯狂地渴望将他们亲眼目睹？"①这个评论者的问题指出了 18 世纪的一个文化症结。

当时的戏剧海报和期刊文章还记述了其他土著"王室"的来访。在 1702 年的一张戏剧海报上，《月亮皇帝》(*The Emperour of the Moon*)的宣传辞是：此剧为"新近来访的非洲王子而演，王子是保戴(Bauday)国王的侄子。"②"阿多莫·托莫王子"，本来为一个英国奴隶贩子做翻译，一度被卖身为奴，后来被他的雇主赎回，以外交使团的身份来到英国。这一外交使团疑点重重，也未有建树。但是，在他于 1731 至 1732 年逗留英国期间，这位"王子""获得极大的社会成功……他的庇护人是……钱多斯公爵(Duke of Chandos)，五月份在公爵位于兰开夏郡埃奇沃斯的宅邸里受施了洗礼。在接下来的几个月，他是伦敦社交圈里的宠儿，好几部戏剧都题献给他"。后来在蒙太古公爵(Duke of Montagu)的资助下，他返回非洲。③ 1733 至 1734 年，蒙太古公爵还庇佑过一位名叫约伯·本·所罗门的神权"王子"。王子在故乡塞内加尔遭遇劫持被贩卖到马里兰，后被带到

188

① *London Chronicle*，转引自 Altick，46。

② *The London Stage*，26(16 September 1702).

③ Robin Law，"King Agaja of Dahomey，the Slave Trade，and the Question of West African Plantations：The Embassy of Bulfinch Lambe and Adomo Tomo to England，1726—1732"，*Journal of Imperial and Commonwealth History* 19，1991：137—163；引自第 146 页。Barker 指出，当时，在伦敦，很多非洲人都获得了"极不切实际的"王室身份(26—27)。

英国，重获自由，在赫特福德郡和伦敦受到热烈欢迎，贵族和王室纷纷接见他，最后他满载着礼物返回故乡。[①] 1759年，《绅士杂志》写到了一位刚获救的非洲王子，他在伦敦等待启程回国期间，“出现在特鲁里街的皇家剧院”。[②] 18世纪末，来自塞拉利昂(Sierra Leone)的奈姆巴纳王子被其父送到英国接受教育，因其“坚守新教信仰”而获得期刊媒体的关注，并成为汉娜·莫尔(Hannah More)道德说教式作品《便利资料册》(*Cheap Repository Tracts*)中的议题之一。[③] 同一时期还有一位土著“王子”，即梅苏拉多的彼得国王(King Peter of Mesurado)之子，也从奴隶身份获赎，并在英国接受学校教育(Barker, 28)。

189

在18世纪还剩下四分之一时，另一位重要的来访者占据了伦敦的想象。此时，欧洲对全球的探险已经完成。在这一过程中，太平洋成为几次重要航海探险的核心场所，包括塞缪尔·沃利斯(Samuel

---

① Sypher总结了这次来访(“African Prince”, 238—239)，并列出当时记录这一事件的文献：Thomas Bluett, *Some Memoirs of the Life of Job, the Son of Solomon, the High Priest of Boonda*…(London, 1738)；Francis Moore, *Travels into the Inland Parts of Africa…with a particular Account of Job Ben Solomon*…(London, 1738)；以及无名氏，“The Remarkable Captivity and Deliverance of Job Ben Solomon, a Mohammedan Priest of Bunda, near the Gambia, in the Year 1732”, in *A New General Collection of Voyages and Travels*…(London, 1745), 2:234—240。

② *Gentleman's Magazine* 29, 1759:240.

③ *Gentleman's Magazine* 63 (supplement): 1215—1216. Altick描述了另一些自称“王子”的土著，他们是当时一些商人的私人财产，伦敦观众若想一睹他们风采，需付费参观——参观可以私下进行，也可以公开进行。17世纪末，吉奥罗王子，因身上精美的纹身也被人们称作“彩绘王子”，和他的母亲一起，被威廉·丹皮尔(William Dampier)从棉兰老岛带到伦敦，经倒手售卖，后在私人家庭展出，或在弗利特街蓝熊头店展出。18世纪早期，一位“印第安国王”遭人背叛，在西印度奴隶贸易中被人售卖，后被一位伦敦商人赎出，在斯密斯场的金狮旅店以两便士票价供人参观。这些展出表明大都市的观众渴望观看土著王子，但这些需付费观看的土著与我本章所论述的受贵族或王室资助的土著来访者有本质区别，参见Altick, 46；上述现象Altick引自Henry Morley, *Memoirs of Bartholomew Fair*, London, 1880; reprint, Detroit: Singing Tree Press, 1968, 248—249, 254—255。

Wallis)、路易斯安托万·德·布干维尔(Louis-Antoine de Bougainville),以及詹姆斯·库克(James Cook)所进行的航海探险。对一些欧洲人来说,波利尼西亚群岛就好像阿卡迪亚(Arcadia),证明卢梭所言的自然状态(state of nature)确实存在。当时,有一个名叫迈(Mai)的塔希提人,人们称他为奥迈(Omai)。与先前来访的土著王子和国王不同,在他的家乡波利尼西亚群岛,奥迈并非阿里(aree)——即土著王族——的成员。然而,即便没有官方头衔,先前土著王子们自然流露的情感也使人们觉得奥迈具备一种天然的尊贵,这决定了他在英国会受到热烈欢迎。事实上,在奥迈来访英国十年后搬上舞台的一部舞剧中,有一段朗诵讲述了他在英国的游历,其中奥迈被称作"奥迈王子"。[1]

奥迈于1774年7月被托拜厄斯·弗诺(Tobias Furneaux)船长带到英国。托拜厄斯·弗诺是库克的副手。当时距塞缪尔·沃利斯(Samuel Wallis)"发现"第一个塔希提人刚刚过去七年。奥迈在英国居住两年,大部分时间都在伦敦。开始他是赞助者们的宾客,赞助者包括桑威奇伯爵约翰·蒙太古(John Montagu, Earl of Sandwich)和植物学家约瑟夫·班克斯(Joseph Banks)。后来,他得到英国海军部公共基金的资助,资助一直持续到他于1776年返回塔希提。[2] 奥迈一夜之间成为了社会名流,他的影响远超过他在英国短暂的逗留。他直接进入伦敦上流社交圈,觐见国王乔治三世,参加国会开幕典礼,拜访弗朗西丝·伯尼(Frances Burney)和她的家庭成员,由约书亚·雷诺兹(Joshua Reynolds)和其他著名画家为其画

① 奥迈启程前往伦敦时,奥托主教认为,"英国人[将确信]/接待奥迈就是接待一位王子"。John O'Keeffe, *Omai: or A Trip Round the World* (1785), "Recitative Otoo",感谢 Michelle Elleray 提请我注意这部作品。

② 本文对奥迈来访的陈述参考了 E. H. McCormick, *Omai: Pacific Envoy*, Auckland: Auckland University Press, 1977; Michael Alexander, *Omai: "Noble Savage"*, London: Collins and Harvill Press, 1977; 以及 Neil Rennie, *Far-Fetched Facts: The Literature of Travel and the Idea of the South Seas*, Oxford: Clarendon Press, 1995, 第五章。

像，会见皇家学会成员，还成为约翰逊和鲍斯维尔就“野蛮人”而展开的论辩的论点。他受邀观看戏剧、歌剧；参加各种晚宴、舞会和聚会；他几次被引领到外地游玩，最有名的一次是参观桑威奇伯爵位于辛琴布鲁克(Hinchingbrooke)的庄园，在那里，人们教他如何庆祝圣诞节；他还游览了约克郡；学会了射击、下国际象棋和西洋双陆棋；在伦敦几十年不遇的那个寒冬，他在海德公园蜿蜒河(Serpentine River)的冰面上学会了滑冰，他把冰面叫作“石头水”(McCormick，162—163)。

190

与其他著名的土著来访者一样，人们很快为奥迈提供了全套的欧洲装束，当时的评论者也常常对他的着装进行点评。当他从太平洋出发去往英国的途中，他先游历了开普敦(Cape Town)，身着赞助人为他提供的“精美丝绒套装”(Alexander，66)。刚到伦敦觐见国王时，他穿的是“红棕色丝绒衣服，白色丝绸马甲，灰色缎子及膝短裤”(Alexander，73)。逗留英国期间，他还被装扮成各式风格。访问剑桥时，他穿着“军装，头发扎在脑后”(Alexander，82)。到伯尼家拜访时，他身着“曼彻斯特丝绒套装，以白缎镶边，领口袖口有蕾丝褶饰，背包，还佩戴国王赐予的一把威风凛凛的宝剑”。[1] 雷诺兹(Joshua Reynolds)为他画像时，他穿了一身符合欧洲人想象的波利尼西亚人的服饰——全身围裹一块塔帕树皮布，那是班克斯从塔希提岛带回来的，头上还包着一块塔帕头巾(Alexander，103)。

在奥迈来到英国的第一年，他不断出现在公众的视野中：他的身影既出现在城市和郊区，也出现在伦敦报纸和杂志的报道中。不管是在他来访期间，还是离去时刻，特别是后来发表有关库克后续海上航程的记载时，奥迈都是一系列文学作品的灵感来源，包括大获成功

---

① Frances Burney，*The Early Journals and Letters of Fanny Burney*，ed. Lars E. Troide，Oxford：Clarendon Press，1990，69，下文对伯尼信件的引文都出自此版本，括号内标注页码。

的哑剧《奥迈:或环球之旅》(*Omai*:*or A Trip Round the World*,1785),作者是约翰·奥基弗(John O' Keeffe),布景和服装设计者是菲利普·雅克·德·洛泰堡(Philippe Jacques de Loutherbourg);还有其他一系列讽刺作品、诗札、英雄诗、布道词,以及不计其数的精彩文学片段,广为人知的例子是威廉·库伯在《任务》(*Task*,1785)一诗中,直接向奥迈喊话:

> 品德高尚、胸怀远大
> 你,高贵的野蛮人! 对你
> 我们并非出于爱,也许只是好奇,
> 或者出于虚荣,我们将你
> 带离故土,让你见识在这里
> 我们有何等非凡的本领,去滥用
> 神的恩赐,去虚度我们的生命。①

191

"高贵的野蛮人"和大都市里的欧洲人形成了鲜明的反差,而这种反差正是人们接待奥迈来访的核心。

奥迈的文化用途很多,当时的人们认为他天生多愁善感,体现了他对公众最普遍的影响力。研究他的现代史学家麦考密克(E. H. McCormick)这样总结当时的情形:

> 当时接待奥迈的境况对奥迈最为有利。受过教育的公众都很熟知卢梭的观念,即"自然"人比"文明"人更高尚,现代的恶之源头在于人们对本初朴素天性的否定和压抑。另外,就在不久以前,各种有关太平洋的故事给公众们既提

---

① William Cwper,*The Task*,in *The Poems of William Cowper*,ed. John D. Baird and Charles Ryskamp,vol. 2:1782—1785,Oxford:Clarendon Press,1995,第632—638行。

> 供了知识，又提供了乐趣。这些故事包括布干维尔（Bougainville）对新塞西拉（New Cythera）的抒情描述，《奋进》中对探险（*Endeavour*）富有情感的叙述，以及有关传说中班克斯与塔希提“女王”爱情故事的讽刺诗歌。最重要的是，数以万计的读者还研读并思量了约翰·霍克斯沃斯（John Hawkesworth）的《旅行》，从《海豚》到《奋进》——可谓英国在南海建功立业的散文史诗。在奥迈的身上，人们看到的不仅仅是一个遥远地域的居民，一个新种族的代表，还是卢梭的抽象概念——“自然”人——的具体体现。①

在总结奥迈的品性或举止时，人们经常把他描述为“天生高贵并富有魅力”（Alexander，81，101；McCormick，117）。班克斯的原话是：“我从未见过这种天生的彬彬有礼”（Alexander，83）。这些描写奥迈天生的“仁爱之心”（McCormick，117）的作品有一个共同的主题，即将奥迈作为正面的例子与他的欧洲同伴形成对比。斯雷尔夫人曾说：“奥迈与巴雷蒂（Baretti）下国际象棋和西洋双陆棋时，人人都得以亲眼目睹野蛮人良好的教养和欧洲人焦躁的脾气”（Alexander，110；McCormick，169）。

弗朗西丝·伯尼（Frances Burney）的日记和信件对奥迈品性的描写也是如此。伯尼讲述她与奥迈的会面，说自己对他“非常好奇”（41）。拜访的起因是伯尼的兄妹在剧院里遇见奥迈，当时上演的是萨瑟恩感人泪下的悲剧《伊莎贝拉》（*Isabella*）（59）。在这样的情境下，奥迈对伯尼的拜访被安排妥当。随后，他到来与伯尼共进晚餐，伯尼觉得奥迈是“一个具有完美理性和智慧的人，理解力比司空见惯的种族——像我们这些文明的绅士淑女们——高出

192

---

① John Tarlton and E. H. McCormick, *The Two Worlds of Omai* (Auckland: Auckland City Art Gallery, 1977), 12.

许多”(62)。在这之前,伦敦的人们都认为奥迈具备高贵的贵族特质,伯尼也不例外:“他的行为举止如此优雅,如此彬彬有礼,如此周到细心、从容随和,以至于你会误认为他来自某个国家的宫廷”(60)。他的慷慨大度还表现在向当时正患感冒的作家表达了合乎礼节、自然天成的同情(60)。伯尼还记载了后来的一次会面,说奥迈“心胸如此坦诚,他专注地凝望每个人,把他们看作自己的朋友和祝福者”(194)。她还说土著人奥迈比当时一个著名的贵族要更高贵。那贵族虽受过教育,却“不过是个迂腐的呆子”(63)。相反,奥迈

> 出现在一个新世界,仿佛他从出生就一直在研习优雅的举止,他不遗余力地锻造自己的行为举止,使他的外表和言行完全合乎礼节,从容不迫又文质彬彬:我觉得这说明一个人若没有天生条件,后天如何依靠人工改进也无法成为一个优雅的人;相反,只要天生条件好,不需要后天人工的修饰,就是一个优雅的人。(63)

另外的轶事同样讲述着奥迈如何情感丰富。一个评论者描述了一个场景,和劳伦斯·斯特恩笔下的约里克所经历的感伤之旅颇有几分相似:“沿斯特兰德街而行,我们走过一个正在乞讨的老人。奥迈先生立刻施舍了老人,一边还说,‘必须要给可怜的老人,老人不能工作’”(Alexander,84)。当时的目击者还讲述了奥迈如何在葬礼上眼含热泪:他觉得葬礼“太让人痛苦,他无法坚持到最后。以手帕掩面,他逃离了”(Alexander,84;McCormick,117)。

诸如此类的描述告诉我们,“土著王子”在历史上如何影响了18世纪英国的都市生活经验。土著来访者是当时文化的重要方面,有时还是当时文化大肆赞美的方面。在对土著来访者的各种描述中,有关其多愁善感和天生高贵的修辞贯穿了许多相关的报道。当时描

述土著王子的记录繁多且简短，都以这个修辞作为土著王子的共同特点。正像安纳马布逃离了《奥鲁诺克》的表演现场一样，奥迈也从葬礼上逃离，二者都表现出文化差异的代表人物——波利尼西亚人或非洲人——具备对他人苦难感同身受的能力和强大的同情心。他193们是当时男性行为举止的潮流典范。典范的形成有赖于对比——斯雷尔夫人将奥迈与巴雷蒂（Baretti）作对比，弗朗西丝·伯尼则将奥迈与“书呆子”菲利普·斯坦霍普（Philip Stanhope）作对比。在对比中，差异和身份、土著和欧洲人之间发生了反转，土著取代了高贵的欧洲人，欧洲人则变成了“野蛮人”。我们将会看到，这种反转成为建构土著王子寓言的核心层面，情感认同在各种——体现文化差异的——情况下不断演练。

二

18世纪前半期，安纳马布王子在伦敦观看的感人至深的奥鲁诺克的悲剧，作者是托马斯·萨瑟恩，改编自阿芙拉·贝恩（Aphra Behn）的中篇小说《奥鲁诺克：或，高贵的奴隶。一段真实历史》（*Oroonoko: or, the Royal Slave. A True History*, 1688）。这部小说奠定了那个时代土著王子的典型形象。戴维·布里翁·戴维斯（David Brion Davis）和怀利·西弗（Wylie Sypher）都追溯了“奥鲁诺克传说”的发展，从贝恩的作品到18世纪末期的废奴运动，包括几个对《奥鲁诺克》进行的戏剧改编，以及许多主题相似、描写高贵奴隶的文学作品。①在近来对贝恩的小说和萨瑟恩的戏剧的研究中，一个话题是虽然1780年代的英国废奴辩论比《奥鲁诺克》的出版整整晚了一个世纪，

① Sypher, *Guinea's Captive Kings*, 第三章; David Brion Davis, *The Problem of Slavery in Western Culture*, Ithaca: Cornell University Press, 1966。萨瑟恩的《奥鲁诺克》(1695)后来有1759年John Hawkesworth, 1760年Francis Gentleman, 以及1788年John Ferriar的改编版本。

但这部小说与废奴辩论之间究竟存在什么样的关系?[①] 贝恩的作品本身并不能代表废奴立场——只有高贵的奴隶引发同情,在高尚的战争中落败导致奴隶身份的制度并未受到抨击。如此看来,贝恩小说中的高贵奴隶后来居然成为废奴文学的主人公,实在是令人惊讶。但是,废奴辩论包含着本土政治和社会复杂性,奥鲁诺克在不断变化的土著王子寓言中获得正式立场,这二者可以分开来看。[②] 事实上,奥鲁诺克故事中的精英主义——这一点局限了其作为废奴作品的可信度——是认同形式过程的主要方面,而认同形式过程则阐明了土著王子寓言。

在贝恩的小说中,奥鲁诺克代表理想的欧洲贵族,与斯图亚特王朝的君主和罗马时代的英雄相似,与他身边的普通人则格格不入——普通人既包括在起义中背叛他的普通奴隶,也包括那些目无

---

① 这些小说和戏剧在过去十年间得到了论者的持续关注,关注的议题包括种族、性别,以及殖民主义。例如,Laura Brown,"The Romance of Empire: *Oroonoko* and the Trade in Slaves",in *The New Eighteenth Century: Theory, Politics, English Literature*, ed. Felicity Nussbaum and Brown, New York: Methuen, 1987, 41—61; Margaret W. Ferguson,"Juggling the Categories of Race, Class and Gender: Aphra Behn's *Oroonoko*", *Women's Studies* 19, 1991: 159—181; Moira Ferguson,"*Oroonoko*: Birth of a Paradigm", in *Subject to Others: British Women Writers and Colonial Slavery, 1670—1834*, New York: Routledge, 1992, 27—49; Charlotte Sussman,"The Other Problem with Women: Reproduction and Slave Culture in Behn's *Oroonoko*", in *Rereading Aphra Behn: History, Theory, and Criticism*, ed. Heidi Hutner, Charlottesville: University Press of Virginia, 1993, 102—120; Suvir Kaul,"Reading Literary Symptoms: Colonial Pathologies and the *Oroonoko* Fictions of Behn, Southerne, and Hawkesworth", in *The South Pacific in the Eighteenth Century: Narratives and Myths*, ed. Jonathan Lamb, special issue of *Eighteenth-Century Life* 18, 1994: 80—96。Aravamudan 全面梳理了上述评论,把它们称作"奥鲁诺克主义"。结合自己对贝恩和萨瑟恩作品的解读,Aravamudan 认为《奥鲁诺克》和现代"奥鲁诺克主义"赞美的是一个虚构并归化的非洲人,是殖民主义暴力的同谋(第一章)。

② Wheeler 指出,在这一阶段不能直接将人们对待奴隶制的态度和人们对种族差异的写作相提并论(253—260)。有关 18 世纪废奴主题的广泛性和多样性,特别是废奴主题与感伤小说之间的关系,参见 Markman Ellis, *The Politics of Sensibility: Race, Gender and Commerce in the Sentimental Novel*, Cambridge: Cambridge University Press, 1996, 55。

君主、最后判他死刑的欧洲殖民者。这些属于精英的特质不仅表现在他的举止和情感层面，还表现在他的外表。接下来这段对奥鲁诺克的描写，奠定了18世纪对土著王子外表描写的基础：

> 最显赫的宫廷也不可能产生比他还勇敢的人……他听说过、并且崇拜罗马人；他还听说过英国前期发生的内战，以及我们被残忍处死的伟大国王；每每说起这些，他既富有理性，又对这种不公表现出极大的厌恶。他的风度极为优雅得体，展现出教养良好的伟人应具备的礼貌谦恭。他的本性中没有半点野蛮成分，行为举止仿佛在某个欧洲宫廷受过教育……。他的身材高大匀称：最有名的雕塑家也不可能从头到脚塑造一个比他还令人肃然起敬的形象……他的五官和表情如此精美，如此高贵，如果忽略肤色，这世上再也找不出比他更美、更迷人、更英俊的人了。①

195

欧洲人耳熟能详的雕塑术语规范化了非洲人的身体，正如在贝恩的小说发表之后的几十年，每次提到来访伦敦的土著，必然强调他们的欧洲服饰：这使得欧洲人更容易接受土著人的外表。事实上，虽然奥鲁诺克的故事背景和他的死亡反映着新世界的特殊经验，在旅行记述中也很常见；然而，不管是奥鲁诺克的人物形象，还是情节设置，都和复辟时代常见的英雄戏剧中的贵族主人公非常相似。② 他同样拥有改编自英雄传奇的戏剧中的"伟大的灵魂"，他也同样像雄狮一般渴求"荣誉壮举"(42)。精英英雄理应具备的高尚宽容在他身上尤为明显，他表现出来的多愁善感堪称完美，将他和小说中的女性人物

---

① Aphra Behn, *Oroonoko*, ed. Joanna Lipking, New York: Norton, 1997, 13，下文对《奥鲁诺克》的引用都出自此版本，括号内标注页码。

② Brown, "Romance of Empire."

紧密联系在了一起。他“总是用一声叹息来回应‘爱情’这个字眼，总想就此探个究竟，再也没有什么比谈论爱情更让他愉悦的了”；他“沉迷”在讲述者口中的“罗马人、以及伟人的生平”故事，为此更喜欢“与女性为伴，而非男性”（38，41）。虽然后期的土著王子寓言以受难和同情的循环为显著特征，而此时的奥鲁诺克还未被纳入这一循环；然而，奥鲁诺克表现出了强烈的同情心和感应力，这是寓言在整个 18 世纪所投射出的高贵情感的基础。

奥鲁诺克的高贵堪称典范，这种借鉴英雄戏剧传统的高贵与小说中反英雄的殖民主义者所代表的野蛮形成强烈对比。小说将他们视为一群暴徒，“比新门监狱流放的恶棍还要恶贯满盈……眼中毫无神的律例和人的法则；所作所为根本不配称之为人”（59）。这种换位成为土著王子寓言的显著特征：就像进行下棋比赛的奥迈和巴雷蒂（Baretti）之间的关系一样，欧洲人变成了野蛮人，奴隶奥鲁诺克则变成了高贵欧洲人的典范。在贝恩的寓言版本中，英雄话语和高贵的自然人概念结合在一起，从而产生了角色的对换。

小说还描写了一个欧洲世界，奥鲁诺克则是这个欧洲世界更为直接的理想形象。贝恩的英雄主人公以他独有的方式吸引着“我们的西方世界”，直接进入到上层殖民者的社交圈，“谈论”当时的英国政治，在帕勒姆“会见……来访”，向特雷夫里袒露情事（37，13，38）。 196
在这些描写中，奥鲁诺克是受人敬仰的完美的人，他代表并展现这个世界的价值，而这个世界奉他为偶像。事实上，奥鲁诺克一到苏里南，就在殖民者中引起轰动，正如印第安国王们和奥迈在伦敦受到的热烈欢迎；也像一个世纪以后，安娜·玛利亚·麦肯齐（Anna Maria Mackenzie）笔下的土著王子阿道弗斯（Adolphus）受到的社会关注：“即便国王本人（天佑国王）登陆，也不会受到整个殖民地或是临近殖民地更多的关注；人们欢迎他的程度仿佛他不是一个奴隶，而是一个总督”（37）。这种不由分说、不容置疑地将土著王子描写成欧洲大都市名流的做法，成为土著王子寓言的一个常见层面。不过，上述的意象和奥鲁诺克与野蛮的欧洲殖民者之间的对比并非完全一致：贝恩的奥鲁诺克不仅代表着认同欧洲精英阶层的名流典范，还以高贵的土著形象与野蛮的欧洲形成对立。这种张力成为寓言结构的特征，操纵着文化差异和欧洲理想，并在二者之间游移。

不难想象，萨瑟恩的戏剧《奥鲁诺克》在刻画这一高贵的奴隶时，更加全面地借鉴英雄戏剧中的贵族主人公形象。和贝恩的奥鲁诺克一样，萨瑟恩对英雄传奇的改编的主要特点，依然是将英雄主人公高尚的语言、所向披靡的壮举与受难和同情结合在一起。在戏剧结构上，萨瑟恩比贝恩的小说更进一步，更加关注奥鲁诺克所面临的爱情与荣誉的两难抉择。这样，奥鲁诺克对伊莫恩达的忠诚必须与为争取自由而进行的荣誉之战保持一致。像贝恩一样，萨瑟恩赋予他的主人公除了英勇无畏，还有与之相配的丰富情感。奥鲁诺克对布兰福德讲述自己爱情的"悲伤故事"，布兰福德表达了同情，奥鲁诺克感叹道：

> 来吧，同情我。
> 同情与爱情同源，凡与之相关
> 每个想法都令我的灵魂喜欢。
> 我愿我被同情。①

在这段描写中，萨瑟恩采纳了贝恩的描写：奥鲁诺克"总是用一声叹息来回应爱情这个字眼"。当他讲完自己的"悲伤故事"后，奥鲁诺克对布兰福德保证："我不会再叨扰你。偶尔/我不由自主一声叹息；仅此而已"（2.2.114—115）。叹息既代表受难，又代表同情，使

197

① Thomas Southerne, *Oroonoko*, ed. Maximillian E. Novak and David Stuart Rodes, Lincoln: University of Nebraska Press, 1976, 2.2.57—60，下文对萨瑟恩剧作的引文都出自此版本，括号内标注幕、场及行数。

英雄变成了同情的典范,与同情他的故事听众产生认同。两种作用的汇合在戏剧结尾达到高潮。当奥鲁诺克决心杀死伊莫恩达来解救她的奴隶身份时,他的眼泪不仅意味着他遭受的苦难,还意味着他感受到了自己和伊莫恩达故事的感人力量。他演绎了他的故事应该激起什么样的回应:

> 我的心潮起伏;要是我夺眶而出的泪水
> 暴露出我有不为他们所知的软弱,
> 请相信,你,只有你才能让我泪流不止。(5.5.129—131)

不管是贝恩和萨瑟恩的奥鲁诺克,还是二者都借鉴的英雄戏剧中的贵族主人公,令人感动的高贵品性是典型英雄行为的一种直接延伸。上述作品的主人公不仅因为骁勇善战而傲立于众,还因为对他人的苦难表现出慷慨无边的感动回应而出类拔萃。例如,在德莱顿的《一切为了爱情》(*All for Love*,1677)中,安东尼之所以是一个"神",不仅因为他在战争中的英勇表现,还因为他"对受压迫者表达了柔软的同情"。[①]尤金·韦斯(Eugene Waith)提出,因高贵的宽宏大度而流下的泪水——本是等级分明严苛的贵族守则的核心品质——将感动从精英文学模式中抽离出来,使得英雄与感伤、贵族与资产阶级之间产生了惊人的联系。[②] 被自己的故事感动到泪流满面的高贵的主人公,为男性的行为举止提供了新的模式。在这个新的行为模式中,精英崇拜将转化成情感认同。如此一来,英雄传奇传统

---

① John Dryden, *All for Love*, ed. David M. Vieth, Lincoln: University of Nebraska Press, 1972, 2.151.

② Eugene Waith, "Tears of Magnanimity in Otway and Racine", in Waith and Judd D. Hubert, *French and English Drama of the Seventeenth Century*, Los Angeles: William Andrews Clark Memorial Library, 1972, 1—22; Altick 也分析了这种"异域英雄类型"(46)。

的精英层面在整个18世纪维持了一种文化作用。甚至资产阶级文学模式也是如此。查尔斯·葛兰底森爵士和土著王子寓言中的主人公一样，都是精英模式的完美展现。

这种远距离认同的构建是英雄悲剧的奇特效果，因为英雄悲剧强调的是虚构而遥远的事物，并从中构建出一个自知不可能实现的理想人物，他要遵守这种表演模式严苛又对称的情节原则，以及巴洛克风格的矫揉造作。作为这种文学题材的重要特点，文化距离又拓宽了阶级距离：复辟时代的英雄戏剧是体现文化差异的体裁，以对异域角色和遥远世界的刻画为特点。[①] 遍布沼泽的西班牙、北非、印度、中国、土耳其、墨西哥、秘鲁、北美洲——是很多原创严肃戏剧的经典背景，包括威廉·戴夫南特（William Davenant）的《罗得斯之围》（*Siege of Rhodes*，1656，1661）和《西班牙人在秘鲁的暴行》（*The Cruelty of the Spaniads in Peru*，1658），德莱顿的《印度女王》（与罗伯特·霍华德合作）（*Indian Queen*，1664）、《印度皇帝》（*Indian Emperour*，1665）和《奥朗则布》（*Aurengzebe*，1675），埃尔卡纳·塞特尔（Elkanah Settle）的《摩洛哥女皇》（*Empress of Morocco*，1673）和《攻克中国》（*Conquest of China*，1676），贝恩的《艾博黛拉则》（*Abdelazer*，1676）和《寡妇兰特》（*Widow Ranter*，1689），玛丽·皮克斯的《亦卜拉欣》（*Ibrahim*，1696），戴拉利威尔·曼利（Delarivier Manley）的《皇室灾祸》（*Royal Mischief*，1696），等等。在这样的语境下，一位非洲奴隶出现在戏剧舞台上不足为奇；土著王子也源于描写异国精英人物的形式。理查德·奥尔蒂克（Richard Altick）将这些高贵的戏剧人物放在来访大都市的土著王子受到热烈欢迎的语境中：对“有教养的伦敦人来说，[土著王子]……是高贵的野蛮人，是某种异国英雄，这些观念在王政复辟后从法国传到英国，现在他正以阿芝台克人或秘鲁人

---

① 有关英雄戏剧的异域题材和文化差异，参见 Bridget Orr, *Empire on the English Stage 1660—1714*, Cambridge: Cambridge University Press, 2001。

的形象,出现在戴夫南特、霍华德、德莱顿的戏剧中,还有阿芙拉·贝恩的传奇故事中”(46)。

将文化差异搬上戏剧舞台,人们对此有不同的理解:时政寓言,对除英国之外其他欧洲帝国主义扩张的负面评论,经历17世纪政治危机后对英国历史的回避,对焦虑的置换表现,焦虑产生自内战(Interregnum)和王政复辟所引起的政治动荡,对光明的英帝国未来的投射,或是对他者、东方、集权模式的理想化呈现。任何单一的观点,甚至上述所有观点之和,都无法全面解释这一体裁为何如此执拗地关注他者性。不过,英雄戏剧与土著王子寓言的结合却可以产生新的意义,帮助我们理解当时文化想象对差异性的展现所带来的效果。那些来自印第安、摩尔、中国、土耳其、阿芝台克和印加的高贵英雄们,衣着光鲜亮丽,那是当时欧洲人依据自己对异域的想象而为他们设计的。[1] 正是这些英雄们,为当时的人们提供了想象空间,使人们 199 能够反映上升至全球范围的文化差异这一重要主题。不论是人们在伦敦街头所经历的他者性,还是像贝恩等人在殖民地的欧洲哨站所经历的他者性,都在当时的英雄戏剧中获得了最直观的反映。如此看来,这些贵族戏剧在形式上为土著王子寓言提供了先例,因为戏剧塑造了一个个非欧洲人的精英人物形象,同时他们还具有儿女情长、英雄气短的特点;这一特点对于认同过程至关重要,而认同过程正是寓言的核心所在。上述的相容性看起来有些奇怪,却贯穿于土著王子寓言长久的发展之中。

寓言从贝恩和萨瑟恩的《奥鲁诺克》中获取了很多要素,这些将成为下个世纪寓言的核心成分。随着土著王子寓言的发展,它还吸收了《奥鲁诺克》取自英雄戏剧的贵族转喻:土著王子总是精英人物——王子、国王,或是天生高贵的形象;他的核心特点是信守荣誉准则、具备符合精英地位的宽宏大度;他常陷入一段感人的浪漫爱

---

① 在戏剧舞台上,这些人往往身着羽毛装饰的服装,参见Roach,第四章。

情，在感情中经历对他英雄气质的考验，在爱情与荣誉、宽宏大度和受苦受难之间抉择；他也表现出他的苦难应该激发出的情感，自省结构是这个过程的主要特点，也是感伤文学的主要特点。上文已经论述过，《奥鲁诺克》还预演了寓言中的主人公如何能够天衣无缝地融合到“我们的西方世界”，并成为欧洲人行为处世的模范；预演了土著形象如何从外表上符合欧洲人对美和等级身份的规范——外表既包括对他容貌的描写，也包括对他衣着的描写；还预演了野蛮人和文明人的对换，人们熟悉的欧洲人扮演了野蛮人的角色，而来自异国他乡的人、非欧洲人，或者奴隶却成为理想的欧洲人形象的楷模。综上所述，土著王子的寓言演变自萨瑟恩和贝恩的《奥鲁诺克》，将差异表现为典范。

三

在土著王子寓言的诗意写作中，主人公陷入爱河，却总是形单影只、苦恋相思，或是命运多舛，由此产生丰富情感，使之更具备典范性。《印第安国王歌谣》关注的正是土著王子故事的这个层面。它的灵感源于1710年四位易洛魁酋长的来访。作为18世纪最流行的歌谣之一，《印第安国王歌谣》出版的大开本、小开本至少十五种，印刷主要集中在伦敦，伦敦以外也有印刷商参与。[①] 歌谣首先介绍背景，这是当时的惯用手法，着重强调土著王子来到现代大都市，二者形成强烈冲突。与奥鲁诺克受到“我们西方世界”的热烈欢迎一样，土著王子立即适应了环境：

200

请听一个真实的故事，

关于最近的四位印第安国王；

① 对歌谣的大开本、小开本，包括仿制版本的描述，参见Garratt，36—75。

他们来到基督教的国度，
讲述他们悲伤的过往：
他们忍受法国人的攻击，
直至贸易完全停止；
……
印第安国王的故事，
让许多老爷贵妇神伤。
……
许多高贵的听众
愿与他们结为朋友，
向他们介绍不列颠的荣耀
建筑、军队、以及其他种种，
现在又有一个催人泪下的故事，
有一位伟大的国王陷入了爱情。①

在对"不列颠的荣耀"进行了简短介绍之后，爱情故事立刻展开。一方面，对不列颠荣耀的介绍建立起印第安国王的他者性——土著在面对那些"建筑、军队，以及……其他种种"时一定会惊讶不已——另一方面，这种介绍预示着他们将会融入到这个世界——如果他们要按照传统的罗曼司模式迅速进入罗曼司话语、被"爱情""俘获"，他们就必须被"我们西方世界"所同化。在这个歌谣中，我们又一次见到了他者和身份的紧密联系，而这正是土著王子寓言的特点。

有的版本把歌谣分为两部分，每部分的题目都揭示了浪漫传奇故事的前提："一位美丽的女士如何征服了一位印第安国王"、"女士对印第安国王请求的回应"。故事情节一如既往地简单：最年轻的

① Garratt，B7，52，下文对歌谣的引文都出自此版本。

国王在圣詹姆斯公园散步时爱上了一位“美丽的女士”。歌谣着重201强调了那感人的一幕：

> 当他感受自己的悲伤，
> 常常对着他人短叹长吁，
> 像每个伤心欲绝的爱人一样，
> 他常常把自己的胸膛捶击。

女士一开始拒绝了他，“尽管[他是]一位印第安国王”——“国王”是着重强调的部分。后来她决定接受他，条件是他要同意“成为基督徒”——“基督徒”是着重强调的部分。女士对土著王子高贵身份的强调重现了土著王子寓言的特点，即精英和他者的结合。早期的版本到此结束；到了18世纪后半期，一些版本新加上了部分内容，描写印第安国王转变成基督徒，迎娶了女士，安女王也参加了婚礼并对他们赞赏有加。认同效果是歌谣强调的核心，这些版本不仅特别强调这种认同效果，还突出了宗教对于当时人们理解他者性的重要作用。罗曼司传统使得国王的痛苦产生情感认同，有了女王的出现，这种情感认同便获得了权威认可。故事讲述了文化差异经由浪漫爱情得以同化，而女王的在场使这类故事正式成为公众效仿的典范。

寓言的想象式转化同样出现在威廉·多德的扎拉诗(1749)中。诗歌讲述的也是来访大都市的土著的爱情故事，故事的主人公是安纳马布王子和他的随从；题目分别为《非洲王子，身处英国，写给身处父亲宫廷的扎拉》；以及《扎拉，身处安纳马布宫廷，写给身处英国的非洲王子》。两首诗讲述了王子和身处非洲的爱人分隔两地的悲惨故事。诗歌的背景介绍不长，也是土著王子故事的惯用背景——王子在去往英国的路上“丧失自由”，沦为奴隶，多亏英国国王搭救，并借一阵“祥风”将他带回伦敦。① 与《印第安国王歌谣》的特点一样,第一首诗将土著王子置于常见的罗曼司传统中,同样将他者性和同情联系在一起。在诗歌的开始部分,王子身处英雄戏剧常见的场景,即面临爱情与荣誉的选择。一方面,作为英雄,他要履行去往英国的义务;而这违背了他对扎拉的爱情:

> 清醒美德在寂静之时,
> 赐予英雄高贵的品质。
> 凭此,我便敢渡过汪洋大海,
> 凭此,我便敢与你断然分开。
> 只是我的胸膛感受到的火焰更尊贵,
> 这不应受到谴责,它拥有你温柔的恩惠。
> 虽然我的灵魂渴求那骇人的美质,
> 可是扎拉,它爱的只有你,只有你。(117)

202

这些描写非洲王子的虚构罗曼司,强调的都是哭泣、哀叹、分离,这些在描写奥鲁诺克与伊莫恩达的分离时也被着重强调;同时,在这一文学传统中,这些熟悉的修辞还标志着情感认同的达成:

> 我们会面去哀叹,去为永别而哭泣。
> ……
> 手掌见证了我们流下的眼泪,
> 当美好的希望、欢乐都一去不归。
> 我颤抖的双唇,亲吻你颤抖的双唇,

① William Dodd, "The African Prince, Now in England, To Zara At His Father's Court" and "Zara, At the Court of Anamaboe. To the African Prince, When in England", in Bell's Classical Arrangement of Fugitive Poetry, London: John Bell, 1788, 7:120,下文对两首诗的引文都出自此版本,括号内标注页码。

再将你紧紧拥抱在我的胸膛。
我们悲伤不能自已，
此刻，却仿佛把痛苦脱离。
一起沉浸在妙不可言的痴迷恍惚，
我抓住你逝去的灵魂，并将我的灵魂向你托付！
哦！这忘却一切折磨的幸福遗忘，
哦！为何又要回到现实，重陷绝望！（118）

在对非洲王子的描写中，分离的场景十分重要，接下来要描写的就是王子和父亲分离的场景。面对分离，父亲同样强忍“难以抑制的哀叹”和“无法言说的痛苦”（119）。与《印第安国王的歌谣》一样，英雄罗曼司的情感层面使非洲王子的形象自然可信，同时，非洲王子还要与即将融入的“西方世界”形成强烈对比；非洲王子观看《奥鲁诺克》的表演既具有象征意义，也将这种对比推向高潮：

我想要把看到的一切都告诉你，
那些习俗、建筑、贸易，还有国家体制！
艺术与自然竞争的公开表演，
情感细腻，让人苦乐参半。
哦！扎拉，这里，正在上演一个故事，
名字不同，情节类似我的境遇；
一位印第安酋长，被骗子出卖，像我一样，
在悲痛中与他的印第安姑娘天各一方。
我无法记清那些场景，那太痛苦，
即使我记清，也无法把它们讲述。（122—123）

203

上述引用将“非洲人”归入“印第安人”，仿佛他们毫无差别，这在当时是普遍现象。虽然第一眼看去，“我们西方世界”的“那些习俗、建筑、贸易,还有国家体制”可能预示着文化距离,但情感却即时消弭了这种距离:王子观看戏剧的反应证明了他具备多愁善感的特质。这不仅是诗歌赋予他的特质,还是大都市的特质:他代表的审美“愉悦和痛苦”就是大都市的特质。非洲王子究竟是“目不暇接的”外来者,还是“西方”文化理想中男性多愁善感的典范?这首诗体现了土著王子的寓言如何将他者性和身份认同这两极达成融合。

悲剧式的殉难是土著王子寓言的另一个情感策略,这在奥鲁诺克的故事中表现得极为明显。到了18世纪后半期,正值英国废奴辩论的时候,悲剧式的殉难成为寓言写作中的重要维度。这一时期的诗歌和戏剧对墨西哥和秘鲁的主题重新燃起了极大的兴趣,其实这些主题在一个世纪前戴夫南特和德莱顿的复辟英雄戏剧中就已经出现;现在,则成为土著王子故事的核心修辞。当时欧洲大陆也有许多同主题的作品,英国这些关于阿芝台克和印加王子的新悲剧故事和它们不仅类似,有时也能看出模仿的痕迹。这些欧洲的作品主要包括让·弗朗索瓦·马蒙泰尔(Jean Francois Marmontel)富有哲学思想的史诗《印加人》(*Les Incas*,1777年出版于巴黎;同年英译本出版),奥古斯特·弗里德里希·费迪南德·科茨布(August Friedrich Ferdinand Kotzebue)的戏剧《秘鲁的西班牙人,或,罗拉的托德》(*Die Spanier in Peru, oder Rolla' s Tod*,莱比锡,1795)。[①] 拥有同样故事情节的英国戏剧包括托马斯·莫顿(Thomas Morton)的《哥伦布,或,新世界》(*Columbus; or, A World Discovered*,1792);亨利·布鲁克(Henry Brooke)的《蒙特苏马》(*Montezuma*,1778),后者是对德莱顿的《印第安皇帝》和理查德·谢里丹的《皮萨罗》(*Pizarro*,1799)的改写,充满感伤,在当时非常流行,直到19世纪上半期都经常是剧院的保留剧目。这些作品展现了寓言最重要的特点之一是如何在文化中流

① Bissell列出了对科茨布戏剧进行翻译和改编的七部英语版本,而且这些版本都出现在1800年之前,以此表明当时相关话题的受欢迎程度,154 n. 73。

204 通的。

在18世纪后半期的诗歌中，印加人和阿芝台克人都是能引发情感的人物。约瑟夫·沃顿的《垂死的印第安人》(*Dying Indian*,1758)中的讲述者显然是印加帝国灭亡的最后一个受害者，他的话语中充满了暴力和仇恨，似乎作者并不希望将他塑造为传统的多愁善感的角色。一开始这个印第安人并未像经典的土著王子寓言那样引起同情。然而，这个愤怒的、充满反抗精神的王子，临死前对儿子诉说他如何失去了“深爱的”妻子，并且请求儿子：

> ……慈悲地刺向她
> 用你的双手，才不致使她深陷苦痛，
> 像怯懦的基督徒，在苦难中度过一生。①

这首诗并非传统的土著王子主题，但它同样将悲剧式的爱情和英雄式的牺牲结合在一起，说明寓言的影响力之大。同时代的其他诗歌则更为明显地模仿了土著王子在最早期的寓言表现形式——英雄戏剧——中的主要特点，即受难和尊贵的意象。海伦·玛利亚·威廉姆斯(Helen Maria Williams)的六章史诗《秘鲁》(*Peru*,1784)深情地讲述了西班牙征服的故事，诗中充满了印第安人遭受巨大苦难的意象。在爱德华·杰宁汉(Edward Jerningham)的史诗《墨西哥的沦陷》(*The Fall of Mexico*,1775)中，印第安人受难的中心意象——遭受西班牙人折磨的瓜提莫基诺(Guatimozino)——所激起的情感不亚于德莱顿笔下的蒙特苏马，或是萨瑟恩笔下的奥鲁诺克：

---

① Joseph Wharton, *The Dying Indian*, in *Eighteenth-Century English Literature*, ed. Geoffrey Tillotson, Paul Fussell Jr., and Marshall Waingrow, New York: Harcourt, Brace and World, 1969, 929—930，第19、23—25行。

他说——屈服于严苛遭遇
躺在烈焰般滚烫的长椅:
他的随从谦恭地弯下身子,
在折磨人的床上伸开躯体;
剧烈的疼痛几乎无法忍受,
他用哀伤的语气把自己的苦难讲述:
“哦,高贵的主人,让我告知
“金光闪闪的宝藏在哪里——
“我退缩,我眩晕,我无力承担,
“这虚弱的身体击垮我心中的勇敢。”
他的周围烈火熊熊燃起,
高贵的酋长抬起受着煎熬的身体,
望着面前的年轻人,眼含责备,目光平静,
开口说话——哦,雄辩、高尚的回应!
哦,天啊!哦,地啊!“难道我栖息
在玫瑰树柔软的叶枝?”
他停下——他的灵魂已入隐秘之境,
那里有他胜利者的无上光荣。①

205

在扎拉诗的第一首,来自异域的土著王子通过审美介质成为英国多愁善感的典范,此时“艺术和天然”成为现代欧洲“体制”的投射,将土著王子的苦难以戏剧形式呈现。在瓜提莫基诺(Guatimozino)身上,异域受难具备了更多的审美特色;受难不仅在意料之中,甚至成为标准化:“高贵的酋长”不屈不挠地牺牲被描写成高尚的典范。上

① Edward Jerningham, *The Fall of Mexico, a Poem*, London, 1775, 第775—792行。玫瑰的意象——来自西班牙史学家——经常出现在对墨西哥沦陷的描述中,参见Bissell, 16。

文曾论述过，在土著王子寓言的早期形式中，距离和身份实现了调换；这里的土著王子寓言也有同样的调换，并将他者投射为值得模仿的典范。这种透射借助新的有关高尚的审美语言得以实现。

我们的寓言特点显著，结构分明，其文化流通延伸至各个体裁、文学传统以及审美形式，使之为寓言服务。在从1660年开始的长18世纪，寓言包含了复辟时代戏剧传统中的英雄戏剧、流行民谣的公共话语、英雄传奇的主题，还有对高尚的修辞提高（the rhetorical elevation of the sublime）。寓言渗透在这些话语中，从中吸取适合自身的表现形式，另一方面，寓言又超越了这些话语，因为寓言的想象经验具备特定形式，能将差异转化为认同。

四

相比诗歌，土著王子寓言更广泛地存在于18世纪的散文体虚构作品中。我们会发现土著王子寓言融合在各种话语模式中，比如经济论文、废奴话语，而且，在卢梭思想的广泛影响下，人们普遍接受了高贵的野蛮人这一哲学思想。然而，以差异来体现认同的过程将一直持续到18世纪末期。在笛福的《辛格顿船长》（*Captain Singleton*，1720）中，寓言体现在其中一个名为黑王子的人物。小说的男主人公鲍勃船长既是一个冒险家，又是海盗，他在开始穿越非洲的旅程时遇见了黑王子。黑王子的外貌非常符合欧洲人对土著王子的归化描写，比如上文中的奥鲁诺克与“著名的雕塑非常相似”，以及印第安国王和奥迈所穿的欧洲服饰。对黑王子也有同样的标准化外貌描写：他“个子很高，身材匀称，相貌英俊，其他人对他都毕恭毕敬，后来我们得知，他是一个国王的儿子”。[①]

206

① Daniel Defoe, *Captain Singleton*, ed. Shiv K. Kumar, Oxford: Oxford University Press, 1969, 57，下文对这部小说的引文都出自此版本，括号内标注页码。

鲍勃船长觉得黑王子有种“尊贵的”气质(62),决定让他但任奴隶头领。在穿越非洲大陆的过程中,这位土著王子就管理其他被俘虏的非洲人,让他们服侍其他的人。高贵的黑王子与他管理下的其他土著们显然格格不入。鲍勃船长与其他土著打过交道,他们是一群“残忍、野蛮、背信弃义的人”(73),和欧洲人相似点不多,与动物倒是十分相似;他们也完全无法理解交换价值的重要性。鲍勃船长感叹“这些愚蠢可怜的人”,他们用“价值十五、甚至十六英镑”的物资换了一个雕刻成小鸟形状的银器,而银器“对我们不值六便士”(28)。他们缺乏判断力——或者用笛福的话说,他们缺乏人性——觉得铜的价值更高,银和铁的价值又都在金子之上(107)。和他们不同,黑王子完全理解和接受欧洲经济价值系统。在鲍勃船长和随从寻找金矿的过程中,他起了至关重要的作用;更为重要的是,他很快就学会了如何使用金子。在笛福的叙述中,这意味着土著王子非常贴合欧洲文明的标准,所以可以被看作人类。

虽然笛福的黑王子并未出现在欧洲大都市,但他和以欧洲为中心的交换价值现象产生了各种联系,因此他也身处“我们西方世界”的范围,从而符合土著王子寓言的形式特征。事实上,这位王子完美融入了西方世界。最后,“我们释放了黑人王子,给他穿上我们平时穿的衣服,送他一磅半的金子,他对如何使用金子了如指掌;我们分别的时刻非常友好”(137)。在寓言的这个版本里,消融土著王子他者性的不是情感,而是经济因素。黑王子没有浪漫的情事,也没有遭遇苦难,确定他的荣耀和精英地位的原因——他是“一位国王的儿子”——这就把差异转变为“友好”亲密,还使他顺理成章地成为资本主义的理想人物,也就是文本中所谓的人性。然而,在这个例子中,土著王子寓言中的精英主义与笛福小说中至关重要的资本主义贸易和交换价值有些格格不入。黑王子之所以成为资产阶级的典范人物,能够投身贸易来实现自身的价值,根本原因在于他是一个贵族,因此,只有靠社会身份,他才能实现自身的价值。这种潜在的张

207

力——贵族与资产阶级之间——证明了土著王子寓言的相对独立性：它既有英雄传统中的精英主义，又将与精英主义的联系带入了前资本主义主题的叙述中，即当时经济话语的主题叙述。

笛福通过经济模式将土著王子转变为欧洲人的典范，这是个有些极端的例子。当时更为传统的做法是，以英雄式的荣誉和大度来构架土著王子的性格，再在散文体叙述中构架情感。例如，在爱德华·金伯（Edward Kimber）的《安德森先生的生平和历险记》（*The History of the Life and Adventures of Mr. Anderson*，1754）中，主人公遇见了一位友善的美洲印第安人，名叫凯尔科东尼（Calcathony），此人"无论境遇好坏，都表现出高尚的心灵"。[①] 当法国人逼迫他背叛英国人的时候，凯尔科东尼说他愿"即刻承受一切折磨，绝不会背信弃义苟活"。[②] 在18世纪对美洲土著的虚构描写中，一部分土著属于上述英雄，热爱荣誉或天生高贵；另一部分土著则极其残忍野蛮，他们出现在当时越来越多的有关俘虏的叙述中。虽然这些关于野蛮印第安人的叙述声称真实，人们还是把土著王子想象成理想的人物。寓言如此深入人心，体现了当时它在人们思想中的地位。

约翰·谢比尔（John Shebbeare）的《莉迪亚：或孝心》（*Lydia: or Filial Piety*，1755）进一步推进了土著王子的寓言。在这个故事里，土著王子介绍并架构了一个关于女性受难又获得回报的故事，故事的背景还对英国社会展开讽刺。小说的开始出现了一位完美的美洲印第安人，名叫卡那桑提戈（Cannassatego），他完美的性格就是美德的标准。腐败和愚蠢随之展开。对这位土著王子的描写与《奥鲁诺克》中的英雄模式相似，都引用经典作品典故，并以欧洲人对美的标

208

① Edward Kimber, *The History of the Life and Adventures of Mr. Anderson*, London, 1754, 110；转引自 Bissell, 87—88。

② *Mr. Anderson*, 113；转引自 Bissell, 88。

准来全面改造土著这一非欧洲人的典型。不过,《奥鲁诺克》的英雄模式又被一种高贵野蛮人的共和话语模式所掩盖:

> 没有人的外表比卡那桑提戈更优雅……他身高六英尺,可谓人类完美身高;脖颈挺拔、头颅带着浩然正气;都说相由心生,他的额头宽阔,随着心境改变,他的眼神时而坚毅,时而温柔,一片忠心赤胆愿捍卫自己的国家;……他的气质、举止、言行简直就像一尊美好的阿波罗雕像,……在这位美洲人身上复活……;虽然这位武士没有欧洲人白皙的肤色,可是他的身形和五官使你完全注意不到肤色的差异。①

卡那桑提戈来自高贵野蛮人所居住的世外桃源。在他的国家里,"人心依旧遵从自然古老的律法,人还没有堕落,不会产生亵渎或邪恶的念头,因此天堂还未从视线消失;……善念由心而发,人人皆生善念"(1:17—18)。

卡那桑提戈的多愁善感——卑鄙的欧洲人毁灭了他的国家,他为"国家的沦落"而流下"眼泪"——使他萌生去往伦敦的念头,要在那里试探英国"国王和子民"的诚实和美德(1:19)。对他远赴伦敦的描写显然借鉴了当时伦敦都市人对土著来访者的想象,特别是四位印第安国王那次有名的来访:卡那桑提戈"非常清楚地知道,在他之前,印第安酋长已经远涉重洋来到不列颠王国,并且安全返程"(1:19)。和扎拉诗歌中的安纳马布王子一样,卡那桑提戈也不得不在乘船前与心上人亚丽珂(Yarico)依依惜别,场景感人;他也同样要做一场关于荣誉和爱情的辩论,这正是土著王子寓言的特点之一,在

① John Shebbeare, *Lydia; or Filial Piety*, London, 1755; reprint, New York: Garland, 1974; 1:3—4,下文对这部小说的引文都出自此版本,括号内标注卷数和页码。

《奥鲁诺克》和安纳马布王子的故事中都有相似情节：

> “荣誉为何物，竟与爱情不可兼得？难道我只能痛失我爱，就为一个匆忙又虚荣的决定，并且还无益于我的国家？不能这样做。”——过了一会儿，他又说，“人们会不会说，那个卡那桑提戈，被爱情和女人冲昏了头，不顾国家的利益，放弃了他的决心？”(1:28)

209

与其他散文体叙事作品中的土著王子一样，卡那桑提戈在船上也出面搭救了一位受到残忍虐待的人。莉迪亚是小说题目中出现的角色，这位品德高尚的人首次出场就在船上。卡那桑提戈从满口谎言又胆小卑鄙的邦斯船长手中救出了莉迪亚，使她免遭强暴。这个场景流露出一丝美洲土著和非洲土著之间的细微差别。卡那桑提戈心地善良、仗义相助，这让18世纪后期的读者想起黑奴在从非洲到美洲的航程中所遭受的苦难，因为非洲王子也曾因为奴隶的悲惨遭遇而慷慨相助。安娜·玛利亚·麦肯齐(Anna Maria Mackenzie)笔下的土著王子阿道弗斯(Adolphus)，曾经两次出面阻止对身份低微的非洲人的鞭笞。在《莉迪亚》中，印第安主人公虽然也情感饱满、仗义相助，但他搭救的人并非奴隶，而是一个受到迫害的女性。

这个搭救的场景把多愁善感的女主人公与非洲王子结合在一起，二者之间的联系为小说后续情节的展开设定了框架，同时又暗示着多情的女性典范与完美土著之间的相似性。上文已经讨论过，在早期的土著王子寓言中常有一位女性受害者，她的苦难有助于增强土著所处情景的情感力量：伊莫恩达和扎拉在各自的作品中都起到了衬托男主人公的这种作用。到了18世纪后半期的散文体作品中，这种意味深长的联系更为紧密，并获得了延展意义。完美又受苦的女性起到了更为重要的作用，在将土著王子经过认同过程转化为欧洲情感典范时，女性成了土著王子的参照物，其作用不可或缺。这些女性角色赋予土著王子寓言情感力量，这种力量来自于漫长文学传统中受难的女性，并在这一阶段有关完美女性的散文叙事中获得进一步发展。

到达伦敦之后，莉迪亚的故事成为叙事主线，其中反复提及她与高贵的卡那桑提戈的联系，二者之间的联系也成为叙事的框架。莉迪亚的性格与克拉丽莎类同，但命运却与幸运的帕梅拉相似，她在都市中遭遇了一系列可以想见的不幸——异性的威胁、受骗进妓院、含冤被捕入狱——自始至终，她都展现出高尚的美德和对病中母亲的"孝心"。最后，她与船上相识的爱人幸福地结合，后者已获得了伯爵的高贵身份。嫁给李博拉尔伯爵（Lord Liberal）之后，莉迪亚再次遇见了土著王子。卡那桑提戈此时正在伦敦流浪，莉迪亚新获得的财富和爵位为他提供了极大的帮助。卡那桑提戈向好心的贵族夫妇讲述了自己来到伦敦之后的遭遇，其中包括叙事的主题之一，即英国人的腐化堕落。卡那桑提戈在小说的开始扮演了当时话语中的高贵野蛮人的角色，在这里，他又成了讽刺的工具。虽然这部小说中的土著王子寓言涉及了当时多个重要主题，他者和认同仍然是18世纪土著王子寓言的核心架构。 210

卡那桑提戈到达伦敦之后，这位土著王子便顺理成章需要更换衣着——他"现在身穿欧洲人的服饰"（2:76;3:263）。他对李博拉尔伯爵夫妇讲述了他对英国首相（即"伟人"）的拜访，拜访的目的是确认奥内达甘和平条约（Onondagan peace treaties），并向他陈述英国殖民者对印第安人的迫害。不难想象，"伟人"的言行和回应体现了他关心的只是一己私利，毫无原则，并且拒绝再次接见卡那桑提戈。遭受不公待遇后，这位土著王子一蹶不振、陷入绝望，幸好遇见了正直又慷慨的莉迪亚和她的丈夫，二人"有印第安人的心灵，诚信正直；他们高贵的心灵是英国人所不具备的"（3:261），这才使卡那桑提戈恢复过来。

有了李博拉尔伯爵夫妇的庇护，卡那桑提戈在伦敦的逗留期间还有机会与天各一方的亚丽珂书信往来，信中充满柔情蜜意，就像扎拉的诗歌一样(4:10—15)。这位品德高尚的印第安人还要在纯真的美德和文明的野蛮这二者之间的冲突中占据中心位置。这种冲突由来已久，主要表现在卡那桑提戈与一群腐化堕落的都市人的交往。正如野蛮的殖民者残忍地折磨奥鲁诺克，巴雷蒂焦躁无理地与奥迈对弈，卡那桑提戈与都市人的来往也将欧洲人与土著人的位置进行了调换。和其他的土著王子一样，卡那桑提戈不仅是一个高贵的野蛮人，还是欧洲人的典范，这种典范身份尤其体现在小说结尾处：当他与女主人公分别之时。此时，莉迪亚和贵族丈夫要把卡那桑提戈送回他的故乡美洲，他的行李中满载着送给亚丽珂的礼物。分别的时刻令人伤感，此时的卡那桑提戈被塑造成欧洲情感的理想所在，认同的过程得以完成：

> 分别的时刻令人心痛；他本来决定要发表一篇长长的感言，感谢这对幸福的夫妇给自己的友谊；话一出口，"如果蒙天厚爱，我能回到爱人的怀抱，我发誓——"他却泪如泉涌，泣不成声。他赶紧拥抱了伯爵，哭喊着："你们一定知道我要说什么，虽然我要回到爱人的身旁，却不得不忍受与你们离别的痛苦。"然后，他向伯爵夫人［莉迪亚］致敬："我的朋友，除了亚丽珂，你便是我世上最爱的人，再见了；愿快乐永远伴你左右。"说完这些，他哽咽着离开，伯爵和夫人也眼含热泪看他离去。最后，"去吧，高尚的人；与你的爱人亚丽珂幸福相拥"，这是夫人的祝福。(4:16)

211

这一章的开头曾提及安纳马布王子观看《奥鲁诺克》的表演，莉迪亚此时就扮演着和安纳马布王子一样的角色。她为土著的多情善感而哭泣，这位完美的女性主人公——她本人就是一位强大的情感认同的文化典范——通过模仿卡那桑提戈的回应，使得18世纪的英国读者有机会取代土著王子的位置，并通过土著王子的眼泪来定义自身的理想形象。

在亨利·麦肯齐（Henry Mackenzie）的《茱莉亚·德·卢比格尼》（*Julia de Roubigné*，1777）中，男主人公赛维龙（Savillon）通过与土著王子的联系，不仅展现了自己的多情善感，还将自己与完美的女主人公茱莉亚紧密联系在一起。这部小说表现出麦肯齐对当时司法界一个重要案件的关注，涉及在英格兰和苏格兰的奴隶身份——约瑟夫·奈特（Joseph Knight）的案件在1777年审理并决议，按照苏格兰法律，约瑟夫·奈特的奴隶身份不成立，他重获自由（Ellis，117）。虽然在《茱莉亚·德·卢比格尼》中，主要情节并非作者的废奴情绪，而是多情又悲伤的浪漫故事，然而，这个故事还是精确地体现了土著王子寓言在界定那个时代情感的本质及其形式结构中的原型作用。虽然土著王子在这部小说中并非重要角色，但他却是情感层面的核心试金石。[1]

小说中还穿插了一段赛维龙在他的加勒比海种植园通过高贵的亚木布（Yambu）改善奴隶境遇的故事，这为赛维龙和茱莉亚之间的爱情悲剧提供了一个充满感情的背景。赛维龙离开茱莉亚的时候，茱莉亚出于误会嫁给了另外一个男人，当她的丈夫意识到她更爱赛维龙的时候，便用毒药害死了她。小说的核心就是这些相爱却又被迫分离、多情善感最后殉情的典型人物。亚木布和赛维龙的来往除了能够产生情感认同，还展现了理想男性行为的典范。 212

亚木布具备坚毅的英雄气质，可谓他高贵性的自然流露：

一位奴隶特别引起了我的关注，他虽神情忧伤，却坚毅

---

① 在本章和第六章中，我认为情感之下隐含着奴隶制和种族议题的观点，以及我对斯特恩、麦肯齐和斯科特的解读，参考了Markman Ellis论述“情感政治”的著作，尤其是其著作的第二、三章。

> 地承受了一切苦难……后来我得知，一些奴隶和他同样来自几内亚海岸的某个地区，我便叫人找来其中一位勉强能讲法语的，向他询问有关亚木布的事情。他告诉我，在他们的国家里，亚木布是他们所有人的主人；他们为亚木布而战，不幸的是，他们输掉了与另一个王子的战争后，对方将他们俘虏，卖给了白人。这些白人坐着大船来到他们的海岸，把他们带到了这个地方，转手又把他们卖给了另一些白人，从此之后便在这里劳作。不过，等他们死后，灵魂越过重重山脉，在那里，亚木布才是他们真正的王子。①

赛维龙随后与亚木布会面，这场会面是对土著王子高贵情感的测试：

> 他看我的时候，目光似乎充满不屑。要是不与他深入谈话聊天，可能有人就会下结论说他迟钝麻木，这也是欧洲人对自己的残忍行为惯用的辩护……“此人有可能是一位非洲王子吗？”我问自己。——我思考了一会儿。——“然而，即便他从前是，现在他又能如何呢？——也只能像我现在所见吧。我在巴黎见过被废黜的君主；在欧洲，国王都是机器般的存在，臣民也是一样。——身处险境，沉默是王子唯一的冠冕。”(207—208)

赛维龙后来在种植园进行了机制改革，规定奴隶们只在自愿的情况下劳作，他因此赢得了亚木布的信任，并亲自见证了亚木布与生俱来的高贵：

---

① Henry Mackenzie, *Julia de Roubigné*, Edinburgh: James Ballantyne and Company, 1808, 205—207，下文对这部小说的引文都出自此版本，括号内标注页码。

> “从这一刻起[赛维龙向亚木布承诺]你不再隶属于我!”……“你不需要”,我说,“像那些监工那样,用鞭子逼迫你的人民劳作吧?”——“哦! 不需要,不需要鞭子!”[亚木布回答]——“但他们仍然需要劳作,否则我们就不能生产糖来为他们换得衣食。”——(他把手放在额头,仿佛我给他提出了一个无法克服的难题。)——“所以你要成为他们的首领,而且他们可以自主决定是否为亚木布工作。”——他斜睨着我,仿佛怀疑我说的话是否当真。我叫来第一次向他打听情况的黑人,然后指着亚木布,“你的主人”,我说,“现在已经自由了,只要他想,随时可以离开你们”——“亚木布不会离开你们”,他亲切地对那个黑人说。——“他如果想,也可以跟着亚木布一起走。”——亚木布摇了摇头。……“既然你们二人都觉得最好还是留下来;亚木布从此就是我的朋友,帮我种植甘蔗,为了我们所有人的利益:除了亚木布,你们不会再有别的监工,除了他分配你们的任务,你们无需额外劳作。”——那个黑人跪下亲吻我的双脚;亚木布静静地站着,我看到他脸上的泪珠。——“此人确实曾是非洲王子!”我想。(209—211)

213

在寓言的这个版本中,只有到了最终时刻,即最富有情感的戏剧化时刻,土著王子的精英身份才获得证实。土著必须要向一个欧洲见证人展现他的高贵。这个欧洲见证人设计了一场多情善感的戏剧,借此不仅为自己、也为读者提供了情感反思的机会。[①] 当赛维龙看见“[亚木布]脸上的泪珠”时,得到确认的不仅有亚木布的贵族身份,还有赛维龙声称自己对种植园奴隶的同情,也就是他作为一个多情人的价值。安纳马布王子在有关奥鲁诺克的戏剧中仿佛看到自己

---

① Ellis 分析了上述引文中“身体表演”的感伤转义(123)。

受苦的样子，于是逃离了剧院；赛维龙留在原地，但他和安纳马布王子一样，既见证、又表现情感；而证明土著王子高贵性的正是情感，这种高贵性使得亚木布成为值得赛维龙效仿的典范，土著奴隶成为欧洲奴隶主的榜样。

《奴隶制，或时代》(*Slavery, or the Times*, 1793)是安娜·玛利亚·麦肯齐(Anna Maria Mackenzie)创作于18世纪末的书信体感伤小说。在这部作品中，土著王子寓言已经成为感伤话语的一部分，并将自贝恩的《奥鲁诺克》以来寓言的很多文化特点融入其中。年轻的非洲王子阿道弗斯(Adolphus)是"图诺瓦"(Tonouwah)的王位继承人。他的父亲吉木扎(Zimza)送他到伦敦接受教育，陪伴他的是多情又明智的汉密尔顿先生。不久，霍金斯牧师也成了王子的朋友和导师。很快，阿道弗斯卷入一场复杂的婚姻阴谋的中心：他背信弃义的朋友贝里斯福德是一个花花公子，阴谋将他和他深爱的女人拆散。与阿道弗斯心心相印的女子是霍金斯外甥女，名叫玛丽·安·圣兰吉(Mary Ann St. Leger)。玛丽·安扮演了受苦又身处险境的女性角色。她似乎父母双亡，无人保护，贝里斯福德觊觎她的财产，对她展开追求，并设计使阿道弗斯失去两位既慷慨又富有同情心的导师的信任。玛丽·安又在艾布拉姆斯的控制之下，此人阴险恶毒，伪造了玛丽·安失踪父亲的遗嘱，因此既控制了玛丽·安，又控制了她的财产。因为天性宽厚善良，阿道弗斯不免行为鲁莽，甚至想要以死来弥补自己犯下的错误，他和另一位恩主去往加勒比海，在那儿不仅找到了玛丽·安失踪已久的父亲，即圣兰吉将军，还见到了几个月前被叛徒出卖、沦为奴隶的吉木扎，也就是阿道弗斯的王父。经历了这一切，阿道弗斯和玛丽·安终成眷属。

214

土著王子寓言在这部作品中全面展开，土著王子的特点分别体现在吉木扎和阿道弗斯这对父子身上。与奥鲁诺克、安纳马布王子一样，吉木扎也是遭到背叛、被迫离开故土的高贵奴隶。像身处剑桥的奥迈一样，"一身戎装"(250)的吉木扎既有英雄的伟岸，又有多情的气质，完全是英雄戏剧中来自异域主人公的模板。吉木扎获救后，圣兰吉将军对他的描述很好地体现了上述特点：

> 当他向我表达最高的谢意时，他表现得既高贵，又谦卑，高贵和谦卑在他的身上并行不悖。他感谢我前期对他的爱护以及现在为他所做的一切。我想，假如你只是瞥见过他，你只会赞美他的身形和体态；但是，如果你见过他一身戎装，你会觉得他比得上欧洲出身最高贵的人。他的眼神恩威并存，他的五官完美无缺，他的灵魂高尚坦荡，让所见之人，无不心生崇敬，这种崇敬只有吉木扎才可激起，也只有阿道弗斯才可能与之相仿。①

阿道弗斯的身材体态也与他的阶级出身相匹配。事实上，阿道弗斯的王室身份使他很快融入英国社会。相较起来，桑博和他的妻子奥姆拉是阿道弗斯的仆人，他们地位低下，是阿道弗斯解救的奴隶，这二人就渴求返回非洲。正像印第安国王、奥迈，还有奥鲁诺克，阿道弗斯在“我们西方世界”的出现也引起了社会轰动：“一个非洲王子的来访，就好像是打开了我们的大门，不管是老相识也好，心生好奇的人也好，都被吸引来一睹他的风采”（61）。然而，就在同一个城镇，桑博和奥姆拉的出现受到的却是人们“对他们长相、服饰和举止的刻薄评论”（58）。阿道弗斯接受了他们的请求，要把他们送回非洲故乡，不过他也解释自己之所以不曾感觉到他们在这里的疏离感，是因为“阿道弗斯是一位王子，而桑博和奥姆拉不过是他父亲的子民。他们怎么可能和我的感觉一样？我知道他们和我是同胞，但是先生，千万，千万要记住，他们不具备我拥有的坚强意志、克己忘我

215

① Anna Mackenzie, *Slavery: Or the Times*, Dublin, 1793, 250，下文对这部小说的引文都出自此版本，括号内标注页码。

和高贵血统”(59)。这个对比说明,精英主义自始至终都是土著王子这一角色至关重要的特点:不管是在这部小说中,还是在其他关于土著王子来访的或真实或虚构的描写中,土著王子们总是能很快融入到英国的都市生活中,他们的“服饰和举止”所反映出的高贵天性也与都市生活和睦融洽。精英身份是这个文化寓言形式进程的核心,土著王子在寓言中进入文化范式的中心,并塑造了“好人”(GOOD MAN)的身份。

吉木扎在一场谈话中为阿道弗斯演示了这一文化范式。在这场谈话中,土著王子的榜样直接将阶级身份转化为多情人(man of feeling)的文化理想。吉木扎遭人出卖,沦为奴隶,失去王位,他解释说:

> 虽然我的身边不再有高明的谏言,虽然我的身上不再有珍宝饰品,不变的是吉木扎的灵魂,那是这躯壳要听命的最高准则。——不管在这世间遭受多少屈辱,我希望并且坚信,这颗独立和正直之心永远不会屈服,并将清清白白地传承给我的儿子。——我将时时鞭策他要秉持正义,发扬基督的美德。——是的,阿道弗斯,我愿你不仅成为一个勇敢的人、一个慷慨的人、一个文雅的人,——我愿你成为一个好人。(271—272)

从小说一开始,阿道弗斯就是完美的多情人。小说开头描写了他充满同情心的回应,特别是一系列范例式的营救场面,一切都源于他的多情善感。在船上的一幕与卡那桑提戈营救莉迪亚的一幕非常相似:阿道弗斯“泪水涌上眼眶”(12),阻拦了对桑博的鞭笞,随后又成功地劝说汉密尔顿先生为桑博和奥姆拉赎身,还他们自由。夫妇二人新生的孩子不幸夭折,阿道弗斯“充满了高尚的悲悯之情。他坐在床上,泪如泉涌;有那么一会儿,他完全忘记了将泪水拭去”(22)。

他第二次出手相助的对象是因为粗心大意而受到鞭笞的船舱侍者：他仍然“眼泪直流”，这表现的正是他“天生心地善良”（26—27）。到达伦敦后，他救了背信弃义的贝里斯福德，使他免于溺水，又和他成为朋友。在小说的结尾，他又救了自己的父亲，使他免受船上鞭刑，也可以说是救了父亲的性命。 216

阿道弗斯身为土著，不谙世事，这使他具备天生的同情心。我们了解到“他心地纯净、毫无恶意。他的激情不加掩饰。和我们这个世界的交往并未玷污他心灵的纯洁，反而赋予他智慧，使他审视他的美德”（78）。因此，他的鲁莽之举一方面使得小说情节更为复杂，另一方面延迟了他和玛丽·安·圣兰吉的婚姻，都是因为他多情善感。吉木扎解释说：“阿道弗斯，你本该受谴责；但陷你于此境地的恰恰是你最可贵的美德”（259）。吉木扎向圣兰吉将军讲述阿道弗斯的所作所为时，一边为自己的儿子辩护，一边也展现了他自己的多情善感：这可谓对小说结构的复制：

> 吉木扎炯炯有神的眼睛望向我，眼里噙着泪水。——“……那些审视过人心的人，知道他的心不被冰冷的条条框框所束缚，他为每个善举感到激动莫名，愿意凭借一时冲动便匆忙下结论，毫无偏见；这样的人就会认为，这个年轻人如此行事，正是因为具备上述特点。”（250—251）

与《奥鲁诺克》不同，《奴隶制》的创作时间正值 18 世纪的最后二十年，此时废奴运动已经确立，因此《奴隶制》可以被看作、也常被人们解读为支持废奴运动的作品。[①] 吉木扎引用了一系列废奴运动

---

① Moira Ferguson 认为它是一部种族主义以及反犹主义的讽刺作品，参见 *Subject to Others：British Women Writers and Colonial Slavery，1670—1834*，New York：Routledge，1992，221。

的言论，包括一些耳熟能详的基督教教义，共同人性，以及“欧洲人的暴政”(281)；而一个像亨利·麦肯齐笔下的赛维龙式的奴隶主，慈悲仁爱，则向阿道弗斯展示了如果善待奴隶，反而会得到更高的生产力。然而，小说中符合时代特点的废奴观点和改革派政治观点，最终却消弭在土著王子寓言的精英主义前提：精英主义正是寓言架构的核心所在。奴隶制对于“尊贵的吉木扎”和普通奴隶来说，其意义是截然不同的。虽然桑博和奥姆拉都得到了作者充满同情心的描写，但他们仍然是普通的奴隶；而精英身份则一直是这个故事的核心。因此，像奥鲁诺克一样，“受伤的国王”吉木扎绝不可能在失去王位、沦为奴隶后苟活：

> 尊贵的吉木扎永远不可能屈服于奴隶身份。——买下他的那个人讲述了在吉木扎被囚禁在船上期间[正是他被出卖的那艘船]，他表现出的愤怒、悲伤、无果抵抗，令人唏嘘……——他们试着给他戴上镣铐，他拼死抵抗，耗尽心力，然后就拒绝吃饭、一言不发，甚至一动不动……从那时起，他几乎失去呼吸，滴水不进。(209)

217

事实上，在此人对吉木扎沦为奴隶后情况的讲述中，吉木扎曾经有一次孤注一掷的逃跑计划，哪怕付出死亡的代价，因为他“身份如此高贵，以至于臣服他人的念头都让他无法忍受”(210)。如上文所说，从英雄戏剧时代开始，认同过程就是土著王子寓言的主要特点，而尊贵身份则使认同过程成为可能。尊贵身份使吉木扎成为男性角色的楷模，使人们在文化的想像中思考“好人”的言行举动。这种思考前文已经出现，比如阿道弗斯曾描述过的一幕：

> 3月17日，我们去了剧院。在我看来，在所有适合年轻人的高雅消遣中，唯有剧院可以拔得头筹。在这点上，我

> 和汉密尔顿先生所见略同。人们点名上演奥鲁诺克。我多情的心唯有我的泪水可鉴。(121)

“好人”目睹自己被贩卖成奴隶而流下泪水,这个景象反映的正是寓言的情感相通性特点。与安纳马布王子、善良的莉迪亚以及多情的奴隶主赛维龙一样,阿道弗斯在有关差异的演出中获得认同,这个过程恰恰吻合他自身故事的结构。他流下的泪水使得英国观众在土著的身上看到自己的形象,并从这个形象中构建出时代的道德楷模。

五

土著王子的寓言长盛不衰。寓言曾在诸多次文类、哲学观点、政治立场的发展中起过或多或少的作用,而在上述次文类、哲学观点、政治立场都消亡之后,寓言依旧存在。寓言的长盛不衰说明,它在文化运动中的作用不可小觑,它所牵涉的文化问题范围广泛。18 世纪全球化进程加速,世界的大门对西方帝国主义和殖民剥削完全敞开,欧洲与世界各地的人们来往密切,土著王子的寓言则吸收并解读了文化差异的经验。上文表明,土著王子解决差异性的方法,是将差异性呈现为贵族身份,这正是复辟时期英雄戏剧的灵感来源。[①] 在寓言中,土著毫无例外都是王子。英雄戏剧中的贵族主人公不仅靠阶级身份与众不同,还通过贵族身份投射出一种文化理想,他的宽宏大度还使他具备了多情的美德。换句话说,他既是一位高贵的完人,又

218

---

① 在讨论 18 世纪英国小说的一个章节中,Wheeler 分析了阶级的重要性:小说中对人之间差异性的理解“使得人们更倾向接纳出身高贵的个人,对其肤色或文化渊源则忽略不计。因为此时种族主义意识形态还未渗透到所有领域,未使人们把外表看得比行为更重要”(174)。虽然在我的解读中,阶级重要性出现在更早的历史时刻,文本体裁有所不同,但 Wheeler 所关注的外表问题仍然和土著王子寓言有所交叉。

是人们情感认同的对象。这种独特的融合使他在土著王子寓言的结构中扮演了一个特殊的角色——多情人的典范。披上精英阶级的外衣，土著变成了当时重要的媒介，使人们能够在形式上探索认同这一复杂过程。当然，高贵的身份既不赋予这些来自世界各地的土著历史身份，也不赋予他们权力；他们和欧洲人的差异隐藏在土著王子寓言的背后。这使得我们对18世纪资产阶级思想的了解又添加了一个复杂的维度，因为在一个普遍主义意识形态之下，还掩盖着对社会阶级的向往。论述高贵的野蛮人时，海登·怀特（Hayden White）发现，资产阶级或激进的启蒙思想家对高贵身份的关注暴露出一种社会学的自相矛盾性。在怀特看来，他们有意使高贵身份成为资产阶级获得社会身份的工具："事实上，高贵的身份既不和来自新世界的土著们相关，也不和欧洲的低下阶级相关，高贵的身份仅仅和资产阶级相关。"①

那么，土著又剩下什么？土著王子的寓言绝对不可能被解读为有关文化交往的故事，也不是所谓的与他者交往的故事。寓言对差异的摈弃，其实是在不列颠和平意识形态指导之下，将整个世界都看作英格兰；或者，这种摈弃是在新殖民主义的指导之下，用仁爱、新教或曰神性的不列颠，取代了残忍的、天主教的西班牙政权。不同于《群愚史诗》中那些有关新世界的寓言，土著王子的寓言并不分析其素材中的现代危机。不同于城市下水道的寓言，土著王子的寓言并不从现代大都市的勃勃生机中投射未来。然而，虽然土著王子在这个寓言中仅仅是一个代表差异的角色，但他却因为代表了多情人的形象而得以隐含在18世纪的许多文学作品中。土著王子故事的复杂结构有助于形成认同这一自我反思过程，而认同过程是18世纪印

219

① 对怀特来说，这源于人们盲目相信（或从意识形态上接受）对"野蛮人"的二元对立观点，即"未开化的人"和"高贵的野蛮人"，参见 Hayden White, *Tropics of Discourse: Essays in Cultural Criticism*, Baltimore: Johns Hopkins University Press, 1978，第八章；引自第194页。

刷文化的主要特点，这点在人们对情感的推崇中有大量体现。土著王子的寓言经久不衰、特点繁多，其灵感也多种多样——科学史、哲学史、医药史，有关高贵野蛮人的社会学、思想理论，自由神学的博爱宣讲，资产阶级身份的崛起，审美理论、移情想象理论的发展——土著王子寓言具备了独特的形式结构和情感强度。在土著王子的故事中，差异经由复杂的归化过程转变为认同，这为感伤风尚中的移情提供了范例。土著王子归化的情感延伸——从差异到身份认同——表现出强大的移情作用。

查尔斯·格兰底森的故事可以看作是一场建构与男性主人公认同的全面形式实验。这位男性主人公身份高贵，他的苦难——投射出他对他人苦难的同情——使他成为一面镜子，在镜中完美的男性言行举止得以形成。差异是这场实验的核心因素，同时加强了认同的效果。宗教差异是《查尔斯·格兰底森爵士传》的核心。对当时的读者来说，宗教差异（即在西方欧洲文化内部新教和天主教之间的差异）使英国成为英国。查尔斯爵士的行为激起认同效果，而他和克莱蔓蒂娜以及她的天主教家庭保持着距离，这从文化层面以及想象层面上来说都是至关重要的。土著王子的寓言可谓这种想象投射的终极实验，意图从全球化的差异中建立同样的情感认同。虽然这些土著来访者可能从来没有身着本民族的服饰出现在世人面前，甚至从来没有人从他们的角度试着去了解他们，然而，雁过留声，他们终归在伦敦留下自身的影响。不管是历史上的真实存在，还是文学作品中的虚构，安纳马布王子和那些土著被人们想象成多情人，他们在悠长的文化实验中扮演了重要的角色。查尔斯·格兰底森爵士的标志性眼泪就是这场实验的浓缩。 220

第六章　猩猩、哈巴狗、鹦鹉：非人类的寓言

在亚历山大·蒲柏的《夺发记》(*The Rape of the Lock*,1717)第四章,时髦的女主人公贝琳达哀悼她失去了"最心爱的卷发":她和男爵斗牌之后,喝咖啡的功夫,男爵偷偷剪掉了她的头发。受到朋友"愤怒的忒儿斯特里斯"(fierce *Thalestris*)的煽动,贝琳达决心复仇。忒儿斯特里斯长篇阔论,谈起男爵若是四处炫耀他的战利品,她们该如何愤怒,并召唤来一群精灵鬼怪助阵:

> 神啊!要是这抢夺者把你的秀发展示,
> 芊芊淑女目瞪口呆,花花公子心生妒嫉!
> ……
> 不久,陆地、天空、海洋都要沦陷,
> 人、猴子、哈巴狗、鹦鹉,统统玩完!①

在最后一句诗行中,贝琳达的世界以浓缩而又充满讽刺意味

① Alexander Pope, *The Rape of the Lock*, in *Poems of Alexander Pope*, vol. 2, ed. Geoffrey Tillotson, London: Methuen, 1940, 4. 148, 103—104, 119—120,下文对这首诗歌的引文都出自此版本,括号内标注行数。

的顺序展开,其递减的含义也十分明显。其中不和谐的地方在于,“人”和动物——宠物和来自异域的珍禽异兽——捆绑在一起。与物种的不和谐相对应的,是头韵带来的声音上的悦耳和谐。两个辅音“m”和“p”,分别联系起了两组对应——先是“Men”和“Monkies”,再是“Lap-Dogs”和“Parrots”;“p”还将第二组对应与诗行具有启示录意义的末尾“perish”联系起来。因此,虽然这些事物表面上的不和谐赋予其讽刺意义,与之相对的却是语音上的和谐与连续。不同于贝琳达,读者相信自己能够区分人和猴子、哈巴狗和鹦鹉,并深信后面这些动物的消亡与人类的消亡不能在同一个层面上理解。

真是这样吗?这一诗行表达的是,贝琳达和她的朋友无法分清究竟是什么赋予人类行为以意义和严肃性。同时,诗行又刻意强调了当时人们的疑问,即人和动物之间的分别是否真的成立。“猴子、哈巴狗、鹦鹉”代表着除人类之外的繁多物种,并经常出现在当时的文学作品中:《旁观者》(1712)几乎用了一模一样的排列来抨击当时贵妇们对“鹦鹉、猴子和哈巴狗”的热爱。[①] 正如蒲柏的诗行所示,这一组动物与“人”的关系极为复杂。事实上,在当时对于他者性所展开的既焦虑又热烈、甚至充满恶意的争论中,动物一直是争论的核心。在这场争论中,“人”的概念一一受到挑战。人不断与其他物种并置,通过这种并置,另一个维度——欧洲人与非欧洲人的交往——也在想象中获得吸收和辩论。“猴子、哈巴狗、鹦鹉”成为一个文化寓言的集体主人公,这个文化寓言旨在以人类为参照,探讨存在的本质。这一探讨牵涉到他者性,并与他者性联系紧密。与他者性的紧密联系最

① Joseph Addison, *Spectator*, no. 343 (3 April 1712), ed. Donald F. Bond, Oxford: Clarendon Press, 1965, 3:272,下文对这一期刊的引文都出自此版本,括号内标注卷数和页码。

终导致差异的消弭，这点我们在第五章对土著王子描写的分析中已经了解。① 从这个意义上说，这两个文化寓言——土著王子的寓言和非人类的寓言——可以被看作现代人在早期从形式上反思文化往来的两个极端。②

223

一

18世纪，动物以独特又新奇的方式侵入欧洲人的意识。用哈里特·利特沃（Harriet Ritvo）的话说，“人类与其他物种之间的关系发生了翻天覆地的变化”，当时很多历史学家都从不同角度论述了这一点。③ 不管是在城市，还是乡村，不管是中产阶级，还是贵族，几乎每个个体的日常生活都可以明显体现这种变化。在乡村，转变时期最重要的特点是农业生产方式的改革，包括大范围的畜牧业实验，比如牲畜饲养和马、牛、羊的专门养殖，同时还兴起一批影响力巨大的国家和地方农业协会（Rivto, *Animal Estate*, 47—48）。利特沃认为，在这场改革中，“人们开始系统地获取本来只属于动物的能力，动物也因成为人类的操纵对象而获得了更高的重要性”。这些体现出人类对动物的驾驭和等级排列，并将等级排列和人类的驾驭地位固定下来。到了19世纪，人类的权力和权威地位更广泛（*Animal Estate*, 2—3, 5—6）。与这些变化一起到来的还有其他一系列新事物——包括

① Srinivas Aravamudan 也将土著王子和宠物联系起来讨论殖民者对他者的思考。他的讨论将两个形象联系在一起，而我的讨论将两个形象分开；他认为在奥鲁诺克这个角色身上汇聚了“宠物”和非洲奴隶两个意象，二者都是对殖民的想象：“宠物般的高贵奴隶”，参见 *Tropicopolitans: Colonialism and Agency, 1688—1804*, Durham: Duke University Press, 1999, 33—49；引自第49页。

② 我在这一章的讨论参考了一篇论述“浪漫主义时期反拟人论（Anti-Anthropomorphisms）”的著作。该著作解读了浪漫主义诗歌中人类与动物的亲密关系，尚未发表，作者是 Adela Pinch。

③ Harriet Ritvo, *The Animal Estate: The English and Other Creatures in the Victorian Age*, Harvard: Cambridge University Press, 1987, 2.

生物学、解剖学、宠物饲养——这些新事物意味着在动物和人类关系发生的巨大转变中，同时还蕴涵着极大的混乱和含糊。

在生命科学领域，生物学、动物学、自然历史中的新范例引起了一系列争议，争议围绕动物之间、或人与动物之间的生理和发育的本质。在这样的背景下，人类原本的独特性和神性受到挑战：本来以为人类依神而造，与动物格格不入；现在却有越来越多的人发现人类与动物之间存在着各种形式的相似、联系，或交叉。① 现代生物分类就是这些科学发展的核心，其基础是17世纪和18世纪经验主义科学项目。同时期还并行出现了其他一些分类体系——制定者包括雷(Ray)、布丰(Buffon)、林奈(Linnaeus)——这些“体现了人类面对自然界的全新自信”(Ritvo, *Animal Estate*, 13)，但同时也对人类的身份地位提出了根本的疑虑。 224

在18世纪，猴和猿这些灵长类动物的身份问题是很多争论的核心。直到19世纪，猴和猿之间才获得系统区分。② 基斯·托马斯(Keith Thomas)认为，类人猿的发现对欧洲人如何定义人起了至关重要的作用(129)。所谓的“发现”，部分的原因是人们已经做好文化准备。詹森(H. W. Janson)指出，早在18世纪以前，人们就“相当平静地接受了”有关类人猿的报道。马可·波罗(Marco Polo)从南亚返回，带来了对猩猩的描述；一些更早的记载使得16世纪的动物学家们初步了解了类人猿。然而，正如詹森所说，“虽然[早期动物学家]的知识视野不断开阔，但他们在面对这些新的内容时，仍旧采取了和语言学家类似的思维方式，关注的重点只局限于术语的准确性和记载的权威性，并不关心比较解剖学和比较生理学”。③ 直到17世纪中

① 我对人类与动物之间关系的讨论参考了 Keith Thomas, *Man and the Natural World: A History of the Modern Sensibility*, New York: Pantheon, 1983。

② 有关早期自然学家如何理解类人猿，参见 Londa Schiebinger, *Nature's Body: Gender in the Making of Modern Science*, Boston: Beacon Press, 1993, 第三章。

③ H. W. Janson, *Apes and Ape Lore in the Middle Ages and the Renaissance*, London: The Warburg Institute, 1952, 327, 334—335.

叶，早期解剖学家才开始探讨猿与人类之间的关系，其中类人猿是关注的重点。他们主要研究的是猿与人类之间在结构上的异同。

1641年迎来了人们理解类人猿的第一个转折性时刻：尼可拉斯·图尔普的《医学观察三卷》（Nicolaas Tulp, *Observationum medicarum libri tres*）在阿姆斯特丹出版。书中有一张图片名为"森林人—猩猩"（Homo Sylvestris-Orang-outang），第一次向欧洲人展示了类人猿的身体构造。[1] 继图尔普博士之后，爱德华·泰森又出版了《猩猩，森林人：或，一个俾格米人的解剖》（Edward Tyson, *Orang-Outang, sive Homo Sylvestris: or, the Anatomy of a Pygmie*, 1699），詹森认为此书代表着"类人猿正式进入西方文明意识之中"（336）。作为皇家学会会员，泰森在当时迅速发展的比较解剖学中扮演着重要角色。他解剖了一只黑猩猩幼兽（chimpanzee）——当时人们普遍称之为"猩猩"（orangutang）——并将它与人的生理构造进行了全面对比。泰森第一次通过类人猿记录下人和动物之间的联系，在人们长达一个世纪就猿与人之间在生理、生物和哲学层面的讨论中，他的论文都是奠基之作。

225

在这场解剖比较中，泰森认为猿"与人类最为接近，可谓兽性与理性的连接"。他有关解剖的最后一篇文章题为《俾格米人，即古人眼中的狗头人、半人半羊人、狮身人面人》（"Pygmies, the *Cynocephali*, the *Satyrs*, and *Sphinges* of the Ancients"）。文中指出，他的解剖表明猩猩与人类极其相似，这为古代神话中那些神秘生物提供了解释：神秘生物并非空穴来风——那是人们把与人类非常相似的猩猩错认成了人。[2] 詹森描述了泰森的文章所激起的影响：

---

① 有关这一事件，参见 Janson, 334。

② Edward Tyson, *Orang-Outang, sive Homo Sylvestris: or, the Anatomy of a Pygmie* (1699), facsimile ed. introd. Ashley Montagu, London: Dawsons of Pall Mall, 1996, "Epistle Dedicatory". 在为这一版本所作的前言中，Ashley Montagu 指出，泰森的著作"对后来所有有关人类在自然界中地位的思考都产生了深远影响"，达尔文的《人类的由来》也不例外（2）。下文对这部著作的引文都出自此版本，括号内标注页码。

> 猩猩的影响广泛而直接；它不仅吸引了自然科学家们的广泛注意，还激发了诗人和哲学家的想象，他们纷纷猜测这个新奇生物到底是什么。在他们看来，猩猩比猴子更像人类。泰森虽然强调猩猩与人的诸多相似之处，但他同时明确地将猩猩当作动物对待；可是，既然泰森把猩猩称作森林人、俾格米人，那些非专业领域的读者们就认为：从本质上说，猩猩就是人类。(336)

上面提到的术语和泰森的例子再一次体现了贯穿整个18世纪的人们对猿与人类关系的思考。例如，《俗世僧人》(*Lay-Monk*)于1713年发表的一篇文章认为：猿和霍屯督人(Hottentots)一样，都是人类。这篇文章不仅参考了从泰森解剖实验得出的结论，即猿与人类在生理上十分接近；还参考了其他方面的相似性——包括都有语言的潜力、智力也有可比性，最后甚至还提到了二者都有一颗"多情的心"：

> 这一种类中最完美的一支叫作猩猩，安哥拉的土著们都是这么称呼他们。猩猩其实就是野人、森林人，虽然所有生物种族都和我们或多或少有些相似，他们和人类的本性最为接近……他的面容和身体构造与人类相似，并且，除了四足行走，他还能直立行走；他的发音器官和较强的理解力也和人类接近；他的性情温和，这在其他猿类中尚未发现。除此以外，还有种种接近的方面。①

226

① Richard Blackmore and John Hughes, *The Lay-Monk*(25 November 1713)；转引自 Maximillian E. Novak, "The Wild Man Comes to Tea", in *The Wild Man Within*: *An Image in Western Thought from the Renaissance to Romanticism*, ed. Robert Dudley and Novak, Pittsburgh: University of Pittsburgh Press, 1972, 190. 有关这一文章的讨论，参见 A. O. Lovejoy, *The Great Chain of Being*: *A Study of the History of an Idea*, Cambridge: Harvard University Press, 1953, 234—235。

人们认为，非洲住着很多这样的“森林人”，他们之所以不具备人之所以为人的一些特点，主要是因为还未开化。诸如此类的观点和争论在18世纪比比皆是。虽然也有一些人——其中布丰最为有名——认为人与兽之间存在着巨大差异，人们却越来越倾向于模糊这些差异，或者在动物分类的等级体系中重新定义兽的位置，然后，把猿归为人类。当时还展开了有关文明的作用，以及寓言的本质的讨论，这些讨论推动了上述倾向。卢梭对自然状态（state of nature）的定义影响深远，他将语言归于文明的结果，这一点恰好符合人们对“森林人”的描述。在《论语言的起源与发展》（*Of the Origin and Progress of Language*，1774）一书中，苏格兰哲学家詹姆斯·伯内特，即蒙博杜勋爵（James Burnet，Lord Monboddo）长篇论述了安哥拉的猩猩是语言能力尚未发展的野蛮人。

在18世纪的文化运动中，人们深刻感受到了人类和动物的交互联系。有关发展和进步的社会理念影响广泛——这些理念是哲学乐观主义的延伸——它们提出动物有能力提高自身：猿能够学会说话，其他动物也能获得相应提高，并且获得了很多人的信服。有关柏拉图“存在之链”（chain of being）的讨论也含有和支持人兽之间存在亲缘关系的说法。持续性原则认为，决定各存在（being）之间高下之分的区别并非显而易见的差异，而只是微小的渐变；因此，这也印证了当时对动物身份的种种推理和讨论。例如，博林布鲁克（Bolingbroke）指出，“在人类和动物的智力层面存在诸多可比性……［以至于］各种理智活动和感官知觉［似乎］都能或多或少地在所有动物之间分享传递”。[1] 在这样的语境下，索姆·杰宁斯（Soame Jenyns）提出“融合”和“叠盖”的说法：

227

① Henry St. John, Lord Bolingbroke, *Fragments, or Minutes of Essays* in *Works*, 1809, 8: 168—169；转引自 Lovejoy, 196 n. 29。

> 我们可以毫不费力地感知造物主赋予不同存在形式的不同特质，但是，虽然这些特质决定了存在之链的高下，特质之间的界限却非常模糊以致难辨……拥有无上智慧的造物主造就了这些渐变，这种渐变无处不在，却又难以分辨，其原因：——造物主总是把低级存在的最高特质与高一级存在的最低特质混合起来；这样，如同技术娴熟的画师调和颜色，颜色之间自然叠盖融合，看不出一丝界限。①

让洛夫乔伊（A. O. Lovejoy）觉得“奇怪”的是，存在链条的概念由来已久，而人们对其含义的探讨却如此“滞后”：早在古典时期，人们就从存在链条推论出人与动物之间的“融合”，而人们对这种融合的公开讨论却一直推迟到 18 世纪早期。洛夫乔伊认为，一旦“融合”——即“人与存在链条相邻动物同源”的感觉——在 18 世纪出现，就预示着生物进化，或物种演变理论将在 19 世纪全面确立。对洛夫乔伊来说，这种预示验证了知识史（intellectual history）对当时的思想起到了独特而持久的影响（195—198）。在更宽泛的文化语境来看，我们发现洛夫乔伊的看法不过是在援引先例——仅出现于存在链条的知识史中——而人类与动物的“融合”在当时文化史的许多方面都很明显。“融合”体现了当时人们对动物王国所代表的他者性展开了丰富的想象，这些想像渗透在大众和知识界经验的各个层面。“融合”的概念和类人猿的议题进入到知识话语，同时与他者性的现代碰撞也获得了文化层面的极高关注。

当时发现的“野孩”进一步推动了人们对人兽“同源”的兴趣：在很多流传的版本中，“野孩”是指被野兽抚养长大的人类，或是回归野兽状态的人类。他们鲜活地证明了文明所起到的作用和自然状态

---

① Soame Jenyns，“On the Chain of Universal Being”，in *Disquisitions on Several Subjects* in *Works*，1790，1：179—185；转引自 Lovejoy，197 n. 33。

228 的特点。有一个佩德罗·塞拉诺(Pedro Serrano)的故事,选自加西亚斯·德·拉·维嘉(Garcilaso de la Vega)关于新世界的记录,讲一个欧洲人回归了原始状态,因此全身长满毛发。① 在一本波兰当代史书中,伯尔尼·康纳(Bern Connor)描写了很多在野外长大的人们;其中有一位经由驯化之后,竟将野蛮状态全数遗忘。② 不过,正像马克西米利安·诺瓦克(Maximillian Novak)所指出的那样,当时"野孩"彼得的形象在英国尤其深入人心、影响深远。彼得于1726年被人从德国带到英国,在英国成为实验对象,接受洗礼,还是舆论的焦点:"他的到来激起了很多宣传小册子的出版,还有一篇布道辞、一篇丹尼尔·笛福撰写的讽刺长文,诗歌也至少一篇"(185)。

在从1660年开始的长18世纪中,欧洲城市居民的生活中处处可以感受到在人类与非人类之间,并不存在一个清晰可辨的界限。有关动物的这些特性,城市居民们不仅亲耳听到无数奇闻异事,还亲眼目睹许多奇特景象。③ 塞缪尔·佩皮斯(Samuel Pepys)曾评论过一只猿猴——也可能是只黑猩猩或大猩猩——猿猴看上去"和人如此相似,以至于……我觉得它是一个男性和一只雌性狒狒结合产生的怪物。我相信它已经懂得不少英语,也相信我们可以教会它说话或打手势"。④ 事实上,很多人相信阿什顿·利弗爵士(Sir Ashton Lever)所养的一只猩猩已经学会了几个单词。⑤

正如理查德·奥尔蒂克(Richard Altick)所言,在18、19世纪,伦

---

① 此处的讨论参考了Novak对"野孩"的描述。有关塞拉诺的故事,参见Novak,188。

② Bern Connor, *The History of Poland*, London, 1698, 1:342—343;转引自Novak,190。

③ 这一部分的讨论参考了Richard D. Altick对描述当时在伦敦展出的动物的资料汇编,参见*The Shows of London*, Cambridge: Harvard University Press, 1978,第三章。

④ *The Diary of Samuel Pepys*, ed. Robert Latham and William Matthews, Berkeley: University of California Press, 1970, 2. 160 (22—24 August 1661).

⑤ James Burnett, Lord Monboddo, *Antient Metaphysics*, vol. 3, London, 1784; reprint, New York: Garland, 1977, 40.

敦人观看了很多场展现人类与动物之间联系的动物表演。18 世纪早期,有人记载了一只

> 人虎,刚从东印度带到伦敦。这是世上最奇特、最美妙的生物,英国还从未有人见过类似的物种。它有七种颜色,头以下的部分像一个人,上半身光滑,下半身覆盖着毛发;头很长,也被毛发覆盖,牙齿有二到三英寸长;他手里拿着一杯麦芽酒的样子活像一个基督徒。会喝酒,还会耍六尺棍。①

229

奥尔蒂克推测,这只"人虎"可能是来自西非的狒狒(38n. 18)。另一场表演"在舰队街的白马旅店,不分昼夜",里面有一个"身材矮小、肤色黝黑、遍体毛发的俾格米人[可能是只猴子]。它在阿拉伯的沙漠中长大,脸上长有一圈环状的毛发,两英尺高,直立行走。它喝一杯麦芽酒或是红酒,然后再出色地完成别的事情"(Ashton,1:269—270)。还有一个"像野蛮毛人的高贵生物"在伦敦、埃普瑟姆以及巴斯表演了绳舞(Ashton,1:274)。《旁观者》也描述了这种生物,并着重强调了它与人类的"融合"之处:"他生来是只猴子;却能像有理性的人一样,在绳子上荡秋千,抽烟斗,喝上一杯麦芽酒"(no. 20,1:119)。据说,另有一只来自"西藏山"的"怪物","比任何先前展出的动物更接近人类,人们认为它就是长久失传的人类与低等生物之间的纽带"。这种生物既有"美好的外表,又睿智聪敏",并且"友好温和,注重友情,心地善良"。② 女士们都特别喜欢一只雌性猩猩,人们叫她"黑猩猩女士",她于 1738 年在伦敦展出。人们觉得她谦逊、温柔,特别遵守用餐礼仪。托马斯·博尔曼(Thomas Boreman)记载,她

---

① John Ashton, *Social Life in the Reign of Queen Anne*, London: Chatto and Windus, 1882, 1: 271—272.

② Altick, 83, 83 n. 20;引自 *Morning Herald and Advertiser*, 1793。

> 在茶桌上是美好的同伴，举止谦逊有礼，同桌的女士都很满意，愿意拜访她，并表达对她的敬意……它会自己搬来椅子，像人一样神态自如地坐着；它喝茶的时候：一手拿着托盘，如果太烫，它就把茶倒在茶碟上使之冷却。①

在整个19世纪，猿也以这种方式大量展出，因此，后期有趣的例子更为常见。利特沃(Ritvo)指出，它们

> 无一例外……展出的方式都在强调它们和人类多么相像。它们用餐具吃饭，用茶杯喝茶，盖上毛毯睡觉。在伦敦的埃克塞特变幻动物园(Exeter Change Menagerie)里展出的一只猩猩还会仔细地翻看一本插图书来打发时间。在摄政王公园动物园(Regent's Park Zoo)，一只名叫珍妮的黑猩猩经常穿着法兰绒睡袍出现在公众面前。人们还经常给猿猴取些教名，这使得衣服、叉子、书所暗示的意义更为明显。汤米是一只黑猩猩，于1835至1836年住在摄政王公园动物园。有一位爱慕它的人声称，它的"聪明敏锐……"远高于"人类的婴孩，因此……在这方面来说，也高于很多成人"。据说，菲茨威廉伯爵(Earl Fitzwilliam)于1849年得到了一只黑猩猩，这只黑猩猩能"完美地直立"行走，处理"所有事物都和人类无异"；它的食物"精挑细选，酒是它最爱的饮品"(*Animal Estate*,31—33)。

230

然而，这场人类亲缘的运动还不仅仅局限于猿类和猴子，其他种类"博学的"动物也展现了他们与人类相似的智慧，这实在让18世

① Thomas Boreman, *A Description of Some Curious and Uncommon Creatures*, London, 1739, 24；转引自 Schiebinger, 101。

纪的人们着迷。"博学的"马便是一个耳熟能详的例子:1760 至 1772 年间,埃克塞特变幻动物园展出了一匹马。此马本领高超,就像"森林人":语言是它唯一所缺。① 1785 年在伦敦展出了一只"博学的猪",他"精通各国语言,还是个高超的数学家和作曲家";②"他能读会写,能用印刷卡片算账,会按照印刷商排版的方法……决定大写字母或姓氏;会用数学四则运算解决问题",甚至会报时。③ 这一事件给了人们极大的触动,当时一位目击者称:

> 我有……很长一段时间习惯了把动物当作机器,万能的上帝创造了它们,它们为自身和繁衍所做的一切都受上帝驱使。可是看了近来在伦敦展出的那只博学的猪之后,我原来持有的那些想法都被推翻,我不知道自己该如何看待这些。④

231

在这一时期,"不知道该如何看待"动物意味着动物在很多层面上都和人类有可比性,包括"理性、智力、语言以及几乎所有人类的特质"(Thomas,129)。

还有一些动物与 18 世纪英国的居民产生了更为紧密的联系。宠物饲养在此时蓬勃发展:这个现代景象"在人类历史上绝对独一无二"。虽然 16 世纪或之前的贵族已经开始豢养奇珍异兽进行展

---

① Altick,40,40 n. 37;引自 Clippings Enthoven Collection, Theatre Museum, London, Exeter Change file。

② Altick,40,40 n. 43;引自 Robert Southey, *Letters from England*, ed. Jack Simmons, London: Cresset Press, 1951, 340。

③ Altick,40,40 n. 44;引自 Daniel Lysons, *Collectanea*; *or*, *A Collection of Advertisements from the Newspapers...* [*1661—1840*], 5 scrapbooks at the British Library, 1889. e. 5., 2:86—90。

④ Sarah Trimmer, *Fabulous Histories designed for the Instruction of Children*, 3rd ed., 1788, 71;转引自 Thomas,92。

示,18世纪的上流女性也常因她们对猴子、鹦鹉、哈巴狗、松鼠或雪貂的喜爱而受到讽刺;然而,人们普遍认为,把动物当成伙伴亲密地饲养在家中,这是直到18世纪才出现的行为。托马斯认为,饲养宠物为人们提供了一种文化语境,在这一文化语境下,人们能够理解现代人意欲"打破动物与人之间坚固壁垒"的想法(119,122)。观赏鱼的饲养,尤其是金鱼的饲养,在世纪早期还是只属于贵族的消遣,后来逐渐普及。观赏鸟的饲养,尤其是金丝雀和鸽子的饲养,受到越来越多人的喜欢。普拉姆(J. H. Plumb)总结了当时饲养观赏鸟的情况:

> 从16世纪,金丝雀就已经在伦敦出售,但其销量直到1700年以后才开始增长迅速。18世纪早期,商人还推荐家庭购买鸟箱来尝试自己孵化这个优秀的小歌唱家。出售的观赏鸟种类越来越多,对稀缺品种的追求也日益增大。鹦鹉、凤头鹦鹉本来是只属于16、17世纪贵族的宠物,现在却装点着店主和匠人的客厅。稀有品种的鸟类尤其受欢迎,伦敦和其他市镇游乐园的老板们专门设立了大型鸟舍来吸引游客。

普拉姆还引用了一则当时的广告,吸引人们来观赏"上等的长尾小鹦鹉、巧嘴鹦鹉、英国有史以来最好的凤头鹦鹉、上等的金丝雀……"①

232

不过,犬类成为家养宠物是18世纪最明显、也是最普及的现象。人们对犬类的喜爱在此前已经奠定了基础:16世纪的上流女性饲养

① J. H. Plumb,"The Acceptance of Modernity", in *The Birth of a Consumer Society: The Commercialization of Eighteenth-Century England*, ed. Neil McKendrick, John Brewer and Plumb, Bloomington: Indiana University Press, 1982, 321—322;有关鹦鹉饲养的历史和传播,另见 Edward J. Boosey, *Parrots, Cockatoos and Macaws*, Silver Springs, Md.: Denlinger's, 1956,第一章。

西班牙猎犬,17 世纪饲养哈巴狗作为消遣。然而,直到 18 世纪,犬类作为家养宠物才获得人类朋友的身份,还被赋予聪明、懂事、忠实等品质。托马斯指出,

> 到了 1700 年,宠物热已经表现得十分明显。宠物的伙食通常好于仆人。它们身上装饰着项圈、丝带、羽毛和铃铛;它们越来越多地出现在家庭画像中,一般象征着忠诚、家庭、完美。不过,有时(例如狗)也象征着调皮无礼。(117)

例如,威廉·贺加斯用作其作品集卷首插图的自画像《谷里穆斯·贺加斯》(William Hogarth, *Guglielmus Hogarth*, 1740)上就有一只哈巴狗,其面部勾勒得像画家本人一样清晰。这只狗可能就是贺加斯的宠物,名叫"特朗普"(Trump)。特朗普是继"帕格"(Pugg)之后贺加斯的宠物。帕格是贺加斯在 18 世纪 30 年代养的宠物,曾出现在那十年间画家所作的几幅风俗画上。帕格和特朗普是贺加斯的艺术标签,人们通常认为从肖像学来说,它们象征着艺术家的独立、斗志和倔强。然而,从宠物饲养的文化语境来看,它们似乎还代表着某些肖像学无法完全解释的东西,即人类与非人类之间错综复杂而又意义非凡的联系。①

现代史学家将宠物饲养看作现代性的标志,是由中产阶级发起的资产阶级现象,与城市化、商品化、疏离感联系紧密——"具备真正社会、心理以及商业意义的发展"(Thomas, 119)。研究 19 世纪巴黎宠物饲养情况的凯思琳·凯泰(Kathleen Kete)认为,对于现代资

---

① Ronald Paulson, *Hogarth*, vol. 2: *High Art and Low 1732—1750*, New Brunswick: Rutgers University Press, 1992, 260—264, and vol. 1: *The 'Modern Moral Subject' 1697—1732*, New Brunswick: Rutgers University Press, 1991, 222—224;这只哈巴狗一再出现,Paulson 不禁"觉得奇怪,为何贺加斯要在事业早期一再……使他的面貌……出现在如此多的画作之中"(1:223)。

产阶级来说，动物就代表着情感和意义。[①] 托马斯则指出，在这个时233 期，宠物开始成为新的投机获利来源，从而直接导致人们对犬类的喜欢获得制度化：19 世纪的犬类秀（dog show）和养犬俱乐部（Kennel Club）就是这种制度化的表现（107）。然而，正如观看"博学的猪"和发现"森林人"之后人们的反应一样，对宠物的热爱也促使人们去思考人类之所以为人的那些特点。托马斯认为，宠物饲养"使得中产阶级对动物的智力持相当乐观的看法；由此出现了很多有关动物如何聪慧精明的奇闻异事；让人们觉得动物也有各自的特点和性格特征；并为诸如至少一些动物具备道德品质的理论提供了心理学基础"（119）。托马斯在宠物饲养的热潮中看到了认识论的困惑和现代性悖论所特有的道德矛盾：一方面，人类正史无前例地相信自己和动物王国大体类似；另一方面，人类又史无前例地"不断探索其他生命形式"，而"人类社会的所有物质基础"都依赖于这场探索（302）。

猴子、鹦鹉和哈巴狗的寓言代表的正是彼时人类与非人类相遇碰撞而产生的思想变化。寓言的主人公是某种特定的非人类生物，它是当时接近人类的千万只动物中的一员：正像蒲柏那简洁的双韵句所示，它可以是一只猴子、一只笼中鸟，或是一只犬类宠物。它们与人类的相似性是这场旷日持久的系统探讨的核心。与土著王子不同的是，这个寓言中的主人公没有被重新塑造成欧洲人的理想人物；非人类寓言旨在刻画一种动物，而存在于这种动物与欧洲人、作者、读者之间鲜活而实在的差异正是故事的核心。人们如何对巨大差异进行想象和理解是这个寓言与众不同的活力。这种看待问题的角度是 18 世纪的人们对待差异的独有方式，也是这场文化运动与之前对人类和非人类之间关系描写的本质不同。

例如，莎士比亚《暴风雨》（William Shakespeare, *Tempest*, 1611）中

---

① Kathleen Kete, *The Beast in the Boudoir: Petkeeping in Nineteenth-Century Paris*, Berkeley: University of California Press, 1994.

的凯列班身上就融合了人与兽的特点,似乎预言着18世纪寓言的核心主题,但其结构和重点其实并不相同。船难之后,特林鸠罗(Trinculo)第一次在岛上看见为了躲避普洛斯帕罗(Prospero)的精灵追赶而倒地装死的凯列班,并第一眼将其误认为非人类生物——一条鱼:

> 这是什么东西?是一个人,还是一条鱼?死的,还是活的?一定是一条鱼;他的气味像一条鱼,有些隔宿发霉的鱼腥气,不是新腌的鱼。奇怪的鱼!我从前曾经到过英国,要是我现在还在英国,只要把这条鱼画出来挂在帐篷外面,包管那边无论哪一个节日里没事做的傻瓜都会掏出整块的银洋来瞧一瞧:在那边完全可以靠这条鱼发一笔财;随便什么稀奇古怪的牲畜在那边都可以让你发一笔财。他们不愿意丢一个铜子给跛脚的叫花,却愿意拿出一角钱来看一个死了的印第安红种人。嘿,他像人一样生着腿呢!他的翼鳍多么像是一对臂膀!他的身体还是软的!我说我弄错了,我放弃原来的意见了,这不是鱼,是一个岛上的土人,刚才被天雷轰得那样子。①

234

上文中人与动物之间的界限不是通过对动物的强调,而是通过对人的强调来体现的:凯列班是比较的媒介,鱼只是外表的错觉,他很快就通过"岛上的土人"恢复了人类身份。特林鸠罗一说出非人类的形象之后立刻又否定了这一形象——"这不是鱼"——如此语气坚定地认为人与动物之间存在本质不同,这正是18世纪寓言所缺失的。18世纪出版文化中出现的是矛盾对立的形象,而莎士比亚笔下的形象只是其中难以捉摸的一小部分。

---

① William Shakepeare, *The Tempest*, 2. 2. 23—34, in *The Norton Shakespeare*, ed. Stephen Greenblatt et al., New York: W. W. Norton, 1997,下文对这部剧作的引文都出自此版本,括号内标注幕、场及行数。译文参考了朱生豪的译文:莎士比亚,《暴风雨》,《莎士比亚全集》第四卷,朱生豪译,北京:人民文学出版社2009年,第420页。

然而，上文却为我们呈现了一个将广泛出现在后期寓言版本中的类比：非人类与非欧洲人之间的类比。有那么一会儿，凯列班是鱼是人难以区分，这使人想起当时展出的非欧洲人身体——“是死是活”——在合适的语境下，它们就是探险旅程带回来的“怪物”；“野兽”都来自欧洲文明以外的地区。在伊丽莎白时代，“野兽”代表着来自新世界的诱惑，这个新世界正向欧洲探险敞开怀抱。利特沃在探讨早期现代分类学的发展时，准确地描述了这一文化模式：

> 欧洲人与非欧洲人在分类学上的关系既有实图为证，也有文字记载。展览都无一例外地强调参观者和被展出者之间的巨大不同。博物馆常常展出非欧洲人的尸体，展出的方式要么强调他们和欧洲人的差异，要么强调他们与其他动物极为相似。在1766年的一个巡回“奇珍异兽”展览中，一个“黑人婴孩”和“一只八条腿的可怕的猫”、“一只长着六个脚趾的鸡”、一只树懒、一只犰狳同放一组展出。[①]

235

展出的目录中没有鱼。不过，在17、18世纪伦敦的展出中，“美人鱼”一直是人们关注的中心，[②]洛克（Locke）还用“一般所宣传的人鱼”来证明自然界物种的无限丰富。[③] 接下来，我们将会看到，18世

① Ritvo, *The Platypus and the Mermaid and Other Figments of the Classifying Imagination*, Cambridge: Harvard University Press, 1997, 125.

② Ritvo, *Platypus*, 180；另见 Altick, 302—303。

③ John Locke, *An Essay concerning Human Understanding*, ed. Peter H. Nidditch, Oxford: Clarendon Press, 1975, 第三册，第六章，第12节；另外，Lovejoy 认为在此语境下，人们相信人鱼的存在，“一方面是因为丰饶原则（principle of plenitude），另一方面是因为很多人自称亲眼目睹其存在”。从第一本自然史，即格斯纳的《动物史》（Conrad Gessner, *Historia Animalium*, 1551—1587）出版以来，“一直到18世纪末，人鱼存在的说法都获得众多认可”（368）。下文对洛克《人类理解论》的引文都出自此版本，括号内标注卷数、章节和段落。此处及下文对此作品的译文参考洛克，《人类理解论》，关文运译，北京：商务印书馆2017年。稍有改动。

纪非人类的寓言如何延伸了人们对非欧洲人的文化想象,从而赋予寓言中的矛盾和探索以历史意义。

二

在前文的论述中,猿直接激起18世纪有关人与动物之间关系的思考,这种思考在当时的出版文化中表现得最为明显。在当时对猿的描述话语中,物种间交配的说法十分常见,即一只雄性的猿掠走一个非洲女性,并在他的"林间栖息地"与她交媾。这里的猿一般是猩猩,非洲女性则被人们称作"霍屯督人"(Hottentot)。这种传说最早是某些17世纪旅行文学的主题,在18世纪的散文叙述中很常见,成为非人类寓言一个典型又引人深思的例子。

詹森(H. W. Janson)认为,他所说的"强奸犯-猿"("rape-ape")是现代早期才出现的主题,这样的主题在古典时期或中世纪都没有出现过。[①] 詹森发现,16世纪的作品中有几处生动地描写了好色的雄性猿,但他认为最早出现"强奸犯-猿"主题的文学作品是约翰·多恩的《灵魂的历程》(John Donne, *Progresse of the Soule*, 1601)。多恩的诗呈现了错综复杂的灵魂转世,借鉴并讨论了很多圣经、犹太神秘哲学和人文主义思想,以期重现永生灵魂的迁移历程。[②] 在化为肉身的过程中,灵魂进入了一只猿的身体,随后爱上了亚当的第五个女儿:西菲提西亚(Siphatecia)。多恩的诗提及了猿和人之间关系的问题,问题的提出方式类似于18世 236

---

① 有关"强奸犯-猿"这一主题的源头问题参考了詹森的著作,见第九章。Winthrop D. Jordan 也讨论了这一主题,并部分地参考了詹森的著作,参见 *White over Black: American Attitudes Toward the Negro, 1550—1812*, Chapel Hill: University of North Carolina Press, 1968, 28—32, 228—234。

② John Donne, *The Progresse of the Soule* in *Metempsychosis*, in *The Complete Poetry of John Donne*, ed. John T. Shawcross, New York: New York University Press, 1968, 第一行, 下文对多恩诗作的引文都出自此版本, 括号内标注行数。

纪的争论：

> 他发现他的器官与他们的[人类的]那么相像，
> 可为什么他不能开怀大笑，也不能讲出心中所想，
> 他不知道。（第454—456行）

詹森指出，这一“令人惊讶的‘现代’想法”——将猿看作不会说话的人——表明多恩的观点与18世纪争论的热点已有相似之处。虽然那时还没有对猿进行解剖和分析，但多恩极有可能从游记作品中获得过有关类人猿的信息。然而，虽然多恩的诗和18世纪人们对人类与非人类之间关系的探讨遥相呼应，但他对犹太神秘哲学的关注以及对爱情故事的正面描写却和18世纪的奇闻异事大相径庭。多恩笔下的猿追求西菲提西亚、注视她、向她求爱、设法使她开心，最后，“用他黄褐色的爪子轻轻撩起/她的羊皮围裙，不带丝毫畏怯或恐惧/那么自然”（第478—480行）。她的回应也和他相似：

> 开始，她茫然不知他的意图。
> 在他的抚摸之下，贞洁抵抗被制服，
> 一种欲罢不能的温暖，几乎将她融化；
> 他要做什么，她原并不分明，
> 现在意乱情迷，欲拒还迎，
> 既不回应，也不排斥，
> 只时而叹息，时而叫哭。（第481—487行）

二者的交媾被西菲提西亚的兄长打断，他扔了一块“大石头……砸向那猿，猿受攻击便逃走了”（第488—490行）。在多恩的故事中，人类与非人类之间的关系是微妙的、相互的，需循序渐进发展而成。

在 18 世纪的寓言中,这种关系将变得突兀、仓促,充满暴力。

詹森在 17 世纪的游记中发现了此类故事最有影响力的几个版本:“这类故事先是声称记载了发生在某个遥远疆域的真实故事,然后逐渐获得更高的可信度,最后作为事实被载入自然史”(275)。他认为,这一主题的“原型”出现在弗朗西斯科・玛利亚・瓜佐的《女巫纲要》(Francesco Maria Guazzo, *Compendium Maleficarum*, Milan, 1608)的一个故事中。这个故事将在下文泰森的论述中提及。詹森还讲到了法国文学中此类故事的几个版本,并认为,它们就是伏尔泰《老实人》(*Candide*, 1759)中人与猿相爱场景的灵感来源(275—276)。在 18 世纪的英国,猿与人的交媾是非人类寓言的主要修辞,从多个层面展现了人突然面对巨大差异的反应,还展现了当时人们如何对相关奇闻异事进行加工改编的变化过程。[①] 237

爱德华・泰森在《一个俾格米人的解剖》中记载了当时有关物种间交配传闻最有名的一个故事。在解剖和观察黑猩猩的生殖器时,泰森提到了关于这种动物“数量巨多的故事”,说它们十分“淫荡”:

---

① 除了下文引用的泰森、朗格以及斯威夫特的作品,这类故事还出现在 George Louis Leclerc Buffon, *Buffon's Natural History*, London, 1797, 9:289—290; Thomas Herbert, *A Relation of Some Yeares Travaile…Into Afrique and the Greater Asia*, London, 1634, 17—20(转引自 Jordan, 31 n. 64); Thomas Phillips, *A Journal of a Voyage Made…from England to Cape Monseradoe, in Afirca*, in John and Awsham Churchill, comps., *A Collection of Voyages and Travels*, London, 1704—1732, 4:211(转引自 Jordan, 31 n. 64), William Smith, *A New Voyage to Guinea…*, London, 1744, 52(转引自 Jordan, 31 n. 64); Lionel Wafer, *A New Voyage and Description of the Isthmus of America* (1699), ed. George Parker Winship, New York: Burt Franklin, 1970, 113n; Charles White, *An Account of the Regular Gradation in Man*, London, 1799, 34(转引自 Harriet Ritvo, “Barring the Cross: Miscegenation and Purity in Eighteenth-and Nineteenth-Century Britain”, in *Human, All Too Human*, ed. Diana Fuss, New York: Routledge, 1996, 37—58, 43)。

> 整个猿类都有极强的性欲，这点有数量巨多的故事为证。不仅如此，猿类与其他兽类不同，它们不仅觊觎自己的同类，甚至垂涎异类，尤其热爱貌美的女人。除了我已经讲过的故事，加布里埃尔·克劳迪鲁思(Gabriel Clauderus)也讲述了一只猿的故事。这只猿疯狂地爱上了一位远近闻名的美丽宫女，不管对他加以镣铐，还是禁闭或责打，都没有办法使他不去靠近这位宫女。后来，这位宫女只好恳求将他逐出宫廷。另一个奇特的故事是卡斯特南达(Castanenda)在他的《葡萄牙年鉴》(*Annals of Portugal*)中记载的：一个女人生下了两个猿的孩子；故事的真实性无从考究。我应该用拉丁语讲这个故事，因为它的讲述者是莱西塔斯(Licetus)；很多人都引用过这个故事，包括安东·丢辛杰乌斯(Anton. Deusingius)。

这个拉丁语故事来自《女巫纲要》，讲的是一个女人被一只猿劫持到荒岛上。这只猿是一个猿类部落的首领，他把女人当作自己的妻子，和她生养了两个孩子。获救以后，女人乘船离开了猿，而那只猿则先把两个孩子投入海中，随后自己也投海而死(43)。① 泰森说自己讲述的物种间交配的故事早有记载，之后几乎所有此类故事的讲述者也都声称如此。到了18世纪，当人们再一次讲述这类故事时，故事的重点变为仓促和暴力——对猿-求爱者的责打以及亦人亦兽婴孩的夭折——并用一切皆不可避免来解释不幸，甚至认为人与猿之间的关系导致解剖分析成为必要。因此，这些奇闻异事代表着属类的飞跃，即他者身份获得出乎意料的反转。这种飞跃可谓非人类寓言

238

① 此处物种间交配的故事延展至物种间的分离，后来很多有关文化往来的想象式描述都会采用这一转义，比如亚丽珂和尹珂儿的故事。事实上，物种间交配是亚丽珂和尹珂儿的故事最直接的修辞语境，预示着洞中求爱、船上分离以及杀婴。

的标志性特点。

以物种间交配的故事为例,这种飞跃会在读者中激起焦虑。焦虑的意图并不是将猿和人分离开来——虽然这是非人类寓言故事的主要内容——而是将非欧洲人和欧洲人分离开来。正因如此,爱德华·朗格在他的《牙买加史》(Edward Long, *History of Jamaica*, 1774)中先讲了一个物种间交配的故事,而后得出结论:猿和霍屯督人的交配证明非洲人和欧洲人不属于同一个物种:

> 据证实,[猩猩]有时会试着偷袭并掳走非洲女性,把她们带回林中栖息地,与她们发生关系……他们对黑人女性情有独钟,似乎对她们有着本能的欲望,好像二者之间是同一物种间的吸引,二者的生殖器也适于交配……[这证明]猩猩和一些种族的黑人有很近的亲缘关系。①

上述引文也体现了物种间交配故事的主要特点,即人与巨大差异的相遇既源于"偷袭",又源于"本能的欲望";故事就在这两极对立中展开。虽然这个故事仅仅强调猩猩和"一些种族的黑人"之间存在"亲缘关系",但这种亲缘关系却意味着非欧洲人和欧洲人之间的差异,由此不仅进一步确认了欧洲人的身份,还加深了文本读者之间的差异。例如,朗格认为,相比较欧洲人或"白人",某些非欧洲人属于低下的物种。相似的言论在18世纪后期开始出现,成为当时流行的人种多元理论(polygenism)的佐证。这种理论认为人种之间存在生理上的差异,从而否定了传统的人类同源论;而人类同源论不仅是人类与非人类区分的基础,还是人类成为独特的万物之长的依据。人类与非人类的"融合"质疑了人类作为万物之长的地位,动摇了当时 239

① Edward Long, *The History of Jamaica...*, London, 1774, 1: 360, 364, 370.

人们对他者展开的思考：有关他者的思考既包括人与动物的关系，也包括人与人之间的关系。[①]

在乔纳森·斯威夫特的《格列佛游记》(Jonathan Swift, *Gulliver's Travels*, 1726)中，第四个旅程描述了一个洗澡的场景。这个场景可谓传播最广的物种间交配的故事。两种理论——对人类至高无上论的攻击、种族主义思想的发展——之间复杂又牵连的关系，在这个场景中获得了经典再现。在斯威夫特笔下，第四个旅途中出现的耶胡(Yahoos)同时具备猿和非洲人的特点。这里的非洲人指的是"霍屯督人"，一般认为是最原始的人种。[②] 在这个场景中，女性耶胡对格列佛表现出来的"性趣"表明格列佛和耶胡之间的相似性：

> 一天，我跟我的警卫栗色小马出游在外，天气异常地热，我请求他让我在附近的一条河里洗个澡。他同意后，我立刻就赤条条脱得精光，然后慢慢走进了河里。这时正巧

---

① Anthony J. Barker 认为朗格的看法在很大程度上借鉴了 Samuel Estwick 的种族等级理论。这种理论认为黑人和欧洲人不属于同一种族，载于 *Considerations on the Negro Cause*, 1772，第二版。参见 Barker, *The African Link: British Attitudes to the Negro in the Era of the Atlantic Slave Trade, 1550—1807*, London: Frank Cass, 1978, 47—48。Roxann Wheeler 认为朗格的《牙买加史》构建了种族等级的复杂结构，并向着外表决定等级高低的方向发展。根据 Wheeler 对种族的研究，在种族主义经历现代化和本元主义化的发展过程中，朗格发挥了关键性作用；而种族主义的这种渐变过程则源于18世纪早期"有关人类差异的统一话语的缺失"，参见 *The Complexion of Race: Categories of Difference in Eighteenth-Century British Culture*, Philadelphia: University of Pennsylvania Press, 2000, 232。Ritvo 着重强调了18、19世纪杂交生物和动物混种的重要意义，指出"动物混种的讨论不可避免地将宽泛的动物学事件和狭隘的人类问题联系在一起……在全球帝国的时代……有关这些事件的……动物学讨论……其结构和热烈程度，可能源于动物和人类之间并不存在明显的类别界限"("Barring the Cross", 52)。

② 有关耶胡与猿之间的关系，参见 Janson, 339；有关耶胡与霍屯督人之间的关系，参见 Laura Brown, *Ends of Empire: Women and Ideology in Early Eighteenth-Century English Literature*, Ithaca: Cornell University Press, 1993，第六章。

> 有一只母耶胡站在一个土堆的后面,她看到这整个过程后,一下子欲火中烧……就全速跑过来,在离我洗澡处不到五码的地方跳进了水里。我的一生中还从来没有这么恐惧过……她以一种极其令人作呕的动作将我搂进怀里,我就拼着命大声叫喊;小马闻声奔来,她才松手,可还是恋恋不舍。她跳到了对面的岸上,我穿衣服的时候,还一直站在那里死盯着我嚎叫……既然母耶胡把我当成自己的同类,对我自然产生了爱慕之情,我可再也不能否认我浑身上下无处不像一只真正的耶胡了。①

240

在上述引文中,人们接近他者的方式和前文讲述的传闻如出一辙。事实上,二者都阐释和强调了同样的形式特点:表达方式都突出了意外、匆忙、恐惧——"跑"、"跳"、"叫喊"、"奔来"、"嚎叫"——这些打破了之前格列佛"慢慢走进了河里"时的宁静祥和。这一突发又迅疾的举动之后,紧接着宣称一切都顺理成章(inevitability),理由我们也很熟悉,即将格列佛当成他们的"同类"的"自然"倾向。属类的飞跃以认同为标志——"我可再也不能否认我是一只耶胡"——这句话点明了人与动物的相似性,成为非人类寓言的潜在动力,同时又再次确认一种具体的人类身份。

在《格列佛游记》所描述的第四次旅程中,首当其冲的是耶胡究竟是不是人类的问题,这也正是存在于当时人们思想中的关于人类和文化差异的问题。因此,在《格列佛游记》中,人与动物之间的相似互动正是非人类寓言的特点,并且产生了双重效果。上述引文加速了属类的飞跃,扭转了物种间交配的传闻,使得人类与他者的相遇

---

① Jonathan Swift, *Gulliver's Travels and Other Writings*, ed. Louis A. Landa, Boston: Houghton Mifflin, 1960, 215. 译文参考了乔纳森·斯威夫特,《格列佛游记》,杨昊成译,南京:译林出版社 2016 年,第 209—210 页,稍作改动。

更有冲击力。在前文的论述中，雄性的猿袭击非洲女性是有关不同物种间交配故事的既定形式。[①] 在引文中，一只半人半兽的雌性耶胡取代了雄性猿的位置，袭击了男性格列佛：一个欧洲人取代了非洲女性的位置。他者之间的转换使得非人类寓言更为复杂，同时意义也更为丰富。斯威夫特的故事颠倒了男性和女性通常扮演的性角色，如果再将非洲人和欧洲人的身份考虑进来，那么格列佛就集男性与女性、非洲人与欧洲人于一身。

241

这种亲缘关系的融合进一步推动了人与动物相似的想法，使得欧洲读者确认自己的身份，不相信种族主义者割裂非欧洲人与欧洲人的说法。这种割裂的论调不仅体现在爱德华·朗格的故事中，还体现在当时将非欧洲人与来自新世界的奇珍异兽一同展出的展览中。在这段故事中的不仅有格列佛，还有斯威夫特的读者们；故事的结构本身意味着读者也是故事中的一员。同样，现代批评一致认为，在整部《格列佛游记》以及斯威夫特的大部分讽刺作品中，读者都是作品的参与者。上述的引文特别展现了斯威夫特如何利用了当时流行的文化寓言，从而建立特点鲜明的斯威夫特式讽刺形式。引文中的交叉互动还表明属类的相互依赖：一旦男性和女性发生属类的飞跃，随之对应发生的是非洲人和欧洲人属类的飞跃。从这个意义上说，斯威夫特的物种间交配故事将物种之间、文化之间的差异与性别之间的差异联系起来，从而延展了非人类寓言的范畴。[②]

---

① 除了上述《格列佛游记》的引文，已知还未有此既定形式的反例。Schiebinger 称"这些故事无一例外讲的都是雄性的猿以暴力袭击人类女性。据我所知，此时期没有一例讲述雌性的猿袭击人类男性，或雌性的猿与人类男性交配的故事"(95)。另见 Jordan，238。

② 在奥拉达·艾奎亚诺的《一个非洲黑奴的自传》中(Olaudah Equiano, *Narrative*, 1789)，也可见到非人类寓言的影响。该书讲述了艾奎亚诺在怀特岛上巧遇另一个"黑孩"。开始二人之间存有隔阂，因为艾奎亚诺已经消除了自己的种族特点，因而更像是一个欧洲人；但是，手足情谊很快又使他恢复了种族特点：

一天，我在一位绅士的庄园里。绅士有一个黑孩，和我相貌相仿。(转下页注)

在《格列佛游记》出版后的二十五年间，蒙博杜勋爵在《论语言的起源与发展》一书的两章，以猩猩为例，力图证明“语言是人类与生俱来的能力”。[①] 其中，蒙博杜勋爵也一再讲述很多物种间交配的故事。开始他提到了人们的一些说法，即“[猩猩]非常喜欢女人，如果在森林中遇见女性，就会袭击她们”(274—275)。他还引用了一个名叫“德·拉·布罗斯先生(de la Brosse)”的著名旅行家的见闻，此人“在1738年到达安哥拉……[发现]那儿的猩猩(他把它们称作Qimpezes)……掳走年轻的黑人女孩，留在身边供它们享乐；他还说自己认识一个黑人女孩，这个女孩和猩猩相处已经有三年了”(277—278)。蒙博杜勋爵用这个物种间交配的例子来分析猩猩的性格特点：“它们为了一个目的而掳走我们的同类，多年把人类留在身边而不去伤害她们，至今为止还没有哪种野兽能做到这一点。这说明它们也有协商和制定计划的能力”(289—290)。他还讲了另外“一些”证据，证明“[猩猩]与我们的女人交配，并极有可能因此产下后代”(334)：“瑞典旅行家齐平(Keoping)……说自己见过一个女人和猩猩交配而产下的后代，这个后代和兽类的矫捷强健无异，一出生就会四处跑动、爬上爬下”(334n)。

242

蒙博杜对猩猩的描述可以看作是物种间交配故事的扩充，他所

(接上页注)男孩从主人的房子里看见了我，因为遇见同胞而喜不自胜，立即向我飞奔过来。我开始不知道他想干什么，稍稍避开他跑来的方向；他不管不顾，很快跑到我身边，一把将我搂进怀里，仿佛我是他的兄弟。其实在这之前我们从未谋面。

平静的庄园、空间距离、“喜不自胜”、“立即”飞奔、艾奎亚诺避开所表现出的差异以及无声胜有声的拥抱都是我们寓言已有的元素。这些元素在这里表达着流散非洲人的身份。参见 Olaudah Equiano, *The Interesting Narrative and Other Writings*, ed. Vincent Carretta, New York: Penguin, 1995, 85。

① James Burnet, Lord Monboddo, *Of the Origin and Progress of Language*, 2d ed., Edinburgh, 1774; reprint, New York: Garland, 1970, 1:360，下文对这部著作的引文都出自此版本，括号内标注页码。

引用的片段和讲述都在重复人和动物的相似性。和斯威夫特一样，蒙博杜也认为，当发生属类的两极飞跃时，非欧洲人、“黑人”都和欧洲人一样，毫无争议地属于人类这一极：因为“我们的”同类、“我们的”女人和猩猩之间形成联系。蒙博杜既参考了卢梭在《第二话语》[①]中对猿的语言以及身份展开的讨论，也借鉴了泰森的《一个俾格米人的解剖》，然后构建出人类与非人类之间属类的百科全书，其结构也具备物种间交配故事里的突袭和顺理成章(inevitability)。在蒙博杜的长篇论述中，猿与人之间存在联系的证据都是为了证明他们身份的同一性。例如，蒙博杜指出，泰森的解剖使人惊讶地发现“小型”猩猩的身体与人类的身体十分相似，包括舌头、内脏、大脑，他推论说“据我们所知，大型猩猩可能和我们人类更为相似”(272)。与当时伦敦流行的展出和表演一样，蒙博杜心中也充满了猿身穿人类衣服、表演人类行为的意象。他举了很多有关猿直立行走、身着衣物、“优雅地演奏管风琴、竖琴，还有其他乐器”，“做家务”，并且学会“坐在餐桌前，品尝各种食物，会使用勺子、刀叉，喝酒或其他饮料”，“另外，若有人盯着它们看，……它们还会用手[盖住]袒露出来的那些有伤风化的部分”(275—279)。

243

除了这些展现相似性的实例，蒙博杜还特别提到了猩猩与人类之间情感的同一性，这也是当时人们共同关注的问题。蒙博杜指出，有人发现猩猩既会哭泣，也会叹息(274)；它们能够“感受到自己遭受囚禁，因而看上去……郁郁寡欢”(279)；它们有“尊严”，“如果受了嘲笑，它们心中难过，就会烦恼憔悴而亡”(287)。因为“本性温和”，它们

---

① 洛夫乔伊认为卢梭的《第二话语》(*The Second Discourse*, 1753)中的注解对蒙博杜的看法有直接的影响，参见 Lovejoy, *The Great Chain of Being*, 235；以及“Monboddo and Rousseau”, *Modern Philology* 30, 1933: 275—276。

> 感情丰富,不仅爱[它们的]猩猩同类,也爱我们中对它们和善的人。还有一件事,讲给我听的绅士说,他亲眼所见,在他船上的一只猩猩非常喜欢船上的厨师。有一次,厨师下船去了岸上,绅士看到猩猩泪如泉涌。(343—345)

这个故事简明扼要地说明当时人们认为猩猩具备“仁爱的”性情(289);它既是物种间交配故事的延续,又与物种间交配故事形成有趣的对比:它证明了物种间交配故事中由突袭到顺理成章的亲密关系;这种亲密关系的根基在于非人类的一方表现出情感的同一性。在蒙博杜看来,情感——“泪如泉涌”——正是人之所以为人不可或缺的一部分。然而,这里的属类飞跃是在事后发生的:猿和厨师之间的感情在分别时刻才变得明了,因而二者之间的属类因距离而产生了平衡。

蒙博杜也注意到了当时对猿和人类生物属种的争论——有关物种问题的激烈辩论——并对辩论双方的观点都有引证。然而,和分类学的观点相比,蒙博杜的文本显然更偏爱那些或凭事实、或凭臆测而来的意象和故事,任由它们推论出人与动物之间的相似关系。虽然蒙博杜的文章推进了抽象的本体论观点,它采用的生动修辞和别具一格的思想特点使它也成为一则非人类寓言。与其他和寓言产生共鸣的例子一样,蒙博杜的论证也直接将非欧洲人和猿进行了类比: 244

> 如果……猩猩不是人,那么欧洲的哲学家完全有理由说当初刚发现美洲时,那片大陆上的居民也不是人;因为不仅那时的美洲人,即便到了今天,美洲人还是没有掌握从本质上来说他们有能力掌握的才能。多亏教皇诏书宣布可怜的美洲人同属人类,这才制止了一场争论。鉴于以上原因,我们也应该断定猩猩属于人类。在我看来,他们在文明和礼仪方面的表现,和我们发现新大陆之初的美洲人相比,并

> 不逊色多少。(347—348)

与爱德华·朗格对物种间交配的故事作出的结论一样，上述引文也表明，非人类生物的身份总是和当时人们与文化差异的碰撞息息相关。对蒙博杜来说，猿和人属类的确立关乎人类尊严：他特别强调，我们不要“认为，承认猿是我们中的一员就是给人性抹黑”(343)。事实上，拒绝承认猿是我们中的一员会导致“虚伪的傲慢，我们认为是贬损人性的事情，哲学家却看作是对人性的莫大肯定：只需设想，人如何靠自己的智慧和努力从猩猩的原始状态达到了今天的面貌”(360—361)。蒙博杜用这个论断结束了第二章对猩猩的论述。和格列佛宣称自己“真的是个耶胡”一样，这个论断也宣称人与猩猩的认同和同一性。蒙博杜也认为，从人到猿的属类飞跃意味着一种特殊的人类身份。虽然蒙博杜和斯威夫特对人类身份的论断截然相反——一个是世俗者的乐观视角，一个是基督徒的悲观视角——二者都从非欧洲人代表的差异来思考人类，并不约而同地以非人类来建构非欧洲人。

三

在《人类理解论》(*Essay concerning Human Understanding*)讨论物质的名字、种类的部分，洛克给出了他的经典论断：“给事物分门别类的是人类”，并非自然。他用了一个耳熟能详的例子来证明：

> 自然所造的许多特殊的事物，……不过各种事物之所以区分为各种各类，并非由于这个实在的本质。只有人类可以给它们分类命名，以便造作一些含蓄的标记，……在造作了各种标记之后……便可以把各个个体分为物种……这是人，那是黑狒。我想，所谓物类和物种的职务，亦就尽于

245

此了。(第三卷,第六章,第36段)

和蒙博杜不同,洛克认为人和猿并非同类;这种异类关系和蒲柏的观点相似,都建立在当时人们认为人类与非人类之间存在相似性的基础之上。

在《人类理解论》中,人类与非人类之间的相似性还通过鹦鹉得以展现。鹦鹉是非人类寓言中众多代表动物的一员。在18世纪,鹦鹉是文化活动的一个核心,不仅获得人们的关注,还有人为它花销不菲。此外,鹦鹉还是当时哲学话语中最受欢迎的动物例证。[1] 洛克用它来区分"清晰的声音"和语言——"内在观念的标志":"虽然鹦鹉和别的鸟类亦可以借着学习,发出十分清晰的声音来,可是它们并无所谓语言"(第三卷,第一章,第1段)。洛克将语言看作人类特有的能力,这引发了关于语言的纷繁复杂的争论。蒙博杜在《论语言的起源与发展》中也就这个话题展开讨论,并最终把讨论的重点引向人类身份的问题。蒙博杜认为,除了语言,猩猩和人类在其他方面极其相似,这说明"语言并非人类生而有之的能力"(358)。不过,洛克虽然将语言和人类联系在一起,他的想法并不彻底否认动物和人之间可能存在的亲缘关系。在《人类理解论》的第二卷,一只"很聪明、很有理性的鹦鹉"代表非人类生物出现,也成为定义什么是"人"的手段:

> 口中所发出的"人"字声音,所标记的心中的概念,只是具有某种形式的一种动物。因为我想,任何人只要看到

---

① 鹦鹉与人们对差异的思考之间存在诸多联系,以非欧洲人的"野蛮人"、女性或"有缺陷的存在"形象出现,语言能力是其标志性特点,参见 Felicity A. Nussbaum, "Speechless: Haywood's Deaf and Dumb Projector", in *The Passionate Fictions of Eliza Haywood: Essays on Her Life and Work*, ed. Kirsten T. Saxton and Rebecca P. Bocchicchio, Lexington: University of Kentucky Press, 2000, 194—216。

> 一个同自己形象和组织相同的生物，则那个活物虽然终生没有理智，正如猫或鹦鹉一样，他亦会叫那个活物为人。并且我相信，一个人虽然听到一只猫、或鹦鹉谈话、推理和辩论，他亦只会叫它或认为它是一只猫或鹦鹉。他一定会说，前一种是一个愚昧无知的人，后一种是很聪明、很有理性的鹦鹉。（第二卷，第27章，第8段）[①]

246

“人”的身份无非是具有“某种形式的”动物，这种身份的获得有赖于既与理性的鹦鹉认同，又和理性的鹦鹉不同。正因为鹦鹉与人类相似，“很聪明、很有理性”，所以成为人类身份的参照物。

随后，洛克引用了威廉·坦普尔爵士的《回忆录》（Sir William Temple，*Memoirs*）中一个篇幅很长的有关非人类的“讲话者”故事（第二卷，第27章，第8段）。首先洛克引用了坦普尔爵士讲述自己如何努力证实这只会讲话鹦鹉的真实性：“我曾听许多人说，毛虑斯王在

---

① 洛克将猫和鹦鹉并置说明，不管鹦鹉的话是否仅仅是机械重复，这个问题的重要性都比不过人与动物之间日益亲密的关系。继猴子、鹦鹉和哈巴狗之后，猫成为这个时期相当受欢迎的家养宠物，也成为人类与他者碰撞的另一次契机。猫成为此时文学经典中最有名的宠物：比如塞缪尔·约翰逊的霍奇（Hodge）、克里斯托弗·斯马特（Christopher Smart）的杰弗里（Jeoffrey）。猫的形象不仅在斯马特的《欢呼吧》（*Jubilate Agno*，1763）中起了重要的作用，还在托马斯·格雷的《最心爱之猫之死亡颂》（Thomas Gray，*Ode on the Death of a Favourite Cat*，1738）以及安娜·斯图尔德的《一只老猫临死前的独白》（Anna Steward，*An Old Cat's Dying Soliloquy*，1784）中作为重要角色。玛格丽特·杜迪（Margaret Doody）认为人与动物的亲密关系——包括猫和其他种类的动物——在18世纪的女诗人中尤为普遍：“Sensuousness in the Poetry of Eighteenth-Century Women Poets”，in *Women's Poetry in the Enlightenment：The Making of a Canon，1730—1820*，ed. Isobel Armstrong and Virginia Blain，New York：St. Martin's Press，1999，3—32。约翰逊从猫的身份来想象非欧洲人的视角；当他描述美洲土著居民时，“约翰逊：‘他满足于野蛮人的交流方式，真是可怜！你可能还记得奥古斯都堡的那个官员，他曾在美洲做过事。他讲过他们只能把一个女人绑起来才能迫使她脱离野蛮人的生活。’鲍斯维尔：‘她一定是只动物，一只野兽。’约翰逊：‘先生，她是只会讲话的猫。’”参见 James Boswell，*Life of Johnson*，ed. J. D. Fleeman，rev. ed.，Oxford：Oxford University Press，1953，912。

统治巴西的时候,曾经有一只老鹦鹉,能说话,并且能提、能答普通的问题,一如有理性的动物一样……关于这个故事的详情,我还听了很多,而且据众人之言来看,亦是难以否认的。因此,我就立意要从毛虑斯王口中亲自探询这回事。”然后,洛克引用了坦普尔对毛虑斯王故事的引述:

> 他……简洁地、冷静地告诉我说:他到巴西的时候,曾听说有那样一只老鹦鹉。当时,他虽然很不相信,而且那只鹦鹉又在远处,可是他仍然因为好奇心的缘故,让人把它带来。那只鹦鹉又大又老,它进到屋中时,王子正和一大群荷兰人在那里。它看见他们以后,立刻就说,这些白人在这里,都是做什么的?他们就指着王子问它说,它以为这是什么人?它就答说,大概是司令一类的人物吧。人把鹦鹉带到王子身边时,王子就问鹦鹉说,你从哪里来的?(D´ou venez vous?)它答复说,从马吕南来的。(De Marinnan.)王子又问,你是谁的?(A qui estes vous?)它又答说,我是一个葡萄牙人的。(A un Portugais.)王子又问它说,你在那里做什么?(Que fais tu la?)它又答说,我在那里看小鸡。(Je garde les poulles.)王子就笑着说,你看小鸡么?(Vous gardez les poulles?)它又答复说,是的,我是那样的,我很了解如何看小鸡。(Ouy, moy et je scay bien faire.)因此,它就咯咯了四五声,效仿人叫小鸡时的声音。我在这里所记的这段有价值的谈话,仍是根据毛虑斯王子向我所说的法文记载下来的。我亦曾问过他,鹦鹉说的是什么话。他说,说的是巴西话,我就问他说,他懂不懂巴西话?他说,他不懂。不过,他曾留心带了两个翻译员:一个是荷兰人,会说巴西话,另一个是巴西人,会说荷兰话。并且,他问他们时,是分别秘密问的。他们所告他的鹦鹉的话,都是一致的。

247

接下来,坦普尔对故事的总结却有意避开了这只理性鹦鹉的真伪问题：

> 我之所以要叙述这个故事,乃是因为它太奇怪,而且有亲见的证人,是可以作为真事实看的。因为我敢相信,那个王子至少亦相信他的话是真的,因为人们都知道他是一个很忠实、很虔诚的人。至于自然学者们如何解释这回事,别的人们是否相信这回事,那就看各人意愿了。不过,我之所以提到这一层,乃是为的要借有趣的闲谈来调剂这个干燥烦嚣的景象。至于插入这个故事是否适宜,那我就不管了。(第二卷,第27章,第8段)

洛克的故事再一次呈现了非人类寓言的形式特点。故事在“理性的鹦鹉”和心存疑虑的读者之间设置了重重障碍:既有地理距离,又有层层语言和转述的隔膜。鹦鹉相对于王子“在远处”,必须要命人把他运来,而这个新世界里的故事本身相对于讲述故事的大都市而言也“在远处”。鹦鹉的故事先经坦普尔转述,再由洛克转述;鹦鹉的语言也经过二到三次翻译:从“巴西语”到荷兰语,由荷兰语到法语,最后再由洛克的英语读者自行将法语翻译成英语。然而,当鹦鹉与王子对话时,所有横亘在鹦鹉与人类之间的隔阂都消失不见了,此时就是寓言所特有的属类飞跃。在不同物种之间进行的这场巧妙问答使得人类与非人类之间突然产生了直接的联系。在二者的互动中,本来行事“简洁冷静的”王子也开心得“笑”起来。

248

蒙博杜的非人类生物总是让他联想到“可怜的美洲人”,同样,在这场亲密互动中,非人类的生物也和非欧洲人联系在一起。鹦鹉开口所说的第一句话就暗指新世界中的文化冲突:“这些白人在这里,都是做什么的?”在当时还是殖民地的巴西,“白人”——法国人、荷兰人、葡萄牙人——第一眼就被这只“理性的”鹦鹉从非白人堆里单独挑了出来。从它的问话中也不难发现,鹦鹉将自己和非白人归属一类。虽然洛克的故事旨在说明"人的概念",因此才把人和鹦鹉所代表的"[不同]形式的动物"进行区分,但这个故事中的人类身份仍然与动物极其相似——这种动物的身份与非欧洲人的身份等同。洛克对坦普尔故事的采用表明,非人类寓言经常将非人类与非欧洲人联系在一起。除了将非人类与非欧洲人联系在一起,这个故事还深刻展现了寓言如何定义人类身份:"人"通过一只动物的故事获得定义,而这只动物将自己看作土著人。

鹦鹉还出现在18世纪的其他哲学话语中。在《思考自然》(Charles Bonnet, *The Contemplation of Nature*, 1766)中,查尔斯·邦尼特虽然拒绝考虑洛克故事中那只"很聪明、很有理性的鹦鹉"的真实性,却继承了洛克关于语言和人类之间联系的观点。邦尼特认为,"要说话,就要把我们的想法和代表我们想法的那些任意符号联系起来。鹦鹉虽然能清晰无误地重复词语,并不代表他说出的词语有其本来的附加意义:他甚至能同样清晰无误地重复最抽象的科学术语。难道谁还看不出来这不过仅仅是无意识的行为吗?"①

用鹦鹉来解释如何给人下定义的问题成为英国认识论思想的传统。在《道德和政治论文集》的《论国民性格》一文中,大卫·休谟也在脚注中使用了鹦鹉的形象,并将鹦鹉和非欧洲人等同起来,以期说明鹦鹉既不是欧洲人,也不属于人类: 249

> 我强烈怀疑非洲人以及大致上其他所有种族的人(应该有四五个不同的种族)生来就低白人一等。除了白人,

---

① Charles Bonnet, in *The Contemplation of Nature*, 1766, 2:182;转引自 Markman Ellis, *The Politics of Sensibility: Race, Gender and Commerce in the Sentimental Novel*, Cambridge: Cambridge University Press, 1996, 75。

> 还没有哪一个人种的国家达到了文明状态；甚至可以说，除了白人，还没有哪一个人种的个人在思想或行为上取得过卓越成就。他们从未做出精美的产品，也没有艺术或科学；而从另一方面看，即便是最野蛮粗鲁的白人，例如古代的日耳曼人、现在的鞑靼人，也有卓越不凡的一面：比如骁勇善战、治国有方，如此种种。人种间这种整齐划一的差异历经千年、放之四海都如此醒目，只能说自然早在创世之初就造就了这种差异。且不论我们的殖民地，只是看看散布在欧洲各地的黑奴，谁也不曾在他们身上看到心思聪敏的迹象；而我们中地位低下的人，即便未受过教育，也能从我们中脱颖而出，成为各行业翘楚。诚然，人们谈论到在牙买加的一个黑人，说他聪慧有学识；不过，极有可能是他仅有一点成就便得到了人们的赞美，就好比一只鹦鹉学会清晰地说出几个字眼。①

休谟援引剑桥大学毕业的数学家弗朗西斯·威廉姆斯(Francis Williams)为例。如同洛克在鹦鹉和欧洲人及人类之间设定了遥远的地理距离和叙事距离，休谟也在威廉姆斯和欧洲人及人类之间设定了遥远的地理距离和叙事距离。在休谟眼里，欧洲人和人类就意味着白“种”人。在这一简短的寓言表现形式中，非人类是人类身份的终极参照；同时，二者之间的相似性又经由一只会说话的鹦鹉得以浓缩呈现，如此人和动物之间突然生成亲缘关系。

18世纪印刷文化的其他方面也能见到鹦鹉和其他鸟类。与它们在哲学话语中发挥的作用一样，鸟类将当时人们与非欧洲人之间

---

① David Hume, “Of National Characters”, in *Essays: Moral, Political and Literary*, Oxford: Oxford University Press, 1963, 213 n. 1，这篇论文最早发表于1742年；1758年加注这个脚注，1777年又对脚注加以细微修改。

的交流互动联系起来。在那个豢养宠物的年代，鸟类常常被用来比喻新世界的人们。例如，蒲柏的《温莎森林》中的颂辞部分就用“长有羽毛的人们”涌上泰晤士河岸来暗指不列颠和平：

> 粗制的船只将乘着潮水来到，
> 涌上富饶河岸的人们长有羽毛，
> 赤裸的年轻人和涂抹油彩的酋长共同膜拜
> 我们的语言、我们的肤色、我们的异服色彩！ 250

因为美洲土著一般身着羽毛服饰，所以羽毛就将羽毛服饰和从新世界运来的奇珍异鸟联系在一起。接下来的诗行提到了在“当地的树林”里做窝的意象，细心的读者可以感觉到这些鸟类在副文本中的存在：

> 哦，扩大你的疆域吧，美丽的和平！从岸到岸，
> 直至征战停休，再没有奴役磨难：
> 那时自由的印第安人在他们当地的树林
> 收获自己的果实，追求肤色黝黑的爱人。①

在描写长有羽毛的人们的修辞中，新世界“当地的树林”里“追求”爱人的意象可谓经典。歌剧《爱在墨西哥》(*Love in Mexico*, 1790) 充分表现了这一意象。在这部歌剧中，印第安少女伊萨格莱(Isagli)用同样的修辞手法描述了她的爱人阿尔科莫诺克(Alkmonoak)：“为了迎接爱人的到来，我将找来华美印第安树林中色彩斑斓的羽毛装点我的茅屋。茅屋就是我的鸟笼，我的爱人阿尔科莫诺克就

---

① Alexander Pope, *Winsor Forest* in *Poems of Alexander Pope*, vol. 1, ed. E. Audra and Aubrey Williams, London: Metheun, 1961, 第 403—412 行。

是我心爱的鸟儿——他是来自天堂的鸟儿，他把我的茅屋变成伊甸园。"①

长有羽毛的非欧洲人还出现在18世纪其他的诗歌话语中：在托马斯·格雷的《诗歌进程》(Thomas Gray, *Progress of Poesy*, 1757)中，人类与非人类在新世界的森林里达到融合：

> 经常，在芬芳的荫影底下
> 智利的森林一望无涯，
> 她想倾听野性青年一遍遍
> 讲述断断续续却又异常甘甜
> 他们腰饰羽毛的酋长和黝黑的爱人。②

上述引文虽未完全具备非人类寓言的形式，但和当时文化中的非人类寓言大同小异：从人们的想象视角来看，身边的动物朋友和非欧洲人可以等同。

在这个语境下，一部经典文学作品对笼中鸟的描写堪称非人类寓言的范例：这只笼中鸟就是劳伦斯·斯特恩《感伤之旅》(Laurence Sterne, *Sentimental Journey*, 1768)中的八哥。在小说的前半部分，约里克害怕自己没有通行证在法国旅行会产生严重后果，正想象自己被关在巴士底狱的情景，此时，

251

> 我内心的想象正热火朝天，思绪却被一个听上去像是个孩子般的声音打断。那声音抱怨说："它出不去。"——我往

① *New Spain; or, Love in Mexico*, 1790, 2.3；转引自 Benjamin Bissell, *The American Indian in English Literature of the Eighteenth Century*, New Haven: Yale University Press, 1925, 140。

② Thomas Gray, "The Progress of Poetry", in *The Poems of Gray, Collins, and Goldsmith*, ed. Roger Lonsdale, New York: Longman, 1969, 第58—62行。

> [旅店的]走廊里四处张望,既没有男人、女人,也没有孩子,我就走了出去,不再把此事放在心上。
>
> 回来时,我再次穿越这个走廊,听见上面的那番话又被重复了两次。我抬头一看,原来是挂着的笼子里关了一只八哥。——“我出不去——我出不去”,那只八哥说。[①]

约里克的故事具备非人类寓言同样的特点,即从距离感到相似感的转换。约里克独自思考的时候就好像是格列佛徐缓地步入溪流洗澡;打断他思绪的“声音”表明他和声音之间相隔一定距离,正像毛虑斯王和那只“理性的鹦鹉”之间也存在距离。距离随之被缩短,因为他和声音的发出者不期而遇:这个声音的发出者虽然“既不是男人、女人,也不是孩子”,却像毛虑斯王和鹦鹉一样,与约里克展开对话:

> 我站在那里看着小鸟:每当有人从走廊经过,它便在笼子里扑棱着翅膀接近行人,一边哀悼着自己被囚禁的生活。——“我出不去”,八哥说——愿上帝助你! 我说,但不管代价如何,让我先放你出来。(96)

这时约里克与八哥达到属类的飞跃:他把八哥的经历内化,坚定不移地按照自己对八哥话语的理解来付诸相应行动:“我转动笼子找到了门;门上缠绕着一圈又一圈的金属丝,不把笼子撕扯成碎片根本无法打开——我只好双手并用”(96)。

约里克最终没有救出八哥,他和八哥的对话就此结束:“恐怕,

---

① Laurence Sterne, *A Sentimental Journey Through France and Italy*, ed. Graham Petrie, London: Penguin, 1967, 96, 下文的对斯特恩小说的引文都出自这一版本,括号中标注页码。

可怜的小家伙！我说，我没法放你回归自由——‘不’，八哥说——‘我出不去——我出不去’，八哥说。”二者之间的交流不仅超越了身份认同，对于人类这一方来说，交流是对自我身份的确认手段：

252

> 我发誓，我的情感还从未如此温柔地被唤醒；本来我放荡的情感从不受理性的约束，那一刻竟第一次感受到了平静的心绪。它的话虽然机械重复，但是说出口时却让人倍感亲切。有那么一刻，这些话驱散了我对巴士底狱的一切想象。我步履沉重地上了楼，把我下楼时所说的话全部收回。
>
> 随你怎么伪装，还是在受奴役！我说——你仍然是个苦工。(96)①

约里克对自己可能会被关进巴士底狱的想象使他和笼中的八哥同病相怜。然而，他如此投入地与鸟类互动使二者之间超越了身份认同——他甚至批判以前不该把自己的命运看得比八哥的痛苦还要重要。在18世纪的语境中，谈论非人类“讲话者”的文本总是会遭遇有关动物语言的争论，但在约里克与八哥的交流互动中，他觉得自己和这只鸟儿如此相似；也就是说，斯特恩一方面有意识地提出动物语言的争论热点，一方面又直接跳过了这个争论热点。引文中说八哥

---

① 很多批评家都讨论过斯特恩的八哥意象。Wilbur L. Cross将它看作对奴隶制的评论，参见 *The Life and Times of Laurence Sterne*, 3d ed., New Haven: Yale University Press, 1929, 3。Jonathan Lamb认为这一修辞体现了感伤风潮认为快乐和痛苦密不可分的特点；参见“Language and Hartleian Associationism in *A Sentimental Journey*”, *Eighteenth-Century Studies* 13, 1980: 285—312。作为《感伤之旅》的编辑，Gardner Stout为上述引文作了一个注解，提醒人们注意八哥暗指斯特恩的姓氏，参见第197页，注释66。Michael Seidel认为八哥暗指克鲁索的鹦鹉，参见 *Exile and the Narrative Imagination*, New Haven: Yale University Press, 1986, 115。Ellis与我的观点大致相同，他认为斯特恩的八哥暗指休谟的鹦鹉(74)。

的话“机械重复”,这一点可能借鉴了邦尼特认为鹦鹉的话“仅仅是无意识行为”的看法。然而,邦尼特的看法立即被抛开:在“但是”和“有那么一刻”之后,人与鸟的相似性压倒了一切,驱使读者与他者建立直接而确定的关系。人类与非人类之间属类的飞跃表现了约里克意识到自己内心的“灵魂”,正是那些“情感”和“无以言表的感情”(137—138)造就他成为一个多情人(man of feeling)。意味深长的是,在这个段落中,本来使约里克获得感伤身份的是非人类生物,而这个非人类生物最后又以非欧洲人的形象出现。遭囚禁的八哥是奴隶制的“伪装”,随着寓言的展开,最后,八哥就是新世界中的非洲奴隶。这里的身份建构和非欧洲人的含义都符合非人类寓言的结构特点:都是通过人类与非人类的碰撞来投射当时蕴含在权力、压迫中的文化差异问题。 253

四

在上文的论述中,非欧洲人形象以各种形式隐含在人们对亲缘关系的想象中。当哈巴狗的生活和命运成为非人类寓言关注的中心时,非洲奴隶成为非欧洲人的既定形象。萨拉·斯科特的感伤小说《乔治·埃利森爵士传》(Sarah Scott, *The History of Sir George Ellison*, 1766)中有一个经典段落,淋漓尽致地表现了非人类和非欧洲人之间的联系。小说开始,乔治爵士在牙买加做贸易发了财,娶了一位寡妇。这位寡妇给他带来“一个大种植园,还有在种植园里劳作的大量奴隶”。[①] 埃利森反对奴隶制,但“深知即使在他自己的庄园中,也不可能废除[奴隶制]”,因此他便像麦肯齐(Henry Mackenzie)《茱莉亚·德·卢比格尼》(*Julia de Roubigné*, 1777)中的男主人公赛维龙

① Sarah Scott, *The History of Sir George Ellison*, ed. Betty Rizzo, Lexington: University Press of Kentucky, 1996, 10,下文对斯科特小说的引文都出自此版本,括号内标注页码。

(Savillon)一样，着手改善奴隶的待遇。此举并不称他妻子的心意：埃利森夫人“对丈夫所拥有的那些宽厚柔和的情感根本无动于衷；……她从不介意管家觉得应该执行的那些刑罚”(12)。

小说此处对埃利森和妻子的比较讨论，表现出了明显的抽象说教性质。然而，埃利森夫人的哈巴狗却突然出现，这不仅打破了小说典型的抽象说教式叙事，还在埃利森夫人心中激起一阵强烈的情感，这正是她拒绝给予奴隶的情感：

> 她正要把话题转向别处，一只她最宠爱的哈巴狗从窗台上跳了下来。这只哈巴狗本来站在窗台上，看见她往住处走，就匆忙从窗台上跳下来想跑去迎接她。可是窗台太高，可怜的小狗不假思索就往下跳，虽然表达了对主人的热忱，结果却吃了苦头；人们发现它摔断了一条腿，疼痛难忍；这让埃利森夫人潸然泪下，她转过身对她的丈夫说：“你可能会嘲笑我的软弱，可我情不自禁。”(13)

引文中的距离、惊喜、突如其来的“匆忙”、泪水，以及埃利森夫人和哈巴狗之间或“与生俱来”或不可避免的情感纽带，这些都符合非人类寓言的形式结构。此时的埃利森夫人就像约里克，是一个多情人(man of feeling)，其天性在与非人类实现属类飞跃时得以表现；埃利森夫人又像目睹耶胡跃入水中又扑入他怀里的格列佛，只得承认“我从头到脚都是一个真正的耶胡”。这一经典场景不仅从主题上把人类与非人类联系起来——非人类扑入人类的怀里——还暗指着人与非欧洲人之间的联系。正如前文所述，在有关他者的想象经验中，非欧洲人一直是重要维度。埃利森对妻子的回应体现了他对非洲奴隶和非人类之间关系的思考：

254

> “亲爱的”，埃利森先生回答说，“如果你多了解我一

> 点，就不会认为我会因为一个人多情善感而嘲笑他；目睹任何生物痛苦都不免令人动容；那可怜的小动物因为爱你而受伤，看到你为它伤心，我很欣慰；我承认你的多情善感让我又惊又喜，因为之前你甚至对同类的苦难都无动于衷。”(13)[①]

与物种间交配的故事一样，引用段落中的哈巴狗实现了属类的飞跃，这同样招致物种问题和身份问题的争论。爱德华·朗格指出猿和非洲人“有很近的亲缘关系”；格列佛无法否认自己和耶胡同属一个物种；如果在非人类寓言的语境下来看，埃利森夫人和哈巴狗之间的亲密关系暗示着她和她的非洲奴隶之间存在着同样的亲密关系——她极力想否认这种亲密关系，结果却是徒劳无功：“怎么，埃利森先生，你怎么能把黑人称为我的同类？”埃利森的回答定义了何为人类，明确了人类身份，他的回答不仅是这个段落中最精彩的部分，还是非人类寓言的经典高潮：“事实上，亲爱的，……除非你能向我证明，肤色和容貌就是人性所有的特点，否则我只能说黑人就是你的同类。当你我在墓穴安息的时候，我们最低下的黑奴将会和我们一样伟大；在另一个世界里，他们可能比我们更伟大”(13)。[②]

埃利森夫人对哈巴狗的深情还暗指18世纪厌女作品的讽刺主题——哈巴狗和上流社会女性间的亲密关系。蒲柏的“人、猴子、哈巴狗、鹦鹉，统统玩完”也令人联想起这样的主题：在蒲柏的诗歌中，黑白颠倒的社会价值观和女性的多情善感有着特别的联系；例如，在埃利森夫人心中，哈巴狗占据着特别的位置。事实上，这些犬科动物

255

① Ellis认为，细读这个段落，“读者会将哈巴狗看作奴隶的暗喻”(98)，并且，斯科特的哈巴狗“在结构上与……斯特恩《感伤之旅》中的八哥很相似”(96)。

② Wheeler曾引用这一句话来说明，即便到了1766年，肤色也没有成为判定个人价值的决定性条件(146)。

亲密地参与到它们女主人的私生活中，在很多描写中，二者的亲密关系甚至明显有性的因素：贝琳达的哈巴狗“用舌头唤醒他的女主人”（I. 116）就是很好的例子。在《论哈巴狗》一文中，乔纳斯·汉韦（Jonas Hanway，“Remarks on Lap-dogs”，1756）将人类与非人类之间的亲密关系问题归因于女性：

> 我认为一个有理性的女性可能会对粗野生物怀有某种感情；这里的粗野之物并不指粗野的人，而可能指一条狗。狗是忠实的动物，比猴子更讨人喜欢。因为不像猴子，狗和人之间不存在令人厌恶的相似性。多数的狗都是一副阿谀奉承的嘴脸，但它们在忠诚这点上确实令人无可厚非，这比以我们为生的其他寄生虫不知道好上多少倍……
>
> 可是，唉！好心滥用也能办坏事，神的旨意也会遭践踏！这就使我们有时会看到这样的情况：一位高贵的女士觉得她养的狗无比金贵；在她眼中，这只狗比一个人还金贵，而这个人可能连个照顾他的人都没有。从中我们可以看出，虽然对粗野动物过度的爱不能彻底摧毁慈悲博爱的意向，但也常能减弱慈悲博爱的力量。①

事实上，谈到与“高贵女性”有亲密关系的动物时——不管是猴子，还是哈巴狗——汉韦的评论都展现了当时人们如何通过想象与动物之间的联系来建构与差异之间的互动。这种互动超越了物种的界限，讨论了文化和性别之间的差异。

弗朗西斯·考文垂的《小庞培》（Francis Coventry，*Pompey the Lit-*

---

① Jonas Hanway，*A Journal of Eight Days Journey*，London，1756，69—70；《论哈巴狗》一文出自此书。转引自 Ellis，97。

tle,1751)是流行于18世纪中期的一部讽刺小说。小说的主人公是一只与上流社会女性有着特殊联系的哈巴狗。在这部流浪流通小说(picaresque circulation novel)①中,一只名叫"小庞培"②的犬类宠物从一个社会阶层转移到另一个社会阶层,这就提供了一系列的讽刺场景。庞培出生在博洛尼亚一个"著名的交际花"家中(7),被一位游学旅行的上流绅士带回英国,此后又在不同的家庭中几经辗转,经手人包括虚荣的泰姆佩斯特女士(Lady Tempest)、极力结交上流社会的城市家庭、"年迈的老处女"(50)、卫兵上尉、狂热的卫理公会女教徒、客栈老板、双目失明的乞丐、一对心肠好又和善的姐妹、做女帽的有钱寡妇、身居高位的爵爷、一文不名的诗人、爱空想的夸姆西克夫人(Mrs. Qualmsick)、剑桥学者、另一位上流社会的女士,最后回到——这种转移的方式强调了与女性角色之间的联系——泰姆佩斯特女士手中。宠物庞培取代人成为整部小说的主人公,在它身上浓缩着当时人们对非人类身份问题的兴趣。非人类寓言的多个层面都可以在这只哈巴狗的冒险旅程中得到体现。事实上,小说可谓包罗这一文化寓言各个主题的百科全书。 256

非人类与上流社会女性之间的亲密关系在小说中有大量描写。首先是对庞培和泰姆佩斯特女士之间亲密关系的总结:

> 泰姆佩斯特女士……很快带他体验了城里生活的乐

---

① 同类型的作品还有,John Phillip 的诗 *The Splendid Shilling*(1705),Joseph Addison 在 *Tatler*, no. 249(11 November 1710)上发表的一个先令的自传,以及 Charles Johnstone 的 *Chrysal; or the Adventures of a Guinea*(1760—1765),描写的都是物的流通移动。以庞培为例,这部小说描写的是物化的存在因经济流通或倒手而经历的流通移动,参见 Christopher Flint, "Speaking Object: The Circulation Stories in Eighteenth-Century Prose Fiction", *PMLA* 113, 1998: 212—226。

② Francis Coventry, *The History of Pompey the Little or the Life and Adventures of a Lap-Dog* (1751), ed. Robert Adams Day, London: Oxford University Press, 1974, 10,下文对这部小说的引文都出自此版本,括号内标注页码。

> 趣。他很快就对剧院中加里克先生的表演佩服得五体投地，他还特别喜欢化妆舞会，对歌剧有自己的见解，对意大利音乐也有自己高雅的鉴赏力……他陪着女主人一同经历舞会、呐喊、飓风、骚乱、地震，……也很骄傲能戴着项圈出现在宫廷之中。(30)

有关庞培和另一位女主人亲密关系的描写含有更为明显的性暗示：对高贵的奥罗拉(Aurora)来说，"他是最爱……奥罗拉……柔情似水地爱抚他，让他夜夜睡在自己床边的椅子上。早上醒来时，她会满怀爱意地拥抱他，那情景让志得意满的情人也不免嫉妒"(132)。

257

考文垂还通过他的非人类"主人公"激起当时人们对所谓"博学的"动物的思考。庞培具备的"睿智"使它和人类的相似性达到了令人啼笑皆非的新高度。在第一章开篇《狗的颂词》中，作者写到，"他们已知的那些能力，既会打牌、拉琴、跳舞，还会其他高雅活动"(2)。庞培很早就对上述技能样样精通，因为泰姆佩斯特女士就着手挖掘他的天分，培养他成为牌桌上的一员，"说到他，他的女主人聘请了一位老师，可能就是不同凡响的哈先生，专门教他打牌。他的天分极高，不出三个月，如果女主人身体不适稍有抱恙而只能待在闺房，他就可以陪她玩皮克牌"(31)。会说话的鸟类激起人们思考语言问题。同样的问题也出现在这部小说中。在《狗的颂词》中，叙述者声称他曾"听过一只狗的诡辩；其水平之高足以让我们的两所著名大学都对他青睐有加。在那些大学里，他的逻辑学家同僚因为擅长这门有益科学而受到人们的尊敬和崇拜"(2)。对本土生活展开讽刺是《小庞培》的主要目的。此处受到讽刺的是大学。与当时许多讽刺诗一样，《小庞培》通过狗来展现人类的缺陷。蒲柏的诙谐短诗《我送给殿下一只狗的项圈上所刻》("Engraved on the collar of a dog which I gave to his Royal Highness")特别体现了利用犬类的讽刺："我是殿下在丘园(Kew)的狗；/请告诉我先生,您是谁家的狗?"①

小说中的哈巴狗除了讽刺本土生活,还发挥着更大的作用。庞培令人联想起寓言中非人类生物所代表的他者经验的多个维度,并把他者经验直接投射到非欧洲人的范围。例如,考文垂特别在庞培的旅程中安排了一场关于物种争论的专题研讨。陪同泰姆佩斯特女士的庞培目睹了一场"有关灵魂永生的有趣争论"。争论的双方是索菲丝特女士(Lady Sophister)和两位医生。争论一度聚焦到人与动物之间的关系,最后具体落在哈巴狗身上。索菲丝特女士认为以哈巴狗来证明人类与非人类之间存在相似关系再恰当不过: 258

> "要知道印第安人相信他们的狗会随他们一起上天堂。……眼下,这里有泰姆佩斯特女士的小哈巴狗"——"我亲爱的小家伙",泰姆佩斯特女士边说边把它抱在怀里,"你会和我一起上天堂吗?庞培,要是你会,我可太高兴有你做伴啦"。(39)

泰姆佩斯特女士和狗的拥抱象征着上流女士和哈巴狗之间的亲密关系。亲密关系不仅是这部小说的情节基础,还是许多讽刺效果的基础。然而,亲密关系的背后是巨大的差异问题,既包括物种争论,还包括非人类寓言。

小说的结尾再一次出现了人与动物关系的问题。在"石巷一个狭小如狗洞的客栈里"(169),周一之夜作者俱乐部(Monday night authors club)展开了一场辩论。此时,诗人莱莫先生(Mr. Rhymer)是庞培的主人,与他会面的包括"一个写道德论文的自由思想者、一个专

---

① Alexander Pope,[Epigram],in *Eighteenth-Century English Literature*,ed. Geoffrey Tillotson,Paul Fussell Jr.,and Marshall Waingrow,New York:Harcourt,Brace and World,1969,681.

译希腊和拉丁语作品的苏格兰翻译者、一个格拉布街书商、一个舰队街的牧师”(169)。接下来，人们要进行讨论，他们的犬类宠物也摆开了讨论的架势：“命运真是神奇，这些推动现代文学的伟人们，无一例外都有狗作伴出席。晚饭后，绅士们围着火炉坐成一圈，他们的狗则蹲坐各自主人的两腿之间，形成一个内圈”(169)。

这场人类/非人类同时进行的讨论会极力渲染争论双方所持观点的两极分化，辩论的路数并无新意：

> “这就是我的悖论，先生”，自由思想者回答，“我要证明动物有智慧、能思考。你可能会说这个观点不新奇，在我之前，很多人也持同样的看法，但是先生，我比他们更进一步，我认为动物有理性、讲道德”。
>
> 259
>
> “我却认为他们不过是些机器”，牧师喊道。……“先生，山林野兽有理性，你该为你如此践踏高尚的理性而感到羞愧。”
>
> ……
>
> [自由思想者说：]“我还是认为动物有理性，也有大量的证据证明我的观点。先生，难道你没听说过洛克的鹦鹉吗？那只鹦鹉和毛虑斯王进行了半小时的理性对话。对此，你有什么话说，先生？”(171)

此时此刻，在这场非人类是否具有理性的讨论中，围坐成圈的狗既可以说是对争论的嘲笑，也可以说是对争论的模仿。如果将上述引文看作讽刺文，它揭示的似乎是过度夸大人与动物间的亲缘关系：蹲坐的狗也可以像理性的人一样据理力争，这不禁使人哑然失笑。然而，另一方面，这个场景只是小说中众多倾向认同人与动物之间存在亲缘关系的一例。此处不仅有“洛克先生”和“很聪明、很有理性的鹦鹉”作为权威例证，一本正经参与讨论的狗也给了否定相似关系的论断以有力一击。即使将狗看作对缺乏理性的参会者的讽刺,狗自始至终都和人类占据同一席位。

《小庞培》表现了当时人们对非人类形象的复杂认识。在小说中,同样错综难解的是哈巴狗和非洲奴隶之间的类比。这种类比较为隐晦,但比比皆是。首先,狗的名字遵循了当时为奴隶命名的传统:像庞培、恺撒这样的王族名字在奴隶中十分普遍。小说开始的部分描写"庞培大人"得到了"一个镶着钻石的项圈"(9)。项圈是奴隶与狗之间存在联系的实证。在18世纪,精美的项圈可以同时作为非洲人和狗的饰品,并在同样的店铺出售。F. O. 沙隆生动地描写了当时的情况:

> 项圈对黑奴和狗来说都是必需品,这一点在1756年的《伦敦广告报》上写得非常清楚:一位家住西敏区果园街鸭巷巷头名叫马修·戴尔的金器商登报发布广告,称自己制作"银质挂锁,适用于黑人或狗;项圈,等等"。1685年3月的《伦敦公报》上登了一则有奖寻人启事:一个名叫约翰·怀特的约15岁的黑人男孩从柯克上校家逃走,凡能将他带回者有赏。启事上说,男孩脖子上戴有一个银质项圈,项圈上刻有上校的盾徽和编码。1728年9月28日的《每日报》也刊登了一则寻找逃跑黑奴的启事,这个黑人男孩的项圈上刻有"布罗姆菲尔德女士的黑奴,家住林肯店广场"的字样。①

260

《小庞培》里还有更多奴隶与宠物之间的联系。庞培在圣詹姆斯公

---

① F. O. Shyllon, *Black Slaves in Britain*, London: Oxford University Press, 1974, 9; Aravamudan 也描述过当时的宠物/奴隶类比(33—49)。David Dabydeen 梳理了当时经常出现在绘画作品中的非洲人与犬类宠物类比的情况,参见 *Hogarth's Blacks: Images of Blacks in Eighteenth Century British Art*, Surrey: Dangaroo Press, 1985, 26—30。

园走丢之后，泰姆佩斯特女士在伦敦的报纸上刊登启事寻找，启事登了整整一个月：

> 在圣詹姆斯公园的林荫路走失，时间大概是凌晨两点到三点。一只非常漂亮的博洛尼亚哈巴狗，黑白斑点，胸部也有斑点，鼻部生有几颗痣，以"庞庞"或"庞培"呼唤就会回应。寻到此狗者请送至西敏区杜克街拉普雷斯夫人处，或送至斯特兰德街胡希女士女装店，或送至圣詹姆斯咖啡馆，赏金二基尼。(43)

泰姆佩斯特女士的启事直接以当时越来越多的寻找逃跑奴隶的启事为模板，两种启事包含的内容完全相同：一是外表的描述，包括颜色、与众不同的特征；二是具体的金钱奖赏，一般都是"二基尼"：

> 寻找从斯塔布斯上校家逃走的奴隶：黄黑肤色，身高约五英尺六英寸，扁平鼻子，额上有一道伤疤。逃走时身穿白色粗呢大衣、黑色毛料马裤、黑色长袜，头戴黑色假发。凡将此黑人送回其主人斯塔布斯上校处者，奖金二基尼。地址：拉特克里夫路，王子广场。①

小说的前半部分，庞培在贵族家庭间辗转交换，这跟贵族间交换年轻黑奴的情况一致。沙隆对此也有描写：

> 当时，有一个年轻的黑人男孩陪伴在左右，这在公爵夫人、伯爵夫人中间非常流行。德文郡公爵夫人在世纪末写

261

① 参见 *Public Adviser*(British Museum)中的一幅插图。转引自 Shyllon，第116页对页。

给其母亲的一封信是很好的佐证：

> "亲爱的母亲，乔治·汉格送我一个黑人男孩，十二岁，乖巧懂事；可是公爵不愿意我留个黑人在身边……要是你觉得他比米歇尔要好，我就把他送给您，在他身上不需太多花费，您还可以让他信基督，做个好孩子。要是您不喜欢他，我听说罗金厄姆女士想要个黑人男孩。"(12)

在《小庞培》中，犬类宠物与非洲奴隶存在隐含的对等关系。这个类比体现了人们如何想象宠物与非洲人身份的问题。饲养宠物的文化潮流——这种文化潮流在当时发挥的作用和意义——突出表现在宠物与伴随欧洲全球扩张的历史事件紧密联系在一起——通过将新世界奴隶制纳入社会体系来探讨文化差异。欧洲人与非人类的亲密关系使他们重新建构对非洲人的认识。文化寓言中人类与非人类之间的亲密关系飘忽不定；非人类的寓言形象表明非欧洲人与欧洲人的关系既遥远疏离，又亲密无间。正是通过这种似是而非的身份变动，欧洲人得以认清自己的身份。

五

动物帮助欧洲人想象非洲人、美洲土著和他们自身。在18世纪欧洲人的生活中，很多非人类与非欧洲人通过各种修辞方式鲜明地联系在一起，表明非人类寓言成为人们如何理解文化差异的普遍而重要的指导力量。寓言一次次提出人之本质的问题，一次次投入到史无前例的"不懈开拓"（ruthless exploitation）之中，后者是现代欧洲与世界各民族人们往来的标志。在寓言的世界里，每个主题与其他主题都互相包含。如果有人问："这是什么东西？是一个人，还是一条鱼？"这就面临非此即彼的选择问题，同时还要认识到选择背后的历史力量。如果有人断言"我可再也不能否认我是一只耶胡"，这就意味着一种身份的获得，这种身份来自于现代力量的核心——开拓剥削。非人类寓言为人类问题提供了特定的历史场所和意义——既有18世纪开拓262扩张的希望，还有现代性带来的史无前例的开拓剥削。

寓言的很多版本都倾向于以窄化、纳入、排除，或设立规定的方法来解决这个问题：比如朗格以种族主义者的视角来区分“黑人”和欧洲人，休谟认为“黑人”都“天生低人一等”，考文垂和斯科特则讽刺上流社会女性对宠物的热爱。事实上，除了我们分析的寓言，现代人还从其他方面分析了人类与非人类的互动，再次承担起了意识形态功用，巩固了人类身份的特性，他们和他者相遇的故事结局也就在意料之中了。[①]

唐娜·哈拉维（Donna Haraway）对灵长类动物学史的解读很大程度上符合这种独占和紧缩的结构。哈拉维将20世纪的灵长类动物学看作“类人猿东方主义”：

> 西方灵长类动物学一直致力于以他者为原材料来建构自身，以文化生产来独占自然，以动物的家园来抚育人类，以模糊肤色来清晰界定白人，以女性身体来造就男性，以性爱为基础来解释性别，以身体运作促使思想生成。为了完成这些转化，类人猿“东方主义”话语必须首先界定以下术语：动物、自然、身体、原始、女性。在西方社会几个世纪的评论中，猴和猿历来与淫荡下流、好色成性以及不加节制联系在一起，它们与人类如此相似，也让人类无比困扰；它们以复杂扭曲的形式再现人类。[②]

---

① 近来在各个领域展开的拟人论研究（anthropomorphism）就得出了上述结论，参见 John S. Kennedy, *The New Anthropomorphism*, Cambridge: Cambridge University Press, 1992；另见 Mary Midgley, *Beast and Man: The Roots of Human Nature*, 1978; rev. ed., London: Routledge, 1995。

② Donna Haraway, *Primate Visions: Gender, Race, and Nature in the World of Modern Science*, New York: Routledge, 1989, 11.

我们阅读非人类寓言能够得出的或许是最明确——当然，也是最直接——的结论是，我们需要将自己置于环绕在身边的存在形式之中思考，我们需要利用这些存在来达到自己的目的。然而，哈拉维的观点似乎提供了别的可能。她称自己之所以要写灵长类动物，是因为“所有灵长类动物——猴、猿、人——正受到威胁”(3)。她的动机让人联想起蒲柏：后者通过一场终极、拉平的消亡将人类与非人类联系在一起：“人、猴子、哈巴狗、鹦鹉，统统玩完”。在这样的语境下，哈拉维有意识地将自己设定为非人类的合作者，因为“灵长类动物……是极佳的研究对象，可以研究壁垒的渗透、边界的重建，以及对无休无止由社会强加的二元性的厌恶”(3)。 263

哈拉维的研究并没有解决问题的关键。例如，她在论述“康复中的病残者和代理者：二战后社会问题建模”时，一个跨越物种间的拥抱成为其中心意象，这个意象和18世纪寓言的核心转喻不谋而合。哈拉维描写了20世纪中期一个康复项目中人和猿的亲密关系，“白人女性训练圈养的猿‘重返’‘野外’”(2)。这一幕超越了许多此类项目都会设下的限定，即在“性别、非殖民化、阶级、种族及其他历史构建”达到平衡：

> 在这些放逐和康复的故事中，女性和黑猩猩的关系所引起的复杂情感令人惊讶。叙述中爱的形式和知识的形式复杂多变，经常令人感到痛心，比西方文化想象或改编的第三世界的动物与人之间的故事复杂得多。它们讲述了人和动物深刻的失落和巨大的成就。故事里的人和动物并不仅仅是知识的客体、观察者或受害者；他们是沉浸在历史中的演员。詹尼斯·卡特和露西拥抱的照片拍摄于1986年，露西是一只在冈比亚呆了九年的成年病残康复者。照片捕捉到了一些叙事意欲传达的二者之间的关系。(129—130)

哈拉维用一页的篇幅来呈现这张照片。照片以黑猩猩和女性亲密拥抱的方式极具冲撞力地展现了人类与非人类之间的联系。二者几乎面对面坐在树丛中，背景是枝叶繁茂的丛林，他们的手臂紧紧环绕彼此。动物的手臂绕过她的后背，手放在人的腰间；女性的手臂也环绕着动物，手放在动物的肩膀后面。人的脸颊贴在动物的后脑勺上，动物的脸则紧靠着人的脖颈。这是类人猿东方主义吗？抑或是其他未经哈拉维命名的理论？

我们的寓言也经常将其核心问题——人的局限性——置之不答。《格列佛游记》中洗澡的一幕使得人和动物、男性和女性的身份都变得悬而未决。在面对"人是什么？"（313）的问题时，蒙博杜通过人类与黑猩猩的一系列相似性否定了传统的人与动物之间的界限。毛虑斯王的鹦鹉故事生动地描述了人类与非人类间的互动，这已经超越了洛克对人的定义，即"人""不过是具有某种形式的一种动物"：鹦鹉与毛虑斯王的对话否定了理性是人与动物之间的首要区别。

264

在《家养宠物》一文中，马克·谢尔讨论了否定界限、挑战二元性，以及对人何以为人的问题弃之不顾的后果：

> 这种要消除——或许还要超越——人与动物之间界限的倾向，首先可能会引起宠物究竟是什么的困扰，还会因饲养宠物的习俗带来困扰。换个方式，这个问题就变成，"人是什么？"
>
> ……
>
> 人们一般把家养宠物看作介于人类和动物之间的神话般的存在，或者就是二者之间的物种。有的时候，我们确实无法分清一种生物究竟是人类，还是动物——比如，年幼的人类，再比如，有一天，我们将成为外太空的探索者。有的时候，我们确实无法分清一种生物究竟是不是我们的同类，

> 究竟和我们有没有亲缘关系；我们无法定义我们是什么，参照何物才成为我们。如果世界上没有宠物的存在，人类也会在想象中养育宠物。[①]

在18世纪，我们确实开始养育宠物。它们所激起的文化寓言使我们有机会想象一种可能性：如果我们确实无法分清"一种生物究竟是不是我们的同类"，那么我们或许可以拒绝人与动物之间"一般的"区别，我们可能会在他者身上看见别的东西，我们或许会从新的角度去思考"我们是什么，参照何物才成为我们"的问题。这种令人讶异的跳跃是现代性赋予的积极未来。未来与"不懈开拓"紧密联系在一起，就好像黑人女性与黑猩猩紧密联系，鹦鹉与殖民地领主紧密联系，哈巴狗与轻佻的贵妇紧密联系。 265

① Marc Shell, "The Family Pet", *Representations* 15 (1986): 121—153；上述引文见第123、142页。

索　引

（索引中页码为原书页码）

B

C

D

E

F

G

H

I

J

K

L

M

N

O

P

R

S

T

V

W

Y

Z

图书在版编目(CIP)数据

现代性的寓言:英国18世纪文学与文化/(美)劳拉·布朗(Laura Brown)著;牟玉涵译. --上海:华东师范大学出版社,2019

ISBN 978-7-5675-8942-1

Ⅰ.①现… Ⅱ.①劳…②牟… Ⅲ.①英国文学—文学研究—18世纪 Ⅳ.①I561.094

中国版本图书馆CIP数据核字(2019)第041153号

华东师范大学出版社六点分社
企划人 倪为国

Janus 译丛

现代性的寓言:英国18世纪文学与文化

著　　者　(美)劳拉·布朗(Laura Brown)
译　　者　牟玉涵
责任编辑　徐海晴
封面设计　蒋　浩

出版发行　华东师范大学出版社
社　　址　上海市中山北路3663号　邮编　200062
网　　址　www.ecnupress.com.cn
电　　话　021－60821666　行政传真　021－62572105
客服电话　021－62865537　门市(邮购)电话　021－62869887
地　　址　上海市中山北路3663号华东师范大学校内先锋路口
网　　店　http://hdsdcbs.tmall.com

印 刷 者　上海盛隆印务有限公司
开　　本　890×1240　1/32
印　　张　10.75
字　　数　220千字
版　　次　2019年4月第1版
印　　次　2019年4月第1次
书　　号　ISBN 978-7-5675-8942-1/I·2018
定　　价　88.00元

出 版 人　王　焰

Fables of Modernity: Literature and Culture in the English Eighteenth Century
By Laura Brown
Originally published by Cornell University Press

上海市版权局著作权合同登记 图字:09-2017-163 号